Utta Danella

Der Schatten des Adlers

Roman

Schneekluth

Einmalige Jubiläumsausgabe Utta Danella
17 Romane in 18 Bänden

Im Vertrieb der Schuler Verlagsgesellschaft mbH, Herrsching

ISBN 3-7951-1112-9

Printed in Germany 1989

Zum Geleit der Jubiläumsausgabe

Seit vierzig Jahren gibt es den Franz Schneekluth Verlag, gegründet, besser gesagt, hoffnungsvoll begonnen im September 1949, er ist also genauso alt wie unsere Bundesrepublik Deutschland. Am Anfang war es ein Zimmer in einem Haus in Celle, denn in der Lüneburger Heide war Franz Schneekluth, von Dresden kommend, nach dem Krieg gelandet. Dem Mecklenburger gefiel die Landschaft, nur das Nichtstun war für ihn schwer zu ertragen, denn er liebte seinen Beruf, er war ein passionierter Verleger, ein Büchermensch durch und durch. In Dresden war er Verlagsleiter, dann Teilhaber des Wilhelm Heyne Verlags gewesen, von dieser Zeit hat er oft mit großer Begeisterung erzählt.

So geruhsam das Leben in der Heide war, immer nur mit dem Hund spazieren gehen und mit dem Förster fachsimpeln (auch sein Vater war Förster gewesen), konnte sein Leben nicht ausfüllen, und er zerbrach sich den Kopf, wie es denn eigentlich weitergehen sollte, genauso wie es viele Menschen damals taten.

Auch davon hat er mir oft erzählt, in seiner plastischen, temperamentvollen Weise; ich kenne seine Kindheit, seinen Werdegang und eben auch jene müßigen Jahre nach dem Krieg, die ihn zunehmend ungeduldig machten. Dann fing er also einfach an, und daß er es konnte, verdankte er einem kräftigen Darlehen von Bertelsmann aus Gütersloh. Darum liebte er die Bertelsmänner auch ganz besonders, und sobald ich meine ersten Gehversuche als Autorin gemacht hatte, nahm er mich mit nach Gütersloh, damit ich seine Freunde kennenlernte. Bertelsmann war auch damals schon ein imponierendes Unternehmen, wenn auch nicht der Gigant von heute, und die Männer jener Gründerzeit waren beachtliche Persönlichkeiten, die mich sehr beeindruckten.

Eine Persönlichkeit war Franz Schneekluth auch, und was für eine. Als er mich entdeckte, lag Celle schon weit hinter ihm, er residierte nun in einem modernen Verlagshaus in Darmstadt, er war sehr stolz auf dieses Haus, auf sein Büro und vor allem auf seine Mitarbeiter, von denen jeder Einzelne soviel leistete, wie heute meist kein ganzes Team. Und besonders stolz war er auf seine eigene Auslieferung. Wenn der Lastwagen an der Rampe vorfuhr und die Bücher abholte, strahlte er über das ganze Gesicht. Das konnte er übrigens gut; ich habe keinen anderen Menschen gekannt, der so lebensbejahend, so zur Freude fähig war wie er.

Als 1956 mein erstes Buch »Alle Sterne vom Himmel« bei Franz Schneekluth erschien, war der Verlag schon ein etabliertes, angesehenes Unternehmen, der gute Autoren verlegte. Und der Verleger war ein Verleger wie aus dem Bilderbuch, ein Büchermann, dem nichts auf der Welt wichtiger war als Bücher, und der ein Manuskript, das ihn ansprach, auch wirklich las, von Anfang bis Ende. Das war in meinem Fall eine beachtliche Aufgabe gewesen, denn das Manuskript, das ich eingereicht hatte, war über tausend Seiten stark. Er hatte es gelesen. Und teilte mir ganz schlicht mit, daß er es herausbringen würde, nur müsse ich es ungefähr um die Hälfte kürzen. Das war gar nicht so einfach, denn ich mußte es binnen weniger Monate tun. Heute noch wundere ich mich darüber, wie ich das geschafft habe. Noch mehr aber wunderte ich mich damals, daß jemand wirklich drucken wollte, was ich geschrieben hatte.

Geschrieben hatte ich zwar schon eine ganze Weile, für Zeitungen, für den Rundfunk, für eine Agentur, aber als Schriftstellerin sah ich mich eigentlich nicht. Das umfangreiche Manuskript war aus dem Erleben der hinter mir liegenden Zeit entstanden, die Nazis, der Krieg, die Angriffe auf Berlin, die Ignoranz der Provinz, schließlich die Nachkriegszeit in München, alles selbst gesehen und gut behalten. Ich hatte Zeit und es ging mir soweit ganz gut, also schrieb ich das einfach nieder.

Und dann war es plötzlich ein Buch.

Ich habe allen Grund der Welt, Franz Schneekluth dankbar zu sein, denn er holte mich aus einem leicht vergammelten Leben und ›nahm mich in die Pflicht‹, so drückte er das aus. Denn kaum war das erste Buch erschienen, befahl er: »Nun setz dich hin und schreib ein zweites Buch.« Mein Protest nutzte nichts, mein Einwand, daß ich gar nicht wisse, was ich nun schreiben solle, ebensowenig. »E i n Buch ist kein Buch,« sagte er. Also schrieb ich das zweite, und auf einmal war so etwas wie ein Beruf daraus geworden. Sofern man Bücherschreiben als Beruf betrachten will.

Ich bin ihm dankbar. Franz Schneekluth lebt nicht mehr, aber immer noch sein Verlag, und das nun seit vierzig Jahren, heute betreut und im Besitz von Ulrich Staudinger, und es kann mich doch eigentlich nur befriedigen, daß aus Anlaß des Jubiläums alle meine Bücher, die im Franz Schneekluth Verlag erschienen sind, neu gedruckt herauskommen.

1. Juli 1989

Es wurde Nachmittag, bis ich die Stadt verließ. Eigentlich hatte ich vorgehabt, vormittags so gegen elf zu starten, und nun hatte ich den halben Tag mit Abschiednehmen vertrödelt.

Als ich über die Wiedner Hauptstraße aus Wien hinausfuhr, hatte ich alle Mühe, das sentimentale Gefühl zu bekämpfen, das mir da irgendwo zwischen Herz und Kehle rumorte. Früher hatte ich mich für einen ziemlich harten Burschen gehalten, zumindest war ich nie rührselig gewesen. Aber heute – das war einfach zuviel Gefühl geworden; schon am Morgen, als Josy geweint hatte, und dann als ich das Jannerl zum letzten Mal auf dem Arm hielt, war mir nach Heulen zumute. Kaum zu glauben so was.

Daß es so schwer war, sich selbst wiederzufinden! Aber wußte ich denn überhaupt noch, wer ich war, was von mir übriggeblieben, wo ich den Mann suchen sollte, der ich früher einmal war? Ein verfluchtes Gefühl, wenn man sich in so einem Nirgendwo befand, in einer Art Niemandsland, wenn man an gestern nicht mehr denken wollte und es doch immer tun mußte, und an morgen nicht denken konnte, weil es kein Morgen gab.

Stop. Das stimmte nicht mehr. Ein Morgen gab es, und eben begann es. Es würde gut sein, sich darauf einzustellen, vorwärts zu schauen und nicht mehr zurück.

Überhaupt bestand im Grunde für düstere Gedanken gar kein Anlaß. Man hatte mir so viel Anteilnahme und Freundschaft entgegengebracht in den vergangenen Monaten, daß ich fairerweise von mir aus jetzt die Zuversicht aufbringen mußte, mein Leben weiterzuleben und mit dem Rest etwas anzufangen. –

Es mußte mir einfach gelingen, an so etwas wie eine Zukunft zu glauben. Ich war nicht mehr der Mann, der vor vier Monaten nach Wien zurückkehrte; der war uralt gewesen, erstarrt, vereist, für den gab es kein normales Leben, keine Hoffnung, keine Zukunft. Der war eigentlich schon tot. ---

Heute war es doch anders. Ich lebte wieder, ich konnte denken, fühlen, sogar planen. Oder ich versuchte es zumindest. Natürlich gab es keine Verbindung mehr zu dem Mann, der ich früher einmal gewesen war. Über diesen Abgrund führte keine Brücke.

Es regnete ein wenig, der Himmel über Wien war trüb. Aber wenn man nur wollte, konnte man hinter dem dunklen Himmel das Licht des Frühlings ahnen. Oben auf dem Semmering öffnete sich der Himmel wirklich, ein paar blaue Flecken zunächst, die Wolken zerflossen, und dann war auf einmal die Sonne da. Sie schien hier auf mich gewartet zu haben, um mich in das neue Leben zu begleiten.

Ich hielt an, stieg aus und blickte auf die Berge, die klar gezeichnet vor dem blassen Märzhimmel standen. Und auf einmal dachte ich etwas, was ich seit Jahren nicht mehr gedacht hatte: diese Erde ist schön.

Nicht das Leben ist schön. Nein – das konnte ich wohl nie mehr denken, nicht von meinem Leben. Aber daß die Welt schön war, die Erde, der Himmel, die Berge, der Frühling – das konnte ich wieder empfinden. Es würde gut sein, dort allein in den Bergen und Wäldern zu leben, eine Arbeit zu haben.

»Werd' mir net spinnert dort in der Einöd«, hatte Karl heute morgen beim Abschied gesagt. »Such dir ein Mädchen, so eine Dralle, Unkomplizierte aus den Bergen, das ist das Gesündeste, was ein Mann haben kann.«

»Schau, daß du weiterkommst, aber g'schwind«, hatte Josy darauf gesagt, »sonst schick' ich dich nächstens auch in die Berg', damit du was Dralles, Unkompliziertes kriegst.

Dein dummes Gesicht möcht' ich sehn, wenn du so was als Umgang hättest.«

Karl – schon unter der Tür – schnitt eine Grimasse. »Wär' grad die richtige Abwechslung. Wo ich doch mit so einer gescheiten Frau verheiratet bin.«

»Filou!« rief Josy ihm nach. Dann war Karl weg, der Abschied von ihm war der kürzeste gewesen, denn er mußte um halb neun im Büro sein.

Dann sah die Josy mich an, das Lachen verschwand aus ihrem Gesicht, und ein wenig später weinte sie sogar. »Ich laß dich so ungern weg. Du bist noch nicht ...«

»Was, Josy? Was bin ich noch nicht?«

»Ich mein' halt, du könntest mich noch brauchen.«

»Ich bin euch lang genug auf die Nerven gefallen. Und auf den Geldbeutel.«

»Ach geh, hör doch auf damit. Das Thema wird langsam fad.«

»Also gut, sagen wir, du hast lange genug Mutterliebe an mich verschwendet. Du warst doch auch immer der Meinung, daß ich nichts dringender brauch' – als Arbeit und eine neue Umgebung.«

»Freilich. Aber gleich so weit weg ...«

Ich mußte lachen und legte den Arm um die Schultern meiner Schwester.

»Josy, ich fahr' nicht nach Amerika, sondern in die Steiermark. So groß ist Österreich ja nun wirklich nicht.«

»Gott sei Dank. Und ich schau' nach dir, sobald ich Ferien hab', darauf kannst du dich verlassen. Magst noch einen Kaffee?«

Sie schenkte noch einmal ein und strich mir ein zweites Kipferl dick mit Butter.

Das Jannerl, dessen große braune Augen sich auch mit Tränen gefüllt hatten, als es seine Mutter weinen sah, vergaß seine Milch und fragte kläglich: »Muß der Onkel Severin heute fort?«

»Geh, Schatzi, wein' du nicht auch noch. Er fährt ja gar nicht weit fort, nur ein kleines Stück«, beruhigte Josy ihre kleine Tochter und bewies damit, daß sich auch gescheite Frauen gelegentlich widersprechen.

Der Abschied von Josy dauerte fast noch zwei Stunden. Sie mußte heute erst um halb elf in ihrer Schule sein. Ich mußte mir eine Menge guter Ratschläge anhören, und meine schon gepackten Koffer wurden noch einmal inspiziert.

»Hast du wirklich alles, was du brauchst?«

»Bestimmt.«

»Du schreibst, wenn was fehlt. Oder du telefonierst. Ich schick' dir's. Dadrinnen kriegst bestimmt nix zu kaufen.«

»Gar so hinterm Mond werdens' da auch nicht sein.«

»Sie sind's, du wirst's sehen.«

So redeten wir. Josefine, meine Schwester, Mittelschulprofessorin, war bestimmt eine kluge Frau, eher resolut als zaghaft, aber an diesem Morgen meiner Abreise bestand sie nur aus Zärtlichkeit und Besorgnis, und immer wieder hatte sie Tränen in den Augen, ein Zustand, den ich an ihr gar nicht kannte.

Gewiß, damals vor vier Monaten, als ich an einem grauen Mittag im November bei ihr eingetroffen war, da hatte sie auch geweint. Aber seither nicht wieder. Es stimmte auch, was ich zuvor gesagt hatte, das von der Mutterliebe. Sie war zwar fünf Jahre jünger als ich, aber sie hatte mich behandelt wie eine Mutter ihren heimgekehrten Sohn, einen verletzten und geschlagenen Sohn, den man mit Liebe und Behutsamkeit wieder an das Leben gewöhnen mußte.

Wir hatten uns immer gut verstanden, Josy und ich. Aber wir waren einander nie so nahe gewesen wie seit meinem Unglück und am allermeisten in den vergangenen Monaten. Es bedurfte dazu gar nicht vieler Worte. Die meisten Worte machte sie heute beim Abschiednehmen.

Dann kam Josys Schwiegermutter, um das Jannerl zu holen. Sie wohnt auch im sechzehnten Bezirk und kümmert sich um die Kleine, wenn Josy Schule hat. In den letzten Monaten allerdings hatte ich mich viel mit dem Jannerl beschäftigt, und die Oma meinte, es wäre wirklich schade, daß ich fortginge, so ein gutes Kindermädchen bekämen sie nicht so schnell wieder. So waren es nun also drei weibliche Wesen verschiedener Altersklassen, die mich verabschiedeten, das Jannerl schluchzte bitterlich, als ich es auf den Arm nahm und zum Abschied küßte, die Josy weinte, und die Schwiegermama hantierte auch mit dem Taschentuch herum.

Ich war richtig froh, als ich endlich im Wagen saß und losfahren konnte. Innerlich war ich ganz aufgeweicht von dem ganzen Abschiedsschmerz. Ich biß die Zähne zusammen und dachte: so was Albernes. Ich trete eine Stellung an, es ist keine weite Entfernung, und wo, bitte, ist da ein Grund zum Heulen. Das Jannerl verstand das natürlich nicht, aber Josy hätte wirklich vernünftiger sein können. Sie brauchte ja bloß daran zu denken, wie es war, als ich das letzte Mal von ihr Abschied nahm.

Ich hatte versprechen müssen, noch in der Kanzlei von Dr. Saß vorbeizuschauen, ehe ich Wien verließ, und das tat ich treu und brav. Da ging es weiter mit dem Abschiednehmen. Dr. Saß war noch nicht vom Gericht zurück, und so fiel ich erst mal seinen Damen in die Hände. Ich sagte zwar: »Na, dann geh' ich wieder, grüßen Sie ihn schön von mir«, aber damit kam ich nicht durch; Fräulein Malwine bugsierte mich in den bequemsten Sessel und rief: »Aber nein, das dürfen S' dem Herrn Doktor doch nicht antun. Er will Sie unbedingt noch sprechen.«

Darauf kochte sie Kaffee, und den trank ich zusammen mit ihr und dem Fräulein Krüger und der kleinen blonden Christl, die ganze Arbeit blieb liegen, und dann kam auch noch der Bürovorsteher Lachner dazu, und alle redeten auf mich ein, und die blonde Christl himmelte mich an.

Das hatte sie schon getan, als ich das erste Mal herkam, geradeso, als sei ein entlassener Sträfling genau der Mann, von dem sie immer geträumt hatte. Sie war achtzehn, süß und blond, mit einem ganz kurzen Minirock, aber die Zeiten waren vorbei, wo ich mir so etwas näher anschauen durfte. Abgesehen von den zwanzig Jahren Altersunterschied war ich ein vorbestrafter Mann und ein gebranntes Kind.

In der Kanzlei vom Dr. Saß betrachteten sie mich als eine Art Adoptivkind. Sie waren sehr stolz darauf, daß ihr Doktor mich schon nach zwei Jahren wieder aus dem Kerker geholt hatte. Für die Damen war ich ein hochinteressanter Mann, zwar so was wie ein Mörder, aber auch wieder nicht richtig. Die blonde Christl hatte mir mal versichert, sie möge überhaupt nur einen Mann, der ein richtiger Mann sei und schon etwas erlebt habe. Sicher, erlebt hatte ich was. Ob man es allerdings als Empfehlung für die Qualitäten eines Mannes ansehen durfte, daran zweifelte ich.

Frauen – das war so ein Kapitel für sich. Wenn einer zwei Jahre eingesperrt war, die Untersuchungshaft und die Verhandlung dazugerechnet, waren es fast drei, also dann ist das natürlich so, daß man gelegentlich an Frauen denkt. Trotzdem hätte ich nicht gewußt, wie ich mich auf normale und unbefangene Weise einer Frau hätte nähern sollen. Verlieben, soviel war sicher, verlieben würde ich mich sowieso nie wieder.

Anfang des Jahres war ich einmal mit einem Mädchen gegangen, das ich auf der Kärntner Straße traf. Sie war gar nicht übel, wirklich ganz fesch. Es hatte sein müssen, nur damit ich wußte, wie es sein würde. Aber es war ein Krampf; es beschämte mich irgendwie, und ich tat es nicht wieder. So etwas hatte ich nie gewollt. Na schön – man kann auch ohne das leben. Jetzt konnte ich es.

Dann kam endlich Dr. Saß, und wir gingen hinunter in sein kleines Stammcafé, bisserl was gabeln, wie er sagte. Und mit Saß war es einigermaßen sachlich. Ich bedankte mich noch einmal für alles, was er für mich getan hatte, die Verteidigung im Prozeß, die Hartnäckigkeit, mit der er mich so bald aus der Strafanstalt geholt hatte, und nicht zuletzt dafür, daß er mir zu dem Job verholfen hatte, den ich nun antreten wollte.

»Schon gut, schon gut«, sagte Saß, »hoffentlich gefällt's Ihnen da drinnen, und es klappt alles einigermaßen.«

Doch dann kam der Herr Blansinger, dem das Kaffeehaus gehörte, und die Frau Blansinger und Ferdl, der alte Ober, und alle wünschten mir Gutes, so viel Gutes, und ich sollte ja vorbeischauen, wenn ich wieder nach Wien käme.

Und ich floh abermals vor guten Worten und Wünschen und teilnahmsvollen Blicken, ganz gerührt von soviel Anteilnahme und Freundschaft, die man mir entgegenbrachte. Hatte es eigentlich je so viele wohlmeinende Leute in meinem Leben gegeben, ehe ich einen Menschen umbrachte?

Als ich zu meinem Wagen ging, lachte ich vor mich hin. Das tat ich, um nicht zu heulen.

Als letzte Station meiner Abschiedstour hatte ich einen Besuch am Opernring vorgesehen, wo mein neuer Boß regierte. Ich wollte hören, ob er da sei, oder ob ich ihn im Tal treffen würde. – Aber inzwischen war es Mittag geworden, und in keinem Büro sah man es gern, wenn einer in der Mittagspause aufkreuzte. Ich überlegte kurz, und dann ließ ich den Wagen stehen, ging den Graben hinunter, über die Kärntner Straße zum Franziskanerplatz. Auf einen Abschied mehr oder weniger kam es nun auch nicht mehr an, und es wäre unrecht, dem alten Steingruber nicht adieu zu sagen. Die stillsten und besinnlichsten Stunden der letzten Monate hatte ich bei ihm verbracht. Vielleicht hatte er mir am meisten geholfen, mich aus meiner Verbitterung und Erstarrung zu lösen.

»Schau, Bub«, hatte er gesagt, »bei keinem geht das Leben so glatt, wie er sich's wünschen tät. Die Welt ist voller Unglück und voller Jammer. Aber sie ist auch immer wieder voller Hoffnung und voller Freude. Du bist nicht der einzige, dem was Böses passiert ist. Man hat dich betrogen und verraten, das ist ein Schicksal, das du mit vielen teilst. Du hast auf heftige Art und Weise darauf geantwortet, das hat wiederum dich ins Unrecht gesetzt und hat viel zerstört an dir und deinem Leben. Aber es ist niemand damit geholfen, daß du dich nun weiter zerstörst. Du lebst, du bist noch jung – du kannst neu anfangen.«

Einen Moment blieb ich vor dem niedrigen Schaufenster stehen, in dem die gleichen Bücher lagen, die bereits vor vier Monaten darin gelegen hatten. Jedenfalls kam es mir so vor. Ob der Steingruber jemals etwas verkaufte in seinem Antiquariat? – Wovon lebte er eigentlich?

Aber er war so bescheiden, er brauchte nicht viel zum Leben; ein Glaserl Wein, seine Würstl, eine Semmel, das genügte ihm. Schlafen und wohnen tat er in dem kleinen Hinterzimmer vom Laden. Sein einziger Sohn war im Krieg gefallen, seine Frau kurz darauf gestorben, vor Kummer und Gram vermutlich. Seitdem lebte er allein.

Ich hatte ihn in den Nachkriegsjahren kennengelernt, als ich noch in die Schule ging. Auch später dann, als ich an der TH studierte, suchte ich mir bei ihm Bücher zusammen. Damals wollte ich Architekt werden, aber die Zeiten waren schwer, ich mußte dann anfangen praktisch zu arbeiten, um Geld zu verdienen. Ich trat in eine Baufirma ein, bis ich dann auf die Idee kam, mich selbständig zu machen, mit dem, wovon ich am meisten verstand: Holz.

Ich kam gerade zurecht, um am Steingruber seinem Gabelfrühstück teilzunehmen. Mein Einwand, daß ich mit dem Dr. Saß schon einen Imbiß gehabt hatte, nützte nichts. Und dann hörte ich also noch einmal gute Wünsche und Ratschläge, und am Schluß, als ich ging, ein paar Bücher unterm Arm, sagte der Steingruber noch: »Es wird schon recht werden, Severin. In ein paar Jahren, du wirst sehen, denkst du nicht mehr an das, was einmal war.«

Ich hätte ihn fragen können, ob er nicht mehr an seinen toten Sohn dächte, aber ich unterließ es, nickte nur und ging dann.

Fräulein Mellinger, die hochnäsige Sekretärin meines neuen Chefs, die in der prachtvollen Etage am Opernring die Honneurs machte, war die erste an diesem Tag, die alle Gefühle beiseite ließ. Sie teilte mir nur kurz mit, daß der Herr Direktor noch nicht nach Wien zurückgekehrt sei, aber aus Mailand angerufen habe, er werde von dort aus direkt ins Tal fahren und mich dort erwarten, um mich in meinen neuen Wirkungskreis einzuführen.

Fräulein Mellinger ließ unter langen getuschten Wimpern einen abschätzenden Blick über mich gleiten und fügte kühl hinzu: »Der Herr Direktor hatte sowieso die Absicht, in diesem Monat ins Glainzer Tal zu fahren. Er kümmert sich stets selbst um die Außenbetriebe.«

»Ich weiß«, sagte ich ebenso kühl.

Ich verstand sehr gut, daß die junge Dame mir mitteilen wollte, ich solle mir ja nicht einbilden, der große Boß fahre extra meinetwegen ins Tal, um mich höchst eigenhändig persönlich in Empfang zu nehmen.

Gerade aber das wollte er tun. Otto Kaiser, der Holzkaiser, wie man ihn in Wien nannte, war lange nicht so vornehm und kühl wie seine Vorzimmerdame. Als ich vor einer Woche das letzte Mal bei ihm war, hatte er gesagt: »Wenn ich es irgendwie einrichten kann, bin ich dort, wenn Sie kommen, Herr Lanz. Der Betrieb ist so verschlampt, daß Sie allein kein klares Bild gewinnen können. Schon deswegen nicht, weil keiner da ist, der vernünftig mit Ihnen reden kann. Der Burger ist schon recht, aber er ist schon ein bißchen vertrottelt. Und der Junge – also der Junge ist in Ordnung, aber er muß noch viel lernen. Grunski, der Werkmeister, der ist der beste Mann da draußen, an den müssen Sie sich halten. Bißchen schwierig zu behandeln. Aber tüchtig. Auf jeden Fall ist es besser, wenn ich da sein werde. Die sollen gleich merken, daß Sie mein Mann sind. Und da muß ich zunächst einmal allen kräftig auf die Zehen steigen.«

Ich bezweifelte insgeheim, ob das die richtige Methode sein würde, mich bei meinen künftigen Mitarbeitern beliebt zu machen. Aber schließlich war der Holzkaiser ein mächtiger und erfolgreicher Mann, also mußte seine Methode wohl funktionieren. Besser, man stellte sich gleich darauf ein. »Er kümmert sich um alles selbst«, hatte Saß gesagt. »Ich weiß nicht, wie der Mann das macht. Seine Millionen kann er vermutlich nicht mehr zählen. Aber was in seinen Betrieben los ist, weiß er immer ganz genau. Er muß ein gutes Spionagenetz haben. Den führt keiner an der Nase herum. Ein typischer Selfmademan, hart wie ein Stein. Wer's ihm nicht recht macht, der fliegt. Erbarmungslos. Aber wer sich bewährt, der hat bei ihm eine Lebensstellung. Und den läßt er auch verdienen. Ich kenne den Leiter einer seiner Papierfabriken, er hat ihn beteiligt, und der hat's selber schon zu einer Million gebracht.«

Mich konnte das nicht schrecken. Ich wollte arbeiten. Ich würde glücklich sein, arbeiten zu *dürfen.* Ob der Holzkaiser ein netter und umgänglicher Mann war oder nicht, kümmerte mich nicht.

Abgesehen davon, bisher war er nett und umgänglich gewesen. »Ihre Vergangenheit ist mir egal, Herr Lanz. Ich kann mich gut an Ihren Prozeß erinnern, damals waren ja alle Zeitungen voll davon. Ich kann mich aber noch aus der Zeit vorher an Sie erinnern. Ordentlicher kleiner Betrieb, den Sie da aufgebaut hatten. Gute Arbeit war das. Sie waren doch auch Kunde bei mir?«

»Ja.«

»Eben. Weiß ich noch. Sie haben das Gefühl für Holz. So was lernt man nicht, das hat man. Und das ist wichtig für mich. Sie sind in einem Sägewerk aufgewachsen, nicht wahr?«

»Ich war acht Jahre alt, als mein Vater verkaufen mußte.«

»Und was war mit Ihrem Onkel?«

Erstaunlich, was er alles wußte. – Ein gutes Spionagenetz, genau wie Saß gesagt hatte. Es reichte sogar in die Vergangenheit. Dieser Mann, der irgendwann, von irgendwoher kommend, in Wien aufgetaucht war und hier ein Holzimperium aufgebaut hatte – ihm gehörten große Waldungen, ihm gehörten Sägewerke, Papierfabriken, und nicht zuletzt war er einer der größten Holzexporteure Österreichs –, dieser Mann wußte sogar Dinge aus der Vergangenheit. Wußte, daß mein Vater ein kleines Sägewerk in Niederösterreich besessen hatte, das in den schlechten dreißiger Jahren ständig am Rande der Pleite herumlaborierte und das dann im achtunddreißiger Jahr, als die Nazis kamen, von einem Parteigenossen für ein Butterbrot gekauft wurde. Und er wußte auch, daß mein Patenonkel Severin ein großes Sägewerk im Böhmischen besessen hatte. Das nahm man ihm weg, als die Nazis gingen.

Immerhin – es stimmte, ich war wirklich in Sägewerken aufgewachsen. In meiner ersten Kindheit war es das meines Vaters gewesen, und später dann verbrachte ich alle meine Ferien in dem großen gutgeführten Betrieb meines Onkels, der während des Krieges florierte.

»Sie sind genau der Mann, den ich brauche«, meinte der Holzkaiser zufrieden. »Der Saß ist doch ein verdammt kluger Hund.«

Und jetzt stehe ich hier auf dem Semmering und schaue die Berge an. Ich schaue, ich atme, ich lebe. Ich bin ein freier Mann. Ich soll vergessen, was hinter mir liegt. Das hat noch jeder gesagt in der letzten Zeit.

Vergessen?

Nein. Vergessen kann man es nicht.

Ich bin ein Mann, der sich selbst aus der Gemeinschaft

der anderen Menschen ausgeschlossen hat. Denn ich habe einen Menschen getötet. Im Schatten dieses Todes stehe ich, und da führt kein Weg hinaus ins Licht.

Auch wenn ich jetzt hier in der jungen Frühlingssonne stehe.

Es ist kalt hier oben. Auf den Bergen liegt noch Schnee. Aber es ist Frühling. Die Erde lebt und atmet wieder, sie wird sich öffnen, der Sonne und dem Regen, sie hat es gut. Sie kann jedes Jahr aufs neue beginnen. Sie wird älter dabei, aber niemals alt.

Was ist ein Mensch gegen sie? Was ist er denn mit seinem winzigen Stückchen Leben, das zu sterben beginnt, kaum daß es entstanden ist?

Habe ich ein Recht, hier zu stehen, zu leben, zu atmen, zu schauen?

Rainer ist tot. Weil ich ihn getötet habe.

Die Toten sind stark. Einer, den man selbst getötet hat, ist stärker als alles Leben ringsum. Er macht den Himmel dunkel, läßt die Kälte aufsteigen, bis sie einem ins Herz dringt. Vertreibt den Frühling.

Ich stieg ein und fuhr weiter, die flüchtige Freude war vergangen. Und auch die Sonne hatte sich nach einem kurzen Gruß wieder verborgen.

Dicke dunkle Wolken drängten über die Berge, kein Regen – *Schnee.* Erst waren es kleine Flocken, die eilig und rasch gegen die Windschutzscheibe stoben und mir die Sicht nahmen, und dann wurde das Schneegestöber so dicht, daß ich praktisch nichts mehr sehen konnte. Die nasse Straße gefror, und ein paarmal rutschte mir der Wagen weg. Als ich durch Standen kam, erwog ich flüchtig, die Fahrt zu beenden und hier zu übernachten, denn dunkel war es mittlerweile auch geworden. Aber noch wollte ich es erzwingen und fuhr stur weiter.

Aber es war unsinnig. Ich war zu spät von Wien abgefahren und würde sowieso zu keiner vernünftigen Zeit mehr im Glainzer Tal ankommen. Außerdem hatte Otto Kaiser mir gesagt, daß die Zufahrt schwer zu finden sei. Und die Straße wurde immer schwieriger. Was hatten sie schließlich von einem neuen Sägewerksdirektor, der im Straßengraben verröchelte, ehe er seinen Bestimmungsort erreichte.

Es war ein verhältnismäßig kleines Dorf, in dem ich endlich haltmachte. Aber es gab einen ganz ansehnlichen Gasthof, jedenfalls soviel ich von ihm sehen konnte. Er befand sich auf einem Platz gegenüber der Kirche, durch die Fensterscheiben sickerte mattes Licht in das Schneetreiben heraus. Vielleicht hatten sie hier ein Abendessen und ein Bett für mich.

Nach der Unwirtlichkeit draußen fand ich die Gaststube warm und gemütlich, obwohl sie nur einfach eingerichtet war, mit Holzbänken und buntgedeckten Tischen.

An einem runden Tisch neben der Theke saßen ein paar Männer beim Kartenspiel, sonst war das Lokal leer.

Der Wirt, ein schon ziemlich alter kleiner Mann, kam mir entgegen, offensichtlich erstaunt über den unerwarteten Gast. Ich fragte, ob ich übernachten könne, das Wetter sei mir zu schlecht, um weiterzufahren.

Der Wirt nickte. Ja, das Wetter sei arg schlecht, und er habe es den ganzen Tag schon gewußt, daß es Schnee geben würde. Ein Mädchen namens Marie wurde aus der Küche gerufen, sie führte mich hinauf und zeigte mir die Zimmer. Es waren drei Stück im ganzen, alles Doppelzimmer, alle gleich eingerichtet, und Marie meinte, ich könnte haben, welches ich wollte, bitt' schön, sie seien alle drei frei. Nun – es war egal, ich entschied mich für das erste an der Treppe. Marie drehte die Heizung an, half mir beim Herauftragen meines Gepäcks, dann wusch ich mir die Hände und ging hinunter zum Abendessen.

Ein paar Männer waren mittlerweile noch gekommen, sie blickten zwei- oder dreimal zu mir hin, und dann kümmerten sie sich nicht mehr um mich. Ich bekam eine reichliche Portion Gulasch mit Nockerl, und nachdem ich gegessen hatte, saß ich einfach so da, rauchte, trank ein Viertel Wein und fühlte mich eigentlich ganz behaglich.

Es war das erste Mal seit langer Zeit, daß ich so ganz mir selbst überlassen war. In Wien hatten sie mich selten allein gelassen, absichtlich natürlich. Josy und auch Karl hatten dafür gesorgt, daß immer etwas los war, daß ich zu tun hatte, beschäftigt mit Einkäufen, Besuchen oder sonstigen Aufträgen. Und wenn sie sich nicht um mich kümmerten, taten es die Oma oder Freunde des Hauses, von denen sie jede Menge besaßen, und vor allem natürlich war das Jannerl immer dagewesen, das sich sehr zärtlich und sehr anspruchsvoll an mich angeschlossen hatte, ein richtiges kleines Frauenzimmer mit ihren fünf Jahren, das es genoß, einen ständig zur Verfügung stehenden Kavalier zur Hand zu haben.

Allein war ich nur in den Nächten gewesen, in dem kleinen Zimmer, das Josy liebevoll für mich hergerichtet hatte. Da lag ich im Bett, starrte ins Dunkel und grübelte. Wie und warum das alles gekommen war. Und warum ich getan hatte, was ich tat.

Dann beschloß ich, mit dem sinnlosen Denken aufzuhören, und begann zu lesen. Ich las die halben Nächte durch, bis ich mit brennenden Augen einschlief. Ich las alles, war mir in die Hände geriet, Bestseller und Fachbücher, Josys umfangreiche Bibliothek rauf und runter, Klassiker und Kriminalromane, und seltene Altertümer holte ich mir beim Steingruber. Ich sollte ja vergessen, das sagten alle. Und so floh ich vor dem, was geschehen war, verdrängte es, verscheuchte es aus meinen Gedanken.

Aber an diesem Abend in der bescheidenen Gaststube in dem kleinen steirischen Dorf ließ ich die eingesperrten Gedanken und Erinnerungen frei. Nichts war da, was mich ablenkte, kein Gespräch, kein Buch, kein Fernsehen, da waren nur die wortkargen Männer an ihren Tischen, der Schneewind, den man manchmal um das Haus fauchen hörte, die Geborgenheit des warmen Raumes, der still getrunkene Wein – die rechte Stunde, um wieder einmal nachzudenken.

Heute begann ein neues Leben. Oder besser gesagt, morgen würde es beginnen. Also war es vielleicht ganz gut und ganz nützlich, heute noch einmal alles zu bedenken, um es dann – nein, nicht zu vergessen, aber es zu vergraben, tief und für keinen anderen mehr sichtbar.

Und wie ich da so daß, das Kinn in die Hand gestützt, kroch es wieder in mir empor, es war wie Eis in meinem Innern, das mich gefrieren ließ, und ich wußte, daß ich ein Fremder, ein anderer geworden war. Nicht für die Männer hier in dieser Gaststube – die kannten mich nicht. Für die war ich ein düsterer, ungeselliger Gast, der blicklos in die Gegend starrte.

Aber für jeden, der mich früher gekannt hatte, mußte ich ein Fremder geworden sein.

Am 12. November hatte man mich aus der Strafanstalt Stein an der Donau entlassen. Nach nur zwei Jahren. Daß ich nach so kurzer Zeit wieder ein freier Mann sein konnte, verdankte ich Dr. Saß. Er hatte sich mit allen Mitteln für mich eingesetzt. Auch die Sympathie, die mir von allen Seiten entgegengebracht worden war, angefangen vom Direktor der Strafanstalt bis zur sogenannten öffentlichen Meinung, hatte dazu geholfen, daß ich so früh wieder frei kam. Zwei Jahre sind keine lange Zeit, wenn man sie lebt. Verbringt man sie als Gefangener, dauern sie länger als ein Menschenleben. Nicht, daß man mir meine Strafzeit schwer gemacht hätte – ich hatte eine Einzelzelle, ich arbeitete in der Schreinerwerkstatt, ich hatte alle Vergünstigungen, die ein Mann in meiner Lage haben konnte. Meinerseits hatte ich auch keinem das Leben schwer gemacht. Ich war ein stiller, umgänglicher Gefangener gewesen.

Ich war erstarrt, innerlich und äußerlich erstarrt von der Tatsache, daß ich einen Menschen getötet hatte.

Die Tatsache blieb, auch wenn man mir zugebilligt hatte, daß ich Rainer nicht töten wollte. Ich schlug ihn nieder im Zorn, und er starb an den Folgen dieses Schlages. Eine Gehirnblutung.

Rainer war mein bester Freund gewesen. Oder jedenfalls hatte ich ihn dafür gehalten. Immer wieder fragte ich mich, ob ich ihn vielleicht wirklich hatte töten wollen und ob der Schlag deshalb so hart ausgefallen war. Sein Tod hatte meinen Haß ausgelöscht. Den Haß auf ihn und den Haß auf Anschi.

Anschi war meine Frau, sie hatte sich scheiden lassen, während ich im Kerker war. Das hatte sie sowieso vorgehabt. Sie hatte mich mit Rainer betrogen, schon längere Zeit. Als ich es endlich erfuhr, war sowieso alles vorbei.

Rainer und ich waren Teilhaber der kleinen Firma, die ich gegründet hatte, kurz nachdem ich Anschi geheiratet hatte. Wir bearbeiteten und vertrieben Edelhölzer, Profilbretter, Wand- und Deckenverkleidungen und ähnliches.

Ich war der Holzfachmann, leitete die Werkstatt, war unterwegs auf Einkaufsreisen. Rainer führte das Büro, die Bücher und was alles sonst dazu gehörte ... Er machte das so, daß die Firma bankrott ging, nicht wegen schlechtem Geschäftsgang, sondern er ruinierte sie durch Unterschlagungen, Steuerhinterziehungen und Auslandstransfer von Betriebsgeldern. Anschi, die im Büro mitarbeitete, hatte davon gewußt. Sie betrieben das beide ganz zielbewußt und planmäßig, denn sie wollten später ins Ausland gehen, und dazu brauchten sie Geld. Ich hatte ihnen vertraut. Weil Anschi meine Frau war und Rainer mein Freund.

Als Anschi das Kind bekam, freute ich mich sehr. Rainer

freute sich auch. Erst später, als alles herauskam, erfuhr ich, daß er der Vater des Kindes war. Nicht ich!

Für mich war das alles unfaßbar. Ich war ein Mensch, der kein Mißtrauen gekannt hatte. Und nun kam alles auf einmal: die Firma pleite, der Freund ein Verräter, die Frau eine Betrügerin.

Daher kamen Wut und Haß – das ließ mich zuschlagen.

Es gab da noch etwas, das meine Enttäuschung ins Ungemessene steigerte, obwohl es gar nichts damit zu tun hatte. Vor Jahren, zu Beginn unserer Zusammenarbeit, hatte ich Rainer einmal in einer üblen Situation beigestanden. Spät in der Nacht, ziemlich betrunken, hatte Rainer in der Nähe des Hauses, das wir gemeinsam bewohnten, einen Mann umgefahren. Er kam totenbleich und sagte: »Severin, du mußt mir helfen, ich hab' einen totgefahren. Drunten an der Ecke liegt er. Du mußt mir helfen, ihn wegzuschaffen.« Der Mann war nicht tot, nur schwer verletzt. Ich rief die Polizei und sagte, daß ich am Steuer gesessen hätte und der Mann mir ins Auto hineingelaufen sei. Da wir damals nur gemeinsam einen Wagen besaßen, gab es keine Komplikationen. Günstig war, daß der Überfahrene ebenfalls betrunken war, so passierte mir nicht viel.

Rainer wußte damals gar nicht, was er vor Dankbarkeit tun sollte. Es ginge eben nichts über eine echte Freundschaft, und er werde mir das nie vergessen und so weiter und so weiter.

Anschi hatte das alles miterlebt. Sie hatte es zugelassen, daß ich die Schuld auf mich nahm. Vielleicht liebte sie Rainer damals schon. Er war ein gutaussehender, sehr charmanter Mann mit liebenswürdigen Umgangsformen, sehr gewandt – aber auch ein wenig leichtsinnig. Sein Frauenverbrauch war immer beachtlich gewesen.

Als ich Anschi kennenlernte und mich in sie verliebte, sie war noch sehr jung und ging in die Handelsschule, war Rainer noch verheiratet. Später ließ er sich scheiden. Rainer und Anschi verstanden sich von Anfang an sehr gut, und ich freute mich darüber.

Anschi sagte: »Ist ein charmanter Bursch', der Rainer. Aber du gefällst mir besser. Du bist ein richtiger Mann.« Sie war sehr hübsch und ich so glücklich und blind, wie es nur ein verliebter Mann sein kann.

Rainer hatte gesagt: »Nett, die Kleine. G'fallt mir besser als die fade Nocken, mit der du bisher gangen bist. Hab' ich eh net verstanden, was du an der gefunden hast.«

Die fade Nocken hieß Rosmarie und war eine Freundin meiner Schwester, ein liebes braves Mädchen, und ich hatte sie eigentlich sehr gern gehabt. So lange, bis ich Anschi kennenlernte.

Rosmarie war warmherzig und sehr fraulich. Und dabei gebildet und interessiert an vielen Dingen. Wir gingen zusammen ins Theater, in die Oper, in Ausstellungen. Sie verstand von all diesen Dingen viel, und ich lernte es von ihr. Josy hätte es gern gesehen, wenn ich Rosmarie geheiratet hätte, dagegen mochte sie Anschi von Anfang an nicht leiden. Als alles vorbei war, sagte meine Schwester nicht: »Siehst du, ich habe es gleich gesagt.« Sie sagte: »Ich bin immer für dich da, Severin.«

Jeder sagte, daß es ein Glück sei, daß ich diese Schwester hätte. Auch der Direktor der Strafanstalt, mit dem ich am Tage vor meiner Entlassung ein längeres Gespräch hatte. »Ich weiß, die erste Zeit ist schwer. Sie müssen versuchen, darüber hinwegzukommen. Sie sind jung genug, um sich selbst zu retten. Ich bin froh, daß Sie Ihre Schwester haben. Eine sehr patente Frau, Ihre Schwester. Es ist wichtig, daß man nicht allein ist in einer solchen Situation.«

Am nächsten Morgen holte mich dann Dr. Saß ab. Er redete keinen Unsinn, ich stieg in seinen Wagen, und wir fuhren los.

»Ich müßte mich wohl bei Ihnen bedanken«, sagte ich nach einer Weile.

»Das haben Sie schon getan, erst unlängst. Ich bin mit mir selber sehr zufrieden, daß ich Sie heraußen hab'. Und wenn Sie mir danken wollen, dann führen Sie sich jetzt wie ein vernünftiger Mensch auf. Keine nachträglichen Psychosen, bitte. Heraus aus der Baracken da und hinein ins Leben. Eine Weile sollten Sie sich erholen und an das normale Leben gewöhnen, und dann müssen Sie arbeiten. Das ist die Hauptsache.«

Er sagte so ziemlich dasselbe wie der Direktor von der Strafanstalt. Beide sprachen zweifellos aus Erfahrung. Ich starrte durch die Windschutzscheibe auf die regengraue Novemberstraße und nahm mir vor, nicht schwierig zu sein, mich an das normale Leben zu gewöhnen und dann zu arbeiten.

In der Stadt parkte Saß seinen Wagen in einer der engen Gassen um den Graben und meinte beiläufig:

»Trinken wir einen Schwarzen?«

»Haben Sie keine Termine?«

»Ich hab' mir frei genommen. Ich wollte mit Ihnen noch ein bisserl reden.«

Wir gingen in ein kleines düsteres Kaffeehaus, das ich nicht kannte. Saß war hier bekannt und offenbar auch seine Klienten. Selbst die, die er eben aus der Haft geholt hatte und die noch nie hiergewesen waren.

»Ah, der Herr Doktor«, sagte ein weißhaariger Ober und schob uns die Stühle zurecht, »und der Herr Lanz! Na, da gratulier' ich auch, Ihnen beiden.«

»Danke, Ferdl«, erwiderte Saß. »Zwei Schwarze und zwei Kirsch!«

Als der Ober weg war, sagte er entschuldigend: »Mich kennen s' halt hier. Und meine Fälle auch. Meine Kanzlei ist im Nebenhaus.«

»Und es geniert Sie nicht, mit einem Mörder hier zu sitzen?«

»Es geniert mich nicht. Zumal wann's gar kein Mörder ist.«

»Na gut, dann eben ein Totschläger.«

»Wann S' partout wollen, können S' sich so nennen, Herr Lanz. Die Anklage lautete auf Körperverletzung mit Todesfolge. Aber bitt' schön, ganz wie's beliebt. Ich hab' Sie gewarnt, fangen Sie jetzt nicht mit Komplexen an. Das hilft keinem, und Ihnen schadet's. Sie müssen versuchen, sachlich zu sein. Hier sitzen Sie, ein freier Mann, für den ein neues Leben beginnt. Was gewesen ist, ist gewesen.«

»Ist es wirklich so?«

»Es kann so sein, wenn Sie mitspielen. Ich will Sie keineswegs mit Predigten und Ratschlägen langweilen, ich glaube, ich kenne Sie ganz gut. Sie haben Haltung und Verstand bewiesen bei der Verhandlung und auch in der Zeit, die hinter Ihnen liegt, es wäre sehr dumm, beides jetzt zu verlieren.«

Der Ober kam und brachte den Kaffee und die Schnäpse, sagte »Zum Wohl, die Herren« und benahm sich ganz normal, starrte mich weder neugierig an, noch lag in seinem Ton eine unechte Beflissenheit. Er tat so, als sei es ein ganz alltäglicher Vorgang, daß einer aus dem Kerker kam und hier seinen Schwarzen und seinen Kirsch trank.

Ich hatte irgendwie zusammengeduckt dagesessen, die Finger im Schoß verkrampft. Jetzt richtete ich mich langsam auf, löste meine Hände und sah mich vorsichtig um. Das kleine Kaffeehaus war zu dieser Vormittagsstunde wenig besucht, nur ein paar Leute saßen da, und keiner beachtete uns. Ich dachte, daß Saß wohl absichtlich mit mir hergegangen sei. Damit ich mich wieder an das normale Leben gewöhnte, wie er es genannt hatte; an die Stadt, an ein Kaffeehaus, an einen freundlichen Ober und an einen Schwarzen mit Kirsch.

Dann ging ein junges Mädchen durch den Raum. Ihr Rock war sehr kurz, man konnte den halben Oberschenkel sehen.

»Das ist der Minirock«, sagte Saß. »Vielleicht haben Sie davon gelesen. Wenn eine hübsche Beine hat so wie die hier, dann geht's ja. Manchmal kann es auch fürchterlich sein. Soll aber wieder aus der Mode kommen, wie ich gehört habe.«

Unwillkürlich mußte ich an Anschi denken. Sie hatte auch sehr hübsche Beine gehabt.

Saß konnte offenbar Gedanken lesen. Er sagte: »Sie wissen ja, daß Ihre verflossene Frau nicht mehr in Wien ist. Sie ist nach Deutschland gegangen.«

»Ja, meine Schwester hat es mir erzählt. Sie hat wieder geheiratet.«

»Es ist die beste Lösung. Finden Sie nicht auch?«

Ich nickte.

Sie habe in München den Besitzer von einem kleinen zweitklassigen Nachtlokal geheiratet, hatte Josy mir kurz mitgeteilt und hinzugefügt: »Da paßt sie hin.«

Das war die einzige gehässige Bemerkung, die Josy jemals über Anschi gemacht hatte.

Wir tranken noch einen Kaffee und noch einen Kirsch, und Saß redete über alles mögliche, über Politik und Wirtschaft, über den neuesten Wiener Klatsch und die letzten Inszenierungen der Theater.

»Sie sind ja immer gern ins Theater gegangen, wie ich gehört habe. Das sollten Sie bald wieder einmal tun.«

Gegen Mittag fuhren wir dann hinaus in den XVI. Bezirk zu Josy. Ich begriff nun auch, warum er mich so lange in der Stadt festgehalten hatte. Sicher hatte er zu Josy gesagt: »Gehen Sie in Ihre Schule wie immer, kommen Sie nach Haus wie immer, nur nix Besonderes, nur keinen großen Auftritt. Ich bring' ihn dann grad recht zum Mittagessen.«

Und Josy bemühte sich dann auch, alles so undramatisch wie möglich zu gestalten. Sie küßte mich, sie weinte zwar ein bißchen, aber dann rief sie: »Ich muß in die Küche, ich hab' Kalbsvögerln mit Reis. Bleiben Sie zum Mittagessen, Herr Doktor?«

Aber Saß meinte, er hätte schließlich noch was anderes zu tun und ging. Josy hantierte in der Küche, und ein kleines braunhaariges Mädchen betrachtete mich interessiert und fragte: »Bist du der Onkel Severin?« Das war meine Nichte Jannerl. Als ich sie das letzte Mal sah, konnte sie gerade laufen ...

So begann es, das normale Leben. Und es war einerseits leichter, als ich erwartet hatte, aber andererseits auch sehr schwer.

Alle waren lieb und nett, keiner machte Schwierigkeiten: mein Schwager Karl, die Oma, die Nachbarn im Haus, der Greißler an der Ecke, die Milchfrau, alle waren sie freundlich und unkompliziert, keiner sprach von dem, was geschehen war. Es kam natürlich daher, daß ich immer die Sympathie der Leute gehabt hatte, schon während des Prozesses. Ein verräterischer Freund, eine treulose Ehefrau und ich das arme Opfer, das hatten die Zeitungen weidlich ausgeschlachtet, und so etwas bewegt das Publikum.

Jannerl erwies sich übrigens als große Hilfe bei der Wiedereingliederung in das sogenannte normale Leben. Sie war ja gänzlich unbelastet von lästigem Wissen, für sie war ich der neue Onkel Severin, der viel Zeit für sie hatte, der mit ihr spielte, mit ihr spazierenging, mit ihr in den Stadtpark fuhr und ihren Schlitten hinter sich herzog, nachdem Schnee gefallen war.

Anfangs dachte ich manchmal an das Kind, das Anschi damals zur Welt gebracht hatte, und das ungefähr jetzt so alt sein mußte wie Jannerl. Es war ein Bub gewesen, und ich hatte gedacht, es sei mein Sohn. Es war nicht mein Sohn, und seinen Vater hatte ich getötet.

Das waren so Gedanken, die natürlich immer wiederkamen. Aber meine Umgebung tat alles, damit ich nicht viel zum Denken kam. Einladungen, Besuche, Theater, Fernsehen, ein sehr lebhafter Betrieb an Weihnachten, eine große Party an Silvester, und zum Denken kam ich immer erst nachts im Bett.

Ja. So war das gewesen in den vergangenen vier Monaten. Und nun saß ich also hier in einem kleinen Gasthof in einem weltverlorenen Dorf in der Steiermark. – Ob ich noch ein Viertel Wein trank? Warum nicht? Um so besser würde ich schlafen können.

Morgen fing es an. Einer der reichsten Männer Österreichs hatte mir eine Stellung angeboten, die vermutlich meine ganze Kraft und meinen ganzen Verstand beanspruchen würde: ein heruntergewirtschaftetes Sägewerk, inmitten großer Wälder gelegen, zu einem lukrativen Betrieb umzugestalten. »Ich habe die Wälder da herum vor zwei Jahren gekauft«, hatte der Holzkaiser gesagt. »Wunderbares, gesundes Holz, kaum genutzt bisher. Das Sägewerk im Glainzer Tal gehörte mehr oder weniger dazu. Zuvor hat es dem Grafen Solmassy gehört. Alte Familie, sie haben dort so eine Art Stammschloß. Auch eine runtergewirtschaftete Bude. Aber wunderbar gelegen. Überhaupt eine herrliche Gegend, kein Fremdenverkehr, kein Rummel, nichts.

Erst habe ich gedacht, ich löse den Betrieb auf. Aber dann dachte ich mir, es ist schade drum. Die Glainz flößt bei gutem Wasserstand das Holz bis an das Werk heran. Arbeitskräfte gibt's genug dort, und sie sind billig. Es wäre zum Lachen, wenn der Laden nicht wieder auf die Beine zu bringen wäre. – Ich meine, diese Aufgabe müßte einen Mann doch reizen.«

Doch. Diese Aufgabe konnte einen Mann reizen.

Ich war also zu der Entscheidung gekommen, daß ich noch ein Viertel trinken würde. Der Wein war gut, ich war nicht müde, und der besinnliche Abend in dieser ländlichen Gaststube hatte etwas Wohltuendes für mich.

Zuvor aber – so dachte ich – würde ich noch einmal nach

dem Wetter schauen. Ob es immer noch schneite, ob der Winter am Ende ernsthaft zurückgekehrt war.

Gerade als ich aufgestanden war, um zur Tür zu gehen, wurde diese geöffnet. Ein neuer Gast kam herein.

Eine Frau!

Eine Frau, die in einem Luxushotel Aufsehen erregt hätte, ihr Erscheinen an diesem Ort wirkte ebenso faszinierend wie befremdend.

Sie war schlank und hochgewachsen, ihr blondes Haar unbedeckt, Schneeflocken schimmerten darin; sie trug einen Pelzmantel, irgendsoein geflecktes Raubtierfell, und an den Füßen schmale Pumps, die ganz durchweicht waren.

Jeder hatte Zeit genug, das alles ausführlich zu betrachten, denn die Frau blieb an der Tür stehen und machte einen verstörten Eindruck, obwohl ihr schönes blasses Gesicht fast arrogant wirkte. Der Blick, mit dem sie sich umsah, war kühl und abweisend.

Der Wirt, der zuletzt bei den Kartenspielern am Tisch gesessen hatte, stand auf und ging der Fremden entgegen, einige Schritte nur, dann blieb er stehen, und in seinem Gesicht malte sich ein fast kindliches Staunen. – Solch einen Gast hatte er wohl in seinem kleinen bescheidensten Gasthof noch nie gesehen.

Ohne Gruß sagte die Fremde: »Mein Wagen ist steckengeblieben beim Ortseingang. Ich glaube, daß der Tank leer ist.«

Schweigen.

Sie mußten das erst einmal verarbeiten – das Erscheinen dieser schönen hochmütigen Frau, der Klang der dunklen, spröd klingenden Stimme mit dem fremden Akzent; sie stammte nicht von hier, das erkannte jeder sofort.

Der Wirt tat noch einen schüchternen Schritt auf sie zu. »Ihr Wagen ...«

»Ja.« Ungeduld und Nervosität flackerten in ihrer

Stimme. »Ich bin gerutscht, die Straße ist sehr glatt, ich habe einen Baum gestreift.«

Ihr Blick glitt flüchtig über die Männer ringsum, die ihr stumm lauschten. – »Aber es ist weiter nichts geschehen. Ich glaube, der Wagen fährt nicht, weil kein Benzin mehr drin ist. Wo kann ich hier tanken? Ich habe die Tankstelle nicht gesehen.«

Die Männer blickten mit der lauernden Schwerfälligkeit der Gebirgler einander an, dann wieder die Fremde, dann den Wirt.

»Eine Tankstelle?« fragte der, als hätte er von solch einer Einrichtung noch nie gehört.

»Mein Gott, ja«, sagte sie gereizt, »das wird es hier ja wohl geben.«

Der Wirt nickte bedächtig. »Ein Zapfhahn ist da.«

»Aber der Wastl is net da«, ließ sich einer vernehmen, »er ist einig'fahr'n nach Standen, zu seiner Tochter.«

Ich hatte der Szene schweigend beigewohnt, so als spiele sie sich auf einer Bühne ab. Ich begriff, daß Wastl der Mann war, der das Benzin verkaufte und dem vermutlich auch die Reparaturwerkstatt gehörte. Wastl nicht da – kein Benzin da – das mochte hier noch so sein. Fremdenverkehr gab es in diesem Teil des Landes kaum und bestimmt nicht zu dieser Jahreszeit.

Die Fremde strich sich mit einer fahrigen Bewegung eine Strähne des feuchten Haares aus der Stirn, trat zwei Schritte näher, und da sie jetzt direkt unter der fahlen Beleuchtung der Gaststube stand, konnte ich sehen, wie angespannt und blaß ihr Gesicht war und daß ihr Mund sich verzog, als unterdrückte sie einen Ausruf von Ärger oder Schmerz.

Sie betrachtete die anderen nicht, sprach nur zu dem Wirt. »Soll das heißen, daß kein Benzin zu bekommen ist? Und daß niemand nach dem Wagen sehen kann?«

Der Wirt kratzte sich die Wange. »Ja, i woaß net ...«

Nun blickte sie zu den anderen Männern, und plötzlich

sah sie mich an. Ich stand ja immer noch in meiner ganzen Länge, weil ich gerade im Begriff war, hinauszugehen.

Ihr Gesicht war schön, schmal, mit hohen Backenknochen, aber auf den Wangen lagen tiefe Schatten der Erschöpfung. Sie hatte nichts zu mir gesagt, aber ich fühlte mich dennoch angesprochen.

Ich sagte: »Ich wäre Ihnen gerne behilflich, gnädige Frau, aber ich bin selbst fremd hier. Jedenfalls könnte ich nach Ihrem Wagen schauen. Ich verstehe etwas von Motoren.«

»Vielen Dank, mein Herr, das ist sehr liebenswürdig.«

Ihre Stimme klang nicht mehr so herrisch, sie hatte einen verbindlicheren Ton gefunden, ein kleines Lächeln erschien sogar um ihren Mund. »Ich glaube nicht, daß dem Wagen etwas fehlt. Der Rutscher passierte schon vor einigen Kilometern, erst fuhr er noch, dann fing er an zu stottern. Es wird wohl wirklich das Benzin sein. Typisch Frau am Steuer – werden Sie sagen, aber ich bin etwas überstürzt aufgebrochen und habe nicht daran gedacht, zu tanken. Und dazu noch das schreckliche Wetter.«

»Sie wollen heute noch weiterfahren, gnädige Frau?«

»Ja. Nach Wien.«

Ihre Augen waren hell, graugrün, wie es mir schien. Sie war sehr apart – eine interessante Frau.

»Ist das nicht ein wenig leichtsinnig? Ich habe meine Fahrt hier unterbrochen, eben weil das Wetter schlecht war. Und Sie wollen noch so weit fahren – jetzt in der Nacht?«

Ich sprach unwillkürlich auch bestes Hochdeutsch, und obwohl ich nur sie ansah, spürte ich die Blicke der Männer fast körperlich, empfand ihre Aufmerksamkeit, mit der sie diesem fremdartig klingenden Dialog lauschten.

Sie lächelte nicht mehr, ihr Blick war wieder abweisend. »Das macht mir nichts.«

Ich war geneigt zu sagen: Offenbar doch, sonst wären Sie nicht gegen einen Baum gebumst. Aber ich sagte nur: »Ich weiß ja nicht, wie es jetzt draußen ausschaut. Als ich meine

Fahrt vor anderthalb Stunden hier unterbrach, schien es nicht geraten, weiterzufahren.«

»Das Wetter ist seither nicht besser geworden«, teilte sie mir gelassen mit. »Aber ich muß heute noch nach Wien.« Es klang sehr bestimmt und schloß jede weitere Diskussion ab.

Schön, dachte ich, ein wenig verärgert, wie Madame befehlen.

Ich wandte mich an den Wirt. »Wenn ich recht verstanden habe, ist momentan niemand da, der nach dem Wagen schauen kann. Und Benzin gibt es auch nicht.«

»Wenn der Wastl heimkommt ...«, begann der Wirt umständlich.

»Wo steht Ihr Wagen, gnädige Frau?«

»Gleich am Ortseingang.«

»An welchem? Östlich oder westlich?«

Sie blickte ein wenig verwirrt, machte dann eine rasche Armbewegung nach rückwärts und stieß gleichzeitig einen kleinen Schmerzensschrei aus.

»Da, in der Richtung. Aber ich möchte Sie nicht bemühen ...«

»Ich fürchte, es wird Ihnen nichts anderes übrigbleiben. Ich weiß bloß nicht, ob Sie ...« Ich blickte auf ihre Füße, auf die durchweichten Pumps, denen man die Spuren des Schneematsches ansah. – »Wenn Sie mir den Wagenschlüssel anvertrauen, werde ich nachsehen gehen.«

Ihre Hand fuhr in die Tasche des Pelzes, kam leer wieder heraus. »Der Schlüssel steckt.«

Es kam mir vor, als sei sie noch blasser geworden, wieder verzerrten sich ihre Lippen, ihre Stimme war sehr leise und stockend, als sie sagte: »Es ist wirklich sehr freundlich von Ihnen...« Und dann taumelte sie, es sah so aus, als würde sie umfallen. Ich trat rasch hinzu und griff nach ihrem Arm.

Sie schrie auf und hob abwehrend den rechten Arm. Und

da sah ich, daß aus dem Ärmel des Mantels Blut über ihr Handgelenk lief.

»Aber Sie sind ja verletzt!«

Sie zog den Arm hastig zurück und verbarg ihn wie ein Kind hinter dem Rücken.

»Sie sagten, Sie hätten einen Baum gestreift, Sie müssen sich verletzt haben.«

»Es ist nichts«, murmelte sie – es war kaum zu verstehen, denn nun überkam sie eine ernsthafte Schwäche, der letzte Rest von Farbe wich aus ihrem Gesicht, und mit einem leisen Stöhnen sank sie zusammen.

Es kam für mich nicht einmal so überraschend, ich hatte es ihr angesehen, und so gelang es mir, sie vorsichtig aufzufangen und zu halten; schwer und reglos hing sie mir im Arm. – In der Gaststube herrschte Totenstille. Dann erhob sich leises Gemurmel. Ich sagte zu dem Wirt: »Kann sich die Dame hier irgendwo hinlegen? Und gibt es einen Arzt im Dorf?«

»Einen Arzt?« fragte er zurück, restlos verdutzt. – Aber dann kam Bewegung in ihn, er eilte zu einer kleinen Tür neben der Theke, öffnete sie. »Kommen Sie hier herein.« Es war ein kleiner Raum neben der Küche, ein Tisch stand darin, ein paar Stühle und ein altersschwaches Sofa. Die Frau war ohnmächtig. Ich trug sie vorsichtig zu dem Sofa und legte sie behutsam nieder. Ihr Gesicht war wie eine weiße Maske.

Gab es denn eigentlich keine Wirtin in diesem Hause?

»Wo ist denn das Mädchen, das mir vorhin die Zimmer gezeigt hat?« fragte ich ungeduldig, weil der Wirt so schwerfällig war. »Und was ist mit einem Doktor?«

»Einen Doktor haben wir hier net. In Standen – und die Marie – die Marie wird auffigangen sein.«

»Bringen Sie mir Kognak und ein Glas Wasser.«

Er verschwand eilig. Ich beugte mich über die Frau und zog ihr langsam und vorsichtig den Pelzmantel aus. Es ging sehr mühsam, aber sie kam dabei langsam zu sich, ihre Augenlider flatterten, und sie war nicht mehr so schwer und reglos wie ein Stein.

Und dann sah ich ihren rechten Arm. Sie trug einen weißen Pullover aus dünner Wolle, der rechte Ärmel des Pullovers war am Oberarm gerissen und von Blut durchtränkt. Der ganze Pullover war voller Flecken, doch teilweise war das Blut getrocknet, es sah aus, als sei die Verletzung schon vor einiger Zeit geschehen.

Plötzlich schlug sie die Augen auf. Aller herrischer Hochmut war aus ihrem Gesicht verschwunden, es war nur eine Waffe der Selbstverteidigung gewesen, ein verzweifelter Versuch, sich aufrecht zu halten. Jetzt sah sie hilflos und schutzbedürftig aus.

»Was – was ist denn?«

»Ist Ihnen besser?«

»Oh, ich – ich – ich ...«

Ihre Augen wurden klarer, der hilflose Ausdruck in dem stolzen, zuvor fast kalten Gesicht rührte mich.

Ich legte meine Hand auf ihre gesunde Linke und sagte beruhigend:

»Schon gut. Sie haben einen Moment schlappgemacht. Ihr Unfall war offenbar doch nicht so eine Bagatelle, wie Sie angenommen haben.«

Sie betrachtete ihren Arm, stöhnte auf und flüsterte: »Um Gottes willen!«

In diesem Augenblick kam der Wirt mit dem Kognak und dem Wasser, und als er das Blut sah, blieb er erschrocken stehen und stammelte: »Jesses Maria!«

Ich nahm ihm den Kognak ab und sagte: »Wir müssen einen Doktor haben.«

»In Standen. Man muß ihm telefonieren.«

Die Fremde versuchte sich aufzurichten. »Ich brauche keinen Arzt. Es ist weiter nichts.«

»Aber gnädige Frau! Seien Sie doch nicht so unvernünftig.«

»Wirklich, es ist weiter nichts. Ich bin ja auch bis hierher gekommen. Ich habe in Wien einen Arzt.«

»Sie können unmöglich in diesem Zustand bis nach Wien fahren. Jetzt mitten in der Nacht. Wissen Sie überhaupt, wie weit das ist?«

»Ich weiß es, und ich kann fahren.« – Es klang trotzig.

Jetzt wurde ich energisch. »Sie können nicht! Bitte, nehmen Sie zur Kenntnis, daß ich Sie in diesem Zustand nicht fahren lasse. Sie sind vor einigen Minuten ohnmächtig geworden, zweifellos geschwächt von Schmerzen und Blutverlust. Was ist, wenn Ihnen das am Steuer passiert?« Ich nahm das Glas mit dem Kognak und hob es ihr an die Lippen. »Trinken Sie das!«

Sie blickte mich erstaunt an, aber sie gehorchte und trank langsam die Hälfte von dem Kognak. Und dann sank sie zurück und schloß wieder die Augen.

Der Wirt hatte stumm die Szene verfolgt und blickte mich nun erwartungsvoll an. Er schien froh zu sein, daß ich das Kommando übernommen hatte.

»Was ist mit dieser Marie? Kann man sie nicht wieder herunterholen? Die Dame sollte den Pullover ausziehen, und man müßte die Wunde wenigstens verbinden, bis der Arzt kommt. Es blutet ja immer noch. Haben Sie Verbandszeug im Haus?«

»Könnt' schon sein«, meinte der Wirt. »Ich hol's gleich. Und die Marie hol' ich auch.«

Die Patientin schlug die Augen wieder auf. »Lassen Sie diese Marie, wo sie ist. Also gut, ich werde den Pullover ausziehen, und man kann das verbinden.«

Sie sah mich an. »Sie sind selbst schuld, daß ich Ihnen Ungelegenheiten mache. Hätten Sie mich doch gehen lassen.« Sie hatte plötzlich Tränen in den Augen und wandte unwillig den Kopf zur Seite.

»Wohin – Ich denke, Ihr Wagen fährt nicht. Wollen Sie vielleicht nach Wien laufen?«

Sie gab keine Antwort. Ihre Lippen zitterten, sie war jetzt ein hilfloses, verängstigtes Kind, und ich empfand fast so etwas wie Zärtlichkeit. – Ich wußte auch nicht, warum ich es tat – ich strich ihr das blonde Haar aus der Stirn und sagte tröstend: »Regen Sie sich nicht auf, trinken Sie schön den Kognak aus, bleiben Sie ruhig liegen. Dann werden wir den Arm anschauen und verbinden, und dann werden wir weitersehen.«

»Ich hol' das Verbandszeug«, bequemte sich der Wirt nun endlich zu einer gewissen Aktivität und verschwand.

Wir waren allein. Sie wandte wieder das Gesicht und sah mich stumm an. »Wer sind Sie eigentlich?«

»Ein Durchreisender. Genau wie Sie, gnädige Frau. Und nun bitte ich Sie, seien Sie nicht weiter so eigensinnig. Ich lasse Sie auf keinen Fall in diesem Zustand weiterfahren.«

»Aber es ist wirklich nichts Schlimmes.«

»Das werden wir ja sehen. Trinken Sie jetzt den Kognak aus, und dann wollen wir versuchen, den Pullover auszuziehen, ja? Oder soll ich den Ärmel einfach aufschneiden?«

Sie richtete sich auf, und ich mußte ihr helfen, den Pullover über den Kopf zu streifen, es ging sehr mühsam, denn sie konnte den verletzten Arm kaum heben, wurde wieder totenblaß und sank zurück, als es endlich geschafft war. Ich dachte schon, sie sei wieder ohnmächtig geworden. Und dann sah ich ihren Arm.

Es war eine tiefe blutverkrustete Wunde, aus der nun wieder frisches Blut sickerte. –

Eine Stichwunde.

Es war mir unerklärlich, wie sie sich diese Wunde zugezogen haben sollte, als ihr Wagen einen Baum streifte.

Eine Weile später hatte ich die Wunde notdürftig verbunden, meine verwunderte Bemerkung über die Art der Verletzung blieb ohne Antwort. Aber immerhin hörte sie sich widerspruchslos an, wie ich mir den weiteren Verlauf der Dinge vorstellte.

»Oben gibt es leere Zimmer im Hause. Sie legen sich zu Bett, und ich fahre nach Standen und sehe, daß ich einen Arzt erwische und bringe ihn hierher. Es ist nicht weit, so verzwanzig Kilometer etwa. Diese Wunde muß ordentlich versorgt werden. Sie scheint ziemlich tief zu sein und wird weiter bluten. Es könnte eine Ader verletzt sein.«

Sie schwieg. Ihre Augen waren geschlossen.

»Sind Sie einverstanden?«

»Sie lassen mich ja doch nicht tun, was ich will.«

»Gut, daß Sie das einsehen.«

Ich war voller Tatendrang und Energie. Voller Hilfsbereitschaft, Mitleid, Anteilnahme, alle nur möglichen Gefühle überschlugen sich geradezu in mir. Ich hatte gar keine Zeit mehr, an mich zu denken. Ich dachte nur noch an sie.

Die Männer, die normalerweise längst nach Hause gegangen wären, saßen alle noch wie festgenagelt in der Gaststube, blickten mich neugierig an und lauschten gebannt meinen Anordnungen. So aufregende Ereignisse wurden ihnen nicht oft geboten.

Auch Marie war wieder zugegen und nickte eifrig, als ich ihr auftrug, ein zweites Zimmer herzurichten.

Und noch ein anderer war eingetroffen: Wastl. Man hatte ihn bereits informiert, und er erklärte sich bereit, nach dem Wagen zu sehen.

Ich, erfüllt von Tatendrang, wollte sogleich nach Standen aufbrechen, aber der Wirt erinnerte mich daran, daß es im Haus ein Telefon gebe und daß man den Doktor anrufen könne. Fast kam ich mir ein wenig lächerlich vor – in der Rolle des Ritters. Oder Samariters, ganz wie man wollte.

»Na, dann rufen S' halt an«, sagte ich unwirsch. »Das hätten Sie längst tun können.«

Was wäre wohl geschehen, wenn ich nicht zufällig dagewesen wäre? Vermutlich dasselbe, nur ein wenig langsamer.

Während der Wirt telefonierte, ging ich noch einmal zu ihr hinein. Sie lag still, mit geschlossenen Augen.

»Man telefoniert nach dem Arzt. Und der Wastl ist auch da und kümmert sich um den Wagen.«

»Danke«, flüsterte sie.

»Darf ich Sie jetzt hinaufbringen in Ihr Zimmer?«

Sie nickte. Sie wehrte sich nicht mehr. Ich mußte ihr beim Aufstehen helfen und merkte, daß sie jetzt wirklich am Ende ihrer Kräfte angelangt war.

Da nahm ich sie einfach auf die Arme und trug sie durch die Gaststube, vorbei an den starrenden Gesichtern, die Treppe hinauf. Ihr Haar duftete, meine Wange streifte ihre Wange, und mein Herz klopfte – nicht nur von der Anstrengung.

Marie, die uns stumm und mit runden erstaunten Kinderaugen gefolgt war, schlug das Bett zurück. Ich zögerte, ich konnte sie schließlich nicht ganz ausziehen.

»Helfen Sie der Dame beim Ausziehen«, sagte ich zu Marie.

Und dann ging ich.

Ich blieb noch einen Moment vor der Tür stehen, und irgendwie war mir ganz seltsam zumute.

Ob Marie das richtig machte?

Ich hätte es sicher besser gekonnt, ich hätte ihr nicht weh getan.

Langsam ging ich wieder hinunter in die Gaststube.

Er hätte den Doktor verständigt, teilte mir der Wirt mit. Der würde in einer halben Stunde da sein.

So heftig wie der scheidende Winter sich noch einmal gebärdet hatte, so rasch gab er wieder auf. Zwar war es noch kalt am nächsten Morgen, doch vom blauen Himmel schien die Sonne. Und als ich gegen halb zehn aus dem Dorf hinausfuhr, war die Straße trocken, nur auf den Wiesen lagen letzte Reste von Schnee.

Ich war verstimmt. Mehr noch – verärgert. Als ich vor einer Stunde in die Gaststube herunterkam, vorsichtig auf der knarrenden Treppe balancierend, um die Kranke nicht zu wecken, erfuhr ich als erstes, daß sie bereits abgefahren sei.

»Abgefahren?« fragte ich fassungslos.

»Schon in aller Früh. Um sieben Uhr«, sagte der Wirt vorwurfsvoll. »Ohne Frühstück. Ich war grad erst aufg'standen. Ich hab' s' gefragt, ob s' net warten will, bis die Marie ihr an Kaffee macht. Sie hat net wolln. Ka Zeit hat s' net g'habt.«

»Ging es ihr denn besser?«

»Schlecht hat s' ausgeschaut. Schwarze Ring' unter die Augen. Und rote Fleck'n im G'sicht. Die Marie meint, sie muß a Fieber g'habt ham.«

Ein verrücktes Frauenzimmer! Ich setzte mich ärgerlich zu meinem Frühstück nieder und räsonnierte bei mir über die Unvernunft der Frauen. Einfach wegzufahren! Sie war verschwunden – wie sie aufgetaucht war. Ich würde sie nie wiedersehen.

In der Nacht hatte ich mich noch lange mit ihr beschäftigt. Als der Arzt gekommen war, so gegen elf etwa, hatte der Wirt ihn hinaufgeführt zu ihr, und es hatte ziemlich lange gedauert, bis der Doktor wieder herunterkam.

Ich saß eisern an meinem Platz, trank und rauchte und wartete. Von den Männern waren nur noch zwei ganz Neugierige übriggeblieben, aber der Wastl war zurückgekommen und hatte berichtet, daß der Wagen nur ein paar Kratzer habe und daß der Tank wirklich strohtrocken gewesen sei. Jetzt stehe der Wagen fahrbereit vor dem Haus. Übrigens sei es ein großer amerikanischer Schlitten, ein Cadillac neuester Bauart.

Ich hatte die Absicht gehabt, den Arzt nach seiner Patientin zu fragen, ob es eine ernstliche Verletzung sei und woher sie wohl gekommen sei, aber als der Arzt dann kam, wagte ich es nicht. Es war kein gemütlicher alter Landarzt, wie ich es mir vorgestellt hatte, sondern ein noch junger, sehr streng blickender Herr, der nicht so aussah, als ob er einem Fremden Auskunft über eine Patientin geben würde. Von dem Wirt erfuhr ich schließlich, daß der Doktor einen neuen Verband gemacht habe und ihr ein schmerzstillendes Mittel gegeben hat. Morgen früh würde er noch einmal kommen.

Ich fragte mich, ob der Wirt überhaupt bemerkt hatte, welcher Art die Wunde war. – Eine Stichwunde! Wie zog man sich so etwas zu? Doch bestimmt nicht bei einem Autounfall.

So schlimm, wie es ausgesehen hatte, konnte es wohl nicht sein, sonst hätte der Arzt sie in ein Spital bringen lassen. – Es war das erste Mal, daß ich an etwas anderes dachte, nachts im dunklen Zimmer, nicht an mich und mein Schicksal. Irgend jemand mußte ihr etwas angetan haben. Wer? Wieso? Warum? – War sie auf der Flucht, hatte sie deswegen mitten in der Nacht noch weiterfahren wollen?

Ich lag, ohne mich zu rühren und lauschte in die Nacht. Es war totenstill. Nur der Wasserhahn in meinem Zimmer tropfte, und ich stand zweimal auf, um ihn fester zuzudrehen. – Sie war im Zimmer nebenan. Schlief sie? Hatte sie Schmerzen? Hatte sie Angst?

Wer hatte ihr etwas getan? Und warum?

Ob sie ihr Zimmer abgeschlossen hatte? Sicher nicht. Sie war krank, sie war wehrlos. Wenn sie einen Feind hatte, so konnte der leicht in der Nacht bei ihr eindringen. Es war leicht, ihre Spur zu finden, der auffällige Wagen stand neben dem Haus.

Schließlich stand ich auf und tappte die Treppe hinunter. Die Haustür war verschlossen. Vor ihrem Zimmer blieb ich eine Weile stehen und lauschte. Aber natürlich wagte ich es nicht, zu ihr hineinzugehen. Wenn sie nicht schlief, würde sie zu Tode erschrecken.

Dann ging ich wieder in mein Zimmer, ließ das Licht

brennen, damit man sah, in diesem Haus war jemand wach ...

Ich rauchte. Ich grübelte. Nicht über mich. Über sie. Und dabei lauschte ich. In das Haus hinein, auf das Knarren der Treppe, in das Zimmer nebenan, in die schweigende Nacht draußen.

Mit der Zeit kam ich mir etwas lächerlich vor. Offenbar hatte ich in Wien zu viele Krimis im Fernsehen angeschaut. Schwager Karl war ein leidenschaftlicher Krimifan. Wenn es Mord und Totschlag zu betrachten gab, drehte er die Kiste an.

Erst gegen Morgen, ganz steif und kalt, kroch ich ins Bett und fiel in einen bleiernen Schlaf. Und darum hatte ich wohl auch nicht gehört, wie sie aufstand, wie sie fort fuhr. – Na schön, auch gut. Keiner hatte ihr etwas angetan in dieser Nacht. Und so schlecht konnte es ihr auch nicht gehen, wenn sie sich wieder auf die Reise begab.

Gott befohlen, Madame. Sie sind eben doch eine eigensinnige unvernünftige Person – und mich gehts nichts an.

Wenn sich hier jemand unvernünftig benahm, dann war ich es. Wir waren hier nicht im Dschungel, sondern mitten in Österreich. Und wenn sie Hilfe gebraucht hätte, würde sie es ja wohl gesagt haben. Schließlich gab es ja auch noch so etwas wie eine Polizei in diesem Land.

Und du bist ein verdammter, lächerlicher Narr, spottete ich über mich selbst, als ich durch den hellen Morgen fuhr. Phantasie wie eine alter Jungfer, die sonst nichts zu denken und zu tun hat. – Graugrüne Augen und ein schöner weitgeschwungener Mund, und du mußt den edlen Ritter spielen. Die schöne Unbekannte auf der Flucht! Was es doch nicht alles gibt. – Es wurde Zeit, sie zu vergessen und sich auf das einzustellen, was vor mir lag. Dies zum Beispiel war die Bezirkshauptstadt Hallau, und nun konnte es nicht mehr weit sein nach Glainz. –

Diese Augen – dieser Mund ...

Glainz war ein Ort mittlerer Größe, Kirche, Schule, drei Gasthäuser, Bahnstation dieser Nebenlinie. Die Glainz mußte hier irgendwo in die Mur fließen – aber es dauerte eine Weile, bis ich die Einfahrt ins Glainzer Tal fand. Genau wie Otto Kaiser vorausgesagt hatte: Die Einfahrt war schwer zu finden.

Schließlich fand ich die Stelle, wo die Glainz in die Mur mündete, sie tat es ungern, denn sie war ein lebhafter, sogar heftiger Fluß, und sie gab vermutlich ungern ihr freies wildes Leben auf und fügte sich der größeren Schwester. Kurz vor dem Zusammenfluß schäumte das gischtende Wasser noch einmal ungebärdig über eine Felsstufe, dann wurde der Fluß schmal, genau wie das Tal – das Glainzer Tal –, auf beiden Seiten stiegen ziemlich steil die bewaldeten Berghänge auf, die Straße war knapp auf der rechten Seite zwischen Fluß und Berg gequetscht, so schmal teilweise, daß es Ausweichstellen gab, um sie passierbar zu machen.

Der Transport des Holzes mußte seine Schwierigkeiten haben, besonders im Winter. Wer immer das Sägewerk in diesem Tal gebaut hatte, mußte nicht viel von diesem Geschäft verstanden haben. Der Transport verteuerte den Betrieb – soviel war sicher. Und einen Gleisanschluß hier unten zu verlegen, war unmöglich. An einer Stelle wurde das Tal so eng, die Berge lagen sich so nahe gegenüber, daß wohl niemals ein Sonnenstrahl hier herunterdrang, die Landschaft wirkte düster und verlassen. Aber gleich hinter dieser schmalen Stelle machte die Straße eine scharfe Biegung, fast war es eine rechtwinklige Kurve, und urplötzlich weitete sich das Tal, gab eine helle liebliche Landschaft frei, die leuchtend im Sonnenschein lag. Mit einem Schlag sah man alles auf einmal: das breit gewordene, offen liegende Tal, das Dorf mittendrin und rechts auf halber Höhe das Schloß. Der Anblick war so frappierend, daß ich bremste und hielt. Was für ein wunderschöner Fleck Erde! Eine kleine abgeschlossene Welt für sich. Ein einsames Dorf inmitten weiter Wiesen, von Wäldern umrandet, und dahinter, erst sanft, dann hoch aufsteigend die Berge. Die Glainz war hier viel breiter und auch ruhiger, ein silberner leuchtender Fluß, die Ufer sanft gewölbt, von Büschen bestanden, und obwohl Bäume und Büsche noch kahl waren, spürte, roch und sah man den Frühling bereits, der gerade seinen Einzug hielt.

Oberglainz. Ein Name, den ich nie zuvor gehört hatte. Ein verborgenes Paradies, eine Welt der Abgeschiedenheit und des Friedens, kaum berührt von dem, was in der großen weiten Welt vor sich ging.

Mir fiel ein, was Otto Kaiser gesagt hatte: »Wenn es je einen Platz gegeben hat, an dem ich wünschte, zu leben und alt zu werden, dann ist es dort. Heute könnte ich es noch nicht, ich würde mich vermutlich zu Tode langweilen. Manchmal denke ich, ich könnte es doch. – Aber es liegt mir nun mal nicht, mein Leben auf ruhige Beschaulichkeit umzustellen. Aber man hat ja manchmal so Wunschträume, nicht? Ich habe mich richtig in das Tal verliebt, als ich es das erste Mal sah. Wenn ich ein paar freie Tage habe, bin ich am liebsten dort. Und dann gehe ich auf die Jagd.«

Ein fast verlegenes Gesicht hatte er gemacht, als er mir das sagte. Er war auch wirklich nicht der Mann, dem man ein Leben in ruhiger Beschaulichkeit zutrauen konnte. Und es paßte keineswegs zu ihm, daß er von einer Landschaft und ihrer Einsamkeit schwärmte. Aber was weiß man schon von anderen Menschen. Jeder hat wohl irgend so einen verborgenen Winkel in seiner Seele, der nicht zu dem Gesamtbild passen will.

Das Dorf war nicht groß. Zehn – zwölf Häuser etwa. Ich erkannte zwei schöne alte Haufenhöfe, wie sie in der Steiermark noch oft zu finden sind. Die anderen Häuser waren kleiner. Eine Kirche gab es nicht. Sicher auch keine Schule.

Postamt? – Na, vielleicht eine Poststelle. Ob ein Bus nach Glainz hineinfuhr?

Nicht zu übersehen war das Sägewerk. Es lag am jenseitigen Ende des Ortes und dehnte sich weit aus bis zum Fluß hinunter. Hallen, Schuppen, Lagerplätze, zwei Kräne. Wo bekamen sie eigentlich die Arbeitskräfte her? Von Oberglainz allein bestimmt nicht. Schließlich ging das Tal ja auch noch weiter. Wer weiß, wie weit es in die Berge hineinreichte. Holzfäller mochte es auf jeden Fall ausreichend in den Bergen geben. Landwirtschaft konnte hier kaum betrieben werden, außer Viehwirtschaft natürlich.

Das große helle Bauernhaus, das am diesseitigen Rand des Werksgeländes lag, nahe dem Dorf, mußte das Wohnhaus sein, von dem Kaiser gesprochen hatte. Dort könne ich wohnen, das Haus sei modern hergerichtet, mit Heizung und Warmwasser, und er, Kaiser, hätte dort auch zwei Zimmer, die er bewohnte, wenn er im Tal sei. Eine Frau Soundso besorge die Wirtschaft und koche ganz hervorragend.

Na los, sagte ich laut zu mir. Da hinunter und sehen, was dort auf mich wartete.

Ich hatte den Wagen schon gestartet, da bemerkte ich rechts von mir im Gebüsch eine Bewegung, die Zweige teilten sich, zuerst sprang ein brauner Jagdhund über den schmalen Graben, der zwischen Straße und Wald lag, und dann folgte ein Mann, ein kleiner drahtiger Mann, einen verdrückten grünen Hut auf dem Kopf, ein Gewehr über der Schulter. Die beiden standen direkt vor meinem Kühler, warfen nur einen kurzen Blick auf mich und liefen dann die Straße abwärts.

Ob die hier das öfter so machen? Das mußte man natürlich wissen. Offenbar gab es nicht viel Verkehr auf dieser Straße. Ich blickte den beiden einigermaßen verblüfft nach;

sie drehten sich nicht um, schritten zielstrebig dahin, der Hund immer dicht neben dem Jäger.

Ich ließ den Wagen langsam anrollen, wandte den Kopf, als ich neben dem Jäger war, bereit zu grüßen, aber er blickte stur geradeaus. Na, denn nicht.

Offenbar waren die Leute hier nicht sehr kontaktfreudig.

Die nächsten Lebenwesen, die ich erblickte, waren zwei Kinder, die am Dorfeingang spielten, ebenfalls mitten auf der Straße. Und als nächstes wieder ein Hund, der laut bellend neben dem Auto herlief.

Sonst erschien das Dorf wie ausgestorben. Ich erblickte keine Menschenseele.

Und dann sah ich die aufgestapelten Bretter des geschnittenen Holzes vor mir, hielt an und stieg aus. Da war der vertraute Geruch nach frischem lebendigem Holz, der schönste Geruch, den ich kenne, und mir wurde ganz heimatlich zumute.

Es hatte keinen Zaun, kein Tor gegeben, vom Dorf aus gelangte man ohne Aufenthalt auf das Gelände des Sägewerks. Rechts von mir lag das alte weitgebaute Bauernhaus, in dem ich wohnen sollte. Es hatte einen frischen Anstrich und grüne Fensterläden, es gefiel mir auf den ersten Blick.

Ich überblickte das Gelände. Alles sah gut aus. Ordentlich und gepflegt, und warum das Otto Kaiser einen verschlampten Betrieb genannt hatte, verstand ich nicht ganz. Die Hallen und Schuppen waren zum Teil neu und die beiden Kräne, die ich schon von der Anhöhe aus gesehen hatte, ganz modern.

Nur einen Menschen sah ich nicht. Es war totenstill. Die Kräne standen still, keine Säge kreischte. Das Werksgelände war so ausgestorben wie das Dorf.

Das begriff ich nicht. Es war doch ein ganz gewöhnlicher Werktag. Mittwoch, um genau zu sein, warum wurde nicht gearbeitet?

Ich ging auf das Wohnhaus zu, und nun entdeckte ich

auch, woher die seltsamen Laute kamen, die ich in dieser großen Stille, halb unbewußt bisher, vernommen hatte.

Vor dem Haus befand sich der dritte Hund, der mir an diesem Tag begegnete. Ein großer brauner Jagdhund, ähnlich dem, den der Jäger gerade eben auf der Straße bei sich gehabt hatte. Dieser Hund hier war mit einer Kette an einem Ring festgebunden, der sich in der Hausmauer befand. Das Tier zerrte ungeduldig an der Fessel und lief, soweit es sein Bewegungsraum erlaubte, unruhig hin und her und stieß dabei diese jaulenden und klagenden Laute aus.

»Na, na, was ist denn mit dir? haben sie dich nicht mitgenommen?«

Der Hund blieb stehen, knurrte kurz, aber dann wendete er sich ab und begann seinen unruhigen Lauf aufs neue, und wieder kam der heulende Klageton aus seiner Kehle.

Ich öffnete die Tür des Hauses, trat ein und machte »Hallo!« Stille. – Nichts rührte sich. Vor mir lag ein langer, sauberer Flur, der das Haus in der Mitte teilte. Am Ende des Flures war ein Fenster, und davor standen große Pflanzen mit üppigen grünen Blättern.

Hm. Sehr schön. Aber war hier niemand zu Hause? Welche Tür mochte wohl in die Küche führen? Da würde doch wohl jemand sein.

Ich versuchte es noch einmal mit »Hallo«, etwas lauter diesmal, und siehe da, am Ende des Ganges gerade neben dem Grünzeug öffnete sich eine Tür, und eine Frau kam heraus.

Sie blieb stehen, blickte zu mir her und kam dann langsam auf mich zu. Sie war groß und schlank, nicht mehr jung, das dunkle Haar mit Grau vermischt, aber das Gesicht von ebenmäßiger Klarheit und edler Linie. Sie mußte einmal sehr schön gewesen sein. Nein – sie war es noch.

War das am Ende die Wirtschafterin, von der Kaiser gesprochen hatte? Eine imponierende Erscheinung. Ihre Haltung war stolz, sie ging gerade aufgerichtet. Aber ihr Gesicht wirkte merkwürdig starr.

»Sie sind unten am Fluß«, sagte sie, noch ehe ich ein Wort sagen konnte. »Gleich hinter dem letzten Schuppen rechts.«

»Verzeihung«, sagte ich. »Mein Name ist Lanz.«

»Ach so!« Es kam ein wenig Leben in ihren Blick. »Herr Lanz. Natürlich. Wir hatten Sie gestern schon erwartet.«

»Ich habe die Fahrt unterbrochen. Es hat geschneit.«

»Ja.«

Sie stand und sah mich an, und ich wußte nicht recht, was ich tun oder sagen sollte.

»Herr Kaiser sagte mir, daß ich hier im Haus wohnen könnte«, sagte ich schließlich.

»Ja, Ihre Zimmer sind bereit.«

Sie stand und rührte sich nicht, blickte an mir vorbei zu der offengelassenen Tür hinaus.

»Einen Augenblick bitte.« Sie ging zur Tür hinaus, trat vor das Haus, blickte über das Gelände, dann sagte sie etwas zu dem Hund, der still geworden war, als sie kam. Sie bückte sich, machte den Hund los und zog ihn ins Haus.

»Komm mit, Molly«, sagte sie zu dem Hund, der eine Hündin war. »Das ist ja nicht mit anzuhören. Komm, sei still.«

Die Hündin schwieg und ging mit der Frau mit, die die Tür hinter sich schloß. Dann sah sie mich an. »Darf ich Sie hereinbitten, Herr Lanz?«

Es klang formell und sehr höflich, ich machte eine kleine Verbeugung und folgte dieser Frau, die, wer immer sie sein mochte, ihr Leben bestimmt nicht in diesem Tal begonnen hatte.

Sie ging auf die Tür am Ende des Ganges zu, aus der sie soeben gekommen war, machte eine einladende Handbewegung: »Bitte! Treten Sie ein!«

Es war ein heller, großer Raum, sehr geschmackvoll eingerichtet, schöne alte Möbel, ein dicker Teppich, und vor den beiden Fenstern und im ganzen Raum verteilt auch hier Grünpflanzen und blühende Gewächse.

Sie ging zu einem der Fenster, blickte hinaus, wandte sich dann um, blieb vor mir stehen, sah mich an.

Ich räusperte mich, wußte nicht recht, was ich sagen sollte.

»Äh – ja, wenn Sie wissen wer ich bin ... ich meine, wenn Sie mir bitte dann zeigen würden, wo ich wohne, damit ich mein Gepäck ausladen kann. Und dann würde ich gern Herrn Kaiser sprechen. Oder ist er noch nicht gekommen?«

»Er ist gestern gekommen.«

»Ja, tut mir leid, daß ich gestern noch nicht da war. Das Wetter – es war sehr schlecht zu fahren. Wo treffe ich Herrn Kaiser? Ist er hier im Haus? Oder ...«

Sie wandte den Blick ab, hob mit einer nervösen Bewegung die Hand. »Herr Lanz – es ist ...«

»Wo ist das Büro?« fragte ich so sanft wie möglich.

»Drüben in der großen Halle. Aber ...«

»Ist Herr Kaiser dort?«

»Nein, Herr Kaiser ... er ist nicht im Büro. Er ist ...« Nun sah sie mich wieder an, ihr Blick war starr. »Herr Kaiser ist tot.«

Ich starrte sie nun auch an, unfähig ein Wort zu äußern. Mit einem Schlag wurde die Situation unwirklich, traumhaft. Ein Alptraum. Das schöne helle Zimmer, die Sonne, die durch die Fenster kam, das viele Grün, diese Frau mit dem starren Gesicht.

Die Hündin stieß wieder ihren langgezogenen klagenden Laut aus. Die Frau setzte sich, oder besser gesagt, sie ließ sich in einen Sessel sinken, so als sei sie am Ende ihrer Kräfte angelangt. Sie legte ihre Hand auf den Kopf der Hündin, die darauf wieder still wurde.

»Molly hat ihn gefunden«, sagte sie. »Man mußte sie gewaltsam da wegziehen.«

»Molly hat ihn gefunden?« fragte ich verständnislos.

»Herr Kaiser ist ermordet worden.«

»Ermordet?«

»Der Gendarm ist eben unten am Fluß, wo sie ihn gefunden haben. Vor einer Stunde. Wir warten jetzt auf die Polizei aus Hallau.«

»Ermordet?« wiederholte ich dumm.

»Ja. Erstochen. Mit seinem Jagdmesser.«

Es gibt Minuten, die dehnen sich zur Ewigkeit. Als bleibe die Zeit stehen, als gebe es kein Vorher und kein Nachher. Ich stand, ohne mich zu rühren, ohne zu denken. Aber selbsttätig hatte sich in meinem Kopf ein Automat eingeschaltet, der ein ganz bestimmtes Bild ablaufen ließ. Es war wie ein alter tausendmal gesehener Film, der wieder und wieder vor mir ablief. – Meine geballte Faust, der dumpf dröhnende Ton, der Mann, der vor mir niederstürzte. Er war nicht tot. Er lebte noch. Drei Tage lebte er noch. Er kam nicht wieder zum Bewußtsein.

Und diese drei Tage, diese drei Tage ...

Anschi, die schluchzend über dem Gestürzten lag.

»Du hast ihn umgebracht! Du hast ihn umgebracht!«

Sie hatte es sofort gewußt. Erst stöhnte sie es. Dann schrie sie es.

Wieso hatte sie es sofort gewußt? Wenn einer niedergeschlagen wird, kann er bewußtlos sein. Später steht er vielleicht auf und hat eine Beule. Oder Kopfschmerzen. Oder er steht gleich auf und schlägt zurück.

Anschi hatte es sofort gewußt. Du hast ihn umgebracht. –

Nein, es war gar nicht schwer, einen Menschen zu töten. Besonders dann, wenn man es gar nicht wollte.

Es mochte anders sein, wenn man vorher darüber nachdachte, wenn es ein Plan war, etwas, was man vorbereiten und gut überlegen mußte. Dann war es ein Mord.

Jemand niederschlagen, erstechen, erschießen, spontan

und unüberlegt – im Zorn, in der Wut, aus Verzweiflung, das war kein Mord, das war Totschlag.

Ich kannte die Unterschiede ganz genau. Wenn man wie ich einfach zuschlug, und der Geschlagene starb später an den Folgen des Schlages, das war dann Körperverletzung mit Todesfolge. Man war zwar auch ein Mörder, aber einer, dem man etwas wohlwollender gegenüberstand.

Oh, wie gut ich das wußte.

Die nackte Faust, das war eine ungeplante Waffe. War man so groß und kräftig wie ich, dann konnte es eine tödliche Waffe sein. Rainer war kleiner als ich, schmal, fast graziös in seinen Bewegungen. Eigentlich hätte das strafverschärfend wirken müssen: wenn ein Großer einen Kleineren niederschlägt. – Komisch, das hatten sie in der Verhandlung gar nicht berücksichtigt.

Ich biß die Zähne zusammen und schob den alten Film weg. Jetzt war keine Zeit dafür. Hier – hier war etwas geschehen, hier und heute. – Was hatte die Frau eben gesagt? Ein Messer? Ein Jagdmesser?

Und plötzlich war ein anderes Bild da, das ich in der letzten halben Stunde vergessen hatte, vergessen seit dem Moment, als das Tal vor meinen Augen lag.

Der blutdurchtränkte Pullover. Der nackte blutbefleckte Arm mit der Stichwunde. Sie?

Konnte es so einen Zufall geben? Die Frau, die ich heute nacht in den Armen gehalten hatte, als ich sie die Treppe hinauftrug, die Frau auf der Flucht, blaß und tödlich erschöpft – auf der Flucht wovor? Vor einem Mörder? Vor einem Mord?

Eine Frau, die ohne zu überlegen in einen Wagen ohne Benzin steigt, in Schnee und Dunkelheit dahinrast, einen Baum streift, der das Blut übers Handgelenk läuft, die zusammenbricht vor Schmerzen und Angst und dennoch in der gleichen Stunde weiterfahren will – wer war diese Frau?

»Wann?« fragte ich und mußte zweimal ansetzen, weil

meine Stimme heiser und unverständlich war. »Wann ist das passiert?«

»Ich weiß es nicht. Ich sage Ihnen ja, vor einer Stunde haben sie ihn gefunden, unten am Fluß. Es kann auch anderthalb Stunden her sein. Vielleicht schon zwei, ich bin ziemlich durcheinander, wie Sie vielleicht verstehen werden. Molly hat ihn gefunden. Sie heulte so laut, daß schließlich einer der Männer hinunterlief, um zu sehen, was sie hatte. Erst hat es keiner gehört, weil die Sägen liefen.«

»Sie meinen, er könnte dort schon länger gelegen haben?«

»Ich habe keine Ahnung. Niemand weiß das bis jetzt. Der Gendarm von Glainz ist drunten, aber der ist vermutlich ratlos.«

Draußen auf dem Gang wurden Schritte laut, die Tür wurde aufgerissen, ein junger Mann kam hereingestürzt, und noch unter der Tür rief er: »Mutter!«

Als er mich sah, verstummte er.

»Was ist denn?« fragte die Frau.

»Ach, nichts. Ich wollte nur wissen – hast du Dunja gesehen?«

»Nein.« Ihre Stimme klang abweisend.

Der junge Mann schwieg und blickte mich an.

»Ludwig, das ist Herr Lanz.«

»Ach so.«

Sie sagte: »Ich habe mich noch nicht vorgestellt, Herr Lanz. Ich bin Frau Jarisch. Und das ist mein Sohn Ludwig. Er hat bis jetzt die Arbeit hier getan, die Sie nun tun sollen.«

Der junge Mann sah mich an und ich ihn. – Wie verhielt man sich in einer solchen Situation? Freut mich, Sie kennenzulernen. Angenehm.

Ludwig Jarisch war sehr erregt, das dunkle Haar hing ihm verwirrt in die Stirn, er fuhr mit den Händen in die Taschen seiner kurzen Joppe.

»Na, dann herzlich willkommen. Sie haben sich ja einen

großartigen Tag ausgesucht, um hier als Reformator zu beginnen. Hast du es ihm gesagt?«

»Natürlich. Er ist gerade gekommen. Und bitte, Ludwig, nimm dich ein wenig zusammen.«

»Ja, ja, ja. Ich tue , was ich kann. Ich bin die Ruhe in Person.« Er fuhrwerkte immer noch in seinen Taschen herum. »Hast du eine Zigarette?«

Ich zog meine Packung aus der Tasche, bot ihm an und zündete mir auch eine an. Erst dann dachte ich, daß Frau Jarisch auch rauchen könnte.

»Bitte!« sagte ich. »Entschuldigen Sie.«

Sie nahm eine Zigarette, und eine Weile rauchten wir, ohne ein Wort zu sagen.

Frau Jarisch wies auf einen Stuhl. »Bitte, setzen Sie sich doch.«

Wir setzten uns beide, Ludwig und ich.

»Gibt es etwas Neues?« fragte Frau Jarisch.

»Was soll es denn noch geben? Genügt dir das nicht?«

Sie sagte nichts, nur ihr Blick war vorwurfsvoll.

»Alles wie gehabt. Er liegt immer noch da auf der Böschung, die Beine hängen über dem Wasser. Die gesamte Belegschaft und die ganze Einwohnerschaft dieser Metropole stehen in respektvoller Entfernung um die tote Majestät herum. Moser bewacht das Ganze mit grimmiger Miene. Alles wartet auf das Eintreffen von Scotland Yard aus Hallau.«

Man sah es Frau Jarisch deutlich an, wie unangenehm ihr das Benehmen ihres Sohnes war.

»Laß das dumme Gerede«, sagte sie, ihre Stimme klang energisch, fast drohend. Der Junge blickte sie unsicher an. »Entschuldige.« – Und zu mir gewandt fügte er hinzu: »Ich bin etwas durcheinander.«

»Verständlich«, sagte ich. »Könnten Sie mir trotzdem mal in aller Ruhe erklären, was geschehen ist?«

»Soweit ich es weiß, bitte. Hier, Molly, die Jagdhündin,

hat irgendwann heute morgen die Leiche des Herrn Kaiser unten am Fluß gefunden. Als sie in der großen Halle die Sägen abstellten zur Frühstückspause, hörten sie den Hund heulen. Grunski, der Werkmeister, ging hinunter und fand den Toten. Dann kam er wieder und sagte es uns, und dann liefen wir alle hinunter, und dann ging ich ins Büro und rief den Gendarm in Glainz an. Der ist jetzt da, und nun warten wir auf die Polizei aus der Bezirkshauptstadt. Mehr ist darüber im Moment nicht zu sagen.«

Die Hündin, die sich etwas beruhigt hatte, hob den Kopf, als ihr Name genannt wurde.

»Und warum denkt man, daß es Mord ist? Ihre Mutter sagte etwas von einem Messer.«

»Er hat eine Wunde im Rücken, und alles ist voller Blut. Der Jäger ist der Meinung, daß die Wunde von einem Messer herrührt. Er behauptet sogar zu wissen, von welchem Messer. Es soll sich um das Jagdmesser von Herrn Kaiser handeln. Ein Messer von gewissem Wert. So tat jedenfalls Herr Kaiser immer. Es hing oben in seinem Zimmer, er hatte es immer dabei, wenn er auf die Jagd ging. Er stach wohl seine Beute damit ab, wenn er sie nicht gleich richtig gekillt hatte.«

»Das Messer ist nicht da«, warf Frau Jarisch ein. »Der Jäger hat oben im Zimmer nachgesehen.«

»Und man hat es auch nicht gefunden?«

»Nein. Bis jetzt nicht.«

»War Herr Kaiser denn heute auf der Jagd?«

»Er wollte heut früh um fünf zur Jagd aufbrechen. Als ich ihn wecken wollte, war er nicht da. Ich dachte, er sei schon fort. Später kam dann Anton – das ist der Jäger –, um ihn abzuholen, und Anton dachte zuerst auch, er sei schon früher fortgegangen. Herr Kaiser war ein Frühaufsteher.«

»Und ein großer Jäger vor dem Herrn«, warf Ludwig ein. »Ein geradezu leidenschaftlicher Killer.«

»Ludwig, bitte...«, rügte Frau Jarisch ihren Sohn.

Ich hatte das Gefühl, der junge Jarisch empfand keine besonderen Sympathien für seinen toten Chef. Er ließ das etwas zu deutlich merken.

»Anton kam später wieder, er hatte Herrn Kaiser im Wald nicht gefunden. Er hatte ihn in dem Gebiet, in dem sie heute jagen wollten, gesucht. Er war sehr verärgert, und dann erst stellte ich fest, daß das Bett von Herrn Kaiser unberührt war. Das heißt, er hatte wohl darauf gelegen, aber nicht richtig darin geschlafen. So etwas sieht man ja.«

»Aha«, sagte ich.

»Ja, und vorhin, nachdem sie ihn gefunden hatten, kam Anton und stellte fest, daß das Jagdmesser fehlt. Seitdem behauptet er, mit dem Messer sei Herr Kaiser getötet worden. Ob das stimmt, weiß natürlich keiner.«

»Aber das Messer ist nicht da?«

»Das Messer ist total verschwunden«, sagte Ludwig. »Der Gendarm ist da unten am Fluß schon im Gebüsch herumgekrochen und hat es gesucht. Er behauptet auch, der Mord sei da unten nicht passiert, sondern er sei da hingebracht worden, um in den Fluß geworfen zu werden. Nun geht es eben darum, wo das Messer ist und wo man ihn umgebracht hat.«

»Und wer es getan hat«, sagte ich. »Ich nehme an, die Frage wird auch interessieren.«

»Sie sagen es.«

Wir schwiegen.

Dann fragte Ludwig wieder: »Mutter, du weißt wirklich nicht, wo Dunja ist?«

»Laß mich doch mit dieser Dunja in Ruhe«, es klang gereizt. »Sicher war sie doch auch unten am Fluß.«

»Eben nicht.«

»Vielleicht hast du sie nicht gesehen.«

»Na, so große Menschenmassen bringen wir ja hier auch nicht zusammen.«

»Das bringt mich auf eine naheliegende Frage«, sagte ich.

»Natürlich kenne ich mich hier nicht aus, aber soweit ich gesehen habe, ist dieser Ort doch nicht groß. Wenn es wirklich einen Mörder gibt – kommen denn hier so viele Leute dafür in Frage?«

Ludwig stieß ein kurzes Lachen aus. »Gut gefragt, Sherlock Holmes! Wenn Sie mich fragen wollen, ob ich jemanden verdächtige: nein. Wenn Sie mich fragen, ob die Leute ihn leiden konnten, dann ist die Antwort auch nein.«

»Ludwig!« sagte Frau Jarisch zurechtweisend.

»Na, ist doch wahr! Abgesehen von Anton und den Hunden. Wer hat ihn denn gern hier aufkreuzen sehen?«

»Na gut«, meinte ich. »Aber die Tatsache, daß jemand nicht beliebt ist, ist doch nicht unbedingt ein Grund, ihn zu erstechen.«

»Konnten Sie ihn denn leiden?« fragte Ludwig. Die Frage klang naiv und ehrlich neugierig.

»Ich kannte Herrn Kaiser nicht sehr gut«, sagte ich. »Aber soweit ich ihn bis jetzt kennengelernt habe ... also ich kann nichts Negatives über ihn sagen.«

Ludwig betrachtete mich nachdenklich. Ich hatte keine Ahnung, was Kaiser ihnen über mich erzählt hatte. Zweifellos hätte es ihm ähnlich gesehen, keine näheren Auskünfte zu geben. Das ist der neue Mann, so sehen seine Kompetenzen aus, basta! Offenbar wußten sie auch nichts über meine Vergangenheit.

»Wir haben fünfunddreißig Arbeiter«, sagte Ludwig. »Da suchen Sie mal einen Mörder.«

»Warum soll einer von den Arbeitern ihn getötet haben«, meinte Frau Jarisch. »Das ist doch Unsinn, Ludwig. Er ist ja kaum mit ihnen zusammengetroffen.«

»Auch wieder wahr! Also kommen wir bloß in Frage. Du und ich, Burger. Sonst noch ein Vorschlag?«

Die schnoddrige Art des jungen Jarisch ging mir ein wenig auf die Nerven. Natürlich, der Junge mochte seine Erregung auf diese Art abreagieren, aber mich störte seine dumme Rederei nicht weniger als seine Mutter, der man ansah, daß nur meine Gegenwart sie davon abhielt, ihn zurechtzuweisen. »Voriges Jahr hat er mal einen Wilderer angeschossen«, überlegte Ludwig weiter. »Er hat ihn lahmgeschossen, hat ihm die ganze Kniescheibe zertrümmert. Er soll ein sehr guter Schütze gewesen sein, jedenfalls konnte Anton das nie genug rühmen. Also hat er es wohl absichtlich getan.«

»Sollte er ihn totschießen?« fragte Frau Jarisch.

»Er sollte gar nicht auf einen Menschen schießen, zum Teufel noch mal. Schön, ich weiß, die Leute sollen nicht wildern. Aber sie tun es nun mal. Jedenfalls hat kein Hahn danach gekräht, es hat keine Untersuchung gegeben, nichts. Vielleicht hat der sich gerächt.«

»Ich bin dafür, daß du die Untersuchung der Polizei überläßt«, sagte Frau Jarisch kühl.

»Na klar. Aber sie werden uns jede Menge Fragen stellen, nicht?«

»Ja. Sie sollten vielleicht in Ihrer Ausdrucksweise etwas vorsichtiger sein, Herr Jarisch«, sagte ich und wunderte mich selbst darüber, daß ich das sagte. Irgendwie gefiel mir der Junge, trotz seines unbeherrschten Benehmens. Er sah seiner Mutter sehr ähnlich, das gleiche feingezeichnete ebenmäßige Gesicht mit den dunklen Augen und dem dunklen dichten Haar darüber. Und es erschien mir wichtig, gleich noch etwas anderes zu klären.

»Ich hoffe nicht, daß ich der Grund bin für Ihren ... eh, für Ihre Verärgerung.«

Jetzt errötete er ein wenig und wurde sichtlich verlegen. »Ach wo, gar nicht. Ich war ganz froh, daß Sie kommen würden. Ich habe nie behauptet, daß ich das hier allein schaffe. Nicht, Mutter? Ich hab' das damals gleich gesagt, als Herr Kaiser den Benno rausschmiß und dann sagte, ich soll den Laden hier machen. Ich hab' gesagt, ich kann das nicht. Ich verstehe viel zuwenig davon.«

Frau Jarisch sah mich an. »Es ist wahr, Herr Lanz. Ich glaube, hier war jeder froh, als wir hörten, daß ein neuer Leiter für das Sägewerk kommen soll. Wir erfuhren es erst vor vierzehn Tagen durch einen Anruf aus Wien. Wie wußten nichts Näheres. Und gestern nachmittag, als Herr Kaiser kam, hat er uns auch nichts darüber gesagt, nur daß Sie kommen würden, gestern oder heute. Alles andere ... wir wissen nicht, wieweit Herr Kaiser Sie informiert hat, wie sich alles hier entwickelt hat in den vergangenen Jahren.«

Ich machte »Hm« und äußerte mich nicht weiter. – Sie wußten nichts von mir, und ich wußte nichts oder nur wenig von ihnen und den Zuständen im Glainzer Tal. Kaiser war kein Mann vieler Worte gewesen. Er hätte mich vermutlich heute hier eingeführt, und keiner hätte es gewagt, viel dazu zu sagen. Auf jeden Fall mochte es besser sein, nicht erkennen zu lassen, daß ich praktisch keine Ahnung hatte, wie der Betrieb bisher gelaufen war.

Eine weitere Erörterung blieb mir erspart. Molly fuhr hoch und bellte, daraufhin sprang Ludwig auf und rief: »Jetzt kommen sie. Scotland Yard. Jetzt geht's los.«

Er rannte zur Tür, blieb noch einmal stehen. »Wenn ich bloß wüßte, wo Dunja ist!«

In Frau Jarischs Stimme klang diesmal unbeherrschter Ärger, als sie ihn anfuhr: »Was geht es dich an, wo sie ist!«

Ludwig sagte langsam: »Wir wissen beide, daß sie gestern abend hier war, bei ihm, nicht wahr? Wirst du es der Polizei sagen?«

Für einen Moment schien er mich ganz vergessen zu haben. Erst als Frau Jarischs Blick von ihm zu mir ging, dann zurück zu ihm, blickte er unsicher auf mich.

»Es ist mir egal, wo Dunja sich herumtreibt«, sagte Frau Jarisch, und es klang sehr unfreundlich. »Es interessiert mich nicht, wo sie gestern war, wo sie heute ist.«

Das war zwar keine Antwort auf die Frage ihres Sohnes, aber deutlich genug. Sie ging an ihrem Sohn vorbei zur Tür hinaus, wohl um die Polizei in Empfang zu nehmen, denn mittlerweile hörte man draußen Autotüren schlagen.

»Zum Teufel!« sagte Ludwig wütend. Dann mit einem verlegenen Lächeln zu mir: »Mütter haben es nie gern, wenn man ein Mädchen gern hat.«

»Ich glaube, das mögen die wenigsten.«

»Naja, dann wollen wir mal. Sie werden sich den Spektakel auch ansehen und anhören wollen, nicht? – Mensch, haben Sie ein Glück, daß Sie heute erst angekommen sind. Sie sind garantiert unverdächtig. Bleiben Sie lieber hier und passen Sie auf Molly auf, sonst rennt sie wieder runter zum Fluß. Sie ist so sensibel.« – Er bückte sich zu der Hündin, streichelte sie, und ein weicher, fast zärtlicher Ausdruck erschien in seinem hübschen, noch knabenhaften Gesicht. »Ja, mein braves Mädchen, ist schon gut. Mußt nicht traurig sein. War schlimm für dich.«

Er richtete sich auf, sah mich an. »Ist nämlich komisch, die Hunde haben ihn geliebt. Er war doch wirklich nicht so oft da. Aber die Hunde waren ganz außer sich vor Freude, wenn er kam. Wie kommt so was?«

Ich hob die Schultern. »Ich bin kein Tierpsychologe. Aber soviel ich weiß, fühlen sich Tiere immer von einer starken Persönlichkeit angezogen.«

»Ah ja?« machte er nachdenklich. »Das könnte sein. Und Menschen fürchten sich vor einer starken Persönlichkeit. Oder hassen sie sogar. Ist es nicht so?«

»Es kann so sein, besonders wenn einer sehr schwach ist.«

Er gab mir einen langen Blick und verschwand aus dem Zimmer. Ich blieb mit der Hündin allein und kam mir reichlich fehl am Platze vor.

»Ja, Molly«, sagte ich. »Für dich war es ein Schock. Und was glaubst du, was es für mich ist? Das Ende vom Anfang gewissermaßen.«

Eine Weile später ging ich dann doch hinunter zum Fluß. Die Stelle war leicht zu finden, quer durch das ausgedehnte Gelände des Sägewerks, dann lief ein schmaler Weg ein Stück parallel zur Glainz, zwischen Fluß und Weg war eine sanft geneigte Wiese, dann gab es eine kleine Bucht, und um diese Bucht herum stand die gesamte Bevölkerung des Glainzer Tals und die Belegschaft des Sägewerks.

Unten am Ufer war Scotland Yard am Werk, wie Ludwig ironisch die brave Mannschaft aus Hallau genannt hatte. Ein Teil des üblichen Programms war schon absolviert, als ich kam, es wurde fotografiert und vermessen, die Umgebung eifrig durchforscht, ein weißhaariger kleiner Mann mit einer großen Tasche war wohl der Arzt, den sie mitgebracht hatten.

Und Otto Kaiser lag immer noch dort. Ich sah zunächst nur aus der Ferne die massige Gestalt des Holzkaisers; er lag mit dem Gesicht nach unten, die Beine hingen über die Böschung herab, direkt über dem Fluß, und es war nicht schwer zu erraten, daß der Täter die Absicht gehabt hatte, den Toten in den Fluß zu wälzen. Entweder war er ihm zu schwer gewesen, oder er war gestört worden und hatte ihn einfach liegenlassen.

Ein untersetzter Mann im grünen Trachtenanzug war wohl der Chef der Untersuchung, jedenfalls führte er das Kommando, soweit ich erkennen konnte. Wer weiß, ob er jemals in seinem Leben schon einen Mordfall hatte klären müssen. Was mochte wohl in Hallau und Umgebung groß passieren? – Mal eine Schlägerei, Unfälle auf den Straßen und in den Bergen, Wilderer, wie Ludwig angedeutet hatte – aber daß einer gemeuchelt und gemordet im hellen Sonnenschein am Flußufer lag, in diesem weltverlorenen Tal dazu, wo einer den anderen kannte, das hatte es sicher noch nie gegeben. Und dann war es nicht ein unbedeutender Herr Nichts, sondern der Holzkaiser, einer der reichsten Männer des Landes.

Sicher war dem Bezirksinspektor aus Hallau der große Mann, zumindest dem Namen nach, wohlbekannt gewesen. Soviel ich wußte, lag eine der Papierfabriken, die Otto Kaiser gehörten, ebenfalls im Bereich der Bezirkshauptstadt Hallau.

Ich stand im Halbkreis, den die Leute um die Bucht gebildet hatten, und mich erfüllte Trauer um diesen Mann, der da tot lag. Gut – ich hatte ihn kaum gekannt. Mir hatte er gefallen. Er hatte mir die Chance geboten, ein neues Leben zu beginnen. Daß viele Leute ihn vermutlich nicht geliebt hatten, konnte ich mir dennoch gut vorstellen. Ein Selfmademan, hart wie ein Stein, so hatte ihn Saß charakterisiert. Es wurde keiner so reich in verhältnismäßig wenigen Jahren, wenn er ein weiches Herz und ein gütige Seele besaß, soviel war mir klar. Und natürlich mußte ein Mann wie er Feinde haben. Aber warum, um Gottes willen, sollte er sie gerade hier haben? Hier, wo die Leute durch ihn Arbeit fanden und wo er ja selbst kaum in Erscheinung trat.

Er war nur mittelgroß gewesen, ein schwerer, etwas bulliger Typ, ohne dick zu sein. Dunkel das Haar, dunkel die Augen, das Gesicht breit und kantig, der Mund hart, der Blick zupackend. Er entsprach eigentlich genau dem Bild, das man sich von einem dynamischen, diktatorischen Erfolgsmann machte.

Jetzt war er tot. Und ich fand, daß es schade um ihn sei. Trotzdem unverständlich, daß der Täter ihn am Ufer hatte liegenlassen. Wenn der Mord an dieser Stelle nicht geschehen war, wenn der Tote hierher gebracht worden war, auf welche Weise war das geschehen? Tragen konnte man ihn nicht, jedenfalls nicht einer allein, dazu war er zu schwer. Also gefahren. Ich blickte zurück auf den schmalen Weg, der vom Werk und vom Dorf herführte. Wenn man ihn gefahren hatte, mußte man Spuren sehen, der Boden war weich und feucht. Wäre es nicht besser gewesen, der Täter hätte den Toten in die Wälder gebracht? Ein Stück weiter noch, dann wurde das Tal enger, dann begann der Wald direkt neben dem Weg. Dort hätte man ihn vermutlich lange nicht gefunden.

Es war die Frage, wieviel Zeit und wieviel Kraft der Täter gehabt hatte. Das Gelände stieg bald wieder an, wurde steil und sicher unwegsam. Wenn es einer von hier gewesen ist, dachte ich, einer, der sich auskennt in der Gegend, der hätte wohl einen Weg gewußt, der ins Verborgene führte. Natürlich war die Glainz auch kein schlechtes Versteck. Ich wußte nicht, wie tief sie war, aber sie hatte eine starke Strömung.

Dann fiel *sie* mir wieder ein. Wer war sie? War sie hier gewesen gestern abend? Hatte sie Kaiser gekannt? Eine tödliche Stichwunde im Rücken – eine Stichwunde im Arm. Konnte es so einen Zufall geben?

Vielleicht hatte es einen Kampf gegeben um dieses verschwundene Messer. Auf keinen Fall konnte eine Frau den kräftigen Mann niedergestochen haben. Und sie konnte ihn auch nicht hierher transportiert haben. Also hatte sie einen Helfer gehabt.

Dann hatte sie sich ins Auto gesetzt und war geflohen. Und der Mann, der ihr geholfen hatte? Wo war er, wer war es?

Ich war total verrückt. Keiner hatte etwas von einer verschwundenen Frau gesagt. – Aber was wußte ich denn? Bisher hatte ich nur Ludwig Jarisch und seine Mutter gesprochen. Wußte ich, was *sie* vielleicht wußten? Ich blickte mich verstohlen um, versuchte in den unbekannten Gesichtern um mich herum zu forschen. Es waren wohl die Arbeiter und dann die Leute aus dem Dorfe. Keiner beachtete mich, alle starrten da hinunter zum Fluß.

Doch. Plötzlich traf mein Blick auf einen anderen Blick. Am Rande des Halbkreises stand der Mann, den ich zuvor auf der Straße getroffen hatte, der Mann mit dem Gewehr. Ob das dieser Jäger war, der Anton, von dem sie gesprochen hatten? Derjenige, der festgestellt hatte, daß das

Jagdmesser fehlte. Jetzt drehte der Mann sich um und verschwand mit weiten ausgreifenden Schritten, ging über die Wiese auf dem Weg und dann talaufwärts. Sein Hund lief neben ihm her.

Er sucht das Messer, dachte ich; wenn er nicht ohnedies weiß, wo es ist, wird er es suchen, bis er es findet. Er oder sein Hund. Oder die Hündin Molly. Wenn es irgendwo ist, werden die drei es finden.

Unsinn. Wenn nicht der Tote, so konnte wenigstens das Messer im Fluß gelandet sein, das wäre das sicherste Versteck.

Das Verschwinden des Jägers gab den Blick frei auf ein Mädchen. Sie hielt sich etwas im Hintergrund, stand vorgeneigt und spähte ängstlich zu den Männern am Fluß hinab. Ihre Haltung hatte etwas Fluchtbereites, wie ein scheues Tier, das beim geringsten Laut davonlaufen würde. sie schien hübsch zu sein, soweit ich es von hier sehen konnte. Sie hatte langes dunkles Haar, das ihr auf die Schulter fiel, und sie trug eine helle Pelzjacke. Sie sah nicht aus wie ein Bauernmädchen aus dem Tal.

Ich mußte sofort an Ludwigs Fragen nach einer gewissen Dunja denken. Ob sie das war?

Hinter mir hörte ich zwei Stimmen, Frauenstimmen, die sich halblaut unterhielten.

»Die Pelzjacke hat sie gestern noch nicht gehabt«, sagte die eine im Dialekt der Gegend.

»Nein. Die muß er ihr mit'bracht hab'n.«

»Meinst?«

»Ganz gewiß.«

»Aber wie's z'hauskommen is, so um halber neune etwa, hat's noch kan Pelz ang'habt. Ich hab' s' g'sehn, wie s' kommen ist. Net amal an Mantel hat s' ang'habt. Dabei hat's dick g'schneit.«

Die Stimmen wurden leiser, flüsterten nur noch, so daß

ich nicht verstehen konnte, was sie sagten. Aber dann im Eifer wurden sie wieder lauter:

»Weißt, was ich glaub'? Der Jarisch hat ihn erstochen. Er war doch immer so eifersüchtig wegen der Dunja. Neulich hat er sich mit dem Franz gestritten wegen ihr. Bloß weil sie mit dem Franz ...«

Ein Mann, der neben mir stand, sagte böse: »Halt's Maul! Jetzt muß sich jeder gut überlegen, was er daherredet. Saudummes Weibergeschwätz, saudummes!«

»Is vielleicht net wahr?« Frauenstimme eins. »Der Jarisch is in die Dunja verliebt, das sieht a Blinder.«

»Und daß die Dunja mit an jeden geht, weiß ma eh«, Frauenstimme zwei.

»Die Dunja ist jung und hübsch und lacht gern amal mit einem Mann ein bisserl. Das ist alles.«

»Ah geh! Das werden Sie grad wissen! Euch hat s' ja alle verrückt gemacht. Alle Mannsbilder sind narrisch seit s' da ist, das ausgeschamte Luder.«

Ich hätte mich gern umgedreht, um die Sprecherinnen zu betrachten, hielt es aber für besser, so zu tun, als hätte ich nichts gehört. Da sprach der Mann neben mir mich an.

»Dummes Weibergeschwätz!« wiederholte er. »Die wissen gar nicht, was sie anstellen können damit.«

Der Mann war schon alt, hatte ein faltiges Gesicht, aber eine gesunde braune Farbe, seine Augen waren hell, sein Haar grau.

»Ich nehme an, Sie sind Herr Lanz?«

»Ja«, sagte ich überrascht.

»Die Olga hat mir erzählt, daß Sie angekommen sind. Frau Jarisch meine ich. Ich bin Burger, der Buchhalter.«

Wir blickten uns an, dann zum Fluß hinunter.

»Tja«, machte Burger. »Eine verfluchte Geschichte.«

Und darauf schwiegen wir einträchtig. Es gab einfach nichts weiter dazu zu sagen.

Ich dachte mir, warum sie ihn denn nicht endlich wegbrachten, warum er da noch immer liegen mußte, das Gesicht im nassen Gras, das schwarze getrocknete Blut auf seiner Jacke; so armselig und ausgeliefert lag er da, und jeder durfte ihn anstarren.

Ich drehte mich abrupt um. Burger sah mich an. »Ich geh' hier weg«, sagte ich.

Er nickte. »Recht haben S'. – Warum sollen wir hier stehen und glotzen. Ich geh' auch. Die werden nachher schon kommen und fragen, wann s' was wollen. Der Brauer ist ja ein tüchtiger Mann, dem wird schon was einfallen.«

»Brauer?«

»Ja. Der da im grünen Anzug. Der Inspektor von Hallau. Ich kenn' ihn. Sehr umgänglich. Kein Angeber.«

Ehe wir gingen, blickte Burger noch einmal strafend auf die Frauen hinter uns. »Redet bloß nicht so einen Schmarrn daher. Ihr wißt nicht, was ihr damit anrichtet.«

Ich konnte die beiden nun auch sehen, Bauersfrauen aus dem Dorf, mit Kopftüchern und mißtrauischen Gesichtern. Wir gingen über die nasse Wiese, dann zum Weg, der auf das Werksgelände führte.

»Haben Sie ihn gesehen?« fragte Herr Burger.

»Ja.«

»Er hat sich so gefreut, daß Sie herkommen. Gestern abend hat er mir noch von Ihnen erzählt. Daß Sie ein tüchtiger Fachmann sind und hier bald Ordnung schaffen werden. Ich hab' alles hergerichtet für Sie, die Bücher und so. Heute wollte er alles mit Ihnen besprechen und Sie dann selbst durchs Werk führen. Ich bleib' noch zwei, drei Tage, Burger, hat er gesagt, bis Herr Lanz sich auskennt. Und passen Sie mal auf, wie es hier in einem Jahr aussieht. Er liebte dieses Sägewerk nämlich, Herr Lanz, ganz komisch, aber es ist so. Das ganze Tal hatte er gern. Immer hat es ihn geärgert, daß es hier nicht richtig klappte.«

»Und warum klappte es nicht?«

»Tja, das hat so seine Gründe. Ich bin ja auch erst seit

zwei Jahren hier. Es ist schlecht gearbeitet worden hier. Der Graf hat sich um den Betrieb nicht gekümmert, er versteht nix vom Holz. Und der Benno war ein Luftikus und hat außerdem noch in die eigene Tasche gewirtschaftet.«

»Benno?«

»Der Tallinger. Der Graf hatte ihn vor fünf Jahren als Leiter für das Sägewerk eingestellt. Und als Kaiser das Werk vor zwei Jahren kaufte, ist der Benno zunächst geblieben. Aber ich hab' bald gemerkt, wie der Hase läuft. Dann hat der Herr Kaiser erst der Sekretärin gekündigt – das war die Freundin von Benno –, und dann, als er die Dinge durchschaut hat, hat er den Benno nausgeworfen. Von heut auf morgen. Einen großen Krach hat es gegeben.

Herr Kaiser hat erst gesagt, er will ihn anzeigen. Aber was nutzt so ein Prozeß, net wahr? Das schleppt sich jahrelang hin und kostet auch nur wieder Geld. Vor einem halben Jahr hat er den Benno an die Luft gesetzt.«

»Und wenn ich richtig verstanden habe, seitdem hat Herr Jarisch hier die Leitung gehabt.«

»So ungefähr. Ich hab' ihm geholfen, wo ich konnte. Aber der Ludwig versteht auch nix vom Holz. Und er ist zu jung. Die Arbeiter haben keinen Respekt vor ihm.«

Wir gingen jetzt zwischen den Holzstapeln durch bis zur großen Halle, die dem Dorf am nächsten lag. Hier befand sich in einem Anbau das Büro, und ich war überrascht, als ich es sah; alles modern und großzügig eingerichtet, Schreibmaschine, Rechenmaschine, Aktenschränke, alles ordentlich und übersichtlich.

»Sieht gut aus.«

»Nicht wahr? Das hat er alles neu einrichten lassen. Vorher war's die reinste Schrottbude.«

Auch hier gab es eine Anzahl grüner Pflanzen, auf den Fensterbrettern, auf den Schreibtischen, sogar auf den Aktenschränken.

»Schön grün alles«, sagte ich.

»Das ist alles von der Olga. Ist nun mal ihre Leidenschaft. Ewig hat sie Ableger, oder wie das Zeug heißt, und das wächst und wächst, und sie weiß nicht, wohin damit.«

»Sieht ja ganz freundlich aus.«

»Stört nicht weiter. Sie meint, es verbessert die Luft. Als ob wir hier nicht genügend gute Luft hätten. Aber sie hat früher in der Stadt gelebt, und da mag's ja stimmen.«

»Frau Jarisch ist noch nicht lange hier?«

»Seit dem Sommer. Das Haus da drüben, wo Sie wohnen werden, das war auch so eine Bruchbude. Schönes altes Haus, aber ganz heruntergekommen; der Benno hat da gewohnt. Wie die Olga gekommen ist, hat sie gesagt, also in dem verkommenen Haus wohnt sie nicht. Und da hat er alles umbauen lassen. Jetzt ist es sehr schön geworden. Wirklich ganz modern, mit allem Komfort. Ich wohne jetzt auch dort.«

Burger schob mir einen Stuhl hin. »Setzen Sie sich doch. Ich denke, wir trinken erst mal einen zum Einstand. Heute kann man's brauchen.« Aus dem Seitenfach seines Schreibtisches holte er eine Flasche Slibowitz und zwei Gläser heraus, schenkte langsam und sehr sorgfältig beide Gläser voll.

»Schwer, jetzt was zu sagen«, meinte er dann. »Herzlich willkommen, paßt heute schlecht. Ich könnt' sagen, ich freu' mich, daß Sie da sind, aber freuen kann man sich heute auch nicht. Tja«

»Machen wir's halt ohne Trinkspruch«, sagte ich. Wir tranken, und Burger goß gleich noch einmal ein.

»Ich hab' mich wirklich gefreut, daß Sie kommen. Manchmal ist es schon recht einsam hier, besonders am Abend. Ich unterhalte mich gern mal mit einem gebildeten Menschen. Na, und ich lese halt viel. Und mit der Olga spiele ich Schach. Die Olga, die ist in Ordnung, wissen Sie.«

Ich nickte. Was sollte ich zu dem allen sagen? Ich war immer noch wie betäubt, hatte das alles nicht ganz begriffen.

»Ich habe mich auch gefreut, herzukommen«, sagte ich. »Was ich jetzt eigentlich hier soll, weiß ich nicht recht.«

»Ja, Herr Kaiser hat gesagt, Sie würden gern herkommen. Der Benno war nicht gern hier. Manchmal hat er sich tagelang nicht sehen lassen. Sie können sich vorstellen, wie es dann mit der Arbeit aussah. Der Ludwig ist auch nicht gern hier. Ist ihm zu einsam. Na ja, er ist jung, will mal ausgehen und Mädchen sehen.«

Wir tranken den zweiten Schnaps und sinnierten still vor uns hin.

»Herr Kaiser hat gesagt, Sie hätten Schweres durchgemacht«, begann dann der Alte wieder. »Und Ihnen würde es gefallen hier, gerade weil es ruhig und abgelegen ist. Und die Arbeit tät' Ihnen auch Freude machen.«

»So. Hat er auch gesagt, was es war?«

»Nein. Aber ich weiß es trotzdem. Ich lese immer die Zeitung.«

»Aha.«

Ich sage es Ihnen nur, damit Sie es wissen. Sonst habe ich zu keinem davon gesprochen. Die anderen wissen es nicht. Der Olga hab' ich's auch nicht gesagt. Ich hab' mir gedacht, wenn Sie wollen, können Sie es ja selbst erzählen.«

»Besonders gern spreche ich nicht davon.«

»Verständlich.«

Der dritte Schnaps.

»Schenken Sie die Gläser nicht so voll, Herr Burger. Wer weiß, was uns heute noch bevorsteht.«

»Verhöre, nehme ich an. Ihnen nicht. Aber mir. Sie habn's gut, daß Sie heute erst gekommen sind.«

Das war schon der zweite, der das feststellte.

Herr Burger zündete sich eine Pfeife an, ich eine Zigarette. Es war sehr still. Still und einsam. Die Arbeit ruhte. Der Holzkaiser war tot.

»Komisch«, begann Burger nach einer Weile, so als spreche er zu sich selbst. »Komisch mit dem Leben, nicht? – Da ist einer so reich und so mächtig, und dann ist er plötzlich tot. Ich möcht' wissen, wer's getan hat.«

»Das möchte vermutlich jeder wissen. Hoffen wir, daß die Polizei den Mörder bald findet.«

»Ja. Ist nicht so einfach. Ist alles ein bissel schwierig hier.«

»Wie meinen Sie das?«

»Kann ich auch nicht richtig erklären. Wir sind alle so – ja, so eine Art gescheiterte Existenzen, wissen Sie. Ich meine nicht die Leute vom Dorf und die Arbeiter. Ich meine uns hier. Die Olga spricht nicht von sich und ihrem Leben. Sie stammt aus der Tschechei. Das ist alles, was ich weiß. Ihr Mann ist tot. Und der Ludwig ist so ein Unfertiger und – na ja, bissel ein Weichling, wenn Sie verstehen, was ich meine. Und ich – ich hab' auch viel durchgemacht. Na, und Sie ...«

Das brauchte er mir nicht zu erklären, das wußte ich selber. Doch nun kam es ihm wohl selber so vor, als müsse er die Düsternis nicht noch düsterer machen. Er suchte nach einem aufmunternden Wort, und er fand es.

»Die Olga kocht sehr gut, Sie werden sehen, sie kocht großartig. So gut gegessen wie bei ihr habe ich noch nie.«

Ich lächelte. »Ja, das hat mir Herr Kaiser sogar schon erzählt.«

»Im Böhmischen kochen sie am besten.«

Ich erinnerte mich an meine Kindheit. Im Haus meines Onkels Severin war sehr gut gekocht worden, gut und reichlich und sehr fett.

»Böhmische Knödel«, sagte ich.

»Ja, die macht sie hervorragend. Und einen Entenbraten dazu, so einen haben Sie noch nie gegessen, ganz braun und knusprig. Wir haben gute Enten hier, nicht so gefrorenes Zeug, wie man es heute in der Stadt bekommt. Wenn Herr Kaiser da war, mußte sie ihm immer eine Ente braten. Wissen Sie , was er gestern gesagt hat zu ihr: Die Ente heben wir uns auf, bis Herr Lanz da ist, die esse ich mit ihm zusammen. Tja.«

Das rührte mich nun fast zu Tränen.

Nein. Ich konnte über den toten Kaiser nichts Schlechtes sagen. Sogar an das Essen hatte er gedacht, um es mir hier heimatlich zu machen.

»Sie mochten Herrn Kaiser gut leiden, wie es scheint«, sagte ich.

»Ich bin gut mit ihm ausgekommen. Und ich war dankbar, daß ich hier arbeiten konnte. Ich hatte nämlich keine gescheite Arbeit damals. Ich war ... Na, das erzähle ich Ihnen später mal. Ich bin siebzig. Mich hat keiner mehr eingestellt.«

»Und was meinen Sie, was nun mit dem Werk geschieht?«

»Keine Ahnung.«

Wer war der Erbe des Holzkaisers? Wie hatte er seine Firma überhaupt geführt, war er allein verantwortlich, war es eine Gesellschaft, hatte er Teilhaber? Ich hatte keine Ahnung. Und es kam mir taktlos vor, jetzt und hier, solange der tote Mann noch da draußen lag, danach zu fragen.

Möglicherweise wußte Herr Burger es auch nicht.

Ob sie es in Wien schon wußten? Fräulein Mellinger, die kühle Blonde vom Opernring, die mich gestern so gnädigherablassend auf die Reise geschickt hatte.

Und dann fiel *sie* mir wieder ein.

»Wer wohnt eigentlich alles hier im Tal?«

»Die Leut' vom Dorf. Wir, die Olga, der Ludwig und ich. Die meisten Arbeiter kommen aus Glainz. Und ein paar von weiter hinten im Tal.«

»Wer ist Dunja?«

»Ach so, ja, die Dunja. Sie haben sie ja vorhin gesehen.«

»Ich hörte auch, was die Frauen sprachen.«

»Dummes Weibergeschwätz. Die Dunja ist jung und sehr hübsch und vielleicht ein bissel, na ja, ein bissel leichtlebig. Wie so junge Mädchen halt sind, wenn jedes Mannsbild ihnen nachschaut, net? Dann sind die Frauen immer bös. Sie ist Jugoslawin. Sie hat in Graz in einem Hotel als Zimmermädchen gearbeitet. Dort hat der Herr Kaiser sie kennengelernt und hat sie hergebracht. Erst hat sie der Olga im Haushalt geholfen, und jetzt ist sie hier bei mir im Büro. Seit die Nanni weg ist, das war eine gute Sekretärin, aber die war nicht lange hier. War ihr auch zu einsam.«

»Dann ist Dunja jetzt die Sekretärin?«

»Sekretärin ist zuviel gesagt. Sie probiert's halt. Bis wir jemanden kriegen. Ist schwer, ein Mädel hier in die Einsamkeit zu kriegen. Das wollen sie heute nicht mehr. Die Dunja tippt die Briefe, es geht langsam, und meist muß sie jeden Brief dreimal tippen, weil sie viele Fehler macht. Die wichtigsten schreib' ich selber.«

Blieb noch die Frage, warum Otto Kaiser ein Zimmermädel aus einem Grazer Hotel hierher verfrachtet hatte. Das konnte natürlich ganz eindeutige Gründe haben, und wenn man die Bemerkungen der Frauen am Ufer drunten zu Hilfe nahm, kam man der Sache vermutlich näher.

Aber das ging mich nichts an, und danach zu fragen, wäre taktlos gewesen. – Immerhin, soviel hatte ich mitgekriegt, war auch der junge Jarisch in die hübsche Dunja verliebt, was seine Mutter nicht billigte. Da hätte man also ganz einwandfrei ein Eifersuchtsmotiv.

War es möglich, daß Ludwig Jarisch ein Mörder war?

Nein. Ich konnte es mir nicht vorstellen.

Aber wer war ich, darüber zu urteilen? Hätte ich mir früher vorgestellt, daß ich ein Mörder sei?

Eine Frage mußte ich noch loswerden. – »Gibt es eigentlich ... ich meine, gibt es sonst noch eine Frau im Tal?«

Die Frage war zweifellos blöd, und Herr Burger sah mich dementsprechend erstaunt an. »Eine Frau? Was für eine Frau?«

Himmel, wie sollte ich das bloß formulieren, ohne mich verdächtig zu machen?

»Na ja, ich meine nur«, sagte ich vage und sah aufmerksam, wie Burger den vierten Schnaps einschenkte. Trinken war er offenbar gewohnt. Wenn er es vertrug, bitte sehr!

»Frauen gibt's noch viele hier. Die Frauen vom Dorf halt.«

»Und im Werk? Arbeiten da auch Frauen?«

»Frauen? Nein. Was soll eine Frau in einem Sägewerk?« Blöde Fragerei. Daß meine Unbekannte weder in einem Sägewerk arbeitete noch eine Oberglainzer Bauersfrau war, das wußte ich selber.

»Wenn Sie hier weibliche Gesellschaft suchen«, meinte Herr Burger und hob vorsichtig sein Glas, das er wieder bis zum Rand vollgeschenkt hatte, »da werden Sie enttäuscht sein. Wenn Sie eine Frau brauchen, hätten Sie sich eine mitbringen müssen.« Dann fiel ihm wieder ein, was mit mir los war, er sah mich erschrocken an und fügte hinzu: »Pardon!«

Ich gab es auf, leerte mein Glas, sagte: »Das war aber der letzte. Ich werde jetzt gehen und mein Gepäck ausladen.«

»Die Gräfin!« fiel ihm plötzlich ein. »Ja, natürlich, wir haben sogar eine sehr fesche Frau hier im Tal. Oben, im Schloß. Die Schwester vom Grafen. Wenn sie da ist, heißt es. Sie ist viel auf Reisen. Aber seit sie geschieden ist, bleibt sie öfter längere Zeit droben bei ihrem Bruder. Das ist eine Fesche. Sehr was Apartes. Zur Zeit ist sie hier, wie ich hörte.«

Na also, das klang plausibel. Eine Gräfin und apart. Das mußte sie sein.

Herr Burger sah mich erwartungsvoll an, ob ich mit diesem Angebot zufrieden war.

»Aha«, sagte ich lahm. »Herr Kaiser kannte die Leute vom Schloß sicher auch.«

»Natürlich. Er hat ja von dem Grafen das alles gekauft hier. Den ganzen Wald rundherum. Und das Sägewerk natürlich. Das Sägewerk war billig, das war ja total verrottet, alles alte Maschinen, nix zu gebrauchen. Der Wald – na ja. Der Kaiser war gerissen, wissen Sie. Der wird schon nicht zuviel bezahlt haben. Aber der Graf war froh, daß er überhaupt was dafür gekriegt hat. Wer kauft denn schon in Österreich was?

Droben auf dem Schloß hatten sie nie Geld. Jetzt sind sie wieder flüssig, haben ein bissel renoviert, gehen mal auf Reisen und im Winter nach Wien und so. Solang's halt reicht. Wissen Sie, die Solmassys waren immer eine leichtsinnige Familie, das weiß jeder. Eine alte Familie, aber schon in der Monarchie gab's immer wieder Skandale mit denen. Einer soll mal nach Amerika ausgewandert sein. Das erzählen die Leute hier im Dorf. Ich weiß nix Genaues.«

So etwas zum Beispiel würde genau der Steingruber in Wien wissen. Neben seinem Antiquariat beschäftigte er sich von je mit der Geschichte der alten Familien. Die kannte er zum großen Teil auswendig.

Ich war gerade erst angekommen, aber mir kam es vor, als wisse ich mehr als alle anderen. Ich als einziger wußte, daß es noch eine zweite Stichwunde gab.

Warum bildete ich mir ein, daß es keiner außer mir wußte?

In den nächsten Stunden geschah nichts. Jedenfalls nichts, was mich betraf. Keiner fragte nach mir.

Die Polizei war schließlich vom Flußufer auf das Werksgelände gekommen, hielt sich dort eine Zeitlang auf, dann ließen sie sich im Wohnhaus nieder und begannen mit den Verhören.

Der Tote war weggebracht worden.

Ich hatte Zeit, mich in den beiden Zimmern im ersten Stock, die Frau Jarisch für mich vorbereitet hatte, häuslich einzurichten. Ich tat es mit gemischten Gefühlen. Ich wußte ja gar nicht, ob ich hierbleiben würde.

Es waren sehr hübsche Zimmer, geblümte Vorhänge, die

Sonne schien herein, und natürlich grünte und blühte es hier auch verschwenderisch. Nichts auf der Welt wäre mir lieber gewesen, als hier zu wohnen, hierzubleiben, hier zu arbeiten. Der Teufel sollte diesen verdammten Mörder holen!

So gegen drei Uhr kam Frau Jarisch zu mir herauf und fragte mich, ob ich nicht etwas essen wolle. »Ich habe natürlich heute nicht gekocht bei all der Aufregung. Aber ich habe Suppe gemacht. Und dann essen Sie vielleicht noch ein Brot. Die Herren von der Polizei mußten ja auch etwas bekommen.«

»Was machen die denn so?«

»Sie verhören einen nach dem anderen. Gerade vorher ist noch ein Herr aus Graz gekommen, ein Höherer. Ludwig meint, jetzt fangen sie sicher noch mal von vorn an.«

Als wir die Treppe hinuntergingen, meinte Frau Jarisch, ich müsse heute in ihrem Wohnzimmer essen. Im großen Eßzimmer hätte sich die Polizei etabliert.

Frau Jarischs gemütliches Wohnzimmer kannte ich ja schon, ich wurde diesmal an den runden Tisch plaziert, der am Fenster stand, dann kam sie und brachte mir einen großen Teller mit Nockerlsuppe, Butter, Brot, Schinken und eine Flasche Bier.

Dann ließ sie mich allein. Der Hund war nicht mehr da. Dafür lag eine große gestreifte Katze auf dem Sofa. Sie hatte nur schläfrig geblinzelt, als ich kam und nahm weiter keine Notiz von mir.

Vor dem Fenster sah ich einen ordentlich eingezäunten kleinen Garten, in dem es vermutlich, soweit ich Frau Jarisch inzwischen kannte, im Sommer in allen Farben blühen würde. Und ein Stück davon entfernt, ebenfalls eingezäunt und gut gehalten, einen Hühnerhof, in dem etwa ein Dutzend Hühner herumgackerten, bewacht von einem Bild von einem Hahn. Dies alles war ein Idyll. Dies war zu schön, um wahr zu sein. Und es war ja auch nicht wahr.

Aus Graz war also auch einer gekommen, um den Fall zu untersuchen. Verständlich, Otto Kaiser war schließlich ein großer Mann. Es würde nicht lange dauern, dann kam noch einer aus Wien.

Morgen würde es in Wien in der Zeitung stehen. Josy würde es lesen. Mir wurde heiß bei dem Gedanken. Ich mußte sie unbedingt heute noch anrufen. Und Dr. Saß? Ja, ihn vor allem – ihn mußte ich anrufen.

Aber wo sollte ich hier telefonieren? Im Büro? Im Haus? Vermutlich war die Leitung von der Polizei beansprucht. Also hinunter fahren nach Glainz und vom Postamt aus telefonieren. Aber ich konnte mich nicht dazu aufraffen. Ich mußte wissen, was geschah.

Schließlich hielt ich es in Frau Jarischs hübschem Zimmer nicht mehr aus, ich ging hinaus, langsam den Gang entlang, hörte Stimmengemurmel, trat ins Freie.

Auf dem Werksgelände standen die Männer herum, saßen auf den Bretterstapeln, rauchten, redeten. Als ich vorbeiging, sahen sie mich an. Ich grüßte, manche erwiderten den Gruß. Ob sie wußten, wer ich war? Oder hielten sie mich für einen Kriminalbeamten?

Ich ging zum Büro. Vielleicht war Herr Burger da und konnte mich über den Stand der Dinge informieren. Herr Burger war nicht da. Statt dessen saß das Mädchen Dunja vor der Schreibmaschine, hatte das Gesicht in die Hände gestützt und starrte aus verweinten Augen vor sich hin. Als sie mich sah, stand sie erschrocken auf.

»Guten Tag«, sagte ich. »Herr Burger ist nicht da?«

»Nein. Er ist drüben im Haus.«

»Sie sind Dunja, wie ich gehört habe. Einen anderen Namen weiß ich noch nicht.«

»Dunja Milevic«, flüsterte sie so leise, daß ich sie nicht verstand und noch einmal nach dem Namen fragen mußte.

»Also, Fräulein Milevic. Mein Name ist Lanz. Sie wissen, wer ich bin?«

Sie nickte und sah mich aus großen angstvollen Augen an, als erwarte sie, daß ich sie gleich fressen werde.

Sie war wirklich sehr hübsch, selbst in dem verweinten und verschreckten Zustand, in dem sie sich befand, war das nicht zu übersehen.

»Sie arbeiten hier im Büro, wie ich gehört habe.«

Sie nickte. »Ich lerne es. Ich kann noch nicht gut schreiben.«

»Wird schon werden. Wie lange sind Sie schon im Tal?«

»Halbes Jahr.«

»Hm.« Ich setzte mich vor den Schreibtisch und blickte das Mädchen an und fragte mich, was wohl in diesem hübschen dunklen Kopf vorgehen mochte.

»Setzen Sie sich doch wieder«, sagte ich und versuchte möglichst freundlich-väterlich zu wirken. »Sicher war das doch auch ein großer Schreck für Sie?«

Sie ließ sich vorsichtig auf der äußersten Kante des Stuhls nieder, blickte mich immer noch an wie die Maus die Katze und nickte.

»Hat man Sie schon verhört?«

»Ja.«

»Und? Haben Sie etwas gewußt?«

Sie schüttelte wild, geradezu heftig den Kopf. »Ich weiß nichts. Gar nichts. Ich weiß nichts.« Ihre Stimme wurde laut, fast hysterisch. Genauso mochte sie auf die Frage der Beamten geantwortet haben.

»Wann haben Sie denn Herrn Kaiser zuletzt gesehen?«

»Gestern. Hier im Büro.«

Sie log. Wenn sie der Polizei genauso geantwortet hatte, wußten die auch, daß sie gelogen hatte.

Unter meinem prüfenden Blick füllten sich ihre Augen mit Tränen. – Was sollte ich dazu sagen? Am besten gar nichts. Ich hatte keine Ahnung, was sich hier abgespielt hatte. Dunjas Name war oft genannt worden.

»Ich weiß nichts«, flüsterte sie wieder. »Gar nichts.«

Aus ihr war nichts herauszubekommen, das war mir klar.

»Na, jetzt beruhigen Sie sich. Was machen Sie denn hier? Wollen Sie arbeiten?«

»Herr Burger hat gesagt, ich soll hier sitzen, wenn Telefon klingelt. Aber Telefon ist drüben im Haus eingeschaltet. Hier niemand telefoniert. Und dann Männer wollen mich wieder sprechen.«

Die Tränen liefen ihr über die Wangen. Ich dachte, es sei besser, sie allein zu lassen. Als ich hinausging, hörte ich noch ihr verzweifeltes: »Ich weiß nichts. Gar nichts.« Ich dachte mir, wenn jemand das gar so deutlich betonte, mußte man annehmen, daß er doch etwas wisse. Sie würden es nicht leicht haben mit ihr.

Angenommen, da war etwas gewesen zwischen ihr und Otto Kaiser. Ich versuchte, mir den Holzkaiser als Liebhaber vorzustellen. Nun – möglich war es schon. Er war nicht mehr der Jüngste, aber ein vitaler Mann. Denkbar war es schon, daß er sich so etwas Junges, Geschmeidiges ins Bett holte, wenn die Gelegenheit sich bot. Und das brachte mich natürlich wieder auf den jungen Jarisch.

Eifersucht! Enttäuschte Liebe!

Wer hätte es besser verstehen können als ich.

Als ich wieder beim Haus angelangt war, kam gerade ein Mann in Arbeiterkleidung heraus, er mochte etwa Mitte Vierzig sein, war gedrungen, sah kräftig und gesund aus. Er machte ein finsteres Gesicht und murmelte etwas vor sich hin, das nicht gerade freundlich klang.

Er blieb stehen, als er mich sah. »Sie sind der neue Direktor?«

»Lanz«, sagte ich.

»Ich bin Grunski.«

»Ach, der Werkmeister. Ich habe schon von Ihnen gehört.« Eine einmalig dumme Situation! Wie benahm man sich, wenn man unter solchen Bedingungen eine Position antrat?

»Sie waren beim Verhör?«

»Ja«, murrte er, »schon zum zweitenmal. Die wollen immer dasselbe hören.«

»Hat man schon irgend etwas ermittelt?«

»Die tun sehr geheimnisvoll. Aber die wissen nischt. Und wir wissen ooch nischt. Meine Leute und ich. Wir kennen ja Herrn Kaiser kaum.«

Grunski war kein Einheimischer, das hörte ich. Er sah intelligent aus, der Blick seiner grauen Augen war wachsam und mißtrauisch.

»Wenn er hier war, ging er ja meist auf die Jagd. Ich hab' schon mal mit ihm gesprochen. Ja, ich hab' mit ihm gesprochen. Über die Arbeit und so. Aber über sonst nischt.«

»Wohnen Sie hier im Dorf, Herr Grunski?«

»Ich wohne in Glainz. Und ich bin gestern um halb sechs heimgefahren und heute früh um sieben wiedergekommen, wenn Sie das meenen. Das haben die mich drinne ooch gefragt.«

Ein leiser Ton von Feindseligkeit schwang in seiner Stimme mit.

»Ich meine gar nichts«, sagte ich ruhig. »Ich habe überhaupt keine Meinung, wie Sie sich leicht vorstellen können. Ich glaube, Sie finden hier weit und breit keinen, der sich dümmer vorkommt als ich.«

Grunski verzog den Mund zu einem Grinsen. »Na ja, ist schon komisch für Sie. Kann ich mir vorstellen.«

»Und was geschieht nun?«

»Ich soll die Leute jetzt nach Hause schicken, sagen die da drinne. Heute brauchen wir ooch nicht mehr anzufangen. Morgen wird normal gearbeetet.«

»Na, wenigstens etwas. Meinen Sie, morgen werden alle kommen?«

Grunski kniff die Augen zusammen. »Das möchte ich denen doch geraten haben. Wäre ja komisch, wenn eener nich käme. Und Sie können mir glauben, Herr – Herr Lanz, mit uns hat das nischt zu tun. Meine Leute wissen davon nischt.«

»Um so besser.«

Die Augen halb geschlossen, blickte Grunski an mir vorbei über das Gelände. »Kann ja einer hier gewesen sein, der hier nischt mehr zu suchen hat, nich? Kann ja immer mal eener kommen, der sonst nich hier ist.«

»Denken Sie an etwas Bestimmtes?«

»Ich denke gar nischt. Ich bin nich von der Polizei. Sind schließlich auch Leute hier, die Herrn Kaiser besser gekannt haben als unsereener. Ich weeß nischt.«

Das klang ähnlich wie Dunjas Kundgebungen. Mit dem hier hatten es die Beamten auch nicht leicht gehabt.

»Da werd' ich jetzt sagen, daß morgen gearbeetet wird, 'n Abend.«

Damit ging er, ich sah, wie sich die Arbeiter um ihn scharten und wie er mit ihnen sprach.

Eigentlich hatte ich ins Haus zurückgehen wollen, aber auf der Schwelle kehrte ich wieder um und ging hinunter ins Dorf. Es war kühler geworden, aber die Sonne schien immer noch von einem blitzblauen Himmel. Ich mußte mal darüber nachdenken, worüber die Polizei vermutlich auch nachdachte: das Motiv.

Wenn einer umgebracht wurde, gab es meistens einen Grund. Eifersucht – das hatte ich schon. Was sonst noch? Hier zum Beispiel. – Otto Kaiser war ein reicher und mächtiger Mann gewesen. Ein Selfmademan mit undurchschaubarer Vergangenheit, dessen Herkunft im Dunkel lag. Soweit Saß! Man wurde nicht in verhältnismäßig kurzer Zeit so reich und mächtig, wenn man immer gerade Wege ging. Man wurde kein Millionär, wenn man immer nett und rücksichtsvoll war. Klarer Fall. Ich konnte mir vorstellen, daß Kaiser mit brutaler Unbeirrbarkeit seinen Weg gegangen war. Früher mal bestimmt.

Wenn einer oben war, konnte er auf Brutalität verzichten.

Also – ein Feind von früher. Irgend jemand, dem er mal was angetan hatte. Gut. Aber wie kam der hierher? Hier, wo jeder Fremde sofort auffallen mußte. Es war unsinnig. Was bedeutete aber Grunskis seltsame Bemerkung: Kann ja einer gewesen sein, der hier nichts zu suchen hat.

Ich war mitten im Dorf, und es war nicht mehr so still wie am Vormittag. An den Türen und hinter den Zäunen standen die Leute und schwatzten. Ein aufregender Tag für das Dorf. Wenn ich vorbeiging, sahen sie mir nach. Vermutlich hielten sie mich für einen von der Polizei.

Und dann lag das Dorf hinter mir, die Straße stieg leicht an, da hinauf ging der Weg bis zur Kurve, hinter der die enge Schlucht lag, und dann ging es hinaus nach Glainz. Ein Stück vor mir ging links ein Weg ab, ebenfalls ansteigend, der führte zum Schloß hinauf.

Das Schloß! Ich blickte hinauf. Es war fast eine Burg, ein alter turmbewehrter Bau. – Ob *sie* dort wohnte? War sie gestern von dort gekommen? Und wo mochte sie heute sein? Ich sah ihr Gesicht noch so deutlich vor mir, spürte sie in meinen Armen, den Duft ihres Haares, als ich sie hinauftrug.

Wo hatte sie die Wunde her? –

Hinter mir aus dem Dorf kam ein Kleinbus. Ich trat zur Seite. Es waren die Arbeiter, die nach Glainz fuhren. Grunski saß am Steuer. Sicher hatte das Kaiser auch eingeführt, daß die Leute mit diesem Wagen transportiert wurden. Grunski warf einen Blick auf mich beim Vorbeifahren und nickte ein wenig.

Gestern waren die Leute genauso heimgefahren. Nur später. Und heute morgen waren sie wiedergekommen. Auf jeden Fall waren sie nicht da, als Kaiser ermordet wurde. – Das war natürlich Unsinn. Genausogut konnte einer zurückgekommen sein, später am Abend oder in der Nacht. – Der Weg war nicht sehr weit.

Ohne zu wissen, warum ich es tat, bog ich von der Straße ab und ging den Weg zum Schloß hinauf. Dann sah ich, daß mir jemand entgegenkam, ein Mann, der gemächlich dahinspazierte. Eine schlanke, mittelgroße Gestalt, den Hut fesch seitlich gerückt, dann sah ich sein Gesicht und dachte mir, daß es wohl der Schloßherr höchstpersönlich sein mußte. Ich hatte mir keine Vorstellung von dem Grafen gemacht, aber irgendwie hatte ich mir einen älteren Herrn darunter vorgestellt. – Doch der mir da entgegenkam, jugendlich und braungebrannt, ein kokettes Bärtchen auf der Oberlippe, war höchstens Mitte der Vierzig.

Der Graf, immer vorausgesetzt er war es, blieb stehen, als wir einander begegneten, lächelte mich freundlich an und grüßte. Also blieb ich auch stehen und erwiderte seinen Gruß.

»Wollen S' zu mir?«

»Eigentlich nicht. Ich gehe nur so spazieren.«

»Ah so, ich hab's nur gemeint, weil der Weg zum Schloß führt.«

»Darf man hier nicht hinaufgehen?«

»Aber freilich, freilich. Hier darf man herumspazieren, wo man will. Und wann S' bei mir vorbeischaun, freut's mich. Solmassy.«

»Lanz.«

»Ah, da sind Sie der neue Direktor. Und ich hab' g'meint, Sie sind ein Kriminaler.«

Der Graf sprach in heiterem verbindlichem Ton, ein freundliches Lächeln begleitete seine Worte, seine Augen blickten lebendig vergnügt. Was immer sich gestern und heute im Tal zugetragen hatte, war nicht imstande gewesen, seine gute Laune zu beeinträchtigen.

»Na, sagen S'! Und ausgerechnet heut' müssen S' daherkommen? So ein Pech! Sie sind heut' gekommen, nicht?«

»Ja, heute vormittag.«

»Grad recht zu dem ganzen Palawatsch.«

»Hm«, machte ich, etwas unsicher, ob er mit dem Palawatsch den Mord meinte.

»No ja, so gesehen ist es auch wieder ein Glück, daß Sie erst heute gekommen sind. Kann wenigstens keiner sagen, *Sie* haben ihn umgebracht. Weiß man schon, wer's war?«

»Mir hat niemand etwas Derartiges mitgeteilt«, antwortete ich leicht erstaunt über des Grafen leichtfertige Art, die Situation zu beplaudern. »Mit mir hat noch nicht einmal die Polizei gesprochen.«

»Sag' i eh! Sie haben Glück.«

»Na ja, das ist Ansichtssache.«

»Bei mir sind's droben gewesen und haben mich gefragt. No, was weiß ich schon! Manchmal haben wir einen Schnaps zusammen getrunken. Oder wir haben uns getroffen im Wald draußen. Wenn er meine Hirschen geschossen hat. No ja! Wissen S', ich geh' nicht auf die Jagd. Ich mag net schieß'n. Ich hab' g'nug davon g'habt im Krieg. Für immer und ewig. Von mir aus können die Hirschen hier steinalt werden. Hat meinen Papa schon immer geärgert, daß ich net schieß'n mag.« Er blinzelte zufrieden über das Tal, die Sonne stand schon schräg. »Sie sind grad zur rechten Zeit gekommen. Was die Jahreszeit betrifft, mein' ich. Im Frühling ist es am schönsten hier herinnen. Der Frühling kommt nämlich immer zeitig zu uns, obwohl wir so tief in den Bergen drinnen liegen. Aber nach Norden zu ist's halt doch geschützt – das macht viel aus. Sie werden schaun, wie schnell das geht. Nächste Woche blühn schon die Palmkatzerln drunten am Fluß.«

Ich hörte mir diese Naturbeschreibung höflich an.

Doch dann verdüsterte sich die fröhliche Miene des Grafen doch ein wenig, als er hinzufügte: »Schad' für den Kaiser. Er kann den Frühling nicht mehr sehen. Tut mir leid für ihn.« – »Haben Sie Herrn Kaiser gestern gesprochen?« fragte ich, eigentlich nur um etwas zu sagen.

»Nein. Er ist ja erst am Nachmittag gekommen. Sicher

hätt' er mich besucht, das hat er meistens getan, wenn er ein paar Tage da war. Er war gern hier heraußen. Ich war auch längere Zeit net da, wissen S'. Ich war in St. Moritz zum Skifahren. Und bisserl Spaß haben. Skifahren kann man hier bei uns nicht gut, keine gescheiten Abfahrten, zu viel Wald. Und auch sonst ist ja nix los. No, wenn's Ihnen einsam ist, besuchen Sie mich. Wir sind froh über jedes neue Gesicht, das hier auftaucht. – Ja, der Kaiser, ich hab' mich gern mit ihm unterhalten. Interessant so ein Mann wie der. Tüchtig, eminent tüchtig. No, jetzt ist er tot. Nutzt ihm das viele Geld auch nix mehr. Tut mir leid für ihn. Leute, die viel Geld haben, sollten nicht so bald sterben. Für sie lohnt sich das Leben doch.«

Das war eine Weltanschauung, die etwas für sich hatte. Ehe ich mich dazu äußern konnte, rief der Graf lebhaft: »No, da kommt s' ja endlich!«

Ich drehte mich um. Drunten war ein Auto um die Kurve gekommen, die aus der Außenwelt hereinführte.

»Sie erwarten Besuch?« fragte ich und fühlte eine leichte Erregung in mir aufsteigen.

»Kein Besuch. Meine Schwester. Sie ist zum Einkaufen g'fahren. Sie ist auch erst ein paar Tage hier und hat festgestellt, daß alles, was man dringendst zum Leben braucht, net da ist. Das ist jedesmal das gleiche. Dann fährt sie los und kommt mit einem vollgepackten Wagen wieder. Und dann schlemmen wir ein paar Tage, solange der Vorrat reicht. Wenn Sie uns besuchen wollen, kommen S' bald, sonst ist von den besten Sachen nix mehr da.«

»Und Ihre Frau Schwester fährt dann extra nach Wien?«

»Nach Wien? Woher denn! Nach Hallau. Oder wenn s' ganz narrisch ist, fährt s' nach Graz und kauft dort ein.«

Ein Cadillac war es nicht. Jetzt bog der Wagen in den Weg ein, der herauf zum Schloß führte, ich starrte ihm gespannt entgegen.

Eine andere Frau. Kein blondes Haar, kein verstörtes

blasses Gesicht. – Sondern ein lächelndes, hübsches, braungebranntes; kupferrotes Haar darüber.

Der Wagen hielt direkt vor uns, die Handbremse wurde energisch angezogen, das Fenster aufgekurbelt.

»Was ist los? Soll ich euch überfahr'n oder am End' rückwärts wieder abrutschen? Hast Besuch, Poldi?«

»Leider nicht. Wir haben uns nur so getroffen. Das ist Herr – Herr ...«

»Lanz.«

»Ja, der Herr Lanz. Der neue Direktor vom Sägewerk, du weißt eh', ich hab' dir erzählt, daß einer kommt. Stell dir vor, grad heut ist er gekommen. Und du weißt ja nicht, was passiert ist, du wirst es kaum glauben ...«

Sie machte eine wegwerfende Handbewegung. »Weiß ich schon. Falls du den Mord meinst.«

»Ah geh!« machte der Graf enttäuscht. »Du weißt es? Woher denn?«

»Na hörst! In Glainz drunten sprechen sie von nichts anderem. Ich hab' grad drunten noch eingekauft.«

Die Gräfin schien von der gleichen heiteren Gemütsart wie ihr Bruder zu sein. Sie zeigten keinerlei Erschütterung, nur ... ja, wie sollte man es nennen? Sensationslust, um nicht zu sagen, Befriedigung, daß ihr Unterhaltung geboten wurde.

»Na, was sagst? Was sagst?«

»Bös ist das. Sehr bös. Weiß man schon, wer's war?«

»Keine Ahnung haben s'.«

»Und Sie sind heute angekommen?« fragte auch sie mich jetzt und betrachtete mich interessiert.

Der Graf beeilte sich, die Vorstellung zu beenden. »Das ist meine Schwester, Esther Barutti«, sagte er mit einer eleganten Handbewegung. Dann warf er einen neugierigen Blick in den Wagen. »Was hast denn alles mitgebracht?«

»Wirst schon sehen. Kommen Sie mit herauf zu einem Drink, Herr Lanz?«

»Vielen Dank«, sagte ich. »Ich käme gern. Aber ich bin heute sehr unruhig, das werden Sie verstehen. Ich möchte nicht zu lange unterwegs sein, falls ...«

»Falls man den Mörder fangt«, vollendete der Graf gelassen. »Je, ich bin auch gespannt, wer's sein kann.«

»Erstochen hat man ihn, hab' ich gehört«, sagte die rothaarige Esther. »Jetzt sag schon, wer macht so was. Ich stell' mir das gar nicht leicht vor. So einen starken kräftigen Mann einfach zu erstechen. Der wehrt sich doch. Oder net? Was meinen Sie, Herr Lanz? Das kann doch gar net einfach sein?«

Der Graf nahm mir die Antwort ab. »Der Max meint, das muß einer gewohnt sein, mit dem Messer zu stechen. Er muß was verstehn von der Anatomie, verstehst? Damit er richtig trifft. Wann er nämlich ...« Und ohne viel Umstände packte er mich an der Schulter, drehte mich zur Seite, hob die Hand mit einem imaginären Messer und führte den Mord vor. »Wann er nämlich nicht genau zwischen ... No, jetzt hab' ich's vergessen zwischen welchen Rippen, also zwischen zwei bestimmten Rippen muß er durchtreffen, damit er das Herz erwischt. Sonst prallt das Messer an den Rippen ab und gar nix geschieht. So gut hat er's aber wieder auch nicht gemacht, weil's so geblutet hat. Er hat die Lunge verletzt. Der Max war drunten und hat sich's angeschaut. Soll sehr viel Blut gewesen sein. Also ein ganz sauberer Herzstich war's nicht.«

Ich verfolgte ziemlich verblüfft die Demonstration und die Erklärung, genauso wie mich die interessierte Miene der Gräfin Esther erstaunte. Aber die temperamentvollen Geschwister waren offenbar aneinander gewöhnt.

»Na ja«, meinte sie jetzt, wenig berührt und ganz sachlich, »ist ja net g'sagt, daß der Mörder ein g'lernter Chirurg war. Oder ein Fleischhauer. Net?«

»Ist wirklich schwer, dahin zu treffen. Der Max wird dir genau erklären, wie man's machen muß.«

Esther, die mich ansah, lachte. »Du hast den Herrn Lanz ganz schön erschreckt.«

»Wer ist Max?« fragte ich schwach.

Max, so erfuhr ich, war der Diener im Schloß. Und über seine präzisen anatomischen Kenntnisse solle ich mich nicht wundern. Max wisse einfach alles. Aber ich durfte auch auf keine falschen Gedanken kommen. Der Max sei bestimmt kein Mörder. Er sei schon über siebzig, und er könne nicht einmal ein Huhn schlachten.

»Aber wissen tut er alles. Oder fast alles«, meinte der Graf. »No ja, sagen wir halt, er weiß mehr als ich. Klüger als ich war der Max immer.«

»Klüger als ich auch«, stimmte Esther freundlich zu. »Bloß gefolgt haben wir ihm nie.«

Diese Tatsache fanden beide sehr komisch, und als sie sich ausgelacht hatten, sagte Esther: »Jetzt komm, steig ein. Ich hab' einen Durst.«

»Hast einen Champagner mitgebracht?« fragte der Graf lüstern.

»Hab' ich. Aber jetzt hab' ich eigentlich an Tee gedacht.«

»Ach geh, du mit deinem faden Tee. Trinken wir lieber was Erfrischendes.«

Ich wurde noch einmal höflich gefragt, ob ich nicht doch mitkommen wollte, und als ich verneinte, kletterte der Graf in den Wagen. Esther fuhr an, rutschte erst ein Stück rückwärts und stob dann mit großem Gas bergauf.

Eine drollige Familie, fand ich. Besonders nahe schien ihnen der Tod von Otto Kaiser nicht zu gehen. Sie betrachteten ihn mehr als eine unterhaltsame Dreingabe zum geruhsamen Leben auf ihrem Hügel. Als Mörder kamen sie wohl kaum in Frage, dazu waren sie viel zu vergnügt. Auf jeden Fall wußte ich nun, daß meine Unbekannte und die Schwester des Grafen nicht identisch waren.

Als ich zum Haus zurückkam, fand ich Ludwig Jarisch vor,

an die Hauswand gelehnt, eine Zigarette rauchend. Molly, die Jagdhündin, war auch wieder da.

»Na, da sind Sie ja«, meinte Ludwig. »Ihr Typ wird drinnen verlangt.«

»Die Polizei?«

»Genau. Die Herren möchten sich jetzt mit Ihnen unterhalten.«

»Gibt's was Neues?«

»Die sagen einem ja nichts. Aber sie machen einen ganz dumm mit ihrer Fragerei. Ich habe schon eine richtige Verhörpsychose. Immerzu überlege ich mir, was ich gesagt habe und was nicht und in welchem Ton. Die haben so eine hinterfotzige Art, einen zu fragen, daß man das dümmste Zeug darauf antwortet.«

»Hm. Ja, so ist das wohl.«

»Gehen Sie nur gleich rein. Mutter hat gerade noch mal Kaffee gekocht. Sie kommen grad recht, ehe er kalt wird.«

»Hat man denn noch nicht einmal einen Verdacht?«

»Verdacht?« Ludwig beugte sich zu der Hündin hinunter und streichelte sie. »Du bist ganz schmutzig, Mädchen. Und müde, was? Der Anton ist den ganzen Tag mit den Hunden in der Gegend herumgekrochen, in jedem Winkel und in jedem Gebüsch. Er sucht das verdammte Messer. Bildet sich ein, er müsse es finden. So ein Blödsinn.«

Er richtete sich auf, sein Blick ging hinunter zum Fluß.

Ich sagte: »Ja, das habe ich auch gedacht. Im Fluß wäre das Messer am besten versteckt.«

»Genau. Das denken die drin auch. Die suchen gar nicht nach dem Messer. Der Anton tut so, als sei mit dem Messer etwas Besonderes los. Und was den Verdacht betrifft ... das kann ich Ihnen sagen, am meisten verdächtigen sie mich.«

»Sie?«

»Na ja, ist doch klar. Das haben sie inzwischen herausgebracht, daß der Chef ewig an mir herumgemeckert hat. Daß ich ihm nichts recht machen konnte. Als wenn ich dafür gekonnt hätte, daß der Benno so schlecht gewirtschaftet hat. Das wußte der Chef auch. Aber immer auf mir herumhakken. Manchmal habe ich mir das nicht gefallen lassen. Das haben die natürlich rausgekriegt.«

»Sie wollen sagen, daß Sie Streit mit Herrn Kaiser hatten.«

»Was heißt Streit? Er hat mich heruntergeputzt, und ich hab' mich eben manchmal gewehrt dagegen. Das haben ihm die Leute so erzählt. Na ja, und dann wegen Dunja.«

»Dunja!« Immer wieder Dunja.

»Jeder wußte hier, daß ich sie gern habe. Und jeder weiß auch, daß der Chef mit ihr ...«

»Was?«

Er wurde plötzlich wütend. »Was, weiß ich auch nicht. Sie war jedenfalls immer oben in seinen Zimmern. Und er hat ihr Geschenke mitgebracht.«

»Soviel ich gehört habe, hat er sie ja auch hierher gebracht.«

Ludwig gab mir einen zornigen Blick. »Sie wissen schon eine ganze Menge, wie?«

»Einiges. Sie waren eifersüchtig, nicht wahr?«

»Eifersüchtig! So ein Quatsch. Der Kaiser war ja viel zu alt für sie. Aber man weiß doch, wie das ist mit so einem Mädchen. Sie hat tausend Wünsche. Und sie ist ... man weiß ja, wie Mädchen sind.«

»Hat es wegen Dunja auch einmal eine Auseinandersetzung gegeben zwischen Ihnen und Herrn Kaiser?«

Ludwig warf mir einen finsteren Blick zu. »Was geht Sie denn das an?«

Ich schwieg und wartete.

»Ja. Als er das letzte Mal hier war. Da bin ich aus der Haut gefahren. Ob er sich nicht schämt – ein Mann in seinem Alter? Ja – das habe ich gesagt und noch einiges mehr.«

»Und er?«

»Ich kann gehen, wenn's mir nicht paßt, hat er gesagt.

Hier aus dem Haus hat er mich rausgeschmissen. Er konnte brüllen, kann ich Ihnen sagen. Mutter hat ihn dann wieder beruhigt. Sie konnte gut mit ihm umgehen.«

»Und Dunja?«

»Ach, Dunja. Wie er weg war, hat sie mir versprochen, sie würde nicht wieder zu ihm hinaufgehen. Und dann kommt er und bringt ihr eine Pelzjacke mit. Und nun denken die, ich hab' ihn umgebracht. Und wegen Ihnen auch.«

»Wegen mir?«

»Na ja, die denken, er hätte mich sowieso rausgeschmissen, jetzt, wo Sie da sind.«

»Ich denke, ich gehe jetzt mal hinein.«

»Viel Spaß!« rief Ludwig mir nach.

Ich konnte nicht sagen, daß ich mich wohl fühlte in meiner Haut. Nach allem, was hinter mir lag, war das hier das letzte, was ich mir wünschen konnte. Ein Verhör. – Sicher, ich hatte mit dieser Sache nichts zu tun, und wie mir ja bis jetzt so ziemlich jeder versichert hatte, war es ein Glück für mich, daß ich erst heute eingetroffen war. Zeit genug, zu überlegen, was ich sagen würde, hatte ich auch gehabt. – Denn da war ja die Begegnung der letzten Nacht. Ich war mir noch immer nicht klar darüber, ob ich das erwähnen sollte oder nicht.

Das Zimmer, das Frau Jarisch als Eßzimmer bezeichnet hatte, war ein großer heller Raum, mit bunten Bauernmöbeln eingerichtet. An der rechten Wand befand sich ein riesiger weißer Kachelofen, von einer Bank umrundet. Sehr gemütlich. Wenn nicht gerade die Kriminalpolizei in diesem Raum residiert hätte.

Es waren zwei Herren aus Hallau, die ich schon am Vormittag am Fluß gesehen hatte, und ein schlanker, noch ziemlich junger Mann, der an einem Bauernschrank lehnte. Das mußte der aus Graz sein.

Frau Jarisch war da und schenkte gerade Kaffee ein. Sie wirkte ruhig und gelassen.

»Das ist Herr Lanz«, sagte sie, als ich hereinkam, geradeso, als stelle sie Gästen des Hauses einen neuen Gast vor. »Trinken Sie auch eine Tasse Kaffee, Herr Lanz?«

»Gern«, sagte ich und merkte, daß ich nervös war.

»Bitte, nehmen Sie Platz«, sagte der ältere Beamte, von dem mir Burger erzählt hatte, daß er Brauer hieß und der Leiter der Dienststelle in Hallau sei.

Ich setzte mich Brauer gegenüber, und Frau Jarisch stellte eine gefüllte Kaffeetasse vor mich hin. »Zucker?« fragte sie fürsorglich. »Milch?«

»Bitte.«

Sie schwiegen alle, bis Frau Jarisch aus dem Zimmer ging.

»Ja, Herr Lanz«, sagte Brauer sodann und blickte mich friedlich an. »Ihre Angaben zur Person, bitte!«

Ich machte die gewünschten Angaben und nannte dann als letzte Adresse Josys Wohnung in Wien.

»Da war ich seit dem November vergangenen Jahres«, schloß ich. »Zuvor allerdings ...«

Brauer winkte ab. »Wir wissen Bescheid.«

Das erleichterte die Situation. Ich war nicht gezwungen, ihnen das alles zu berichten.

»Wir haben mit Wien telefoniert, Herr Lanz, wir wissen, wer Sie sind. Das interessiert uns hier nicht. Immerhin« – er sah mich freundlich an – »können wir uns vorstellen, wie Ihnen zumute ist.«

Ich wollte den Mund zu einem Lächeln verziehen, es gelang nicht. Mein Mund war wie aus Holz.

»Eine üble Sache. Auch für Sie. Sie kommen hierher, um – na ja, sagen wir, um so eine Art neues Leben zu beginnen, und dann das.«

Ich nickte.

»Was wir von Ihnen wissen wollen, Herr Lanz: Woher und seit wann kennen Sie Herrn Kaiser, wo und wie oft sind Sie mit ihm zusammengetroffen, welcher Art war Ihre Verbindung zu ihm. Und schließlich möchten wir noch wissen, wie Sie den gestrigen Tag verbracht haben. Vielleicht können Sie das alles im Zusammenhang berichten!«

Ich konnte. Ich erzählte, daß Saß die Bekanntschaft mit Kaiser vermittelt, daß Kaiser mir die Stellung hier im Tal angeboten hatte, daß ich nur wenige Male mit ihm zusammengetroffen war und wie das jedesmal vor sich gegangen war. Und daß ich sonst über Kaiser oder sein Leben nichts wisse. Es ging besser, als ich dachte. Ich sprach sachlich und knapp, meine Nervosität verflog.

»Sie haben Herrn Kaiser also nur immer in seinem Wiener Büro getroffen. Hier im Glainzer Tal waren Sie noch nie?«

»Nein.«

»Ihre Gespräche mit Kaiser drehten sich nur um geschäftliche Belange?«

»Ja.«

»Das Angebot, hier zu arbeiten, war Ihnen demnach willkommen?«

»Ich war sehr glücklich darüber, und ich war Herrn Kaiser mehr als dankbar, daß er mir diese Chance gab.«

»Hm.« Brauer klopfte mit dem Bleistift, den er in der Hand hielt, auf den Tisch, dann blickte er zu dem Herrn aus Graz hinüber, der immer noch am Schrank lehnte und bisher kein Wort gesprochen hatte.

»Sie sind heute vormittag gegen elf Uhr hier eingetroffen, wie wir erfahren haben. Eigentlich hatte man Sie gestern schon erwartet. Wie kam es zu dieser Verzögerung?«

Ich berichtete von meiner verspäteten Abreise aus Wien, dem überraschend einsetzenden Schneefall und wie ich mich entschlossen hatte, unterwegs zu übernachten.

»Wo haben Sie übernachtet, und können Sie das nachweisen?«

Ich nannte den Namen des Dorfes, den Namen des Gasthofes und nahm aus meiner Brieftasche den Zettel mit der Rechnung, die der Wirt heute morgen für mich geschrieben hatte. Da stand alles drauf: der Übernachtungspreis für das Zimmer, mein Abendessen – ein Gulasch, ein Bier, fünf Viertel Wein.

Brauer verzog das Gesicht zu einem Schmunzeln. »Es gibt offenbar einen guten Wein in diesem Gasthof. Muß ich mir merken.«

Er reichte den Zettel dem Herrn am Schrank, der nur einen flüchtigen Blick darauf warf.

Jetzt gelang es mir auch, ein kleines Lächeln zustande zu bringen. »Doch, der Wein war gut, ich saß ziemlich lange in der Gaststube. Mir war nicht nach Schlafengehen zumute. Es war so, wie Sie sagten – ein neues Leben hat gestern für mich begonnen. Oder jedenfalls glaubte ich das da noch.«

»Also ich würde sagen«, meinte Herr Brauer, und sein Ton war jetzt sehr freundlich, »ein guter Engel war es, der es gestern hat schneien lassen. Für Sie war es jedenfalls ein guter Engel.«

Er trank seinen Kaffee aus, stand auf und begann im Zimmer hin und her zu spazieren. »Es tut mir leid für Sie, Herr Lanz, daß Sie nach allem, was Sie hinter sich haben, hier in eine Morduntersuchung verwickelt werden. Aber so, wie die Dinge liegen, sind Sie ja fein heraus. Glücklicherweise, meine Herren«, und nun blickte er seine beiden Kollegen an, den jungen aus Graz und den noch jüngeren aus Hallau, der wohl für das Protokoll zuständig war, »haben wir endlich jemanden, den wir nicht zu verdächtigen brauchen. Das ist auch für uns sehr angenehm.«

Der am Schrank nickte, und Brauer fuhr fort: »Wir werden das natürlich überprüfen mit Ihrer Übernachtung da, das ist nur eine Formsache. Sie haben den ganzen Abend in der Gaststube gesessen, dafür gibt es sicher Zeugen.«

Ich nickte. Brauer fuhr fort: »Sie haben in der Nacht in diesem Gasthaus auch geschlafen. Und außerdem wären Sie vermutlich auch der letzte, der Herrn Kaiser ermordet hätte, Sie konnten nur froh sein, daß er vorhanden war.«

Ich nickte wieder. – Nun hätte ich es sagen müssen.

Ich blickte vor mich auf den Tisch, nahm meine leere Tasse in die Hand, und Brauer fragte freundlich: »Möchten Sie noch einen Kaffee? Ich glaube, in der Kanne ist noch was drin.«

Der Herr Bezirksinspektor aus Hallau schenkte mir höchstpersönlich ein, rückte mir Zucker und Milch in Reichweite, und alle blickten wohlwollend auf mich, als ich in meinem Kaffee rührte. – War wirklich komisch: Wohlwollend waren die Herren von der Polizei immer gewesen, sogar damals, als ich wirklich einen Mann umgebracht hatte. Es war ein verdammtes Pech gewesen, was mir da widerfahren war, so hatten sie es immer betrachtet, und im Grunde mußte ich wohl ein sehr vertrauenerweckender, sympathischer Mensch sein, daß mich die Polizei so schätzte, sei es bei diesem oder jenem Mord. Diesmal allerdings würde ich mir ihr Wohlwollen verscherzen. Dann nämlich, wenn sie die Sache mit meiner Übernachtung nachprüften und dabei erfuhren, was sich gestern abend noch in diesem Gasthaus zugetragen hatte.

Aber wer oder was hinderte mich daran, nun zu sagen: Allerdings muß ich Ihnen noch etwas erzählen. Ich hatte gestern abend in diesem Gasthaus eine merkwürdige Begegnung. So gegen zehn Uhr etwa ...

Na los, sag es, sag es! Warum sagte ich es nicht?

»Dann wären wir hier draußen eigentlich fertig«, sagte der Grazer, löste sich vom Schrank, nahm seine leere Tasse von der Ofenbank und stellte sie ordentlich auf den Tisch.

»Sie wollten die Kleine noch einmal sprechen«, erinnerte ihn Brauer.

Der Grazer winkte ab. »Die heult ja doch bloß und sagt, daß sie nix weiß. Die muß sich erst mal beruhigen, und morgen holen wir sie uns nach Hallau und nehmen sie dort in die Zange. Natürlich weiß sie doch verschiedenes, was zum Teil wichtig, aber auch unwichtig sein kann, und wenn sie den Mörder kennt, werden wir es schon aus ihr herausbringen. Und dann ist es eben doch der Jarisch. Eifersucht ist und bleibt ein Motiv. Alt wie die Welt und stets modern.«

»Er sieht nicht aus wie ein Mörder«, meinte Brauer nachdenklich. Und dann, wie auf Kommando, sahen sie alle drei mich an. Wohl um festzustellen, ob ich wie ein Mörder aussah.

Der Grazer grinste. »Wirklich eine saudumme Situation für Sie. Kann mir vorstellen, wie das alles auf Sie wirken muß. Am besten, Sie stürzen sich morgen in die Arbeit, das wird Sie ablenken.«

»Ja«, sagte ich. »Solange hier noch gearbeitet wird. Ich habe ja keine Ahnung, wie das nun alles weitergeht.«

Ich dachte bei mir, daß ich vielleicht von ihnen etwas über die Familie des Holzkaisers erfahren könnte, was für Erben er hatte. – In diesem Moment klingelte das Telefon, das auf dem Tisch stand. Brauer hob ab, meldete sich, lauschte, sagte: »Danke. Geben Sie mir sofort Bescheid, wenn sich etwas ändert.«

»Immer noch nicht?« fragte der Grazer.

»Nein. Wie vom Erdboden verschluckt.«

»Wirklich seltsam.«

»Es muß in den Abendblättern stehen. Im Radio ist es durchgegeben worden.«

»Nirgends? Villa, Bahnhöfe, Flugplatz, Grenzübergänge?«

»Nirgends und nichts. Überall wird gut aufgepaßt. Sie ist verschwunden.«

»Die Tatsache bleibt, daß Kaiser noch lebte, als sie um neun hier weggefahren ist.«

»Ja. Ebenso kann sie in der Nacht zurückgekommen sein.«

»Sie hat heute morgen auf dem Semmering einen Kaffee getrunken. Man hat sie gesehen. Man hat den Wagen gesehen, sie ist dort kurz vor elf weitergefahren, sie muß gegen Mittag in Wien gewesen sein. Wo, zum Teufel, war sie in der Nacht?«

Ich lauschte mit wachsendem Staunen diesem Dialog. Von wem sprachen sie? – Von ihr natürlich. Aber wer, um Gottes willen, wer war sie denn?

Brauer und der Mann aus Graz standen voreinander, der eine rauchte eine Zigarre, der andere eine Zigarette, sie hatten ihren knappen Dialog geführt wie ein Pingpong-Spiel.

Mir brannte die Frage auf den Lippen: Bitte, von wem sprechen Sie?

»Wir müssen einen Aufruf in den Abendnachrichten bringen lassen«, sagte der Grazer, »falls sie in einem Hotel abgestiegen ist. Sie kann natürlich einen Liebhaber in Wien haben und ist bei dem und *will* sich nicht melden.«

Brauer nuckelte an seiner Zigarre. »Das würde beweisen, daß sie gewußt hätte, was hier passieren soll, rechtzeitig abgefahren ist, um unverdächtig zu sein und erst einmal untergetaucht ist.«

Der Grazer schüttelte ungeduldig den Kopf. »Das wäre das Dümmste, was sie tun könnte. Ich kann mir nicht vorstellen, daß sie hier einen hatte, der für sie einen Mord begeht. Angeblich kannte sie hier ja keiner. Und zu der Abreise hat sie sich ganz plötzlich entschlossen.«

»Sagt Frau Jarisch.«

»Frau Jarisch – sehr richtig. Von ihr haben wir das meiste erfahren, aber im Grunde eben doch wenig, und sicher nicht alles, was sie weiß. Das ist jedenfalls mein Gefühl.«

Ein rascher aufmerksamer Blick traf mich. »Kannten Sie Frau Jarisch schon, ehe Sie hierherkamen?«

»Ich habe sie heute vormittag zum erstenmal gesehen.«

»Hatte Herr Kaiser zuvor irgend etwas über sie gesagt?«

»Er sagte mir nur, daß eine Wirtschafterin hier wäre, die den Haushalt versorgt und sehr gut kochen könne.«

»Wußten Sie, daß sie die Mutter des bisherigen Leiters dieses Sägewerks ist?«

»Nein. Ich wußte praktisch überhaupt nichts über die Leute und die Zustände, die ich hier vorfinden würde. Nur die Bemerkung über Frau Jarisch ist einmal gefallen. Und dann war mir natürlich bekannt, daß das Sägewerk nicht sehr rentabel arbeitet und Herr Kaiser mit der bisherigen Führung nicht zufrieden war. Sonst hat er mir nichts erzählt. Er nahm wohl an, daß ich alles rechtzeitig genug erfahren würde, wenn ich erst hier wäre. Das war ja wohl auch der Grund, warum er selbst zugegen sein wollte, wenn ich meine Arbeit hier begann.«

»Er war kein Mann überflüssiger Worte, wie?«

»Nein.«

»So ein richtiger Managertyp?«

»Das auch nicht gerade. Mehr ein richtiger Unternehmer. Sehr selbstbewußt, wenn nicht selbstherrlich. Aber mit der Tüchtigkeit und dem Erfolg versehen, der das entschuldigen kann. Er hatte bestimmt viel zu tun, aber er machte niemals einen hektischen Eindruck. Das meiste, was ich über Herrn Kaiser weiß, sagte mir Dr. Saß, mein Anwalt. Er sagte mir, daß Kaiser dieses Holzimperium – wie Saß es nannte – praktisch in einem knappen Dutzend Jahre aufgebaut hat. Es begann wohl damit, daß er einige Sägewerke, auch eine Möbelfabrik und später die Papierfabriken sehr billig einkaufte. Es waren ja damals wirtschaftlich sehr schlechte Jahre für Österreich. Ziemlich bald begann er dann mit dem Exportgeschäft. Bekanntlich ist ja Österreich das drittgrößte Holzexportland in Europa. Und mit dem Export war wohl am schnellsten sehr viel Geld zu verdienen.«

»Interessant«, meinte der Grazer. »Kam Herr Kaiser denn von der Holzbranche her?«

»Ich weiß es nicht. Dr. Saß weiß es auch nicht. Er sagte mir einmal, daß kein Mensch so recht über die Herkunft beziehungsweise über das frühere Leben des Holzkaisers Bescheid wisse. In Wien nannte man ihn nur den Holzkaiser.«

»Und woher hatte er das Geld? Auch wenn er anfangs billig kaufte, etwas Geld wird er schließlich dazu gebraucht haben.«

»Auch das weiß ich nicht. Saß allerdings meinte, er müsse schon mit einem gewissen Vermögen begonnen haben. Denn auch bei größter Tüchtigkeit könne man nicht in so kurzer Zeit reich werden.«

Brauer seufzte. »Das tröstet mich. Ich begann gerade, mir Vorwürfe zu machen, warum ich nicht lieber Holz exportiert habe. Wo es hier so viel Holz gibt.«

Wir lachten alle bereitwillig, und ich fuhr fort: »Ich weiß auch, daß Kaiser hauptsächlich nach Italien exportierte und daß er in Mailand ein Büro unterhält. Er soll auch gut italienisch gesprochen haben. Und er selbst hat sich wohl auch hauptsächlich mit dem Exportgeschäft befaßt. Seine verschiedenen Betriebe, die er in Österreich hat, arbeiteten alle selbständig, auch wenn sie immer sehr genau von ihm kontrolliert wurden.«

»Alles die Meinung von Dr. Saß?«

»Genau.«

»Sie hatten Herrn Kaiser früher nicht gekannt?«

»Dem Namen nach schon. Ich hatte ja selber mal eine kleine holzverarbeitende Firma.«

Darauf schwiegen wir alle eine Weile. Die Beamten dachten wohl nach. Und ich dachte auch nach, immer noch über dieselbe Frage: Wie konnte ich mich nach dieser verschwundenen Frau erkundigen, ohne gezwungen zu sein, von meinem gestrigen Zusammentreffen mit einer unbekannten Frau zu berichten. Denn wenn ich erst einmal gefragt hatte, mußte ich auch sagen: Ja, wissen Sie, gestern war das nämlich so, das habe ich Ihnen gar nicht erzählt, weil es nicht zur Sache gehörte. Dachte ich jedenfalls.

Ich wollte so verflucht gern wissen, wer diese Frau war,

von der sie sprachen. Und gleichzeitig wollte ich *sie* nicht verraten. Obwohl ich ihr offenbar ein Alibi liefern konnte. Sie war nachts im Gasthof gewesen wie ich. Aber da war die Rede gewesen von einem Helfer oder einem Liebhaber.

»Na ja«, sagte der Grazer schließlich. »In Wien muß sowieso gründlichst recherchiert werden. Da wird man wohl auch einiges über das mysteriöse Vorleben des Herrn Kaiser erfahren. Und sicher hat ein Mann, der eine so schnelle Karriere gemacht hat, viele Feinde.«

»Es ist kaum anzunehmen, daß ihn jemand bis hierher in dieses einsame Tal verfolgt, um ihn um die Ecke zu bringen. Hier, wo jeder Fremde sofort auffällt.«

»Bleibt der eventuelle Liebhaber von ihr. Der es mit ihrer Hilfe oder ihrem Wissen getan hat.«

»Und warum gerade hier?« beharrte Brauer wieder. »Kaiser war viel auf Reisen, er war im Ausland, er hat ein eigenes Flugzeug, er fuhr im Wagen, es gab so viele Möglichkeiten, ihn unauffällig zu töten.«

»Es gab auch hier eine sehr unauffällige Möglichkeit: ein Jagdunfall. So etwas ist verhältnismäßig leicht zu bewerkstelligen. Da kann man sehr schwer einen Mord nachweisen. Darum scheidet der Jäger aus. Darum scheidet der Graf aus. Das hatten wir alles schon.«

Lieber Himmel, an was sie alles schon gedacht hatten! Der Graf Solmassy. Darüber hätte ich sie aufklären können, der mag überhaupt nicht schießen. Hat seinen Papa schon immer geärgert. – Im Krieg hatte er jedoch offenbar geschossen, und darum konnte er es wohl auch. Aber Kaiser *war* nicht erschossen worden. Und mit den Rippen, durch die man hindurch treffen mußte, kannte der Graf sich auch nicht aus. Nur der Max wußte das.

»Warum und wann hat Kaiser in der vergangenen Nacht noch das Haus verlassen?« sinnierte Brauer vor sich hin.

»Hat er es verlassen?« fragte der Grazer zurück.

»Wenn er es nicht verlassen hat ...«

»Eben. Da sind wir bei den Hausbewohnern. Jarisch. Der Sohn, die Mutter, beide gemeinsam? Ein Unbekannter, der eindrang, als alle schliefen.«

»Er hätte den Toten nicht unbemerkt und ungehört aus dem Haus bringen können. Die Hündin ist über Nacht im Haus.«

»Also doch die Jarischs? Der Junge tat es aus Eifersucht, die Mutter half ihm die Leiche wegzuschaffen.«

Schweigen. – Ich versuchte, es mir vorzustellen. Olga Jarisch? Ja. Helfen würde sie ihrem Sohn in einem solchen Fall, das schien mir sicher zu sein.

»Burger?«

Brauer winkte ab. »Der nicht. Er hat sich von allen, die hier sind, am freundlichsten über den Toten geäußert.«

»Das kann Theater sein.«

»Gut. Aber er ist alt und nicht sehr kräftig. Selbst wenn der Stich aus dem Hinterhalt geführt worden wäre, hätte keiner der Hausbewohner einen Grund gehabt, ihm bei der Beseitigung der Leiche zu helfen. Und was für ein Motiv sollte er haben?«

»Also Dunja? Eine Frau konnte meiner Meinung nach den Stich nicht ausführen. Und den Toten allein wegschaffen sowieso nicht. Sie kann höchstens wissen, wer es war.«

»Wenn sie es weiß, wird sie es uns sagen. Morgen. Oder wir nehmen sie gleich mit.«

»Nein. Sie muß ruhiger sein. Und sie muß Gelegenheit haben, von dem Mörder, falls er noch hier ist, Instruktionen entgegenzunehmen. Das wird sie sicherer machen. Und frecher. Wir kriegen sie trotzdem klein. Das ist bei der nicht schwer.«

Ich hörte mir das alles stumm an. Interessant, was sie alles so zusammenknobelten. Und wenn man einmal begann nachzudenken, fiel einem noch vieles ein. Warum, zum Beispiel, sollte Kaiser nicht doch noch einen späten Spaziergang gemacht haben? Und wen konnte er dabei nicht alles getroffen haben? So ziemlich jeden, einschließlich der Leute aus dem Dorf. Und den Grafen. Und den Max, der sich so gut in Anatomie auskannte. – Dann fiel mir der Schnee ein. Kein Wetter zum Spazierengehen. Was, in aller Welt, sollte Kaiser veranlaßt haben, bei diesem Wetter am späten Abend noch einmal das Haus zu verlassen? Also war der Mord doch im Haus geschehen.

»Hat es gestern hier eigentlich auch so geschneit?« fragte ich unwillkürlich.

»Ja. Sehr«, sagte Brauer und schmunzelte dann. »Ich sehe schon, Sie denken auch mit. Warum und wieso soll er noch mal weggegangen sein, das ist es ja.«

»Ja«, meinte der Grazer, »es sieht schlecht aus für Ludwig Jarisch.« Dann sah er mich an. »Sie sind fremd hier, Herr Lanz. Ganz neutral, würde ich sagen. Halten Sie die Augen offen. Vielleicht sehen oder hören Sie etwas, das Ihnen erwähnenswert vorkommt. Auch im Betrieb natürlich. Aber behalten Sie es für sich. Wenn Sie etwas zu berichten haben, bitte nur der Polizei. Es mordet einer auch zum zweitenmal.«

Sie gaben mir die Hand. Ich war entlassen. Noch auf der Schwelle zögerte ich und dachte mir, daß ich umkehren müßte, um das eine noch zu erzählen, das ich ausgelassen hatte. Dann war ich auf dem Gang, wollte hinauf in mein Zimmer gehen, aber ich kehrte an der Treppe um und trat ins Freie.

Es war mittlerweile dunkel geworden und ziemlich kalt. Der Himmel war ganz klar, über dem Fluß stand ein einziger, sehr großer heller Stern.

Langsam ging ich über das Gelände, vorbei an den Holzstapeln, den stillen Schuppen und Hallen, und ich empfand gleichzeitig Zorn und Schmerz darüber, daß dieser Ort, an dem ich arbeiten und leben wollte und an dem es mir bestimmt gefallen hätte, nun entstellt war durch die schreckliche Bluttat, und soweit es mich persönlich betraf, auch ein

Ort der Unsicherheit geworden war, denn ich wußte ja nicht, ob hier weitergearbeitet und ob ich noch gebraucht werden würde. Es war nichts mit dem neuen Leben. Nichts mit der Zukunft, es waren immer noch dunkle hoffnungslose Zeiten für mich.

Ludwig Jarisch hatte ich vor dem Haus nicht mehr gesehen.

Ich traf ihn unten am Fluß.

Er stand in der kleinen Bucht, wo man Otto Kaiser gefunden hatte. Ich sah seine Silhouette vor dem helleren Hintergrund des Flusses schon von weitem. Er hörte mich nicht kommen, der weiche Wiesenboden, zerwühlt und schmutzig von den vielen Füßen, die heute hier herumgetrampelt waren, verschluckte meine Schritte.

Aber die Hündin, die bei ihm war, hörte mich und gab Laut. Ludwig fuhr herum. »Wer ist da?« Seine Stimme klang mißtrauisch.

»Ich bin es.«

»Ach, Sie. Ich bin direkt erschrocken.«

»Bißchen nervös? Na, kein Wunder. Mit dem unentdeckten Mörder in der Gegend.«

»Fertig mit der Vernehmung?«

»Ja. Viel hatte ich nicht zu sagen.«

»Und was suchen Sie jetzt hier?«

»Dasselbe könnte ich Sie fragen.«

Er lachte kurz auf. »Den Täter zieht es an den Ort der Tat, wissen Sie das nicht.«

»Soviel ich begriffen habe, war das nicht der Ort der Tat. Und warum sagen Sie das? Das ist doch ein törichtes Gerede.«

»Denken Sie denn nicht auch, daß ich es war?«

»Warum sollte ich das denken? Ich habe keine Veranlassung dazu.«

»Die denken es. Haben Sie denn das nicht gemerkt?«

»Wenn sie es ernstlich denken würden, hätte man Sie wohl verhaftet.«

»Offengestanden wundere ich mich darüber, daß sie es nicht getan haben.«

Ich stand neben ihm, und wir blickten beide über den Fluß. Drüben auf den Wiesen am anderen Ufer stand weißer Nebel. Und hinter den Wiesen stand wie eine dunkle Wand der Wald, aus dem die Berge aufstiegen.

»Herr Jarisch«, sagte ich, ohne ihn anzusehen, »warum haben Sie Kaiser gehaßt?«

»Das ist nicht wahr. Ich habe ihn nicht gehaßt. Ich habe mich manchmal geärgert, ich war wütend. Weil er mich behandelt hat wie einen dummen Jungen. Irgendwie hat er mir auch imponiert. Er war – wie soll ich das nennen? –, er war so sicher. Er war einer, der die ganze Welt in der Tasche hatte. Und sich den Teufel darum kümmerte, was andere dachten oder sagten oder wollten. Ich habe mich manchmal gefragt, wie man es anstellen muß, um so zu werden. So als ob, als ob – ja, als ob man der Mittelpunkt der Welt sei. Von des Gedankens Blässe nicht angekränkelt, verstehen Sie? Von keinem Zweifel angenagt. Mutter sagt, er war schon immer so.«

»Kennt Ihre Mutter ihn schon länger?«

»Ja. Sie hat ihn vor vielen Jahren kennengelernt. Noch im Krieg. Und sie sagt, da war er auch schon so. Obwohl er noch jung war.«

»Sind Sie deshalb hier, Sie und Ihre Mutter, weil sie ihn von früher kannte?«

»Ja. Es ging uns nicht besonders gut. Wir lebten zuletzt in Wien. Meine Mutter war lange krank, sie hat dazwischen immer wieder gearbeitet. Und ich hatte angefangen zu studieren. Wir hatten wenig Geld, und ich ... Gott, ich bin eben nicht sehr tüchtig, das haben Sie ja vielleicht schon gemerkt. Eines Tages sagte sie mir, sie hätte einen alten Bekannten wiedergetroffen, der ihr eine Stellung angeboten hätte, ich könnte auch einen Job von ihm haben. – Na, erst wollte ich nicht, Mutter hat mich überredet. Letzten Endes habe ich immer gemacht, was sie wollte. Ich bin eben ein Schwächling, das ist so.«

»Was haben Sie denn studiert?«

»Musik«, sagte er leise und starrte ins Wasser.

»Ach, du lieber Himmel!«

Der Junge lachte. »Sehen Sie, vielleicht begreifen Sie jetzt, daß ich kein begabter Sägewerksdirektor werden konnte. Aber wahrscheinlich bin ich als Musiker auch nicht sehr begabt, sonst hätte ich mich nicht breitschlagen lassen, plötzlich in Holz zu machen.«

»Wollen Sie damit sagen, daß Sie hierher kamen und keine Ahnung von dem ganzen Holzgeschäft hatten?«

»So ungefähr. Erst habe ich ja bei Kaiser in Wien gearbeitet im Büro. Ich gebe zu, ich war widerspenstig, ich wollte nicht. Und er tat, als sei es das Wichtigste von der Welt, daß ich ein Holzkaufmann würde. Eines Tages meinte er dann, ich müsse Praxis haben, da anfangen, wo der Anfang sei. Wo das Holz herkommt.«

Wieder lachte er kurz und bitter auf. »Da kann ich noch von Glück reden, daß er mich nicht zuerst mal als Holzfäller in den Wald geschickt hat. Na ja, und da steckte er mich hierher. Damals regierte hier noch der Benno. Herr Tallinger, der sollte mich anlernen. Mit dem habe ich mich schon gar nicht vertragen, ein gräßlicher Kerl.

Kaiser schmiß ihn dann hinaus, feuerte ihn von heute auf morgen und verbot ihm, sich jemals wieder hier auf dem Gelände sehen zu lassen, sonst ließe er ihn von der Polizei abholen.

Das war im letzten Sommer. Ich war gerade vier Monate hier. Und dann sollte ich hier den Boß mimen.«

»Das war natürlich etwas viel verlangt.«

»Nicht wahr? Das sagen Sie auch. Und alle paar Wochen kam Kaiser an und stellte fest, was ich alles verkehrt gemacht hatte. – Doch – Sie haben schon recht, manchmal habe ich ihn gehaßt. Allein darum, weil ich hier sein mußte. Ein paarmal habe ich ihm gesagt, ich will nicht und ich gehe weg, und er soll seine Dreckssägen allein in Gang halten. Das Gekreisch allein! Manchmal kann ich es nicht mehr hören.«

»Na ja, für musikalische Ohren mag es nicht immer sehr angenehm klingen«, sagte ich. Und verstand den Jungen nun ein wenig besser.

»Und es war so einsam hier. Sie müssen das mal im Winter erleben. Man kann nirgends hingehen. Kein Theater, kein Konzert, kein Lokal. Einfach nichts. Es war wirklich nicht zum Aushalten.«

»Und keine Mädchen.«

»Nein. Auch nicht.«

»Und dann kam Dunja.«

»Ja. Und die hatte er sich ja mitgebracht. Für sich. Si ist es doch. Sie wissen es inzwischen auch, nicht?«

Er drehte sich abrupt um. »Gehen wir. Es wird Zeit zum Abendessen. Ist Scotland Yard abgezogen?«

»Ich weiß nicht. Aber ich hatte den Eindruck, daß sie für heute genug hatten.«

»Wir gingen langsam über das Werksgelände zurück.

»Ob ich wohl heute abend mit Wien telefonieren kann?« fragte ich.

»Natürlich. Ist Ihre Frau dort?«

»Ich habe keine Frau. Meine Schwester – ich möchte meine Schwester anrufen.«

Saß würde ich auch gern anrufen und ihm erzählen, was hier passiert war. Vermutlich wußte er es schon.

»Gibt es eigentlich«, fragte ich, kurz bevor wir zum Haus kamen, »gar keine netten Leute hier? Irgendeine aparte Frau zum Beispiel. Außer Ihrer Dunja?«

»Wenn Sie so was hier suchen, sehe ich schwarz. Höchstens die Barutti, das wäre was. Oben vom Schloß. Sie soll ja wieder da sein.«

»Ich habe sie sogar schon kennengelernt.«

»Na, dann herzlichen Glückwunsch. Die hat allerhand Temperament. Ich war auch mal in sie verknallt. So am Anfang, voriges Jahr im Sommer, da bin ich fast jeden Abend zum Schloß hinaufgegangen. Und dann kam ein Freund von ihr, da hatte sie keine Verwendung mehr für mich. So eine ist das, wissen Sie.«

Fast tat er mir leid. Er hatte offenbar hier sehr wenig Glück gehabt mit seinem Liebesleben.

Vor dem Haus blieb Ludwig stehen.

»Daß Sie es gleich wissen – ich bleibe nicht mehr hier. Nur noch so lange, bis das – bis das alles geklärt ist. Aber dann hau ich ab. Ob meiner Mutter das paßt oder nicht. Sie kann ja weiter von mir aus hier die Enten braten.«

»Und was haben Sie vor?«

»Weiß ich noch nicht.«

Es klang trotzig.

Der erste Abend im Glainzer Tal. Ich hatte mir keine bestimmte Vorstellung davon gemacht. Wenn ich mir etwas vorgestellt hatte, dann war es ein Zusammensein mit Otto Kaiser gewesen, ein ernsthaftes Gespräch über die zukünftige Arbeit, nachdem ich den ersten Eindruck gewonnen hatte.

Ott Kaiser war als toter Mann mit einem Loch im Rücken abtransportiert worden. Irgendwo lag er jetzt kalt und elend, und man schnitt ihn auseinander. Und irgendwo lief der Polizeiapparat auf hohen Touren, forschte, fragte, ermittelte.

Irgendwo suchte man nach einer Frau.

Wir hier im Tal waren von jeder Neuigkeit abgeschnitten. Und trotzdem war es mir, als blickten wachsame Augen von irgendwoher in das nächtliche Tal, als würde jeder Schritt, den einer ging, jedes Wort, das einer sprach, jeder Gedanke, den einer dachte, bewacht, belauscht, belauert.

Taten wir es nicht auch gegenseitig? War ein Mörder unter uns?

Ich rief Josy an, sie wußte bereits, was geschehen war. Es stand in den Abendblättern, auch Saß hatte sie angerufen. Saß, den ich danach zu erreichen suchte, war nicht zu Hause. »Soll mein Mann zurückrufen, wenn er heimkommt?« fragte Frau Saß. »Brauchen Sie Hilfe?«

»Danke, nein. Diesmal nicht. Daß ich es nicht war, wissen sie. Und sonst – ja!«

»Tut mir leid für Sie, Herr Lanz. Mein Mann ruft Sie morgen bestimmt an. Vielleicht weiß man dann schon mehr.«

Wir waren zu viert beim Abendessen, die Stimmung war gedrückt, keiner sprach viel.

Ein junges Mädchen, das Moni hieß und Frau Jarisch in der Küche und im Haus half, räumte den Tisch ab.

»Na, Moni«, sagte Burger zu ihr, »dir hat's wohl heut' auch die Red' verschlagen? Kommst mir ganz fremd vor.«

Die Kleine wurde rot und huschte hinaus, ohne etwas zu sagen. »Sonst geht ihre Goschen wie ein Wasserfall«, meinte Burger.

»Du mußt sie nachher nach Hause bringen«,sagte Frau Jarisch zu ihrem Sohn. »Oder ich werde es tun. Ich habe sie vorhin holen müssen. Sie sagt, sie fürchtet sich, und sie will nicht mehr zu uns ins Haus kommen.«

»Hat sie am End' Angst vor uns?« fragte Burger, und Ludwig meinte: »Vielleicht denkt sie, daß wir zur Abwechslung jetzt sie abstechen.«

Frau Jarisch ließ es bei einem vorwurfsvollen Blick bewenden.

Ludwig sagte: »Sie sind doch so ein erfahrener Krimileser, Herr Burger, vielleicht lassen Sie uns mal wissen, was Sie ermittelt haben.« Und zu mir gewandt, fügte er hinzu: »Sonst erzählt er uns immer haarklein die Gruselgeschichten, die er abends im Bett liest. Da geht's viel komplizierter zu als bei einem echten Mord. Eigentlich müßten wir mindestens noch zwei oder drei Leichen inzwischen dazu gekriegt haben. Nicht, Herr Burger? Was ein anständiger Krimi ist, der gibt sich nicht mit einer Leiche zufrieden.«

In diesem Augenblick verlor Frau Jarisch zum erstenmal an diesem Tag die Beherrschung. »Halt den Mund!« fuhr sie ihren Sohn zornig an. »Ich kann dein dummes Geschwätz nicht mehr hören. Es besteht wirklich kein Anlaß, faule Witze zu machen. Für dich schon gar nicht.«

Ludwig wurde blaß, stand von seinem Stuhl auf und fragte scharf: »Was willst du damit sagen, Mutter? Was soll das heißen, für mich schon gar nicht. Glaubst du am Ende auch, daß ich ihn umgebracht habe? Das glauben ja alle, nicht? Du also auch. Ich wundere mich wirklich, warum sie mich nicht verhaftet haben.«

Frau Jarisch stand ebenfalls auf. Sie stand vor ihrem Sohn, sie war genausogroß wie er, ihre dunklen Augen blitzten; Wut, aber auch Angst waren in ihrem Gesicht zu finden, und ich dachte wie heute schon bei meiner Ankunft: Sie muß einmal eine bildschöne Frau gewesen sein.

»Aber, aber«, murmelte Burger bestürzt. »Aber Ludwig! Aber liebe Olga! Das geht doch nicht, wir dürfen doch nicht ...« Er verstummte hilflos, da doch keiner auf ihn hörte.

Mutter und Sohn blickten sich immer noch stumm in die Augen. Dann erlosch der Zorn in dem Gesicht der Frau, sie war nun sehr blaß, sie sah alt aus, wie ausgelöscht. »Das habe ich nicht gemeint«, sagte sie leise. »Ich würde niemals denken, daß mein Sohn hinterrücks mit einem Messer einen Menschen erstechen würde. Du hast mir schon manchen Kummer gemacht. Es war oft schwer mit dir – das weißt du selber. Aber du bist niemals böse oder heimtückisch gewesen. Jähzornig – ja, das vielleicht. Das ist – ein Erbteil.«

»Du sprichst von meinem Vater?«

Frau Jarisch wandte sich ab. »Ja, ich spreche von deinem Vater.«

»Ja? Und? Was noch?« Seine Stimme klang aggressiv. »Willst du damit andeuten, ich hätte ihn im Jähzorn erdolcht?«

»Du warst eifersüchtig. Wegen dieser – dieser ...«

»Ja?«

Das Gesicht vor dem ihres Sohnes fragte sie: »Hast du ihn getötet?«

»Mutter!« rief Ludwig entsetzt.

Frau Jarisch stöhnte auf. Sie sank auf ihren Stuhl und legte das Gesicht in beide Hände, so als schäme sie sich der Frage.

»Mutter!« wiederholte Ludwig erschüttert. »Du – du kannst mich das nicht im Ernst gefragt haben?«

»Aber Olga!« flüsterte Burger, kaum weniger erschüttert, »wie können Sie dem Bub das antun? Der Ludwig! Kein Mensch denkt so etwas.«

Ich blickte vor mich auf den Tisch. Es war eine peinliche Situation für mich, der ich hier fremd war. Aber sie schienen mich vergessen zu haben.

Eine Weile herrschte bedrücktes Schweigen. Ludwig zündete sich eine Zigarette an und gab sich Mühe, seine saloppe Haltung wiederzufinden.

»Vielen Dank, Herr Burger, für die Verteidigung. Aber die Polizei denkt es. Und meine Mutter offenbar auch. Der Polizei kann ich es nicht übelnehmen. Meine Mutter dagegen ...« Er wandte sich ab, drehte sich dann plötzlich wieder um und schrie: »Nein, zum Teufel, ich habe ihn nicht umgebracht. Ich konnte ihn nicht besonders leiden, aber ich habe ihn nicht umgebracht. Ich war eifersüchtig wegen Dunja, gut, ich gebe es zu. Das habe ich nicht mal der Polizei verschwiegen. Du kannst Dunja nicht ausstehen, ich weiß es. Sie ist kein schlechtes Mädchen, ich kenne sie besser. Und es war ihr nicht recht, daß Kaiser gewisse Rechte auf sie geltend machte. Sie wollte das nicht.«

»Ja, vielleicht neuerdings. Deinetwegen«, sagte Olga.

»Na schön, neuerdings und meinetwegen. Sie hat mir versprochen, sie würde nicht mehr mit zu ihm hinaufgehen. Jawohl, sie hat es mir versprochen.«

»Aber sie war gestern bei ihm oben«, sagte Olga Jarisch.

»Er hat sie vom Büro aus mitgenommen«, sagte Burger begütigend. »Wir haben gestern lange gearbeitet, das wißt ihr ja. Und dann sagte er zu ihr: Komm mit, Dunjaschka, ich habe dir was mitgebracht.«

»Ja, eine Pelzjacke, wie jeder heute sehen konnte«, sagte Ludwig verbissen. »Und sie ging bereitwillig mit, wie immer.«

»Nicht so bereitwillig, ein wenig zögernd. Sie hatte Angst vor ihm. Und sie hatte Angst vor Ihnen, Ludwig.«

»Sie haben eine bemerkenswerte Beobachtungsgabe«, meinte Ludwig. »Vor mir hatte sie nicht die geringste Angst. Sie wußte schon, wie sie mit mir umgehen soll. Vielleicht war es ihr nicht ganz geheuer, weil *sie* da war. Aber sie ging mit und ließ sich eine Pelzjacke schenken. Wofür hat sie die wohl bekommen, was meinen Sie, Herr Burger?«

Burger hob unbehaglich die Schultern und gab keine Antwort.

Mir erschien der Moment günstig, eine Frage zu stellen. »War eigentlich gestern abend noch jemand hier?«

»Wieso?« fragte Burger. »Wen meinen Sie?«

»Herr Jarisch sagte eben, weil *sie* da war. Wen meint er damit, seine Mutter?«

»Ich sprach von Frau Kaiser«, sagte Ludwig mürrisch, ohne mich anzusehen.

»Von wem?«

»Von seiner Frau.«

»Die Frau von Otto Kaiser? War die denn hier?«

Sie sahen mich alle drei an, als käme ich vom Mond.

»Aber ja«, meinte Burger. »Haben Sie denn heute nichts davon gehört, daß sie gestern hier war? Sie ist verschwunden, und kein Mensch weiß, wo sie ist.«

»Verschwunden? Ich hörte so eine Bemerkung während meiner Vernehmung, aber ich konnte mir keinen Vers darauf machen. Darum frage ich auch jetzt. Seine Frau war hier? Kein Mensch hat heute etwas davon gesagt.«

Ich gab mir große Mühe, meine Stimme gleichgültig klingen zu lassen. – Das also war des Rätsels Lösung. Seine Frau. Eine sehr simple Lösung.

Warum war ich da nicht selber draufgekommen? Der Cadillac, der teure Pelzmantel. – Meine Unbekannte mit dem Messerstich im Arm – seine Frau!

»Wieso ist sie verschwunden? Was hießt das?«

Frau Jarisch hatte ihre Fassung wiedergewonnen. »Verschwunden ist nicht der richtige Ausdruck. Sie ist gegen neun Uhr von hier abgefahren. Herr Kaiser war zwar dagegen, daß sie noch fuhr, es schneite ja. Und erst hatte es auch geheißen, sie würde über Nacht bleiben. Aber sie ließ sich dann nicht zurückhalten. Er brachte sie noch selbst hinaus zum Wagen, und als er hereinkam, schimpfte er über die Unvernunft der Frauen. Auf jeden Fall lebte er noch, als sie wegfuhr.«

Das paßte genau. Wenn sie um neun hier weggefahren war, konnte sie eine Stunde später mit dem Wagen gerutscht sein und dann steckengeblieben. Es war kurz nach zehn, als sie in das Gasthaus kam.

»Kein Mensch«, sagte ich noch einmal, »hat auch nur ein Wort von Frau Kaiser gesagt.«

»Die Polizei hat uns ziemlich ausführlich nach ihr befragt. Aber wir kennen sie nicht. Sie kam am Nachmittag und ist abends wieder weggefahren, das ist alles.«

»Und wo ist sie jetzt?«

»Das weiß man eben nicht«, sagte Ludwig. »Sie ist in der Villa in Wien nicht angekommen.«

»Dann hat sie einen Unfall gehabt.«

»Das wüßte die Polizei bestimmt. Nein, wie es heißt, soll sie sowieso viel auf Reisen gewesen sein. Vielleicht ist sie irgendwo hingefahren und weiß noch gar nichts von ihrem Glück.«

»Was für ein Glück?«

»Daß sie Witwe geworden ist.«

Ich verstand weniger denn je. Was war gestern nur hier vorgegangen? Das Messer hatte demnach schon früher eine Rolle gespielt. Woher hätte sie sonst die Stichwunde gehabt? Wußten die das hier nicht, oder spielten sie mir alle zusammen Theater vor, mir und der Polizei?

»Was ist denn eigentlich vorgefallen?« fragte ich erregt. »Warum erzählen Sie mir nicht, was gestern hier los war?«

Frau Jarisch blickte mich prüfend an. »Was sollen wir Ihnen erzählen, Herr Lanz?«

»Was mit Frau Kaiser geschehen ist.«

»Das wissen *wir* doch nicht. Sie kam gestern nachmittag mit ihrem Mann hier an. Er war mit seiner Privatmaschine von Mailand nach Graz geflogen, und sie hatte ihn mit dem Wagen dort abgeholt. Für gewöhnlich tat das der Chauffeur, aber der hatte gekündigt. Und da ist sie selbst gefahren.«

»Und?«

»Was und? Weiter nichts. Wir haben sie auch zum erstenmal gesehen. Sie war noch niemals hier im Tal.«

»Und was tat sie denn gestern hier?«

Olga Jarisch blickte mich befremdet an. »Das habe ich Ihnen doch gerade erzählt.«

»Ich meine, als sie dann hier war.« – Ich versuchte, mich zu beherrschen, schenkte mir nochmals Wein aus dem Krug ein, nahm mir eine Zigarette. Mein Benehmen mußte ihnen seltsam vorkommen.

»Sie ging lange lange spazieren. Als sie zurückkam, habe ich ihr Tee gemacht, sie trank ihn hier in diesem Zimmer. Dann sagte sie, sie würde jetzt fahren. Ich hatte gedacht, sie würde über Nacht bleiben. Wir unterhielten uns ein bißchen, nur ganz belanglos. Sie fragte mich, wie es mir hier gefiele und ob es nicht sehr einsam sei. Und dann wollte sie wissen, wie Ludwig zurechtkäme und ob er sich eingearbeitet hätte. Sie sprach sehr nett von ihm.«

»Wie komme ich denn zu der Ehre?« fragte Ludwig.

Olga Jarisch warf ihm einen kurzen Blick zu. »Ich nehme an, daß Herr Kaiser ihr von dir erzählt hatte.«

»Und da sprach sie nett von mir? Das finde ich aber unglaubwürdig.«

»Sie sagte, wenn ein Mensch eine Künstlernatur hat, dann sei es sicher sehr schwer für ihn, wenn er sich so gänzlich umstellen müsse. Es käme einer Vergewaltigung gleich, und sie halte das nicht für gut.«

»Das hat sie gesagt?«

»Ja.«

»Hat dich das nicht gewundert?«

Frau Jarisch zögerte. »Nun ja, vielleicht ein bißchen. Ich wunderte mich darüber, daß er ihr von dir erzählt hat.«

»Schade, daß ich sie nicht zu sehen bekommen habe«, meinte Herr Burger. »Sie soll eine Baltin sein, Herr Kaiser machte jedenfalls mal so eine Bemerkung. Sie ist in einem russischen Lager geboren. Ihren Vater haben die Russen verschleppt, sie kam mit ihrer Mutter nach dem Kriege nach Berlin.«

»Was Sie alles wissen!« sagte Ludwig erstaunt.

Herr Burger errötete. »Es fiel mir gerade so ein. Ich hätte sie gern kennengelernt. Wie sieht sie denn aus?«

»Sie sieht sehr gut aus«, meinte Frau Jarisch gleichmütig.

»Und sie heißt Irina«, sagte Ludwig zu mir. »Sonst noch Fragen, Sherlock Holmes?«

»Ja«, sagte ich, ohne mich von ihm aus der Ruhe bringen zu lassen. »Was geschah weiter?«

»Als sie hier mit Mutter saß, kam ich und holte Zigaretten.«

»Ja, und du warst ziemlich schlecht gelaunt.«

»Weil er mich wieder heruntergeputzt hatte. Sie saß dort auf der Ofenbank, rauchte und sagte kein Wort. Sah mich nur immerzu an. Es machte mich ganz nervös.«

»Inzwischen hatte es angefangen zu schneien, und ich sagte zu ihr, ob es nicht besser sei, wenn sie über Nacht hierbliebe, ich könnte ihr das kleine Gastzimmer herrichten. Und es schien so, als sei sie damit einverstanden. Ludwig war wieder ins Büro gegangen. Und ich ging in die Küche, um Abendessen zu machen.«

»Und dann?« fragte ich beharrlich.

»Die Männer kamen lange nicht. Moni hatte den Tisch gedeckt, und ich fragte Frau Kaiser, ob wir nicht inzwischen essen sollten. Erst wollte sie nicht, aber dann aßen wir doch, sie aß sehr wenig. Und dann stand sie am Fenster, es war dunkel draußen, und es schneite wie verrückt. Ja.«

»Erzähle nur weiter«, sagte Ludwig herausfordernd, »denn jetzt wird's endlich interessant.«

Frau Jarisch sah ihn an und schwieg.

»Dann kann ich es ja erzählen. Herrn Lanz interessiert es doch offenbar sehr. Es muß so gegen acht gewesen sein, denke ich, als er mit Dunja hier ins Haus kam. Oder?«

»Ja«, murmelte Burger, »acht war es ungefähr, als sie hinübergingen.«

»Ich war nicht im Büro, er hatte mich ins Lager geschickt, und die Gelegenheit benutzte er, um Dunja ins Haus zu bringen. Vermutlich dachte er, seine Frau wäre weggefahren. Ich lief auch herüber, als ich sah, daß Dunja und er nicht mehr im Büro waren. Hier im Zimmer waren sie nicht, Frau Kaiser war allein, doch dann kam Mutter, und ich fragte, wo ist Dunja? Und Mutter tat so, als hätte sie nicht gemerkt, daß er Dunja mit ins Haus gebracht hatte. – Nicht, wo war es doch, Mutter? Aber du hast es sehr wohl gemerkt.«

»Es war eine sehr peinliche Situation«, gab Frau jarisch zu. »Und du benahmst dich sehr ungezogen.«

»Na, ich dachte, wenn seine Frau da ist, können wir mal reinen Tisch machen. Vielleicht hatte sie auch etwas dagegen. Ich sagte: Ist Dunja vielleicht oben? Macht sie private Überstunden?«

Herr Burger saß vornübergeneigt, er hatte ganz rote Wangen vor Aufregung bekommen. Und ich fragte mich, ob sie das alles genauso der Polizei erzählt hatten.

»Und dann?«

»Sie fragte so obenhin: Wer ist Dunja? Und Mutter sagte: Die Bürohilfe. Ach so, sagte sie. Dann ging sie zum Fenster, schaute hinaus und stellte fest, daß es immer noch schneite. Mutter fragte mich, ob ich jetzt essen wolle. Und ich sagte, nein, verflucht nochmal, und ging wieder hinaus. Und sie kam auf den Flur. Und da hörte ich oben Dunjas Stimme, ziemlich laut sogar. Sie mußte es auch gehört haben, aber sie kam mit mir vors Haus, blickte in den Schnee und sagte: Ach, wie schön! – Also ganz normal ist die nicht, das könnt ihr mir glauben.«

»Mir war das wirklich alles sehr peinlich«, sagte Frau Jarisch. »Ich stellte in der Küche das Essen warm, schickte Moni nach Hause, und als ich wieder hier ins Zimmer kam, war sie nicht mehr da. Dann kam Dunja von oben. Ich sah es, weil ich die Tür offengelassen hatte. Sie heulte und lief aus dem Haus. Und dann dauerte es nicht mehr lange, dann kam Frau Kaiser die Treppe herunter, fertig angezogen, er kam hinterher, und es hieß, sie würde jetzt fahren. Na ja. Und da fuhr sie weg. Er kam herein uns schimpfte, daß sie jetzt abfuhr, aber dann brachte ich ihm das Essen. Es schmeckte ihm sehr gut. Er würde zeitig ins Bett gehen, sagte er, um fünf käme Anton, und dann würden sie zur Jagd gehen. Aber es schneit doch, sagte ich. Morgen früh nicht mehr, sagte er. Und damit hatte er ja auch recht.«

»Wie immer und ewig, Amen«, meinte Ludwig. »Selbst das Wetter war ihm untertan.«

»Als ich kam«, sagte Burger, »saß er noch hier und meinte, es wäre wieder mal sehr gemütlich bei uns. Ich hab' dann auch gegessen, und wir haben noch geredet, hauptsächlich von Ihnen, Herr Lanz, und wie das alles hier werden soll.«

»Und wann kamen Sie nach Hause?« fragte ich Ludwig.

»Später. Ich ging noch spazieren.«

»Spazieren? Bei dem Wetter?«

»Warum nicht. Die gnädige Frau hatte ja auch festgestellt, der Schnee sei etwas Schönes. Außerdem wollte ich ihm nicht mehr begegnen. Ich ging beim Reiter-Bauern vorbei, da wohnt Dunja. Erst wollte ich an ihr Fenster klopfen, die Vorhänge waren zugezogen, aber es war Licht. Doch ich war noch zu wütend und tat es nicht.«

»Was hatte denn Dunja heute dazu zu sagen?«

»Gar nichts. Sie hat den ganzen Tag geheult und pausenlos erklärt, sie wisse nichts«, sagte Ludwig.

Ich überlegte. Sie war hinaufgegangen, als Dunja oben war bei ihm. Es hatte einen Streit gegeben – vielleicht. Dunja lief fort und heulte. Nur sie konnte wissen, was vorgefallen war und woher der Messerstich kam. Ich mußte sie morgen fragen. Egal, ob sie heulte oder nicht.

Jedenfalls war Dunja dann in ihrem Zimmer unten im Dorf gewesen. Ludwig im Schnee spazieren. Frau Jarisch, Herr Kaiser, Herr Burger hier in diesem Raum. Und Frau Kaiser im Auto auf der Fahrt nach Wien. Verletzt und verstört.

Irina hieß sie.

Wann hatte Otte Kaiser in der Nacht das Haus verlassen, hatte keiner das bemerkt? Er hat in seinem Bett nicht geschlafen, wie Frau Jarisch heute vormittag gesagt hatte. Wollte er bei Dunja schlafen? Hatte Ludwig ihm dort aufgelauert? – Das war durchaus denkbar. Ich blickte zu dem Jungen hinüber. Er war wirklich schwer belastet, daran bestand kein Zweifel. Ich traf auf Ludwigs spöttischen Blick. »Nun, Sherlock Holmes, schon eine heiße Spur?«

»Sie müßten sie leichter finden können als ich. Sie kennen die Verhältnisse besser.«

»Na, Sie wissen doch jetzt auch schon ganz gut Bescheid.«

Aber wie war es mit dem Messer? – Natürlich konnte Kaiser schon sehr früh zu seiner Pirsch aufgebrochen sein. Frau Jarisch hatte gesagt, er sei ein Frühaufsteher. Dann hatte er das Messer eben dabei. Und hatte dort seinen Mörder getroffen. Der Wilderer, von dem Ludwig sprach? Anton, der Jäger? Sonst jemanden.

Ein Mörder war hier im Tal. Er mußte noch hier sein. Aber wenn er im Wald getötet worden war, wie kam er an den Fluß? Und das verdammte Messer ...

»Das Messer hat man nicht gefunden?« sagte ich, mehr vor mich hin.

Frau Jarisch sah mich an, auch in ihren Augen stand jetzt Spott.

»Die Glainz ist sehr tief. Und sie hat eine rasche Strömung. Man hätte auch ihn nicht so bald gefunden, wenn es gelungen wäre, ihn über die Böschung zu stoßen.«

Ich blickte sie nacheinander an. Ich fühlte mich unbehaglich. Ich traute keinem mehr.

»Es beweist« sagte ich, »daß der Mörder nicht sehr kräftig war.«

Frau Jarisch stand auf. »Ja. Oder in großer Eile. Die Holzfäller sind früh unterwegs. Anton war früh unterwegs. Und da unten an der Bucht wird man von weither gesehen. Hat noch jemand einen Wunsch? Ich gehe schlafen. Es war ein anstrengender Tag.«

»Ja«, meinte Burger, »gehen wir schlafen. Wenn wir können.«

»Sie können sicher«, meinte Olga Jarisch. »Sie schlafen doch immer wie ein Murmeltier.«

»Hoffentlich, hoffentlich. Heute, na, ich weiß ja nicht ... Was ich noch sagen wollte, Herr Lanz, das Messer – es war ein sehr wertvolles Stück. Er hat's mir mal gezeigt. Eine ganz schmale, ziemlich lange Klinge, der Griff war handgeschnitzt und endete in einem Adlerkopf.«

»Ein Adlerkopf?«

»Es sei sehr wertvoll, hat er gesagt, und es bedeute ihm viel. Sein Sohn werde es einmal von ihm erben.«

»Hat er denn einen Sohn?«

»Eben nicht. Nur eine Tochter. Aus erster Ehe. Aber vielleicht dachte er ...«

»Was?« fragte Frau Jarisch spöttisch.

»So alt war er ja noch nicht. Er hätte ja noch einen Sohn bekommen können.«

»Er war sechsundfünfzig. Ein bißchen spät, um einen Sohn zu zeugen.«

»Bei seiner Vitalität? Nein, Olga, ihm hätte ich das glatt noch zugetraut.«

Dann fiel Frau Jarisch noch ein, daß sie Moni ganz vergessen hatte. Aber wie sich herausstellte, hatte diese sich allein auf den Heimweg gemacht, der – wie ich hörte – sowieso nicht länger als zehn Minuten dauern konnte.

»Und vermutlich ist sie gerannt, und dann sind es fünf Minuten«, meinte Ludwig.

Ich ging noch einmal vor die Tür.

Die Nacht war klar und kalt. Vor meinem Mund stand weißer Hauch. Am Himmel waren jetzt viele Sterne. Und da unten über der Bucht, stand immer noch dieser eine besonders große, besonders helle Stern, den ich schon vorhin gesehen hatte.

Wann hatte es aufgehört zu schneien in der vergangenen Nacht? Wann war der Himmel klar geworden?

Es mußte hell gewesen sein hier im Tal in der vergangenen Nacht. Der Schnee mußte das Tal erhellt haben.

Einen toten Mann im Schnee zu transportieren ... ein Schlitten? Natürlich ein Schlitten. Als man ihn fand, war der Schnee geschmolzen, und man sah keine Spuren mehr.

Nur unten, auf dem Stück Wiese an der Bucht, da hatte man Spuren gesehen. Da hatte der Mörder den schweren Körper auf die Böschung geschoben und dann versucht, ihn von dort ins Wasser zu stoßen. Und da hatte er erst gemerkt, wie hell es war. Durch den Schnee. Durch den Fluß.

Und vielleicht war der Stern hervorgekommen, und es war noch heller geworden. Da hatte der Mörder die Nerven verloren, war weggelaufen und hatte den Toten liegenlassen. Der Mörder oder die Mörderin.

Der Stern über des toten Mannes Bucht mußte das alles gesehen haben.

Es war eine Wohltat, daß der nächste Tag ein normaler Arbeitstag war. Oder sich jedenfalls bemühte, einer zu sein.

Ich war um sieben auf dem Gelände. Es war kalt, aber wieder ein klarer heller Tag. Die Sägen liefen an, ihr Kreischen erfüllte die Luft – für Ludwig mochte es ein gräßliches Geräusch sein, für mich Musik. Eine Weile stand ich neben einer der großen Gattersägen, sah zu, wie der Schlitten den Stamm heranfuhr, wie sich die scharfen Zähne der Säge durch den Stamm fraßen und auf der anderen Seite die geschnittenen Bretter herausfielen.

Grunski und Ludwig führten mich durch das Werk, zeigten und erklärten mir alles, und später saß ich im Büro und versuchte, mich mit den laufenden Aufträgen vertraut zu machen. Dreißig- bis vierzigtausend Festmeter Holz waren im vergangenen Jahr durch die Sägen gelaufen. Kaiser hatte ein Mindestsoll von fünfzigtausend als nächstes Ziel gesetzt.

»Zur Zeit fällen sie ziemlich weit hinten im Tal«, erklärte

mir Burger. »Ludwig kann morgen einmal mit Ihnen hinauffahren. Die Holzfäller arbeiten im Akkord. Sie bilden jeweils eine selbständige Arbeitsgruppe mit einem Vorarbeiter, er rechnet draußen mit ihnen ab. Sie sind so eine Art Vertragsarbeiter, nicht fest an das Werk gebunden. Es gibt viel Wechsel, aber es bleibt immer noch so eine Art von solidem Stamm. Holzfäller gibt es hier in der Gegend von alters her. Natürlich sind es weniger geworden, die Arbeit ist hart. Ich denke, daß sie nächste Woche anfangen werden zu flößen. Die Glainz hat einen guten Wasserstand zur Zeit, der wird durch die Schneeschmelze noch besser. Wenn wir flößen, stellen wir Hilfskräfte ein. Die Anlandung ist eine Arbeit, die einer verstehen muß.«

»Und wo landen die Stämme an?«

»Gerade dort. In der kleinen Bucht.«

Ich verstand. In der kleinen Bucht, in der man Kaiser gefunden hatte.

Der Mörder hatte sich eine schlechte Zeit ausgesucht. Wenn man schon geflößt hätte, wenn die schweren Stämme in die Bucht gefahren wären und die Leiche hätte darin gelegen, dann hätte man ihn wohl nie gefunden.

Während des Vormittags waren wir alle fleißig bei der Arbeit, wie auf Verabredung vermieden wir es, von dem Mord zu sprechen. Neues erfuhren wir auch nicht. Dunja saß vor der Schreibmaschine und tippte mit angespannter Miene. Sie machte vermutlich noch mehr Fehler als sonst. Burger gab ihr immer wieder einen geschriebenen Bogen zurück, dann wurde sie rot, warf einen scheuen Blick auf mich und begann von neuem.

Sie sah Ludwig nicht an, und Ludwig sah sie nicht an. Es war kurz vor zwölf, da kam der jüngere Beamte aus Hallau ins Büro, grüßte kurz und blickte Dunja streng an.

»Fräulein Milevic, zur Vernehmung.«

Sie wurde rot, dann blaß, blickte uns verzweifelt an.

»Na, geh nur«, sagte Burger tröstend, »sie werden dir

schon nicht den Kopf abreißen. Heulst heut halt nicht und sagst alles, was du weißt.«

Aber sie war noch nicht aus dem Büro, da hatte sie schon wieder die Augen voller Tränen.

»Mit der werden sie auch heute nicht viel anfangen können, die hat's total derbröselt. Ich möcht' bloß wissen, warum s' gar so außer sich ist. Sonst war sie immer so munter, richtig keck manchmal. Gelacht den ganzen Tag und ihre schwarzen Haare geschüttelt, und die Männer – na ja, alle hatten sie gern, und sie hat jeden angelacht.«

»Hat sich denn der Ludwig gleich für sie interessiert?«

Ich konnte das fragen, denn Ludwig hatte vor kurzem das Büro verlassen und war auf dem Gelände.

»Ziemlich bald. Erst war sie drüben im Haus und hat der Olga geholfen, da hat er sie ja oft gesehen. Mit wem soll er denn hier poussieren? Eine Zeitlang hat ihn ja die Gräfin mit ihrer Gunst bedacht. Aber das war schnell wieder vorbei.«

»Sie ist die Schwester vom Grafen, sagten Sie gestern. Aber sie muß doch verheiratet sein. Der Graf nannte gestern einen anderen Namen, der klang italienisch.«

»Barutti, ganz recht. Haben Sie den Grafen denn kennengelernt?«

Ich erzählte ihm von meiner kurzen Begegnung mit dem Grafen und der rothaarigen Esther, und Burger meinte: »Na, dann wird s' bald hier aufkreuzen. Wenn ein Mannsbild da ist, das interessiert sie. Sie kam auch immer, wenn Herr Kaiser da war. Sie langweilt sich halt da oben. Ja, sie heißt Barutti, hat einen Italiener geheiratet. Das war aber wohl nicht das Richtige. Jetzt ist sie geschieden. Das heißt, sie lebt getrennt. Geschieden werden kann man ja in Italien nicht. Viel Geld scheint sie von ihm nicht zu kriegen. Wenn sie keins hat, kommt sie halt her und lebt bei ihrem Bruder.«

Kurz danach gingen wir zum Essen.

»Das war auch so was«, erzählte Burger mir auf dem

Weg, »Herr Kaiser wollte gern eine Kantine für die Leute einrichten. Manche bringen sich ihr Essen mit. Die vom Dorf essen zu Hause. Aber manche fahren auch nach Glainz hinunter. Das dauert dann lange, bis sie wieder da sind. Herr Kaiser meinte, man könnte abends früher aufhören, wenn die Leute ihr Essen hier bekämen.«

Dunja war nach der Mittagspause noch nicht zurück.

Am Nachmittag kam Esther Barutti zu Besuch, wie Herr Burger schon vermutet hatte.

Und dann sah ich *sie* wieder.

So gegen vier war ich unten am Fluß bei den rohen Stämmen und beobachtete die Arbeit des großen Krans, der die Stämme stapelte, um Platz zu schaffen für die neu angeflößten Stämme. Ein noch ziemlich junger Bursche beunruhigte mich. Er konnte höchstens siebzehn sein und turnte mit geradezu artistischer Gewandtheit auf den Riesenstapeln herum, dirigierte den Kran, tauchte drunter durch, sprang hinauf und herunter, und ich wartete direkt darauf, daß er abrutschen und einen Fuß zwischen den Stämmen einklemmen würde oder daß einer der von ihm mit so leichter Hand eingewiesenen Stämme ins Rutschen kam und ihn mitriß.

Ich machte ein Bemerkung zu Grunski, der eine Weile neben mir stand, doch der sagte gelassen: »Der Sepp kann das. Dem passiert nichts. Das ist der Geschickteste, den wir hier haben.«

Und dann sah ich also Esther Barutti, geborene Gräfin Solmassy über das Gelände herangeschlendert kommen. Sie trug beigefarbene Hosen, eine grüne Lederjacke, ihr rotes Haar leuchtete in der Sonne. In respektvoller Entfernung von dem Kran blieb sie stehen und hob die Hand, als ich grüßte. Grunski hatte sie auch gesehen und brummte irgendwas vor sich hin.

»Wie?« fragte ich. »Haben Sie was gesagt?«

»Nischt. Ich hab's bloß nicht gern, wenn Fremde hier rumlungern.«

»Na ja, Fremde kann man wohl in diesem Fall nicht sagen. War ja mal ihr Betrieb, nicht?«

»Hätt'n ja behalten können.«

Ich hatte bereits erkannt, daß Grunski für mich hier der wichtigste Mann sein würde. Er wußte am besten Bescheid, er kannte die Aufträge, machte sich eigene Gedanken über die Reihenfolge der Zulieferung, überwachte auch das Transportsystem, die Fahrer wandten sich mit Fragen an ihn. Daß es wichtig sein würde, mit Grunski gut auszukommen, war mir klar, sonst konnte ich gleich wieder einpakken.

Einer seiner ersten Aussprüche am Morgen war gewesen: »Herr Kaiser hat immer alles mit mir besprochen.«

Der Satz stand für sich allein, aber er hatte eine unausgesprochene Fortsetzung. Etwa: Außer mir weiß doch keiner Bescheid.

Es war leicht vorstellbar, daß ein Mann wie Grunski einen Jungen wie Ludwig Jarisch nicht als Chef akzeptiert hatte. Ludwig konnte höchstens vier- oder fünfundzwanzig Jahre alt sein und verstand ja nach eigener Aussage nichts von Holz. Es war wirklich keine glückliche Idee von Otto Kaiser gewesen, Ludwig hier die Leitung zu übertragen, nachdem er diesen Benno gefeuert hatte. Aber freilich, ein neuer Mann mußte erst gefunden werden.

Ich hatte mir vorgenommen, Grunski gegenüber nicht den Boß zu spielen, sondern sein Vertrauen und seine bereitwillige Mitarbeit zu gewinnen.

»Ich hoffe auf Ihre Hilfe, Herr Grunski«, hatte ich gesagt. »Es ist für mich jetzt schwer, einen Überblick zu gewinnen. Aber wir können nichts tun, als so gut wir vermögen, zunächst einmal weiterzumachen. War eigentlich außer Herrn Kaiser jemals aus Wien jemand da?«

Nein, außer Kaiser war nie jemand hier gewesen. Mich

beschäftigte wieder die Frage, wer denn nun eigentlich in Wien zuständig war, jetzt, nachdem Otto Kaiser nicht mehr lebte. In welcher Art hatte er seine Firma geführt, gab es Teilhaber, oder war es ein typisches Einkopfunternehmen? Es hätte Kaiser ähnlich gesehen.

Es würde Erbauseinandersetzungen geben. Es gab eine frühere Frau Kaiser, es gab eine Tochter, das wußte ich mittlerweile. Sonst wußte ich nichts.

Jedenfalls lief der Betrieb seit dem Morgen auf Hochtouren. Grunski war überall.

Er stammte aus Oberschlesien, wie ich aus seinen Personalpapieren ersehen hatte. War Soldat gewesen, nach dem Krieg in englischer Gefangenschaft, hier in Österreich, dann entlassen, war geblieben, hatte verschiedentlich gearbeitet, hier und dort, und dann ein Mädchen aus Glainz geheiratet.

Esther Barutti betrachtete mich wohlgefällig, als ich schließlich bei ihr anlangte. »Sie schaun aus, als wenn Sie hier aufgewachsen wären«, sagte sie und musterte meine Arbeitskluft. »Sind Sie ein richtiger Holzmensch?«

»Ich weiß nicht, was Sie darunter vestehen, gnädige Frau. Man könnte dem Wort einen Doppelsinn geben.«

Sie lachte und blitzte mich kokett aus schönen braunen Augen an. »Ich habe nicht gefragt, ob *Sie* aus Holz sind. Soviel verstehe ich von Männern, daß ich sagen würde: ganz gewiß nicht. So ein Mannsbild wie Sie! Nein, der Ausdruck stammt von Kaiser, dem Armen. Er hat immer gesagt, wenn ich doch nur mal einen richtigen Holzmenschen für das Werk finden würde! – Komisch, daß er sich so viel aus diesem Sägewerk hier gemacht hat, nicht? Er hatte viele gutgehende Betriebe und war so reich. Der Betrieb hier konnte ihm doch wirklich nicht so wichtig sein.«

»Irgendwie verstehe ich es. Er war gewohnt, Erfolg zu haben. Und ein Betrieb, der mit roten Zahlen arbeitete, reizte vermutlich seinen Ehrgeiz. Ich könnte mir vorstellen, daß es so war.«

»Sie kannten ihn nicht näher?«

»Nein.«

»Schad'. Er war auch ein richtiges Mannsbild. Ich hab' ihn gut leiden können. Es gibt heute so selten noch richtige Männer. Wirklich schad', daß er tot ist. Aber wissen S' was?«

»Na?«

»Dieser gewaltsame Tod paßt irgendwie zu ihm. Er war auch ein gewalttätiger Mensch.«

Darauf fiel mir nicht gleich eine Antwort ein. Von diesem Gesichtspunkt aus hatte ich den Mord an Otto Kaiser noch nicht betrachtet.

Wir waren während des Gesprächs langsam über das Gelände geschlendert, jetzt blieb Esther stehen, blickte mit schiefgelegtem Kopf zu mir auf, setzte sich dann auf einen Stapel Bretter und fragte: »Rauchen Sie eine Zigarette mit mir? Und sagen Sie nicht, rauchen sei hier verboten. Wir werden das Holz schon nicht anzünden.«

Ich lachte. »Das dürfte Ihnen auch schwerfallen. Also gut, auf eine Zigarettenlänge. Mehr Zeit habe ich leider nicht.«

»Ja, ich weiß. Sie haben viel zu tun. Alle Männer von heutzutage haben immer viel zu tun. Es ist schrecklich.«

»Ist Ihnen ein Mann, der nichts tut, lieber?«

»Der ist noch viel schrecklicher. Mich dürfen S' nicht fragen. Ich bin mit einem verheiratet, für den ist Arbeit ein exotischer Begriff.«

Ich gab ihr Feuer und fragte dann: »Und was verschafft mir die Ehre Ihres Besuches?«

»Ich langweil' mich. Was soll ich denn den ganzen Tag oben tun? Die Geschichten, die mein Bruder erzählt, kenne ich alle schon. Ich bin ja ganz gern hier. Wenn ich weg bin, möcht' ich hier sein. Aber wenn ich hier bin, möcht' ich wieder weg. Hier passiert nie etwas.«

»Das können Sie im Moment kaum sagen.«

»Stimmt. – Gibt's was Neues?«

»Nicht daß ich wüßte.«

»Es tut mir trotzdem leid, daß es grad der Kaiser war. Ich hab' ihn gern gemocht. Mein Bruder auch. Und es war so nett, wie er immer von unserem Tal begeistert war. Direkt geschwärmt hat er. Wir haben's gar nicht mehr gesehen, wie schön es hier ist. Wenn man etwas so genau kennt, nicht? Aber dem Kaiser hat hier alles gefallen, die Landschaft, der Fluß, die Berge, der Wald, die Luft – einfach alles. Er hat darüber g'redet, wie wenn's das Paradies wär. Der Poldi hat amal g'sagt, also der zeigt uns erst, wie schön es zu Hause ist.«

»Na, das muß Sie doch gefreut haben.«

»Schon. Und wissen S', was der Kaiser noch gesagt hat? Wenn er alt sein wird, dann bleibt er für ganz hier. Dann kauft er uns das Schloß auch noch ab und wird hier leben. Was sagen Sie dazu? Wir haben uns schon überlegt, der Poldi und ich, was wir für das Schloß verlangen könnten.«

»Hätten Sie es denn verkauft?«

Sie nickte.

»Warum nicht? Sie meinen, man soll das Schloß seiner Väter nicht verkaufen? Heut' sind die Zeiten anders. Der Poldi hat keine Kinder. Und mein Sohn, der wächst in einem Internat auf. Ob der hier später wohnen möcht'? Ich glaub's nicht. Der redt heut schon so konfuses Zeug. So kommunistisches, wissen S'. Daß man keinen Besitz haben darf und allen alles gehört und so. Der macht dann vielleicht eine Kommune aus dem Schloß.«

»Wie alt ist denn Ihr Sohn?«

»Sechzehn ist er, der Lausbub. Aber heut sind's ja so frühreif und wissen eh' alles besser.«

Mit einem raschen Seitenblick fügte sie hinzu: »Ich hab' sehr früh ein Kind gekriegt. Ich hab' mit achtzehn geheiratet und war nicht aufgeklärt.«

Ich versuchte es mit einem Kompliment. »Ich hab' mich grad gewundert, daß Sie schon so einen großen Sohn haben.«

»Danke. Das war lieb.«

»Hatte eigentlich Herr Kaiser Kinder?«

Esther war bestens informiert. »Eine Tochter aus einer früheren Ehe. Ich kenn' s'. Recht fad. Gar net hübsch. Die Mutter auch nicht. Warum er die geheiratet hat, weiß ich nicht.«

»Diese – eh' – Familie lebt auch in Wien?«

»Nein. Draußen im Reich. Sie ist eine Deutsche.«

Ich hätte gern weiter gefragt, zum Beispiel, woher sie das alles wußte, aber ich wollte nicht zu neugierig erscheinen.

Statt dessen sagte ich: »Wie ich gehört habe, ist Herr Kaiser wieder verheiratet.«

»Ja. Diesmal hat er eine Hübsche. Noja, jetzt hat er sich's leisten können. So eine große schmale Blonde. Bisserl kühl. Ich würd' sagen, gepaßt hat s' net zu ihm. Stammt auch von draußen. Eine Baltin, wie ich gehört habe. Das ist so was von droben draußen, so was Nordisches. Ich würd' sagen, er hat keine glückliche Hand gehabt mit seinen Frauen.«

Ich dachte im stillen, daß so eine Frau wie diese Esther ganz gut zu Otto Kaiser gepaßt hätte. Aber wer fand schon eine Frau, die zu ihm paßte! Vor allem, wer fand sie zur rechten Zeit.

»Die ist ja jetzt die Chefin hier. Da werden Sie ja bald mit ihr zu tun haben.«

»Kennen Sie Frau Kaiser?«

»Ja. Ich hab' sie zwei- oder dreimal gesehen. Das letzte Mal beim Opernball. Also da war sie wirklich ravissant. In einem ganz glatten weißen Kleid, nur so ein bisserl Glitzerzeug am Ärmel. Vielleicht sogar echt – leisten konnt' sie sich's ja. Bisserl hochmütig ist sie. High-browed, wie die Amerikaner sagen. Sie soll Künstlerin gewesen sein.«

»Künstlerin?«

»Was erschreckt Sie denn da so? Das gibt's doch. Ich glaube, Violine hat's gespielt. – Oder Klavier?«

Die Gräfin legte nachdenklich den Kopf in den Nacken.

»Also genau weiß ich das nicht mehr.«

»Sie wissen eine ganze Menge, gnädige Frau.«

»No, wenn ein Mann so reich ist wie der Kaiser, dann wird über ihn geredet, ist doch klar, net? Die Ehe soll nicht besonders glücklich gewesen sein, sagt man. Jedenfalls war sie viel auf Reisen. Und er hat immer mal so ein bisserl ... na, Sie wissen schon. Ein Mannsbild, ich sag's ja. Er soll ja hier auch so eine kleine Freundin gehabt haben.«

»So?«

»Tun S' doch nicht so, als ob S' das nicht wüßten. Das hat man Ihnen doch bestimmt erzählt.«

»Geredet wird viel.«

»Wenn man redet, ist meist auch was dran. Drum sitzt der Kleine auch mit der Nase im Dreck.«

»Ich nehme an, Sie sprechen jetzt von Ludwig Jarisch.«

»Von dem sprech' ich. Netter Bursche. Ich mag ihn gern. Bisserl jung und dumm halt noch. Der Kaiser hat's wichtig mit ihm gehabt. Wollt' ihn immer erziehen. Und da hat's ja wohl Ärger gegeben.«

Kein Zweifel. Gräfin Esther war bestens informiert. Mit ihr zu sprechen, war ganz nützlich. Damit entschuldigte ich mein müßiges Sitzen auf dem Holzstapel während der Arbeitszeit.

Etwas interessierte mich noch. »Aus dieser – dieser zweiten Ehe gibt es keine Kinder?«

»Nicht, daß ich wüßte.«

Ich lachte ein wenig verlegen. »Entschuldigen Sie meine vielen Fragen. Aber meine Situation hier ist sehr seltsam. Ich hab' ja keine Ahnung, wie es weitergeht.«

Esther schenkte mir ihr verführerisches Lächeln. »No, ein Mann wie Sie, der kann sich doch die Positionen aussuchen.«

So gut sie sonst informiert war – über mich wußte sie offenbar nichts Näheres. Oder sie verbarg es geschickt. Ich stand auf. »Ja, ich muß dann wieder ...«

»Sie wollen mich loswerden? Ich hab' gedacht, Sie laden mich zu einer Jausen ein?«

»Es ist doch Arbeitszeit, gnädige Frau.«

»Ich lad' Sie dafür zum Nachtmahl ein. Heut oder morgen, wann es Ihnen paßt. Sie bekommen gut zu essen und einen prima Wein.«

»Ihre reizende Gesellschaft wäre das beste dabei.«

»Charmant, charmant«, fand Signora Barutti und zeigte mir ihre hübschen weißen Zähne. »Und die können S' noch bisserl haben, meine reizende Gesellschaft, wenn wir jetzt jausen gehen. Die Frau Jarisch kocht einen guten Kaffee.«

Ich seufzte und lachte dann. »Daß es einer Frau immer so viel Spaß macht, einen Mann von der Arbeit abzuhalten.«

»Sie haben einschlägige Erfahrungen gemacht? – No, wie auch nicht, so wie Sie ausschauen.«

Kein Zweifel, sie flirtete mit mir. Offenbar hatte sie mich auserkoren, ihr Dasein in dem einsamen Tal etwas unterhaltender zu gestalten.

Und natürlich, wie Männer nun mal so sind, ließ ich Sägewerk Sägewerk sein und folgte ihr zum Haus.

Dort standen zwei Autos. Der mir schon bekannte Wagen der Polizei und daneben ein großes elegantes, blitzendes Ungetüm: ein Cadillac.

»Dem Kaiser sein Wagen!« stellte Esther fest. »Was meinen S', wer da gekommen ist?«

Ich blieb stehen und wäre am liebsten umgekehrt.

»Da's der Kaiser nimmer sein kann«, fuhr Esther heiter fort, »wird's wohl Ihre neue Chefin sein. Soll ich mit hineinkommen? Oder ist das taktlos? Man müßte ihr ja kondolieren, net? Aber was sagt man in so einem Fall? Ich hab' so was noch net erlebt. Was meinen S'?«

»Ich weiß auch nicht«, murmelte ich. Meine Unschlüssigkeit war noch größer als ihre. Würde *sie* es sein?

»Jesses, da fallt mir ein, ich hätt' der Polizei was zu erzählen. Ich *muß* mitkommen.« Und damit steuerte Esther energisch auf das Haus zu.

Auf der Bank vor dem Haus saß ein Mann, ein breitschultriger, kräftiger Mensch mit schwarzem Haar und dikken schwarzen Brauen. Er trug einen braunen Anzug, hatte die Beine von sich gestreckt und rauchte.

Esther blieb stehen und betrachtete ihn ungeniert.

»Sie kenn' ich doch. Sind Sie net ...«

Der Mann stand auf, er verbeugte sich mit einer gewissen Grazie und sagte: »Ivo. Der Fahrer von Herrn Kaiser.«

»Na, klar doch, der Ivo. Sie haben mich ja unlängst vom Opernball nach Hause gefahren. Na, was sagen S'? Ist das nicht schrecklich?«

Ivo, der Chauffeur von Herrn Kaiser, nickte, blieb höflich stehen und wartete ab.

»Ganz, ganz schrecklich«, meinte Esther mit Nachdruck. »Wir sind ja ganz ... Haben Sie Frau Kaiser hergebracht?«

»Ja, Frau Gräfin.«

»Gott, die Arme. Ist ja schrecklich für sie. Na, wenn man bedenkt ...« Und dann trat sie durch die Haustür, entschlossen, allen Schrecknissen unerschrocken gegenüberzutreten.

Ich tauschte einen Blick mit diesem Ivo, dann folgte ich Signora Barutti ins Haus. Mit sehr gemischten Gefühlen.

Das große Bauernzimmer war voller Menschen. Aber zunächst sah ich nur *sie.* Sie stand am Fenster, sie war noch viel schöner, als ich es in Erinnerung hatte. Heute trug sie ein graues Tweedkostüm und darunter einen schwarzen Pullover mit Rollkragen.

Esther, ohne sich zunächst um die anderen zu kümmern, ging mit ausgestreckter Hand auf sie zu. »Oh, meine Liebe ...« Sie reckte sich, küßte die blonde Frau auf die Wange, sagte dann, wie schrecklich das alles sei und wie leid es ihr tue.

Das Gespräch im Raum war verstummt, alle blickten auf die beiden Frauen, nur der Mann aus Graz, der wie gestern am Schrank lehnte, sah mich an. Ich war an der Tür stehengeblieben.

»Entschuldigen Sie«, sagte Frau Jarisch leise und ging an mir vorbei aus dem Zimmer.

Esther wandte sich um und sagte, nun gewissermaßen für alle bestimmt: »Guten Tag, tut mir leid, daß ich hier so hereinplatz', ich hab' nicht gewußt, daß hier eine Versammlung stattfindet. Ich geh' gleich wieder, wenn ich störe. Ich hatte nur den Herrn Lanz überredet, mich zu einer Tasse Kaffee einzuladen.« Und dann wieder zu ihr gewandt: »Ich glaube, Sie kennen den Herrn Lanz noch gar nicht. Das ist der neue Direktor vom Sägewerk, den Ihr armer Mann engagiert hat.«

Ich machte eine Art Tanzstundenverbeugung in ihre Richtung und wartete ab, ob sie zu erkennen geben würde, daß wir uns nicht zum erstenmal sahen.

Irina Kaiser senkte leicht den Kopf. »Ja, ich habe davon gehört«, sagte sie über den Raum hinweg.

Ehe ich mir eine Antwort überlegen konnte, plauderte Esther weiter. »Also dann geh' ich wieder, wenn die Herren hier zu tun haben. Wenn auch ... eigentlich hätte ich Ihnen was zu berichten, Herr Brauer.«

»Ja, bitte«, sagte der.

»Oder hat Ihnen mein Bruder schon telefoniert?«

»Nicht, daß ich wüßt'.«

»Es ist ein Schlitten gewesen.«

»Ein Schlitten, so«, nickte Brauer, »das haben wir uns auch schon gedacht. Und wie haben Sie das ermittelt, gnädige Frau?«

»Ich nicht. Der Max, unser Diener. Der war heut vormittag herunten im Dorf, und da war er beim Blader, mit dem er so ein bisserl befreundet ist, und der Blader hat ihm erzählt, daß jemand in seinem Schuppen gewesen ist. Da ist was umgefallen, und der Schlitten steht nicht auf dem Platz, auf den er gehört.«

»Was ist das für ein Schlitten?«

»Ein ziemlich großer Langschlitten. Ich kenn' ihn, den Schlitten. Der Max hat ihn sich manchmal ausgeborgt, wenn er im Winter was hinauftransportieren mußt' zum Schloß. Und der Anton hat ihn sich auch geborgt, wenn er ein Stück Wild herunterbringen mußte bei hohem Schnee.«

»Und jetzt ist er wieder da, der Schlitten?«

»Ja. Er ist da, der Max hat ihn gesehen. Aber er stand nicht so richtig in der Ecke, in die er hineingehört.«

»Und vermutlich hat ihn Herr Blader mittlerweile wieder ordentlich aufgeräumt.«

Esther strahlte Brauer freundlich an. »Das ist anzunehmen. Hätt' er net tun solln, net wahr?«

Brauer seufzte. »Nein. Und wie war das also genau.«

»Der Max ist heraufgekommen und hat uns das beim Lunch erzählt, und er hat gemeint, Sie müßten das wissen. Und mein Bruder hat gesagt, er telefoniert Ihnen.«

Brauer nickte mit stillem Kummer vor sich hin und warf einen anklagenden Blick auf den Grazer, der am Schrank lehnte und grinste.

»Der Blader meint, es kann kein Fremder gewesen sein, der den Schlitten geholt hat, sonst hätt' der Hund gebellt.«

»Es muß sogar einer gewesen sein, der dem Hund gut bekannt war, wenn er zugelassen hat, daß einer aufs Grundstück kam und etwas mitgenommen hat«, fügte Brauer hinzu. »Einer, der öfter mal was mitnimmt. Da hätten wir bis jetzt den Anton und den Max.«

Esther lachte belustigt auf. »Verhaften S' uns den Max net, Herr Inspektor. Ohne den Max sind wir aufgeschmissen da droben, mein Bruder und ich. Da nehmen S' lieber den Anton, der ist eh' immer so grantig.«

»Verhaftet haben wir schon jemanden.«

»Ah naa!« rief Esther erstaunt. »Darf man fragen ...«

»Hier bleibt doch nichts geheim«, meinte Brauer resigniert. »Herr Tallinger hielt sich in Hallau auf.«

»Der Benno!« Esther war begeistert. »Hat der ihn umgebracht?«

»Er behauptet, er hätte nicht. Aber wir bekamen heute vormittag einen Anruf, daß er sich in Hallau befinde, und als wir zu der angegebenen Adresse kamen, war er gerade im Begriff, abzureisen. Da haben wir ihn auf alle Fälle erst mal mitgenommen.«

»Da war er bei der – bei der – na, bei der Dingsda.«

»Sie sind offenbar mit den – eh – Gewohnheiten des Herrn Tallinger wohlvertraut, gnädige Frau.«

»Wie sollt' ich nicht! Er hat schließlich lang genug bei uns gearbeitet. Und seine Weibergeschichten waren in der ganzen Gegend bekannt, da hat jeder darüber geredet.«

»Würde es Sie sehr aufhalten, Frau Gräfin, wenn Sie uns ein bisserl was über den Tallinger erzählen würden?«

»Aber gar net. Wenn Sie wüßten, Herr Inspektor, wieviel Zeit ich hab'.«

Hochbefriedigt ließ Esther sich in einem der holzgeschnitzten, mit geblümten Kissen belegten Sessel nieder, die in der Ecke hinter dem Kachelofen standen.

»Darf ich rauchen?« fragte sie.

Jeder der anwesenden Herren fuhr in die Tasche. Der große schlanke Mann, der in Frau Kaisers Nähe stand, war der schnellste. »Danke«, sagte Esther und blickte lächelnd zu ihm auf. »Sind Sie auch von der Polizei?«

Der große Mann verneigte sich leicht. »Entschuldigung, gnädige Frau, ich hatte bisher keine Gelegenheit, mich vorzustellen. Molina.«

»Das ist Dr. Molina«, sagte Frau Kaiser, die bisher außer der Begrüßung kein Wort von sich gegeben hatte, »der Anwalt meines Mannes. Signora Barutti, oder eigentlich Gräfin Solmassy, die Herrin des Tales.«

»Ich weiß, ich weiß«, sagte Dr. Molina. »Ich kenne den Grafen. Wir hatten ja seinerzeit bei den Verkaufsverhandlungen miteinander zu tun.«

Die Gräfin, nicht geneigt, sich hetzen zu lassen, zog nun auch die grüne Wildlederjacke aus, darunter kam ein knapper Pullover zum Vorschein, im gleichen Farbton wie ihre strammsitzende Hose.

Die Männer griffen nun auch alle zu ihren Zigaretten, Brauer fischte eine Zigarre aus seiner Brusttasche. Irina Kaiser meinte mit einem Blick in die Runde: »Wie wär's mit einer Tasse Kaffee? Ich glaube, Frau Jarisch wollte sowieso einen kochen.«

Sie mußte dicht bei mir vorbei, denn ich stand immer noch bei der Tür. Als sie an mir vorüberging, trafen sich unsere Blicke.

Ich hätte gern gewußt, was sie der Polizei erzählt hatte. Man würde sie ja gefragt haben, wo sie die Nacht verbracht hatte. Möglicherweise wußte sie weder den Namen des Dorfes noch des Gasthauses. Aber auf jeden Fall würde es herauskommen, daß wir dort zusammengetroffen waren.

»Also Benno Tallinger«, nahm Brauer den Faden wieder auf. »Was wissen Sie über ihn, Frau Gräfin?«

»Na ja, was so ziemlich jeder weiß. Als mein Bruder ihn seinerzeit angestellt hat als Leiter für das Sägewerk, das war so – warten S' –, so vor fünf Jahren etwa, war ich nicht da. Er war meinem Bruder von irgendwoher empfohlen worden. Am Anfang soll es ja auch ganz gut gegangen sein. Der Betrieb war viel kleiner als damals, wir hatten immer bloß so acht bis zwölf Arbeiter. Der Kaiser hat dann später gemeint, der Tallinger hätt' uns immer betrogen. Seine Bücher hätten nie gestimmt.«

»War denn kein Buchhalter da?«

»Damals nicht. Einen Buchhalter hat erst der Kaiser hergebracht. Ein Mädchen war da, eine Sekretärin, die machte auch die Buchhaltung, ein Fräulein – Fräulein, na, ich weiß nicht mehr, wie's geheißen hat, jedenfalls hat sie den ganzen Bürokram gemacht. Aber sie ist mit dem Benno ins Bett gegangen, und da hat er natürlich mit ihr machen können, was er wollte. Er ist so ein Mann. Einer, auf den die Frauen fliegen. Stark und sehr männlich und ziemlich unverschämt, auf so was fallen ja die meisten Frauen herein.«

»Aha«, machte Brauer und nuckelte an seiner Zigarre.

»Ja, das war eigentlich seine Hauptbeschäftigung«, erzählte Esther genüßlich. »Man kann sagen, er hat sich kreuz und quer durch die Gegend geschlafen. Wenn den mal einer umgelegt hätte, das hätt' mich nicht gewundert. Unsere Bauern hatten eine Mordswut auf ihn. Einmal haben sie ihn ordentlich verdroschen.«

»Alle?«

»Na, es werden schon ein paar zusammengeholfen haben. Wie gesagt, er ist ein großer kräftiger Kerl. Er kam dann rauf ins Schloß und hat sich beschwert. Mein Bruder hat ihm gesagt, er soll die Frauen und die Töchter von den Bauern in Ruh' lassen, dann täten sie ihm auch nix. Daraufhin hat er seine Tätigkeit wohl ein bisserl weiter weg verlagert. In manchen Fällen war es natürlich zu spät, die Reserl vom Latterer hat ein Kind gekriegt, und daß das vom Benno war, können Sie heut' noch deutlich sehn. Er hat's immer und überall versucht. Sogar mit mir wollt' er anbandeln.«

Die Herren schmunzelten. Brauer meinte: »Allerhand Mut, der Benno.«

»Net wahr? Ich sag' ja, daß er unverschämt war. Na, mich hat's nicht weiter gestört, ich hab' ihn nur amal ang'schaut, und dann war a Ruh'. Ich bin immer sehr gern ins Werk heruntergekommen, ich riech' das Holz so gern. Und da hat er sich wohl eingebildet, ich komm' seinetwegen.«

»Ja, und wie war das nun mit Hallau? Sie können sich offenbar vorstellen, wo er da war, sie nannten eine Frau Dingsda.«

»Da war mal was. Ziemlich was Dauerhaftes sogar, haben die Leut' erzählt. Aber ich will niemand hineinreiten.«

»Eine Andeutung, Frau Gräfin.«

»No, die Witwe von dem Baumeister.«

Brauer nickte. »Stimmt haargenau. Sie brauchen keine Rücksicht zu nehmen. Bei Frau Rappauer haben wir ihn heute vormittag festgenommen.«

»Da schau! Das hat lang gedauert. Der Rappauer war ein guter Kunde vom Sägewerk. Sie wissen sicher eh', Herr Inspektor, daß er der beste Baumeister weit und breit war. Und er hat viel Geld verdient. Sein eigenes Haus, net wahr, ist doch ein wahres Schmuckkastl.«

Brauer bestätigte durch ein Nicken.

»Ob der Benno schon was mit ihr gehabt hat, als der Rappauer noch lebte, weiß ich nicht. Dann ist er ja verunglückt, der Rappauer, und von da ab ist der Benno immer bei ihr gesteckt. Ist viel geredet worden drüber.«

»Frau Rappauer behauptet, sie sei mit ihm verlobt und sie hätten die Absicht, in Kürze zu heiraten. Deswegen sei er bei ihr gewesen.«

»Na, da kann man ihr nur gratulieren. Der wird ihr das ganze Geld durchbringen, und dann wird er s' sitzenlassen. So jugendfrisch is aa nimmer.« Eine Vernehmung mit Esther Barutti war zweifellos erfrischend.

Die Herren hatten entspannte Mienen und blickten nun erwartungsfroh Frau Jarisch entgegen, die mit einer großen Kaffeekanne ins Zimmer kam, gefolgt von Irina Kaiser.

Wieder sah sie mich an. Und sagte leise zu mir: »Warum setzen Sie sich nicht?« – Denn ich war der einzige, der noch stand, außer dem Grazer natürlich, der seinen Platz am Bauernschrank nicht aufgab.

Wie mochte es ihrem Arm gehen? Die Verwundung konnte nicht schlimm gewesen sein. Es fiel mir zwar auf, daß sie den rechten Arm schonte, sie rührte ihren Kaffee mit der linken Hand um und führte die Tasse auch mit derselben Hand zum Mund. – Aber so etwas tun manche Leute. – Ob sie von der Verletzung etwas erzählt hatte? Vor allem, woher sie stammte.

Frau Jarisch ging wieder hinaus, nachdem sie alle mit Kaffee versorgt hatte. Währenddessen gab Esther noch einige Kommentare zu Frau Rappauer und fragte dann: »Hat der Benno den Herrn Kaiser abge ... ich meine – ermordet?«

»Er hielt sich seit fünf Tagen in Hallau auf. Man hat ihn dort aber nicht zu sehen gekriegt und ...«

Esther kicherte. »No ja, so ein Liebespaar, wenn sich eine Zeitlang nicht gesehen hat, net? Sie kennen die Rappauerin, Herr Brauer? Also, wenn ich mir vorstell' ...«

Brauer gab ihr einen strafenden Blick und fuhr fort: »Wie wir erfahren haben, hat sich Herr Tallinger bei seinem Weggang von hier seinerzeit sehr unfreundlich über Herrn Kaiser geäußert. Man könnte sagen, er hat Drohungen ausgestoßen.«

»Ja, das hat er. Das weiß ich auch. Er tät's ihm heimzahlen, hat er gesagt. Dieser Emporkömmling, der sich sein ganzes Vermögen ohnedies zusammengegaunert hätt', da wisse er Bescheid, also dem werde er's noch zeigen.«

Mit einem Blick auf Irina Kaiser fügte sie hinzu: »Pardon! Aber so hat er halt geredet, der Benno. Es hat keiner weiter darauf geachtet. Hier war keiner böse, als Herr Kaiser ihn hinausgeworfen hat, die Arbeiter net, die Bauern net. Die Burschen aus dem Dorf sind dann auch wieder ins Werk zum Arbeiten gekommen. Vorher sind sie lieber weiter weggefahren zum Arbeiten.«

»Gut. Also fassen wir mal zusammen. Benno Tallinger hat sich während seiner fünfjährigen Tätigkeit hier allerseits unbeliebt gemacht. Teils durch Weibergeschichten, teils durch ungeschicktes Verhalten den Arbeitern und Ansässigen gegenüber, und schließlich bei seinen Chefs, dem Grafen und nachher Herrn Kaiser, die er systematisch betrogen hat. Wie war es da eigentlich möglich, daß Ihr Bruder ihn so lange behalten hat, Frau Gräfin?«

»Ach, der Poldi! Der versteht doch nix vom Geschäft. Den kann jeder betrügen. Der Max hat immer gesagt: Der Benno muß weg, er traut ihm net. Der Max hat recht gehabt, wie immer. Irgendwie wird der Benno das schon ganz geschickt frisiert haben, zumal er ja mit der – der Sekretärin zusammengearbeitet hat.«

»War das diese Nanni, von der schon die Rede war?«

»Woher denn! Die Nanni war ein braves Mädel. Die hat der Kaiser angestellt. Die vom Benno – ach –, jetzt fallt's mir ein, Fräulein Meiwald hat s' geheißen, der hat der Kaiser gleich gekündigt, als er herkam. Sie ist nach Graz gegangen, soviel ich weiß. Vielleicht ist er bei der, wenn er nicht die Rappauerin beglückt.«

»Das wäre gut möglich«, meinte Brauer. »Soviel wir bis jetzt herausgebracht haben, hat er keine feste Anstellung mehr gehabt, seitdem er von hier fort ist.«

»Na sehen S'! Von irgendwas muß er doch leben. Er lebt von den dummen Weibern. Was macht denn die Meiwald in Graz?«

»Von einem Fräulein Meiwald«, sagte der Grazer, »hörten wir soeben zum erstenmal. Wir werden feststellen, ob sie in Graz lebt und mit dem Tallinger noch in Verbindung stand. Wir sind Ihnen jedoch sehr verbunden, Gräfin, Sie haben uns sehr geholfen.«

»Aber ich bitt' Sie, ist doch ganz selbstverständlich. Wir sind doch alle froh, daß Sie den Mörder so schnell gefunden haben. Ist doch ein ungutes Gefühl, wenn man denkt, der läuft so frei in der Gegend rum.«

»Bis jetzt haben wir Herrn Tallinger noch keinen Mord nachgewiesen.«

»Noch eine Tasse Kaffee, Gräfin?« fragte Irina.

»Dank' schön, gern.«

Sie schenkte auch den anderen ein, und dann kam sie mit der Kaffeekanne zu mir.

»Sie auch, Herr Lanz?«

»Bitte«, wollte ich sagen. Aber meine Stimme war nicht da. Als sie nahe bei mir stand, als ich ihr Gesicht so dicht vor mir sah, war mir ganz eigenartig zumute. Ich blickte zu ihr auf, sie stand ein wenig vorgeneigt, doch sie sah nicht die Kanne und nicht meine Tasse an – sie sah mich an. Ihre Augen waren wirklich graugrün, mit kleinen hellbraunen Flecken darin.

Dann sah ich auf ihren Arm und griff nach der Kanne.

»Ich will lieber selbst ...«, murmelte ich.

»Danke«, sagte sie leise. »Es geht schon wieder.«

Aber ich hatte zuvor schon gesehen, daß sie beim Einschenken die große Kanne mit der linken Hand stützte. Sicher schmerzte noch jede Bewegung.

Die anderen hatten weiter geredet und nicht auf uns geachtet. Doch – einer. Als ich aufblickte, begegnete ich den wachsamen Augen des Grazers. Ich muß sie nachher allein sprechen, dachte ich. Wir müssen erzählen, daß wir uns getroffen haben. Wenn sie es herausfinden, kommen sie bloß auf dumme Gedanken.

Was für Gedanken? Was konnten sie denn groß denken! Es waren Zeugen genug dabeigewesen, die gesehen hatten, wie das vor sich gegangen war.

Ich sah ihr nach, wie sie zurückging auf ihren Platz am Fenster, und es war mir egal, ob der Grazer mich beobachtete. Ich konnte jetzt nicht darüber nachdenken, was Irina Kaiser mir bedeutete. Ich wollte es gar nicht. Aber *daß* sie mir etwas bedeutete, das war mir bereits klar.

»Wissen S'«, sagte Esther gerade, »die Leut' werden alle ganz zufrieden sein, wenn sie hören, daß es der Benno war, den kann keiner leiden, und dem trauen sie so was auch zu. Wer sollte es denn sonst gewesen sein? Aus dem Dorf bestimmt keiner. Oder einer von den Arbeitern? Warum sollte er denn? Na, und der Jarisch, man hat gemunkelt, er könnt's gewesen sein wegen der kleinen Jugoslawin. No, das hab' ich mir auch nicht denken können. So ein netter Bub, der Ludwig. Der Benno ist schon recht als Mörder – das paßt gut. Es muß doch eigentlich für Sie sehr befriedigend sein, meine Herren, daß Sie es so schnell herausgekriegt haben.«

»Wir haben noch kein Geständnis«, meinte Brauer. »Noch nicht einmal Indizien, jedenfalls keine Tatindizien. – Wollen wir uns jetzt mal den Schlitten ansehen? Beim – wie hieß er gleich? –, beim Blader. Wer ist der Blader?«

»Ein Bauer aus dem Dorf, er hat den Hof neben dem Reiter. Die beiden haben die größten Höfe hier. Aber der Blader hat das schönste Vieh. Ich komm' mit, ich zeig' Ihnen den Weg. Ich muß eh' hinauf und muß dem Poldi und dem Max das erzählen, das vom Benno.«

»Halten Sie es für möglich, daß der Hund vom Blader den Benno noch so gut gekannt hat, daß er ihn hereingelassen hat in den Hof und mit dem Schlitten hinaus und dann wieder hinein?«

»Warum net? Der Blader hat eine hübsche Tochter. Vielleicht hat der Benno mit der auch amal was g'habt. Und vielleicht hat er dem Hund eine Wurst mitgebracht ...«

Brauer stand auf. »Gut. Gehen wir.« Mit einer formellen Verneigung zu Irina Kaiser hin: »Vielen Dank für den Kaffee, gnädige Frau.«

Der Grazer machte keine Anstalten mitzugehen. So blieben wir zu viert im Zimmer zurück. Irina Kaiser, Dr. Molina, der Grazer und ich.

Ich stand ebenfalls auf. »Ja, dann werde ich auch gehen.«

»Ich hätte Sie gern später noch gesprochen«, sagte der Grazer. »Finde ich Sie im Büro?«

»Ja.«

»Einen Augenblick!« hörte ich da ihre Stimme. »Herr Lanz, ich glaube, wir sollten Herrn Lechner von unserer Begegnung erzählen.«

Ich fühlte mich sehr erleichtert.

»Das wäre mir lieb, gnädige Frau. Ich hätte Sie gern daraufhin angesprochen – aber es waren so viele Leute da.«

Der Grazer blickte von ihr zu mir und machte, ohne die geringste Überraschung zu zeigen: »Ja. Und?«

»Ich habe Herrn Lanz heute nicht zum erstenmal gesehen«, sagte Irina kühl und sachlich. »Vorgestern abend, als ich von hier abgefahren war – aber das habe ich Ihnen ja bereits alles berichtet. Nachdem ich mit dem Wagen steckengeblieben war und in dem Dorf da in den Gasthof kam, hatte ich einen kleinen Schwächeanfall. Die Fahrt war sehr anstrengend gewesen. Ich sagte Ihnen bereits, daß ich einen kleinen Unfall hatte, ich kam von der Straße ab und streifte einen Baum. Ich hatte wohl einen kleinen Schock. Jedenfalls war da ein Herr, der sich meiner annahm.«

»Ja?«

»Das war Herr Lanz. Wie ich heute sehe. Ich kannte ihn ja nicht.«

»Ein merkwürdiger Zufall«, meinte der Grazer. »Herr Lanz?«

»Genau so war es. Die gnädige Frau kam in die Gaststube, sagte, daß der Wagen am Ortseingang stehe und sich nicht mehr rühre. Und dann fiel sie in Ohnmacht.«

»In Ohnmacht? Und dann?«

»Ich – ich versuchte zu helfen. Ein bisserl hinlegen, ein Kognak ...«

Was durfte ich sagen, was nicht?

»Herr Lanz überredete mich dazu, über Nacht in dem Gasthof zu bleiben. Es sei unsinnig, bei diesem Wetter zu fahren. Das sah ich schließlich ein. Er ließ sogar einen Arzt rufen, was natürlich überflüssig war, mir fehlte ja weiter nichts.«

Von der Stichwunde sagte sie nichts. Aber wenn man den Arzt befragte?

»Ja«, sagte ich. »So war es.«

»Am nächsten Morgen bin ich dann sehr früh aufgebrochen.« Sie sah mich an. »Ich muß noch wegen meiner Unhöflichkeit um Entschuldigung bitten. Und ich bin froh, daß ich jetzt Gelegenheit habe, mich für Ihre Hilfe zu bedanken.«

Pause.

Der Rechtsanwalt saß zurückgelehnt und blickte unter halbgesenkten Lidern auf die Frau seines toten Mandanten.

Der Grazer sagte: »Es ist gut, daß Sie mir das erzählt haben, gnädige Frau. Wir wußten es nämlich schon.«

»Ach!«

»Ja. Als wir die Angaben von Herrn Lanz überprüften, erfuhren wir von Ihrem Auftauchen. Es war nicht schwer nach der Beschreibung des Wirtes zu vermuten, daß Sie der späte Gast waren. Wirklich – ein sehr merkwürdiges Zusammentreffen. Warum haben Sie uns eigentlich nichts davon erzählt, Herr Lanz?«

Ich lächelte. Mir war viel wohler zumute.

»Gestern, als ich hier mit Ihnen sprach, schien mir das nicht zur Sache zu gehören. Erst beim Abendessen erfuhr ich, daß Frau Kaiser hiergewesen und spät am Abend weggefahren sei. Da reimte ich mir das natürlich irgendwie zusammen.«

»Da waren Sie also nicht so sehr überrascht, als Sie Frau Kaiser heute hier wiedererkannten?«

Ich sah sie an. »Nein.«

»Na gut. Das wäre geklärt. Vor allem die Frage, wo Sie die Nacht verbracht haben, gnädige Frau. Die hat uns nämlich beschäftigt. So, wie die Dinge liegen, geben Sie beide sich gegenseitig ein erstklassiges Alibi.«

»Und den Täter haben Sie ohnedies«, warf Dr. Molina ein.

»Vielleicht. Obwohl ich nicht ganz verstehe, wieso er heute noch in Hallau war, wenn er in der vorletzten Nacht einen Mord begangen hat.«

»Nun, vielleicht fühlte er sich dort bei seiner Freundin sicherer als unterwegs. Von wem erhielten Sie den Hinweis, daß er sich dort aufhielt?«

»Von wem schon? Von der lieben Nachbarin.«

Die Arbeiter waren schon nach Hause gefahren, als ich wieder aufs Gelände kam. Aber Burger und Ludwig saßen noch im Büro und waren an meinen Neuigkeiten höchst interessiert. Der Bub wurde ganz blaß. Und dann seufzte er tief auf. Es mußte ihn sehr belastet haben, daß man ihn für einen Mörder hielt.

»Ich danke Ihnen«, murmelte er. »Ich danke Ihnen.«

»Sie brauchen mir doch nicht zu danken.«

»Daß Sie es mir jetzt gesagt haben. Ich war schon ganz verzweifelt.«

Ich legte ihm die Hand auf die Schulter und empfand ein freundschaftliches warmes Gefühl für ihn. »Na, nun ist es ja gut.«

»Weiß es Mutter schon?«

»Das kann ich Ihnen nicht sagen. Ich habe sie nicht gesprochen.«

»Ich muß gleich zu ihr hinüber«, rief er und sprang auf. »Und Dunja?«

»Die werden sie uns wohl jetzt auch zurückschicken.«

»Ja, wenn von ihr noch was übrig ist«, meinte Burger. »Das arme Kind!«

»Wie kommt sie denn herauf von Hallau?«

»Wenn sie sie hinuntergebracht haben«, sagte Burger, »können sie sie gefälligst wieder herbringen.«

»Ich hol' sie, ich nehm' den Wagen und hol' sie. Ob ich das darf?« rief Ludwig.

»Sicher doch«, sagte ich. »Sausen Sie mal gleich los, solange die Herren noch da sind.«

Wir sahen ihm beide durchs Fenster nach, wie er übers Gelände rannte.

»Da ist aber einer froh«, meinte Burger. »Das hat ihn schon bös mitgenommen. Ist ja auch kein Wunder. So, und jetzt erzählen Sie mir das mal richtig genau der Reihe nach.«

Ich versuchte es, so gut ich konnte. Burger kommentierte das Geschehen auf seine Weise. Und auch er war ganz befriedigt, daß Benno es gewesen sein sollte. Dieser Mann hatte offenbar bei keinem Menschen Sympathie genossen, ausgenommen bei seinen Freundinnen. Und das wohl auch nur immer vorübergehend.

»Tüchtig, unsere Polizei, nicht?«

»Na ja, so viel haben sie ja nicht dazu getan. Hätten Sie den Anruf von der Nachbarin nicht bekommen, wäre Herr Tallinger unbehelligt von dannen gerauscht.«

»Komisch, daß wir an den nicht gedacht haben. Aber man hat ihn eben lange in der Gegend nicht gesehen.«

»Ich habe mal daran gedacht, nachdem mir alle erzählten, wie unerfreulich sein Abgang von hier war. Es konnte ja nur jemand sein, der sich hier auskannte ...«

Wir beredeten den Fall noch eine Weile, dann versuchte ich, mich auf die Arbeit zu konzentrieren, aber das war schwer. Erstens hielt Burger nicht den Mund. Und zweitens dachte ich an sie.

Würde sie wegfahren? Würde sie hierbleiben? Würde ich sie heute noch einmal sehen? Irgendwie steckte in mir der Wunsch, genau wie zuvor Ludwig im Laufschritt hinüber ins Haus zu rennen.

Nachdem Burger merkte, daß aus mir beim besten Willen keine weiteren Informationen herauszuholen waren, litt es ihn nicht mehr im Büro. »Ich mach' Schluß für heute«, sagte er. »Mir wurlt es sowieso im Kopf herum wie ein Bienenschwarm.«

»Ja«, sagte ich, »gehen Sie hinüber und erkunden Sie weitere Details.«

Ich blieb allein im Büro, schob aber nach einer Weile die Korrespondenz der letzten Zeit, die ich durchlesen wollte, um einigermaßen auf dem laufenden zu sein, beiseite. Ich las sowieso jede Zeile dreimal und wußte dann immer noch nicht, was ich gelesen hatte.

Viel hatte ich erlebt in den letzten Tagen. Heute vormittag hatte ich lange mit Saß gesprochen, der mich angerufen hatte. Er war tief bekümmert, daß mir der Neubeginn so verpatzt worden war. Und Josy sei überhaupt ganz außer sich. Am liebsten wäre sie sofort aufgebrochen, um mir beizustehen.

»Ja«, hatte ich gesagt, »ich kann mir's denken. Sie hat sich wirklich in so eine Art Mutterrolle hineingelebt, was mich betrifft. Aber sagen Sie ihr, daß mir hier keiner was tut. Und helfen kann sie auch nicht.«

Und dann mußte ich wieder über alles nachdenken, was geschehen war, da waren all die Bilder, die in meinem Kopf herumgeisterten: die Frau, die am Abend blaß und verletzt in die Gaststube kam, der tote Mann da unten am Fluß, das Gespräch gestern abend und schließlich der heutige Nachmittag. Ich starrte auf die Papiere, die vor mir lagen, und der ganze Film lief vor mir ab.

»Störe ich?« fragte plötzlich eine Stimme hinter mir.

Ich fuhr herum. – Sie stand unter der Tür. Ich hatte sie nicht kommen gehört.

Ich stand auf. »Gnädige Frau!«

Sie schloß die Tür hinter sich und sah sich um. »Sie sind allein?«

»Ja.«

»Ich hatte es gehofft. Ich dachte, es ist ganz gut, wenn wir mal unter vier Augen miteinander sprechen.«

Sie sah mich an mit diesen hellen, ein wenig schräg gestellten Augen; sie war noch viel schöner, als ich sie in Erinnerung gehabt hatte. Ach – was heißt schön. Das ist so ein abgegriffener Ausdruck. Der eine findet dies schön und der andere jenes, und für das Gesicht einer Frau läßt sich überhaupt keine Norm aufstellen. Dieses Gesicht aber hatte ich geliebt vom ersten Augenblick an, buchstäblich von jener Sekunde an, da ich es zum erstenmal gesehen hatte.

Himmel, was dachte ich da! Ich mußte verrückt sein.

Ich war so verwirrt, daß ich vor ihr stand wie ein dummer Junge, daß ich mich nicht rührte, daß mir nichts zu sagen und zu tun einfiel.

Sie zog ein wenig die Brauen hoch, wohl erstaunt über mein Schweigen.

»Oder finden Sie nicht?«

»Doch, selbstverständlich«, stammelte ich wie ein Primaner und gab mir große Mühe, meine Befangenheit zu verbergen, zog den Sessel heran, wartete, bis sie sich gesetzt hatte. Ich war niemals ein geübter Charmeur gewesen, aber doch immerhin an den Umgang mit Frauen gewöhnt. Aber diesmal – so eine wie diese hatte ich noch nie gekannt. Das dachte ich. Und das ist wohl das typische Kriterium für einen Mann, den es erwischt hat.

Ich flüchtete mich zur Zigarettenschachtel, bot ihr an, aber sie lehnte ab.

»Nein, danke, jetzt nicht. Ich habe schon zuviel geraucht.« Und als ich die Schachtel wegsteckte: »Aber deswegen können Sie ruhig rauchen.«

»Nein. Ich will jetzt auch nicht.«

Sie sah sich im Raum um und meinte: »Eigentlich ganz hübsch hier. Ich kenne das alles nicht. Ich war vor zwei Tagen überhaupt zum erstenmal hier im Glainzer Tal. Mein Mann schwärmte geradezu davon.«

»Und wie kam es, daß Sie nie hier waren«, sagte ich, nur um überhaupt etwas zu sagen.

»Ich kenne die Betriebe meines Mannes alle nicht. Ich weiß wenig von seiner Arbeit und von seinem Leben. Das ist – nun ja, für ihn war eine Frau ein Luxusgegenstand und kein Bestandteil seines wirklichen Lebens. Manche Männer sind so, nicht wahr? Man kommt sich dabei manchmal sehr überflüssig vor.«

Ich schwieg. Was sollte ich dazu sagen?

»Schade, daß ich das Tal unter so unerfreulichen Aspekten kennenlerne. Neulich kam ich nur her, weil ich meinen Mann in Graz abholte. Der Chauffeur hatte gekündigt. Und ich weiß, mein Mann konnte es nicht ausstehen, wenn seine Pläne durcheinandergerieten. Da ich gerade da war und Zeit hatte, bin ich halt gefahren.«

»Handelt es sich um den Chauffeur, mit dem Sie heute kamen?«

»Ivo. Ja. Ich bat ihn, noch einige Tage zu bleiben, da ich mich nicht wohl genug fühlte, um selbst zu fahren. Jetzt habe ich ihn nach Hallau geschickt, die kleine Jugoslawin zu holen. Sie sind ja Landsleute, vielleicht tut es ihr gut, mit einem Landsmann zu sprechen. Sie soll sehr verstört gewesen sein.«

»Ja, das war sie. Eigentlich wollte Herr Jarisch fahren und sie holen.«

»Er soll sich jetzt lieber um seine Mutter kümmern. Frau Jarisch sitzt drüben und weint.«

»Warum weint sie?«

»Ich denke, es ist so eine Art nervöse Reaktion auf die ganze Anspannung. Es war sicher für sie sehr schrecklich mitzuerleben, wie man ihren Sohn des Mordes verdächtigt. Das hat man doch getan, nicht wahr?«

»Ja.«

»Eben wegen der kleinen Jugoslawin. Und ich bin nicht dafür, daß Ludwig sich da weiter engagiert.«

Sie sagte das in sehr bestimmtem Ton. Und da sie wohl merkte, daß ich verwundert war, fuhr sie fort: »Sehen Sie, dieser Junge, dieser Ludwig, der soll noch etwas werden, nicht? Frau Jarisch ist eine Dame. Eine Frau aus guter Familie, das haben Sie sicher schon gemerkt. Und meinem Mann lag viel daran, Ludwig zu fördern. Ob er es auf die richtige Weise getan hat, weiß ich nicht. Es soll ja Ärger gegeben haben. Mein Mann war ein Despot. Sehr autoritär, wie man heute sagt. Und damit hat er bei dem Jungen wohl den falschen Ton benutzt. Der Junge ist trotzig geworden und mein Mann vermutlich immer unduldsamer. Das entnahm ich jedenfalls dem wenigen, was ich erfahren habe. Man wird sehen, wie sich das weiter entwickelt. Ob er wieder zu seiner Musik zurückkehrt oder in der Firma bleibt, das muß er selbst entscheiden. – Auf jeden Fall halte ich es für falsch, daß er sich an dieses Mädchen bindet. Nicht nur, weil sie die Geliebte meines Mannes war.«

Ich wunderte mich immer mehr. Erstens, daß sie dies mit so großer Gelassenheit aussprach. Und zweitens, daß sie sich für Ludwig Jarisch und seine Mutter interessierte. Diese Frau hier vor mir war kein oberflächliches Luxusgeschöpf. Und irgendwie, das wurde mir jetzt klar, war sie sich der Aufgabe bewußt, die auf sie zukam: das Erbe zu übernehmen.

Sie lächelte, als sie mein betretenes Gesicht sah.

»Er hatte hier und da so seine kleinen Freundinnen. Und ich wußte es. Ich kann nicht behaupten, daß meine Ehe sehr glücklich war. Mein Mann war eine außergewöhnliche Persönlichkeit. Mit einem Mann dieser Art ist es schwer, zusammenzuleben. Für mich war es jedenfalls nicht leicht. – Aber daß er jetzt so sterben mußte, das ist – das ist für mich ein furchtbarer Gedanke.«

Auch darauf wußte ich nichts zu sagen. Ich nickte nur. Sie streckte die Hand aus: »Geben Sie mir doch eine Zigarette. Das ist das beste gegen Gemütsbewegungen, nicht wahr?«

Ich zündete unsere Zigaretten an, dann sagte ich: »Herr Burger hat einen Slibowitz in seinem Schreibtisch, wie ich bereits weiß. Darf es ein kleiner Schluck sein? Trocken rauchen ist ungesund.«

»Gut. Ein kleiner Schluck.«

Als das erledigt war, blickten wir uns über den Schreibtisch hinweg an.

»Ich bin eigentlich recht froh, daß Sie es sind, den ich hier vorgefunden habe«, sagte sie dann. »Merkwürdig, daß wir uns dort in dem Dorf getroffen haben. Wenn ich nicht so durcheinander gewesen wäre, hätte ich mir eigentlich denken können, wer Sie sind. Ich wußte ja, daß man Sie hier erwartete. Mein Mann hatte mir auf der Fahrt hier heraus von Ihnen erzählt.«

»Ich würde Sie gern fragen, wie es Ihrem Arm geht.«

»Es war wirklich nicht weiter schlimm. Eine reine Fleischwunde, nicht sehr tief, und ganz glatt. Ich bin gestern direkt durchgefahren nach Baden, und dort wurde ich dann fachkundig behandelt.«

»Darum waren Sie so spurlos verschwunden. Ich hörte gestern nachmittag ein Gespräch zwischen den Beamten, das sich um Sie drehte. Das heißt, man sprach von einer Frau, die verschwunden sei. Sie sei nicht zu Hause, sie sei in keinem Hotel, man vermutete, sie sei bei einem Freund gelandet. Ich hatte keine Ahnung, von wem die Rede war. Aber irgendwie brachte ich es mit Ihnen in Zusammenhang.«

»Ich war in Baden bei Wien«, sagte sie, und es klang wieder ein wenig hochmütig, »dort wohnt eine alte Freundin von mir. Sie ist mit einem Arzt verheiratet. Ich war also nicht bei einem Freund.« Das letzte Wort kam sehr prononciert.

»Pardon, ich gab nur wieder, was die Beamten so miteinander sprachen.«

»Ich fuhr nicht nach Hause. Ich war ziemlich fertig, das können Sie sich denken. Ich brauchte Hilfe. Und – nun ja, ein wenig Trost. Ich habe sonst keine Freunde in Wien. Echte Freunde, meine ich. Julia kenne ich seit meiner Kindheit. Als ich hinkam, wurde mein Arm behandelt, dann bekam ich ein Beruhigungsmittel und wurde ins Bett gesteckt. So erfuhr ich erst am Abend, was hier geschehen war. Ich habe dann gleich in Hallau angerufen.«

»Schmerzt der Arm noch?«

»Ein wenig. Wenn ich ihn ruhig halte, merke ich kaum etwas. Sie möchten natürlich gern wissen, wie ich zu der Verletzung kam?«

»Sie brauchen es mir nicht zu erzählen, wenn Sie nicht wollen. Sie haben es ja offenbar der Polizei auch nicht gesagt.«

»Um die Dinge nicht unnötig zu komplizieren. Überhaupt, da der Fall ja nun geklärt ist.« Sie schwieg. Ich wartete ab.

»Ihnen will ich es erzählen, ich glaube, Sie haben ein Recht darauf. Ja, der Stich rührt von dem Jagdmesser meines Mannes her. Dieses verschwundene Messer mit dem Adlerkopf.«

»Und wie ist das geschehen?«

»Ach, das ist eine alberne Geschichte. Wie gesagt, ich hatte ja keine Ahnung, was hier los war. Und vorgestern hatte ich eigentlich die Absicht, gleich wieder nach Wien zu fahren. Erst ging ich spazieren, weil es draußen so schön war, dann plötzlich kam das schlechte Wetter. Frau Jarisch sagte, ich solle doch übernachten, es wäre ein Gastzimmer da. Und ich dachte, warum nicht? Die Fahrt ist ja doch ziemlich weit, nicht wahr? Und dann kam Ludwig. Es war die Rede von einem Mädchen, ich merkte, daß er eifersüchtig war. Da konnte ich mir ungefähr denken, was hier gespielt wird. Ich ging dann hinauf in die Zimmer meines Mannes und kam gerade zurecht zu einer dramatischen Szene. Die Kleine stand in eine Ecke gepreßt und fuchtelte mit dem Messer herum, das da wohl irgendwo gelegen hatte. Mein Mann hatte ihr den Arm verdreht und lachte, er findet – ich wollte sagen, er fand solche Auftritte herrlich.«

Sie biß sich auf die Unterlippe, blickte an mir vorbei.

»Ich bin nicht sehr erfahren in diesen Dingen. Aber es gibt wohl Männer, die haben erst Freude dran, wenn sie einer Frau möglichst Gewalt antun können.«

Ich sagte vorsichtig: »So etwas mag es geben.«

»Die Kleine war ganz außer sich, sie sagte immerzu: nein, nein, ich will nicht, laß mich los! Und er lachte. Ich wurde schrecklich wütend, als ich das sah. Ich fand es so entwürdigend. Nicht meinetwegen. Sicher dachte er, ich sei schon weggefahren. – Nein – für ihn schämte ich mich. Mußte er denn so sein? Wissen Sie, früher habe ich – ach, ist ja egal. Jedenfalls warf ich die Tür hinter mir zu, stieß ihn beiseite und wollte dem Mädchen das Messer wegnehmen.

Die Kleine war ganz entsetzt, als sie mich sah. Dann geschah es irgendwie – ich kann es auch nicht mehr genau rekonstruieren, das Messer rutschte ihr weg und verletzte mich. Es muß eine sehr scharfe und spitze Klinge sein. Es tat im ersten Moment gar nicht weh, und ich war auch viel zu wütend, um darauf zu achten.

Mein Mann setzte sich auf sein Bett und lachte. Er lachte sich halbtot, er fand diesen Auftritt großartig. – Ja, so war er nun mal.«

Schwer, dazu etwas zu sagen. Als Ehemann war Otto Kaiser zweifellos kein reines Vergnügen gewesen.

»Die Kleine rannte hinaus, und ich ging auch, ließ ihn da sitzen. Ich ging ins Gastzimmer, wo mein Mantel und meine Tasche waren, ich sah wohl, daß mein Arm blutete, aber ich kümmerte mich nicht darum, ich hatte eine Wut, und ich wollte fort. – Sollte er doch zum Teufel gehen mit seinen lächerlichen Affären, ich hatte endgültig genug davon. Ich wollte ihn gar nicht mehr sehen.«

Sie entwickelte jetzt allerhand Temperament, die graugrünen Augen blitzten, und ihre Stimme war lauter geworden.

»Das blöde Messer hatte ich noch in der Hand. Ich steckte es erst mal in meine Tasche. Ich hatte eine sehr große Handtasche dabei, vielleicht erinnern Sie sich noch, weil ich ja doch länger unterwegs war. – Ja, so war das. Eine ganz dumme Geschichte. Und vielleicht verstehen Sie, warum ich das der Polizei nicht gern erzählen wollte.«

»Ja«, sagte ich lahm.

»Mein Mann ist tot. Warum soll man ihn noch auf diese Art – auf so eine Art herabsetzen. Ich habe es Ihnen jetzt erzählt. Und meinen Freunden gestern habe ich es auch erzählt. Sonst weiß es niemand.«

»Das erklärt auch, warum Dunja gar so außer sich war. Mit ihr konnte man gestern den ganzen Tag nicht reden, sie weinte ununterbrochen.«

»Sie war zweifellos die Geliebte meines Mannes. Aber jetzt wollte sie eben lieber den Jungen haben. Verständlich.«

»Aber dann ist Herr Kaiser gar nicht mit diesem Messer getötet worden«, fiel mir plötzlich ein. »Dann muß es eine andere Waffe gewesen sein.«

»Nein, es kann schon dieses Messer sein. Ich warf es aus dem Wagen.«

Jetzt war ich sprachlos.

»Sie warfen ...«

»Ja«, sagte sie und schob die Unterlippe ein wenig vor. »Sollte ich vielleicht bewaffnet durch die Gegend fahren? Ich war kaum abgefahren, da – nun, ich brauchte ein Taschentuch, nicht wahr? Ich war auch ein wenig aufgeregt. – Ich griff in meine Tasche und hätte mich beinahe noch mal verletzt. Da hielt ich an und warf das verdammte Messer zum Fenster hinaus.«

»Einfach so in die Gegend?«

»Einfach so in die Gegend. Ja. Sollte ich es vielleicht zurückbringen?«

Ich stand auf, ging um den Schreibtisch herum, bis ich hinter ihr stand. Sie hatte zuletzt wie ein trotziges, unglückliches Kind gesprochen. Sie sah so jung und sehr hilfsbedürftig aus, nicht mehr die stolze kühle Fremde mit dem abweisenden Blick.

Und ich hatte den Wunsch, sie in die Arme zu nehmen. Einfach in die Arme zu nehmen und zu streicheln.

Sie blickte unsicher zu mir auf. »Das hätte ich nicht tun sollen, nicht wahr? Ich dachte, irgendeiner wird es am nächsten Morgen schon finden.«

»Irgendeiner hat es ja auch gefunden.«

»Ja. Aber es ist doch merkwürdig. Vielleicht war es doch ein anderes Messer.«

»Wo haben Sie es denn weggeworfen?«

»Ach, ich weiß nicht genau. Es war noch im Dorf. Ich war gerade ein kleines Stück gefahren. Es war dunkel, und es schneite wie verrückt. Kein Mensch war auf der Straße. Ich machte im Fahren meine Tasche auf, die neben mir stand, und da hatte ich das Messer in der Hand. Ich erschrak, trat auf die Bremse, kurbelte das Fenster herunter und warf es im hohen Bogen hinaus. Es muß irgendwo im Schnee gelandet sein.«

Fast hätte ich gelacht. Das war so typisch weiblich gehandelt. Fenster auf – raus mit dem Ding. Und dann hatte sie vermutlich Gas gegeben und war losgebraust mit ihrem Riesenschlitten. Mit dem blutenden Arm, wütend, aufgeregt und dazu die schmale Straße über der Glainz. Im Dunkeln, bei Schneetreiben. Mir wurde ganz schlecht, wenn ich daran dachte. Ich stand hinter ihr und blickte auf ihren schmalen Nacken. Und ehe ich wußte, was ich sagte, sagte ich: »Ich könnte Sie verprügeln!«

Sie blickte mit offenem Mund zu mir auf.

»Wie?«

»Zum Teufel, ja. Bei dem Wetter, in der Nacht, mit der Wunde am Arm und in Ihrem aufgeregten Zustand. Wissen Sie überhaupt, was Ihnen passieren konnte! Sie kannten die Straße nicht. Ich bin sie gestern bei Tag gefahren, und da schon mußte man gut aufpassen.«

»Aber ...«

»Überlegen Sie doch mal! Wahrscheinlich sind Sie wie

eine Irre durch die Nacht gerast. Ein Wunder, daß Sie lebend dort bei mir angekommen sind. Und da wollten Sie noch weiter fahren! Wenn ich nicht gewesen wäre ... Sind Sie eigentlich immer so unvernünftig?«

Jetzt war ich es, mit dem das Temperament durchging. Der Gedanke, was ihr alles hätte passieren können, ließ mich im Moment alles andere vergessen.

Sie stand auf, immer noch ziemlich fassungslos.

»Hören Sie mal ...«

»Ach! Sagen Sie nicht, ich sei unverschämt. Vielleicht bin ich es. Das ist mir egal. Ich sehe Sie noch genau vor mir, wie Sie da hereinkamen. Und dann kippten Sie um. Was wäre denn gewesen, wenn Sie während der Fahrt ohnmächtig geworden wären?«

»Ich bin eine ganz gute Autofahrerin.«

»Was wäre gewesen, wenn Sie ohnmächtig geworden wären?« fragte ich betont.

»Dann wäre es eben aus mit mir gewesen. Auch nicht weiter wichtig. Ich bin für nichts und niemand auf dieser Welt wichtig.«

Sie hatte wieder das Kindergesicht, trotzig und hilflos. Es war schwer, sie nicht in die Arme zu nehmen. Und schwer, nicht zu sagen: doch – für mich bist du wichtig.

Aber sie war meine Chefin, wie Esther es genannt hatte. Es fiel mir gerade noch rechtzeitig ein.

Ich mußte wohl ein sehr finsteres Gesicht machen, denn sie lächelte plötzlich und sagte: »Sie sehen aus, als ob Sie mich gleich fressen wollten. Also gut. Sie haben mir das Leben gerettet. – Ich bedanke mich nochmals dafür.«

Auf einmal war alles anders zwischen uns. Oder war es von Anfang an etwas Besonderes gewesen? Sicher, wir hatten uns unter ungewöhnlichen Umständen kennengelernt, und unsere zweite Begegnung verlief auch nicht unter normalen Verhältnissen. Sie sah mich lange an, und ich wich ihrem Blick nicht aus. Sie mußte alles, was ich empfand, in meinem Gesicht lesen. Es war sicher nicht schwer. Dann wandte sie sich ab.

»Gehen wir?« fragte sie leise. »Oder müssen Sie noch arbeiten?«

»Nein. Heute nicht mehr. Es würde doch nichts Gescheites.« Ich schloß das Büro ab, dann standen wir draußen. Es dämmerte, es war schon fast dunkel, der Himmel rauchfarben verblaßt, und es würde nicht mehr lange dauern, bis man den Stern wiedersah.

»Könnten Sie mir zeigen, wo das war? Wo man ihn gefunden hat.«

»Wenn Sie wollen.«

Wir gingen langsam über das Gelände, den Weg durch die Wiesen und dann hinunter zur kleinen Bucht an der Glainz.

»Hier?« fragte sie.

»Ja.«

Sie schwieg, und ich blickte wie gestern abend über den Fluß, auf die Wiesen, auf den dunklen Wald, und es kam mir vor, als kenne ich das alles schon seit Jahren.

»Seltsam, er hat dieses Tal so geliebt. Und nun mußte er hier sterben.« Sie blickte hinab auf den Fluß, der ziemlich rasch strömte und noch eine letzte Helligkeit, einen grauen Silberschimmer widerspiegelte.

»Man wollte ihn ins Wasser werfen, nicht?«

»Es ist anzunehmen.«

Sie blieb lange still. Dann schauerte sie zusammen.

»Ist Ihnen kalt?«

»Ja.«

Ich zögerte, doch dann legte ich ganz behutsam meinen Arm um ihre Schulter. Ich dachte an ihre Wunde. Ich durfte ihr nicht weh tun.

Ich blickte zum Himmel.

»Da ist er.«

»Wer?«

»Der Stern. Sehen Sie ihn? Ganz blaß noch. Man sieht ihn kaum. Er war gestern abend schon da.«

»Was ist das für ein Stern?«

»Ich weiß es nicht. Irgendeiner. Ein einsamer Stern über einem einsamen Tal. Wenn der Himmel dunkler wird, ist er ganz hell und ganz groß.«

Ich lachte verlegen. »Wahrscheinlich halten Sie mich für einen romantischen Esel.«

Sie glitt sacht aus meinem Arm heraus und sagte leichthin: »Vielleicht. Aber das macht nichts. Ein wenig romantisch zu sein, ist nicht die schlechteste Eigenschaft für einen Mann. Gehen wir zurück?«

»Bleiben Sie heute nacht hier?«

»Ja. Es ist da noch etwas, worüber man sprechen muß.«

Ich fragte nicht, was es sei. Es war mir auch egal. Sie würde dasein an diesem Abend. Ich würde ihr Gesicht sehen, ihre Stimme hören. Und in der Nacht würden wir unter einem Dach schlafen. Zum zweitenmal nun.

Was ich in diesen letzten drei Tagen an Stimmungen durchlebt hatte, das ging auf keine Kuhhaut. Angefangen von der gewohnten Depression der vergangenen Jahre bis zu einer reinen Neubeginn-Euphorie, von dem Gefühl lebenslanger Mutlosigkeit bis zu erwartungsvoll überspannter Hoffnung, über eine neuerwachte unerwartete Aktivität, nur weil eine Frau aufgetaucht war, die in Ohnmacht fiel, bis zu dem tiefen Fall in letzte Verzweiflung, als ich den Toten am Fluß sah. – Und nun war ich bei Liebe angelangt. Das war ja wohl der größte Unsinn von allem.

Liebe! Eins war sicher: Nie und niemals wieder würde ich mich verlieben können. Das wußte ich. Und dabei blieb es. Und daß ich nach den Jahren der Enthaltsamkeit nun wie ein Schulbub auf eine attraktive Frau reagierte, war natürlich albern, aber sicher verständlich.

So war es und nicht anders. Und damit basta!

Trotzdem duschte ich mich mit Ausdauer, rasierte mich sorgfältig und entschloß mich dann, meinen grauen Anzug anzuziehen und den grün-schwarzen Schlips dazu umzubinden, den Josy mir zu Weihnachten geschenkt hatte. Er war aus reiner Seide, stammte aus der Kärntnerstraße, und Josy hatte gefunden, er stehe mir großartig.

Einen Moment zögerte ich noch, ehe ich hinunterging. Und am liebsten hätte ich mich wieder umgezogen. So wie es Frauen manchmal tun, wenn sie sich nicht entscheiden können, ob das blaue oder gründe oder am besten das gepunktete oder ein ganz solides Kostüm angebracht sei. Gestern hatte ich nur einen Pullover angehabt beim Nachtmahl.

Dann ging ich doch und war froh, daß ich mich so fein gemacht hatte. Irina hatte sich auch umgezogen. Sie trug ein glattes schwarzes Kleid aus Jersey, um den Hals einen lang herabfallenden türkisfarbenen Schal. Keinen Schmuck, nur glatte goldene Ohrclips. Das Kleid war ganz einfach, so eines von der Art, von dem man nicht wußte, kostete es hundert oder tausend Mark.

Sie war unbeschreiblich schön – aber ich glaube, das habe ich schon mehrmals gesagt. Ich werde es nicht mehr erwähnen. Sie wirkte sehr schlank, sehr schmal, sehr hochbeinig in diesem Kleid. Ihr blondes Haar, so ein mattes, mittleres Blond, nicht gold, nicht hell, nicht dunkel – meiner Meinung nach ungefärbt, war glatt und ganz einfach frisiert. Vermutlich war die Frisur genauso raffiniert wie das Kleid, der Friseur genauso teuer wie das Modeatelier.

Sie saß auf der Ofenbank, hatte die Beine übereinandergeschlagen, ihr Rock war nicht zu kurz, nicht so, daß es unelegant gewirkt hätte, gerade so knapp am Knie, in meinen Augen die kleidsamste Länge für hübsche Beine. Sie hielt ein Glas mit einer hellen Flüssigkeit in der Hand, und das erste, was Dr. Molina mich fragte, als ich ins Zimmer gekommen war: »Mögen Sie auch einen Cocktail?« Ich nickte stumm. Er hätte mir Rattengift anbieten können. Wenn sie es trank, würde ich es auch trinken.

Der Anwalt, von Kopf bis Fuß ein Mann von Welt, ein eleganter Mann, ein Bild von einem Mann, machte sich am Tisch zu schaffen und meinte dabei: »Viel Auswahl gibt es hier nicht auf dem Land, es ist ein Wodka-Martini, ich hoffe, Sie mögen das, Herr Lanz.«

»Ja«, sagte ich blöde und grinste ihn an, um nicht pausenlos sie anzusehen.

»Einen Shaker haben wir natürlich auch nicht«, tadelte Dr. Molina, und ich merkte ihm an, wie wenig das Leben auf dem Lande nach seinem Geschmack war. Und dann dachte ich, wenn er der Anwalt von Otto Kaiser war, dann wußte er auch alles über mich, und dann würde er es *ihr* auch erzählt haben. Ich lehnte mich an den Bauernschrank, nach dem Grazer Vorbild, dabei fiel es nicht weiter auf, wenn ich gelegentlich mal zu ihr hinsah.

Sie sagte zu Molina: »Ihre Martinis sind auch erstklassig, Doktor, wie immer.«

Sie hatte wieder diesen leichten Dame-von-Welt-Ton, den ich schon einige Male vernommen hatte, er stand ihr nach Bedarf zu Gebote, und ich dachte mir, daß sie mühelos damit umgehen konnte, wenn es gebraucht würde. Daß sie anders sprechen und anders aussehen konnte, wußte ich inzwischen ebenfalls.

Dann kam Moni und begann den Tisch zu decken. Dabei huschte ihr Blick immer wieder zu der Dame auf der Ofenbank, und manchmal sah sie auch den schicken Anwalt an; es war schwer zu erkennen, wer von den beiden ihr mehr imponierte.

Als nächster erschien Burger. Er hatte sich ebenfalls ein frisches Hemd und einen dunklen Anzug angezogen und sein graues Haar sorgfältig gebürstet. Er sah sehr würdevoll und geradezu dekorativ aus. Das Ganze machte den Eindruck einer gepflegten kleinen Party. Schade, daß Esther und ihr Bruder nicht dabei waren. Sie hätten es bestimmt genossen.

Ich mußte an Otto Kaiser denken. Diese Frau war seine Frau, dieser Anwalt sein Anwalt. Und so mochte sein Leben zum Teil ausgesehen haben. Aber nur zum Teil und vermutlich zum geringsten Teil. Ein reicher Mann war er gewesen, ein Selfmademan, der vielleicht aus einfachen Verhältnissen kam. Eine starke Persönlichkeit dazu. Sicher hatte er nicht gern Cocktails getrunken. Lieber Bier. Oder einen guten Wein. Er war früh aufgestanden, zur Jagd gegangen. Oder früh aufgestanden und hatte gearbeitet. Manchmal hatte er auf Parties gesessen und war sich fremd vorgekommen. Obwohl er das sicher gut gekonnt hatte. Und für die Liebe war ihm so ein Mädchen wie die Dunja recht gewesen. Und wenn ich mir vorstellte ... Also, was ging das mich an? Und außerdem war er tot. Fast konnte man es vergessen.

Der nächste Auftritt: Ludwig und Molly, die Hündin. Irina streckte die Hand nach ihr aus, Molly ging hin, schnupperte an der Hand, seufzte ein wenig unwillig – Parfüm? – und legte sich dann nieder.

Burger und Ludwig bekamen auch einen Martini. Burger betrachtete das Glas ernsthaft und trank mit ebenso ernsthafter Miene. Ich zweifelte, ob es ihm schmeckte.

Ludwig dagegen sagte: »Gut! Mal was anderes. Überhaupt eine ganz veränderte Atmosphäre heute hier.«

Er sah Irina an. In seinem Blick lag Bewunderung. – Ob er Dunja gesehen und gesprochen hatte? Ich mochte ihn nicht danach fragen vor den anderen.

Irina trug auch an den Händen keinen Schmuck, nicht einen einzigen Ring. Aber so konnte man sehen, wie schön ihre Hände waren, mit schmalen langen Fingern, die Nägel lang und gewölbt, nur hell lackiert. Ich konnte das gut beobachten, während sie den Martini trank und eine Zigarette rauchte.

Mir fiel ein, was Esther erzählt hatte – Musik. Klavier oder Geige? – Warum hatte sie wohl Otto Kaiser geheiratet?

Blöde Frage. Warum heiratet eine Frau einen reichen Mann?

Dann kam Frau Jarisch, und das Abendessen wurde aufgetragen. Wir bekamen eine klare Brühe, dann Forellen aus der Glainz, dann Wiener Schnitzel mit Salat. Anschließend eine Caramelcreme. Wir hätten im Sacher in Wien nicht besser essen können, und ich fragte mich, wann Frau Jarisch das alles gezaubert hatte bei der Aufregung und dem Betrieb.

Das Essen zog sich eine Weile hin, wir tranken Wein, es wurde Konversation gemacht. Es war alles so ein bißchen verfremdet, ein wenig unwirklich. Keiner sprach von dem Mord, keiner von Otto Kaiser, keiner von dem, was geschehen war, und von dem, was geschehen mußte.

Es war wie auf einer Bühne, und ich selbst gab mir große Mühe, meine Rolle gut zu spielen.

Einmal nur dachte ich: heute – vor einem Jahr ... Aber ich schob den Gedanken rasch beiseite. Plötzlich war alles so fern gerückt, das Ganze, von dem ich gedacht hatte, ich würde es nie vergessen können.

Zweifellos wäre das ganze Unternehmen nicht so wohlgelungen verlaufen ohne Dr. Molina. Wieder einmal hatte ich Gelegenheit, das Geschick des Holzkaisers zu bewundern. So einen Anwalt zu haben, als Haus-, Hof- und Leibanwalt, bewies, wie gut er es verstanden hatte, in seinem eigenen Leben Regie zu führen. Ganz egal, wie einer es geschafft hatte, ohne dieses Talent, die richtigen Leute am richtigen Platz einzusetzen, hätte er es eben nicht geschafft. Es mußte eine angeborene, instinktive Intelligenz sein. Und es konnte mich, genau genommen, nachträglich stolz machen, daß der Holzkaiser mich für gut befunden und engagiert hatte.

Auch von Saß sprach Dr. Molina einmal. Er meinte, an

mich gewandt, was für ein tüchtiger und sympathischer Kollege Saß sei, er habe schon öfter mit ihm zusammengearbeitet, auch in Sachen der Firma Kaiser.

Ich nahm an, er erwähnte Saß, um mich wissen zu lassen, daß er über mich und mein Leben Bescheid wisse. Ich hatte sowieso nicht daran gezweifelt. Otto Kaiser würde mit ihm über mich gesprochen haben. Aber es störte mich auf einmal nicht mehr. Ich stand über den Dingen, ich hatte es abgestreift, mich interessierte nur noch das Hier und Heute und mehr noch das Morgen und Dort. Wie schnell das gegangen war! Was war der Grund dafür? Der Tod eines Mannes, den ich kaum gekannt hatte und der mir, seit er tot war, ständig vertrauter wurde?

Oder diese Frau, die mir gegenüber saß und deren Gegenwart stärker war als alle Vergangenheit? Immer wieder sah ich ihr Gesicht; schmal, ernst, die Wimpern gesenkt, während sie aß, der helle rasche Blick, wenn jemand sie ansprach, wenn sie jemanden ansah, die Bewegungen der schönen schmalen Hände, das leichte verbindliche Lächeln, wenn sie eine Antwort gab. – Es war alles so ... mein Gott, wie konnte man das ausdrücken? Es war alles so harmonisch an ihr, Haltung, Bewegungen, Aussehen, ihre Stimme.

Wenn ich daran dachte, wie ich sie kennengelernt hatte. Das war doch bestimmt eine Ausnahmesituation gewesen. Und auch heute abend – das konnte man nicht als freundliches geselliges Beisammensein bezeichnen, und dennoch blieb der leichte harmonische Ton in ihrer Gegenwart erhalten. Ihre Anmut, ihr Charme, ihre Sicherheit ließen alles leichter werden.

Ja – jetzt hatte ich es. Die ganze Frau war wie Musik. Eine ernste, ein wenig verträumte Musik, nie schrill und laut, Dur und Moll gemischt, ein paar Streicher, ein dunkler Celloklang, eine wehmütige Balalaika hineingezupft, ein wenig Blues – Himmel, ich war verrückt, komplett verrückt, ich machte da eine Mischung aus Tschaikowsky, Abendglokken und New Orleans zurecht, das war ein verwegener Cocktail, Dr. Molina konnte davon etwas lernen. – Ein Glück, daß keiner Gedanken lesen konnte.

Nach dem Essen, Moni hatte abgeräumt, Frau Jarisch den Krug neu mit Wein gefüllt, wir hatten uns Zigaretten angezündet, stand Ludwig auf.

»Ja«, meinte er zögernd.

Es sah aus, als wollte seine Mutter etwas sagen, aber ehe sie dazu kam, fragte Dr. Molina: »Wollen Sie fortgehen?« Ludwig warf einen raschen Blick zu seiner Mutter hinüber. »Ja, ich wollte bloß mal ... Dunja war vorhin noch nicht zurück. Ich wollte bloß mal sehen, ob sie inzwischen gekommen ist.«

»Bleiben Sie hier, Ludwig«, sagte Irina. Ihre Stimme klang freundlich, aber bestimmt. Ich wunderte mich, daß sie ihn Ludwig nannte, obwohl sie ihn doch kaum kannte.

»Sie wird noch nicht dasein. Ich habe Ivo gebeten, daß er sie zum Abendessen ausführt, in Hallau oder in Glainz. Ich dachte mir, das wird für sie vergnüglicher sein, als allein in ihrem Zimmer zu sitzen. Ivo kennt sie ja, er hat sich schon öfter mit ihr unterhalten, wenn er mit meinem Mann hier war. Das hat er mir auf der Herfahrt erzählt. Ich hatte sogar den Eindruck, daß sie ihm ganz gut gefällt.« Sie sagte das alles in freundlichem Plauderton, mehr so an alle gerichtet, aber für Ludwig war es natürlich bestimmt.

»So«, machte der ein wenig mürrisch.

Und nun sah sie Ludwig gerade an, lächelte und sagte: »Ich nehme doch an, daß Sie kein ernsthaftes Interesse an dem Mädchen haben.« Es war keine Frage, auch wenn ein leichter Frageton mitschwang. Aber es war so ausgedrückt, als ob sie das für ganz und gar unglaubhaft halten würde.

Und was Frau Jarisch mit sicher vielen Vorhaltungen nicht gelungen war, das gelang Irina jetzt mit diesem Lächeln und diesem Ton. Ludwig erwiderte – zwar etwas trotzig und mit roter Stirn –: »Nein, so auch wieder nicht. Ich dachte nur, man müßte sich mal um sie kümmern.«

»Na ja, eben, das dachte ich mir auch. Ivo erschien mir der richtige Mann dafür. Sie sind heute abend hier nötiger. Es gibt sehr viel zu besprechen, nicht?«

Ludwig blickte Irina etwas unsicher an und sagte: »Dunja ist nicht so eine.«

»Was für eine soll sie denn sein? Kein Mensch sagt etwas gegen sie. Und Sie können mir glauben, es interessiert mich wirklich nicht, was hier vorgefallen ist oder nicht. Im Hinblick auf Dunja. – Nur Sie sollten sich in keiner Weise binden, Ludwig. Sie sind zu jung. Und das Leben fängt für Sie jetzt an.«

Der letzte Satz klang irgendwie bedeutungsvoll. Ich sah, wie Frau Jarisch mit einer ruckartigen Bewegung den Kopf hob und Irina ansah.

Irina bemerkte es wohl und gab den Blick zurück, aber sie sprach weiter zu Ludwig. »Was mich ernsthaft interessieren würde, ist die Frage, ob Sie Ihr Musikstudium wiederaufnehmen wollen oder nicht. Sie wissen es vielleicht, oder vielleicht wissen Sie es auch nicht, daß ich auch einmal Musik studiert habe. In Berlin, an der Musikhochschule. Ich habe Geige gespielt. Ich habe sogar schon ein paar kleine Konzerte gegeben.«

Sie machte eine Pause, Ludwig sah sie an, und sie sah ihn an, schien allein zu ihm zu sprechen.

»Man sagte, ich sei recht begabt. Aber ich hatte nicht genug Geld, um es wirklich durchzuhalten. Vielleicht auch nicht genug Härte. Und dann hatte ich vor sechs Jahren einen Unfall. Ich brach mir den Arm, und zwar auf recht komplizierte Weise. Ich konnte sehr lange nicht spielen, und ich hatte Angst, daß ich nie wieder ganz voll einsatzfähig sein würde. Ich meine, daß es für eine Virtuosenlaufbahn reichte.«

»Welchen?« fragte ich dazwischen – ohne zu denken. Alle

blickten erstaunt auf mich. »Entschuldigung«, murmelte ich und sah sie an. »Ich meine, welchen Arm?«

Sie lächelte, wirklich amüsiert diesmal, denn nur sie als einzige verstand die Frage.

»Ein Geiger braucht beide Arme sehr nötig«, belehrte sie mich nachsichtig. »Aber es war der rechte Arm.«

Ich hatte es mir gedacht. Sie war gefährdet an diesem Punkt. So etwas gab es. Onkel Severin in Böhmen fiel mir ein. Oder vielmehr die alte Köchin in seinem Haus, die Janka, die war Expertin in diesen Dingen. »Mußt dir merken, Bürscherl, wenn mann fallt einmal auf rechtes Knie, man fallt immer auf rechtes Knie. Gibt es Stellen an Körper von Menschen, wo sind in Gefahr. Kennst du Bibel? In Bibel steht: Ärgert dich dein rechtes Auge, dann reiß es aus. Hat Bibel recht. Ärgert Auge dich einmal, ärgert dich Auge immer.«

Ich zweifelte schon damals daran, daß die Bibelauslegung von Janka im theologischen Sinne ganz korrekt war, aber das plastische Bild von dem ausgerissenen Auge machte doch großen Eindruck auf mich.

Auf jeden Fall war Irinas rechter Arm ihre gefährdete Stelle, und darum mußte man dort besonders gut auf sie aufpassen.

Idiot! Wer? Du vielleicht?

»Woher wissen Sie, daß ich Musik studiert habe«, fragte Ludwig.

»Mein Mann hat es mir erzählt. Er mochte Sie sehr gern, Ludwig.«

»Er hat mit Ihnen über mich gesprochen?«

»Ja. Sogar öfter. Und ich habe ihm auch gesagt, daß es vielleicht nicht das richtige sei, Sie in das Holzgeschäft zu stecken, wenn Sie doch im Grunde ein Künstler sind. Das verstand er aber nicht so. Für meinen Mann war Kunst, war so etwas wie Musik einfach nicht existent. Das war auch für mich nicht immer ganz leicht, das werden Sie verstehen.«

»Ja«, sagte Ludwig verwirrt. Er begriff nicht, warum sie sich so mit ihm beschäftigte. Und ich verstand es auch nicht.

Nur eine schien es zu begreifen: Frau Jarisch. Sie stand plötzlich auf, ihr Gesicht war sehr bleich, sehr starr, die dunklen Augen wirkten ganz schwarz darin. »Ich weiß nicht, Ludwig«, sagte sie, und ihre Stimme schwankte, »wir sollten uns vielleicht zurückziehen. Ich denke, daß es besser wäre ... vielleicht hat ... haben ...«

»Nein, Frau Jarisch«, sagte Irina ruhig und stand ebenfalls auf. »Laufen Sie nicht davon. Sie müssen es ihm jetzt sagen.«

Frau Jarisch stand bewegungslos, wie angenagelt, ihre Schultern waren nach vorn gesackt.

»Was?« fragte Ludwig, seine Stimme klang hell, hoch und aufgeregt. »Was soll sie mir sagen?«

Irina trat zu Olga Jarisch, sie sagte eindringlich: »Es ist doch besser, wenn er es von Ihnen erfährt. Die Testamentseröffnung dürfte nicht der richtige Augenblick sein. Nicht wahr, Dr. Molina?«

Der Anwalt nickte, er blickte mit freundlich-interessierter Miene von einem zum anderen. Burger machte ein ausgesprochen dummes Gesicht, und ich überlegte, ob diesmal Frau Jarisch in Ohnmacht fallen würde.

Irina fuhr fort: »Wir müssen natürlich nicht alle dabeisein. Wir können hinausgehen. Oder Sie gehen mit Ihrem Sohn in Ihr Zimmer.«

Pause.

»Was?« rief Ludwig wieder, aufgeregt.

Olga Jarisch hatte sich gefaßt. Sie richtet sich auf. Blickte Irina an und dann ihren Sohn.

Und dann blickte sie an beiden vorbei ins Leere und sagte: »Ich bereue es seit gestern, daß ich ... daß ich es nicht längst gesagt habe. Ich habe ihm das Versprechen abgenommen, daß er schweigen wird. Noch schweigen. Er hat es gehalten. Von mir war es nicht recht.«

»Worüber soll ich schweigen?« rief Ludwig. »Ich verstehe kein Wort.«

»Nicht du. – Er. – Dein Vater.«

»Mein – Vater?«

»Er war dein Vater. Der Mann, der sich Otto Kaiser nannte, und der seit gestern tot ist, war dein Vater.«

Ich gestehe, daß ich nach Luft schnappte. Die Tatsache, die wir da erfuhren, die Frau Jarisch so lapidar von sich gab, war so überwältigend, daß ich zunächst gar nicht auf die merkwürdige Formulierung achtete, die sie gewählt hatte.

»Mein Vater?!« flüsterte Ludwig, weiß im Gesicht jetzt auch er.

»Ja. Und vielleicht verstehst du nun, warum es für mich zu allem noch ganz besonders entsetzlich war, daß man dich verdächtigte. Und daß ich mich selber fragen mußte, ob es möglich sei, daß du ...« Sie stöhnte auf, ihre Hand griff zum Herzen.

Schneller als ich war Dr. Molina bei ihr, stützte sie, schob ihr einen Sessel zurecht.

»Mein Vater! Er!« wiederholte Ludwig, immer noch ganz fassungslos.

Irina füllte ein Glas aus der Wasserkaraffe, die auf dem Tisch stand, und reichte das Glas Frau Jarisch.

»Besser?« sagte sie. Ihre Stimme klang warm und herzlich. »Es tut mir leid, daß ich Sie dazu gedrängt habe, Frau Jarisch. Aber Sie mußten es ihm sagen.«

»Sie haben es gewußt?«

»Ja. Mein Mann war ... wie soll ich das erklären?« Irina nahm ihr Weinglas, trank im Stehen daraus, dann streckte sie Dr. Molina die Hand hin. »Haben Sie noch eine Zigarette für mich?«

Als die Zigarette brannte, ging sie noch einige Schritte durchs Zimmer, drehte sich dann um, stand wieder wie am Nachmittag nahe dem Fenster, nur daß es jetzt dort dunkel war.

»Wir sind heute alle sehr ehrlich zueinander, nicht wahr? Es ist ein besonderer Tag, man spricht nicht immer so offen mit Menschen, die einem im Grunde fremd sind. Man spricht meist nich einmal offen mit denen, die einem nahestehen. Ich habe eigentlich außer meiner Mutter nie einen Menschen gehabt, der mir wirklich nahestand. – Meine Ehe – nun ja, sie war nicht gut, sie war nicht schlecht, sie war eigentlich gar keine Ehe. Für meinen Mann gab es nur seine Arbeit. Aber etwas muß ich an ihm rühmen: er war immer aufrichtig. Er war keiner, der unnötige Ausflüchte machte. Und das mit Ludwig hat er mir erzählt. Vor einem Jahr etwa.«

Irina kam langsam wieder zur Zimmermitte, legte ihre Hand auf die Lehne von Frau Jarischs Sessel. »Ludwig arbeitete damals seit einiger Zeit in dem Büro am Opernring. Es war noch nicht lange her, Frau Jarisch, daß Sie einander wieder begegnet waren, nicht wahr?«

»Nein«, antwortete Olga leise. »Das war im Herbst zuvor gewesen. Ich war vorher lange krank, ich lag ein Vierteljahr in der Klinik, Herzgeschichten, Kreislauf, unser Leben war schwer gewesen in den vergangenen Jahren. – Während meiner Krankheit hatte ich meine Stellung verloren, und es ist nicht einfach in meinem Alter, in Wien wieder eine Stellung zu finden. Ludwig studierte, er arbeitete auch nebenbei, und dann fand ich etwas in einem Nachtlokal«, sie drehte den Kopf zur Seite, es war ihr nicht angenehm, von alledem zu sprechen. »Ich arbeitete dort als Garderobenfrau.« Sie blickte zu Molina auf, der ihr freundlich zunickte.

»Ich war dabei«, sagte Molina, »und es war irgendwie erstaunlich, wie bewegt und erfreut Kaiser war. Ich kannte ihn als ziemlich harten Geschäftsmann. Aber ich wußte auch, daß er Herz hatte und vielleicht sogar eine kleine sentimentale Ader, was man ja oft bei Männern seines Schlages findet.«

Er lächelte Frau Jarisch freundlich an. Er gewann immer

mehr, je besser man ihn kennenlernte. Während des Sprechens hatte er ein Glas mit Wein gefüllt, das er Frau Jarisch reichte, füllte dann auch sein Glas wieder, trank, erzählte weiter, heiter, im Plauderton.

»Wir waren mit zwei Herren zusammen. Italienern, Geschäftsfreunde aus Mailand von Kaiser. Es war um ein Geschäft gegangen, abends waren wir zum Abschluß gekommen, ziemlich spät. Erst wollten die beiden noch nach Grinzing, aber wir redeten ihnen das aus, es goß in Strömen, dessen erinnere ich mich genau. Wir gingen dann in den ›Rauchfangkehrer‹ zum Abendessen, und dann wollten sie partout noch in ein Nachtlokal, na ja, so viele gibt's ja in Wien davon gar nicht, und ich wußte, daß Kaiser nicht gern in solche Lokale ging – ich nebenbei auch nicht –, und darum waren wir auch nicht sehr bewandert. Wir landeten dann irgendwo hinter dem Kohlmarkt in so einem Ding, es war eng und dunkel, Mädchen hopsten da herum, eine sang, ein paar setzten sich zu uns; wir hatten Sekt bestellt, und Kaiser war irgendwie nachdenklich.

Er sagte zu mir: haben Sie die Dame gesehen, die uns die Garderobe abgenommen hat? Er sagte wörtlich so, Dame, sagte er. Und ich sagte: Nein. Warum? Was ist mit der? – Ich kenne sie, sagte er. Naja, vielleicht waren Sie schon mal hier, sagte ich. – Nach einer Weile stand er auf und verschwand. Erst dachte ich mir nichts dabei, aber als er nicht wiederkam, wunderte ich mich. Die Italiener waren mit den Mädchen beschäftigt, vorn machte eine Striptease, und dann dachte ich mir, er könne doch nicht einfach weggegangen sein. Er konnte grob sein, sogar brutal, aber unhöflich nie. Ich ging hinaus, und da lehnte er an der Garderobe. Und dahinter, Frau Jarisch, auf einem kleinen Stühlchen saßen Sie ganz blaß und verstört. Sie sahen sehr schlecht aus. Inzwischen haben Sie sich ja Gott sei Dank gut erholt und sind wieder kräftiger geworden.« Wieder sein nette Lächeln.

»Und Kaiser sagte zu mir, in seiner geraden Art, die keine Umwege kannte: ›Mensch, Molina, ich habe Ihnen ja gesagt, daß ich sie kenne. Diese Frau war meine große Liebe.‹ «

Frau Jarisch stützte den Arm auf die Sessellehne, legte ihr Gesicht in die Hand, und wir sahen, wie Tränen zwischen ihren Fingern hinunterfielen. Irina, die immer noch hinter ihrem Sessel stand, legte ihre Hand auf Olgas Schulter.

Mir war ganz komisch zumute, und als ich Burger ansah, merkte ich, es fehlte nicht viel, daß er auch weinte.

Ludwig hatte sich noch immer nicht gefaßt. Er war vollkommen außer sich, und das konnte man schließlich verstehen.

»Ja, so war das an dem Abend«, fuhr Molina fort. »Und so wie Kaiser nun einmal war, ließ er nicht wieder locker. Frau Jarisch war wohl ziemlich widerspenstig. Sie wollte sich nicht helfen lassen, sehr stolz, sehr abweisend war sie, er erzählte mir das ein paar Tage später, und er ärgerte sich darüber.

Er beauftragte mich herauszubringen, wo sie wohnte, na ja, und dann nahmen wir die Sache in die Hand. Sie mußte da aufhören in dem Bumslokal, wir schickten sie zur Kur. Ludwig hatten wir inzwischen auch entdeckt, und daß er nur *sein* Sohn sein konnte, wußte Kaiser sehr genau. Ich denke, Ludwig, das wird Ihre Mutter Ihnen selber erzählen wollen, wie es war, ehe Sie zur Welt kamen. Ich kann das wohl übergehen.

Jedenfalls, wer Otto Kaiser gekannt hat, der weiß, daß es vollkommen hoffnungslos war, sich ihm zu widersetzen. Er erreichte immer, was er wollte. – So landete Ludwig, ehe er sich versah, in der Holzbranche. Und dann stelle Kaiser fest, daß die Luft hier im Tal und die Bewirtschaftung dieses Hauses genau das richtige für Olga Jarisch sein würden. Und Ludwig sollte das Holzgeschäft von der Pike auf lernen. Und sollte auch eine Weile aus Wien weg. Soviel ich weiß, gab es da eine dumme Geschichte mit einem Mädchen, nicht? Und so kamen die beiden dann im Frühjahr, ja, so vor einem Jahr etwa, hierher. So war es doch, Frau Jarisch. Nicht wahr?«

Olga nickte.

»Ja. Um diese Zeit erzählte mein Mann mir von den beiden«, sagte Irina. »Und da ich wußte, daß er sich immer einen Sohn gewünscht hatte, war mir sofort klar, was das für ihn bedeutete. Er sagte, er wolle mir das nicht verschweigen, und ich sage, das fände ich auch ganz in Ordnung, und soweit es mich angehe, sei mir sein Sohn stets willkommen. Ja – und dann war das sehr drollig« – sie hatte ihre Hand immer noch auf Frau Jarischs Schulter liegen – und sie lächelte –, »er hatte direkt ein wenig Angst vor Ihnen, Olga. Er sagte, ich muß sehr vorsichtig mit ihr sein, sie hat ein verheerendes Temperament, das weiß ich noch von früher. Es sieht zwar auf den ersten Blick so aus, als sei sie ruhiger geworden, aber das kann täuschen. Und dann nimmt sie mir den Ludwig wieder weg und verschwindet.

Er hatte Ihnen ja versprechen müssen, daß Ludwig nichts erfahren dürfe. Soviel ich weiß, hat er sich an das Versprechen gehalten. Warum haben Sie es ihm so schwer gemacht, Olga?«

Frau Jarisch schüttelte nur stumm den Kopf, ihr Gesicht lag immer noch in der Hand, sie weinte noch.

»Bis zum fünfundzwanzigsten Geburtstag, das hab' ich ihr versprechen müssen, na ja, wenn sie es partout will, ist ja nicht mehr lang hin – das sagte er mir damals. Aber nun, Ludwig, müssen Sie es früher erfahren. Denn immerhin erben Sie ein beträchtliches Vermögen. Das werden Sie in einigen Tagen bei der Testamentseröffnung hören.«

Ludwig saß immer noch auf seinem Stuhl mit dem gleichen fassungslosen Bubengesicht. Er sah sehr jung aus, und ich glaube, er tat jedem von uns leid. – Es muß ein komisches Gefühl sein, einen Vater zu bekommen, der am Tage vorher gestorben ist. Kam noch dazu, daß er sich mit

Otto Kaiser nicht besonders gut verstanden hatte, es war ein gespanntes Vater-Sohn-Verhältnis gewesen, absolut nichts Ungewöhnliches, nur wußten die meisten Söhne, daß er ihr Vater war, gegen den sie aufmuckten. Für Otto Kaiser war die Vaterrolle auch ungewohnt gewesen, er hatte sich offenbar zunächst einmal in übertriebene Erziehungsversuche gestürzt, die ja nicht gelingen konnten, da erstens der Junge nicht wußte, mit wem er es in Wirklichkeit zu tun hatte, und zweitens sie auch zu selten zusammen waren. Und man schließlich drittens einen angehenden Musiker nicht in einem Jahr zu einem Holzexperten umschulen kann.

Nein, Frau Jarisch hätte wirklich besser daran getan, ihren Stolz zu überwinden und Ludwig die Wahrheit zu sagen. So jung war er ja nun wirklich nicht mehr. Nun machte sie sich Vorwürfe. Und ich glaube, jedem tat es leid, daß Otto Kaiser nicht mehr dazu gekommen war, seinen Sohn wirklich seinen Sohn zu nennen. Und möglicherweise hätte Ludwig ganz gern einen Vater gehabt.

»Dr. Molina kennt das Testament meines Mannes, er ist der Testamentsvollstrecker. Ich kenne es auch. Er hat das alles sehr offen mit mir besprochen«, sprach Irina weiter, ganz sachlich und sehr ruhig. »Es ist genügend da, es reicht für alle. Ihre Mutter erbt selbstverständlich auch, Ludwig. Und dann ist da noch die erste Frau meines Mannes und die Tochter, die bekommen auch ihren Anteil.

Wir müssen überlegen, was mit der Firma geschieht. – Vor allem Sie müssen überlegen, Ludwig, ob Sie weiterarbeiten wollen oder lieber Musik studieren, Sie können tun, was Sie wollen. Aber sie müssen es natürlich nicht heute abend entscheiden, wir werden noch oft und viel darüber sprechen müssen. Es war nur wichtig, daß Sie jetzt einmal Bescheid wissen. Und Sie sollen auch wissen, daß Sie und Ihre Mutter an mir eine Freundin haben.«

»Großer Gott!« kam es von Burger. Er hatte einen ganz

roten Kopf vor Aufregung, die Pfeife war ihm ausgegangen. Dr. Molina hob den Krug mit dem Wein und blickte hinein. »Wem darf ich noch einschenken?«

Er machte die Runde mit dem Krug, es reichte nicht ganz, und Irina drückte Ludwig den Krug in die Hand und sagte: »Holen Sie uns noch eine Füllung, Ludwig?«

Und damit verschwand der Sohn und Erbe des Holzkaisers erst einmal aus dem Raum, mit dem gleichen verblüfften Gesicht, mit dem er die letzte halbe Stunde hier gesessen hatte.

Bis er zurückkam, hatte er sich aber ein wenig gefaßt. Er sah uns alle an und sagte, auf einmal ganz erwachsen und sehr bestimmt: »Ich wäre jetzt gern mit meiner Mutter allein. Würden Sie uns entschuldigen?«

Irina nickte. »Natürlich. Ich denke, es ist das beste, wenn Sie jetzt in Ruhe mit Ihrer Mutter sprechen, Ludwig. Aber nicht zu lange. Sie muß dann schlafen gehen. Ich habe ein leichtes Beruhigungsmittel dabei. Wenn Sie etwas brauchen, holen Sie es oben bei mir.«

Er nahm seine Mutter am Arm, sie stand schwerfällig auf, sah keinen an und ging langsam mit ihm aus dem Raum. Molly, die Hündin, stand auf und folgte ihnen zur Tür, aber sie kam zu spät, die Tür schloß sich vor ihrer Nase.

»Komm her, Molly«, rief Irina leise. »Bleib bei uns.«

Sie streckte wieder die Hand aus, diesmal schnupperte Molly etwas länger daran und schien befriedigt, der Parfümduft war wohl verflogen. Sie legte sich zu Irinas Füßen nieder.

»Ach«, sagte Irina. »Was für ein Tag! Ich bin auch müde, aber ich möchte noch nicht schlafen gehen. Trinkt ihr noch ein Glas Wein mit mir?«

»Natürlich, gnädige Frau«, sagte Molina. »Wir haben ja einen frischgefüllten Krug. Herrlich, dieser Veltliner. So frisch und lebendig.«

»Mich hat das ganz fertiggemacht«, sagte Irina, die nun

irgendwie gelöst und entspannt erschien, sich wieder auf die Ofenbank gesetzt hatte, den Kopf zurückgelehnt, das Glas in der Hand. – »Es tut mir so leid für Otto. Das mit dem Ludwig. Mein Gott, er hat nicht oft davon gesprochen. Manchmal habe ich mich erkundigt, was der Junge macht. Er hat immer gesagt, der wird schon, der wird schon, der muß eben noch viel lernen. – Und nun, nachdem er Sie gefunden hat, Herr Lanz« – sie sah mich an –, »wollte er ihn wieder nach Wien hineinnehmen und manchmal auf die Reise mitnehmen, und vermutlich hätte er es ihm dann doch einmal gesagt. Tut mir so leid, daß er diese Freude nicht mehr gehabt hat.«

»Wer weiß, wie der Bub sich benommen hätte«, meinte Molina.

»Auch nicht viel anders als heute. Erstaunt halt, aber im Grunde ist er ein netter Junge. Und dann diese blöde Geschichte mit der kleinen Jugoslawin, daß die auch noch dazwischen kommen mußte. Ist doch zu albern.«

»Aber stellen Sie sich vor, gnädige Frau«, meinte Molina, »unsere ehrenwerte Polizei hätte gestern gewußt, daß der Ludwig der Sohn ist. Daß er erbt. Da hätten sie doch das schönste Motiv gehabt. Auch für die Mutter ein Motiv. Mein Gott, hätten die hier ein Theater aufgeführt, wann s' das gewußt hätten.«

»Ja«, fiel Burger ein, »das wäre ein Motiv gewesen. Wissen Sie, da habe ich unlängst erst einen Krimi gelesen. Also da war es so: der Ermordete hatte zwei Söhne, und den einen hatte er enterbt, weil nämlich ... aber erst muß ich erzählen, wie es mit dem anderen war. Das war nämlich so ...«

Dr. Molina hörte höflich zu, jedenfalls tat er so.

Ich sah mir meine schöne blonde Geigerin an. Meine Chefin. Eine komische Ehe mußte das gewesen sein zwischen ihr und dem Holzkaiser. Er betrog sie, er servierte ihr ohne viel Umstände einen erwachsenen unehelichen Sohn, sie nahm sowohl das eine wie das andere mit Gelassenheit, wenn nicht mit Gleichgültigkeit hin.

Geliebt hatte sie ihn offenbar nicht. Aber sie hatte ihn geachtet. Auch geschätzt in gewisser Weise, das ging aus ihren Worten hervor.

Sie mußte eine sehr großzügige Frau sein, sehr verständnisvoll und ganz gewiß nicht habgierig. Es schien sie nicht im geringsten zu stören, daß Ludwig Jarisch und seine Mutter erbten. Es ist genug für alle da, hatte sie gesagt, auf die gleiche freundliche, sachliche Art, wie sie das meiste zuvor gesagt hatte.

Sie würde immer noch eine reiche Frau sein. Und das war eigentlich sehr schade. Ich wünschte, er hätte sie enterbt. Oder sie wären geschieden, und sie wäre keine reiche Frau.

Und was dann – du Idiot? – Ja, dann könnte ich vielleicht ...

Was, du Idiot?

Nichts. Ich meine ja nur.

»Warum sehen Sie mich so an?« fragte sie.

»Tue ich das? Entschuldigen Sie bitte.«

»Oh, bitte.«

Pause.

»Ob der Stern jetzt richtig zu sehen ist? Ihr großer heller?«

»Müßte er eigentlich.«

Molina sah ihr nach, als sie mit Molly aus dem Zimmer ging, aber er sagte nichts. Kann ja einer mal hinausgehen. Er mußte sich weiter Burgers Geschichte anhören.

Ich folgte ihr nach einer kleinen Weile.

Sie stand vor der Tür. Molly lief draußen herum. Der Stern war da, weiß, groß, ganz klar.

»Sie werden sich erkälten«, sagte ich.

»Ja, es ist kalt.«

Sie hatte die Arme über der Brust gekreuzt und die

Hände sich auf die Schultern gelegt, wie in dem Versuch, sich selber zu wärmen.

Ich trat dicht hinter sie, beugte mich dann herab und küßte die rechte Hand, die auf ihrer linken Schulter lag. Sie lehnte sich ganz leicht an mich und sagte: »So ist es schon ein wenig wärmer.«

Ich legte mein Gesicht ganz vorsichtig in ihr Haar.

Und hätte so stehen bleiben können bis zum Jüngsten Tag.

Allzu lange wurde es mir nicht vergönnt, mit ihr allein zu sein. Gerade, als ich dachte, ich müßte irgend etwas sagen oder tun und ob sie wohl spürte, wie mein Herz an ihrem Rücken klopfte, kam Molina hinter uns aus dem Haus.

»Störe ich?« fragte er, es klang ein klein wenig anzüglich. Irina war nicht im geringsten verlegen. Sie löste sich sacht von mir, drehte sich zu ihm und machte: »Hm?«

Es klang sehr weich und verträumt, und meine Augen, die sich an die Dunkelheit gewöhnt hatten, konnten den Ausdruck ihres Gesichts erkennen, es war auch weich und verträumt, und sie war so schön, so schön ... aber ich wollte das ja nicht mehr extra betonen.

Ich räusperte mich, war verlegen und sagte: »Hat Burger Sie mit seinen Schauergeschichten vertrieben?«

»Auch«, sagte der Anwalt, und es klang gut gelaunt. »Mein Bedarf an Mord und Totschlag ist im Moment gedeckt. Ich bin schließlich kein Strafverteidiger. Außerdem ist es momentan meine Aufgabe, über die gnädige Frau zu wachen. Und sie zu behüten. Aber wie ich sehe, haben Sie sich dieser Aufgabe bereits bemächtigt.«

Ehe ich darauf etwas erwidern konnte, möglichst etwas Gescheites, lachte Irina leise und sagte: »Das hat er ja schon vorgestern abend getan. Ohne das Eingreifen von Herrn Lanz wäre ich vermutlich in einem Abgrund gelandet.«

»Und woher behüten Sie die gnädige Frau zur Zeit, Herr Lanz? Ein Mörder läuft hier wohl nicht mehr herum.«

»Wir haben den Stern betrachtet«, sagte Irina ernsthaft.

»Den Stern? Was für einen Stern?« fragte der Anwalt verblüfft.

»Der dort, der große helle, direkt über dem Fluß. Ich wüßte gern, wie er heißt.«

»Seit wann interessieren Sie sich für Astronomie?«

»Gar nicht. Ich weiß nicht, es ist nur ...« Sie verstummte.

Ich sagte: »Ich habe den Stern schon gestern abend gesehen. Und es schien mir, als stehe er direkt über der Bucht da unten. Und ich fragte mich, ob er wohl den Mord gesehen hat. Und den Täter kennt.«

»Sie hätten die Polizei auf diesen eventuellen Zeugen aufmerksam machen sollen, Herr Lanz«, fand Molina, in seiner Stimme klang Spott. Ich ärgerte mich, daß ich das gesagt hatte, das von dem Stern.

Sie sagte nachdenklich: »Ich habe etwas anderes gedacht. Ob dieser Stern wohl das letzte war, was er gesehen hat, ehe er starb.«

Ich hätte ihr sagen können, daß er mit dem Gesicht nach unten lag, dort in der Bucht, und daß er wohl schon tot war, als der Stern hervorkam – aber wozu, sie mußte das nicht alles so genau wissen.

Molina stand neben uns und blickte nun auch interessiert zu dem Stern hinauf. »Einen Namen wird er schon haben. Und da man ihn nicht nur hier sieht, sondern vermutlich anderswo auch, werde ich mich sofort erkundigen, wenn ich wieder in Wien bin, wie er genannt wird. Stets zu Ihren Diensten, Madame.«

»Ach, in Wien«, sagte sie wegwerfend. »Es ist gar nicht wichtig, wie die Sterne in den Städten heißen. Dort gehören sie nicht hin. Sterne muß man draußen sehen. Wissen Sie, was ich immerzu denken muß, seit ich hier bin, Doktor? Ich muß an das Tal denken, von dem mein Mann manchmal sprach. Aus seiner Jugend. Von dieser Landschaft, die er so geliebt hat. – Ob er deswegen so gern hierher gekommen ist?«

»Tun Sie mir den Gefallen und kommen Sie jetzt hinein. Oder ich hole Ihnen einen Mantel. Es muß nahe null Grad sein. Sie werden sich erkälten.«

Geh weg! dachte ich, geh weg, und ich werde sie in die Arme nehmen, und sie wird nicht frieren. – Plötzlich war ich eifersüchtig auf den Anwalt. Er war ein sehr gut aussehender Mann. Wie alt mochte er sein? Mitte Vierzig vielleicht.

Wir gingen wieder ins Haus in das Bauernzimmer, wo Burger ganz allein saß, ein frisch gefülltes Glas vor sich und eine neu angezündete Pfeife im Mund. Uns war allen nicht nach Schlafen zumute. Ich fragte mich, was Olga Jarisch und ihr Sohn wohl taten. Man hörte keinen Laut aus den drei Zimmern am Ende des Ganges, die drei Zimmer, die Mutter und Sohn bewohnten, wie ich inzwischen wußte.

»Von was für einem Tal sprechen Sie, gnädige Frau?« nahm der Anwalt das Gespräch wieder auf.

»Ich weiß es eben nicht. Sehen Sie, mein Mann sprach sehr selten über sich und sein Leben. Ich weiß eigentlich kaum etwas von dem, was er früher getan hat. Manchmal dachte ich, es sei eine gewisse Absicht dabei, daß er alles, was früher war, so im Dunkel ließ. Sie wissen ja genausogut wie ich, und jeder weiß es, daß man über ihn und seine undurchschaubare Herkunft geredet hat in Wien. Die Wiener klatschen gern, nicht wahr? Er wußte das natürlich auch. Und ich glaube, es hat ihn im stillen amüsiert, und er hat es eher gefördert. Er war doch wohl sehr gerissen. Er sagte sich, je weniger man von ihm wisse, um so interessanter sei er für die Leute.«

»Sie haben das sehr gut beobachtet, gnädige Frau. Ja, ich glaube auch, daß es so war. Er war im Grunde ein Menschenverächter. Er benützte sie für seine Zwecke, und er verachtete sie, weil sie vor seinem Geld krochen. Tatsache ist – soweit ich sein Leben kenne und zurückverfolgen kann –, daß er sein Vermögen auf ehrliche Weise verdient hat. Nur jenes gewisse Anfangskapital blieb im Dunkel. Aber ich kann Ihnen versichern, es war relativ gering. Was er geworden ist, hat er seinem Fleiß und seiner Geschicklichkeit zu verdanken.«

»Ich bin froh, daß Sie das sagen. Ich habe immer gewußt, daß er ein besonderer Mensch ist. – Als ich ihn heiratete – nun, er imponierte mir, das war es vor allem. Und ich war verhältnismäßig unerfahren, obwohl ich ja gar nicht mehr so jung war. Ich hatte immer bloß für meine Mutter und meine Musik gelebt. Und er war irgendwie – ja, irgendwie überwältigend für mich. Ich habe ein gutes Leben bei ihm gehabt. Besonders natürlich von der finanziellen Seite aus gesehen. Sonst – nun ja. Es war nicht immer ganz leicht.«

Ich wunderte mich, daß sie das alles aussprach. Ich hatte sie für verschlossen gehalten, sogar für kühl. Aber das war sie nicht, das merkte ich jetzt. Es war mehr eine Maske, die sie trug, eine Art Selbstverteidigung. Und plötzlich erinnerte ich mich, daß ich das schon an jenem ersten Abend gedacht hatte, in dem Gasthof dort, allerdings bezogen auf die Situation, in der sie sich befand.

»Und von was für einem Tal sprach er?« kam Molina auf den Ausgangspunkt zurück.

»Er sprach von hohen Bergen und von einer Landschaft, in der er offenbar einen Teil seiner Jugend verbracht hatte. Und da war von diesem Tal die Rede. Verstehen Sie recht, er erzählte niemals im Zusammenhang davon. Es waren immer nur so kurze Bemerkungen, die er ganz unmotiviert machte. Einmal sagte er: Wenn der Adler hoch über dem Tal stand, wie ein schwarzer Punkt im Blau, dann wußten wir, daß es heiß bleiben würde. Und an eine andere Bemerkung erinnere ich mich auch genau. Ich weiß sogar noch, wo es war. Es war bei einem Empfang der englischen Botschaft, und jemand sprach von einer Expedition in den Himalaya, die gerade stattfand – irgendein berühmter Bergsteiger war dabei. Mein Mann sagte kein Wort dazu, es interessierte ihn offensichtlich nicht. Doch dann, kurz darauf, das Gespräch hatte sich anderen Dingen zugewandt, sagte er auf einmal leise, keiner hörte es – nur ich: Das ist ein technischer Verein, der da auf die Berge steigt. Auf den Bergen muß man allein sein, so einsam wie der Adler. Einmal bin ich so hoch hinaufgestiegen, daß ich ihm ganz nahe war. Ich stand allein zwischen den Felsen, und er stand direkt über mir. Sein Schatten verdunkelte die Sonne.«

Irina sah keinen von uns an, sie sprach langsam, wie in Trance, so, als erlebe sie jenen Eindruck noch einmal. »Ich saß, und er stand neben mir. Und ich weiß noch, daß ich zu ihm aufblickte, ganz verwundert, er war im Smoking und hielt sein Glas in der Hand; es war die übliche Szenerie bei solchen Anlässen. – Und er sprach von einem Adler, dessen Schatten die Sonne verdunkelte. Er hatte ein ganz anderes Gesicht als sonst, er war irgendwie fremd und fern. Es klingt absurd im Zusammenhang mit ihm – ich weiß –, aber in seinen Augen las ich Sehnsucht, Sehnsucht, ja! Ich fragte ihn: Wo war denn das? In den Alpen? – Aber da trat irgend jemand zu uns, und das Gespräch wurde wieder alltäglich. Ist das nicht merkwürdig?«

Molina nickte. »Sehr merkwürdig, ja. Er muß in seiner Jugend also ein Bergsteiger gewesen sein. Zu mir hat er davon nie etwas gesagt. Er sprach nur immer vom Fischen und vom Jagen, das waren wohl die Dinge, die er am liebsten tat.«

»Ja. Und darum kam er auch so gerne in dieses Tal, hier konnte er beides. Es war einsam hier und weltverloren, und es muß ihn irgendwie an jenes Tal seiner Jugend erinnert haben. Natürlich ist er im letzten Jahr besonders oft hergefahren wegen Ludwig. Das verstand ich ja, daß er den Jungen öfter sehen wollte.«

»Was Olga und den Jungen betrifft«, sagte Molina, »so war ich von Anfang an sein Vertrauter. Soweit man sein Vertrauter sein konnte. Aber ich war nun mal Zeuge dieser Wiederbegegnung gewesen. Olga muß ihm einmal viel bedeutet haben. Näheres weiß ich auch nicht. Ich weiß nur, daß er sie im letzten Kriegsjahr in Prag kennenlernte und sie aus dem Land brachte, als die Verfolgung der Deutschen begann.«

»Aber sie ist doch keine Deutsche.«

»Sie ist Tschechin deutscher Herkunft. Sie ist in der Tschechoslowakei geboren und aufgewachsen, natürlich. Aber Sie wissen, die Tschechoslowakei war ein Nationalitätenstaat, und das deutsche Element war noch immer sehr stark vertreten. Das allein hätte ihr nicht geschadet, denn sie galt absolut als Tschechin. Aber sie hatte einen Deutschen geheiratet, der zuvor in Prag eine gewisse Rolle gespielt hat. Er war Sudetendeutscher, ihr Mann. Hatte im Reich studiert und sich habilitiert, war dann Dozent an einer deutschen Universität und kam im neununddreißiger Jahr, als die Nazis Prag besetzt hatten, an die Prager Universität, die sich dann Reichsuniversität nannte.

Ich kann Ihnen im Moment nicht sagen, welcher Fakultät er angehörte und welche Rolle er im Universitätsbereich – und möglicherweise auch politisch – gespielt hat. Vielleicht erfahren wir es eines Tages von Frau Jarisch, falls sie bereit ist, darüber zu sprechen. Auf jeden Fall war seine Stellung gefährlich genug, um seine Frau ebenfalls zu gefährden.«

»Und wo war er damals?«

»Er war wohl eingezogen, nehme ich an. Auf jeden Fall war seine Frau allein, Kinder hatte sie nicht. Sie muß so Ende Zwanzig gewesen sein und zweifellos sehr attraktiv. Ja, und dann begegnete sie irgendwann Otto Kaiser. Es war eine Affaire d'amour, und, wie es mir schien, keine unwichtige.

Prag ist ja bekanntlich sehr spät befreit worden. Zwar

standen die Amerikaner schon in der Tschechoslowakei, aber sie durften Prag nicht nehmen, weil das die Russen für sich ausbedungen hatten. Es war ja damals so, daß sie das vorher alles untereinander aufgeteilt hatten, wer was kriegen sollte.

Und dann kam es im Mai 45 zu einem Aufstand in Prag. Man muß sich nur einmal vorstellen, was für ein Durcheinander in dem Land geherrscht haben muß. Es waren Deutsche da, es waren Russen da, Amerikaner und dann noch diese weißrussische Armee unter diesem Ukrainer, wie hieß er doch gleich? Wlassow, nicht? Die kämpften ja eigentlich auf deutscher Seite, aber dann halfen sie den Tschechen bei ihrem Aufstand. Es muß ein furchtbares Durcheinander gewesen sein.

Kaiser brachte die Frau, die er liebte, aus dem Land heraus. In diesem ganzen Hexenkessel brachte er dieses Kunststück fertig. Das sind so Sachen, auf die er stolz war. Er hat mir das auch nicht genauer erzählt, nur so kurz angedeutet, wie ich es jetzt eben auch tat. ›Ich konnte an allen Fronten kämpfen‹, sagte er dazu. ›Ich hatte kein Vaterland in diesem Krieg. Ich kämpfte nur für mich.‹

Er brachte sie auf die deutsche Seite des Erzgebirges, dort hielt er sie für sicher. Daß dieses Gebiet später auch in sowjetische Hände geraten würde, das konnte er nicht vermuten. Dort ließ er sie zurück. Und dort bekam sie das Kind. Erst drei Jahre später gelang es ihr, in den Westen zu kommen. Und Mitte der fünfziger Jahre kam sie dann nach Wien.«

»Sie muß viel erlebt haben. Und sie hat es schwer gehabt. Was war mit ihrem Mann?«

»Er soll in einem russischen Lager gestorben sein.«

»Was für eine Zeit, in der wir leben!« sagte Irina. »Was für eine Welt! – Ich bin in einem russischen Lager geboren. Und meinen Vater haben die Russen verschleppt. Wir haben nie wieder von ihm gehört. Meine Mutter kam mit mir nach Berlin, als ich ein Kind war. Sie war auch eine Frau allein mit ihrem Kind, eine Frau ohne Heimat, ohne Familie, ohne Schutz. Wir haben viel Gemeinsames, Olga und Ludwig und ich. – Ich werde Ihnen etwas sagen, Doktor, ich bin sehr froh, daß Otto sie getroffen hat. Und daß sie wenigstens jetzt noch etwas haben wird von seinem Geld, und daß es ihr besser gehen wird.«

Ich sah sie an, und ich liebte sie sehr. Es war kein Neid und keine Habgier in ihr, sie war ein freier Mensch mit offenen Händen. Wie wenig gab es von dieser Art!

Sie streckte die Hand aus mit dem leeren Glas, das tat sie jedesmal, wenn sie ausgetrunken hatte. Und sie trank viel, wir alle tranken viel in dieser Nacht. Ich stand auf, trat zu ihr und schenkte ihr ein. Sie blickte zu mir auf, lächelte und sagte: »Danke.«

Ich benutzte die Gelegenheit, mich neben sie zu setzen.

»Ach, ich war so dumm. – Wissen Sie, Molina, ich bereue es jetzt, daß ich nicht schon früher einmal mit herausgefahren bin, um Olga und den Jungen kennenzulernen. Immer diese verfluchte Zurückhaltung! Ich dachte, ich muß taktvoll sein und mich im Hintergrund halten. Ich glaube, ich bin ihm viel schuldig geblieben. Nicht nur in diesem Fall. Überhaupt. Natürlich habe ich alles von meiner Seite aus gesehen. Nein – ich war nicht glücklich in dieser Ehe. Geld allein bedeutet nicht alles, nicht wahr? Ich habe nie den Zugang gefunden zu seinem wirklichen Wesen. Das war auch schwer. Und dann habe ich es eben aufgegeben. Frauen waren ihm nicht so wichtig. Was er in einer Frau suchte, das war etwas anderes. Und das *fand* er auch bei anderen. Ich war – ja, ich war so eine Art Dekorationsstück. Ich kam mir oft überflüssig vor. Und das hat mich ungerecht gemacht.«

Sie hob ihr Glas, trank und stellte es dann ziemlich heftig hin. »Der Tod eines Menschen verändert die Perspektiven. Ich habe vieles falsch gemacht. Ich war einfach nicht die richtige Frau für ihn. Er hätte Olga heiraten müssen, die hätte viel besser zu ihm gepaßt.«

»Damals, als er Olga kennenlernte, war er verheiratet. Und sie auch. Und es war Krieg. Doch wenn er von dem Kind gewußt hätte, hätte er sie bestimmt gesucht.«

Irina hob die Hand, die geöffnete Handfläche nach oben, drehte sie dann und ließ die Finger herabsinken, so als falle ihr etwas aus der Hand.

»Ein vertanes Leben«, sagte sie, »verloren, verspielt, vertan. Wohin man blickt. Warum ist das bei uns so?«

»Es ist bei den meisten Menschen so«, sagte Molina. »Wer kann von sich sagen, er habe immer das Richtige getan und den besten Weg gefunden?«

»O doch, es gibt Menschen, bei denen es so ist.«

»Ja, natürlich, die gibt es. Es gibt genügend Menschen mit geraden Wegen und klaren Zielen. Aber es sind eigentlich nie die Besonderen. Es ist meist der Durchschnitt.«

Ich sagte: »Das ist immerhin ein Trost.«

Unsere Gläser waren schon wieder leer. Ich machte mit dem Krug die Runde, wir zündeten uns neue Zigaretten an; Burger, der lange kein Wort gesprochen hatte, paffte an seiner Pfeife. Und wir schwiegen eine ganze Weile.

Dann nahm Burger plötzlich die Pfeife aus dem Mund, sein Kopf war ein wenig gerötet, der Wein machte sich bemerkbar.

»Übrigens, was das Tal angeht, die Landschaft seiner Kindheit, da kann ich Ihnen sagen, wovon die Rede war. – Ja, er hat das auch oft zu mir gesagt im letzten Jahr, daß er sich gern hier im Glainzer Tal zur Ruhe setzen würde, wenn er älter ist. Man konnte sich das bei ihm schlecht vorstellen. Alt sein und zur Ruhe setzen, das paßte einfach nicht zu ihm. Aber in seinen Träumen trafen sich da Vergangenheit und Zukunft.«

»Träume?« fragte Irina. »Hat er je geträumt? Das glaube ich nicht. Er war kein Mensch, der träumen konnte.«

»Das kann jeder«, widersprach Burger. »Aber egal, wie Sie das nennen. Bei ihm waren es Kindheitserinnerungen. Und je älter ein Mensch wird, um so stärker werden sie.«

»Wollen Sie sagen, Sie wissen, wo er seine Kindheit verbracht hat?« fragte Molina.

Burger schob die Pfeife vom linken Mundwinkel in den rechten, dann nahm er sie heraus und sagte: »Ja«, und steckte die Pfeife wieder in den Mund.

Wir blickten ihn alle drei gespannt an. Flüchtig schoß es mir durch den Kopf, wie seltsam diese Nacht war, geradezu gespenstisch: ein toter Mann, der so lebendig, so gegenwärtig war, der ständig mächtiger und beeindruckender wurde, so als habe sein Tod ihn für die anderen erst sichtbar und hörbar gemacht. Hatten sie alle nur neben ihm hergelebt, hatte keiner gewagt oder hatte es keiner verstanden, ihn wirklich kennenzulernen, ihm nahezukommen? War Otto Kaiser so ein einsamer Mensch gewesen? Die Frau, die er liebte, hatte er verloren, den Sohn hatte man ihm vorenthalten, seine Frau hatte verständnislos neben ihm gelebt – besaß er keine Freunde, keine Verwandten?

Und was wußte Burger?

Burger lachte vor sich hin, so wie alte Männer das manchmal tun, still verschmitzt und irgendwie zufrieden, etwas zu wissen, was kein andrer wußte.

»Ich hab' ihn gekannt, den Stanko, als einen Jungen«, murmelte er vor sich hin.

Er war auch ein wenig betrunken, wie wir alle. Betrunken war vielleicht nicht der richtige Ausdruck. Wir waren losgelöst von der Wirklichkeit, und der Wein war nur zum Teil daran schuld. Es war die Stimmung dieser Nacht, ganz zu schweigen von den Ereignissen der vorhergegangenen Tage. Irgendwann gab man nach, dann war eine klar distanzierte Haltung zu Menschen und Dingen nicht mehr möglich. Und dann dies dazu: daß der Lebendigste hier in unserem Kreis der Tote war.

»Stanko?« wiederholte Irina verständnislos.

»Unter diesem Namen habe ich ihn kennengelernt, gnädige Frau. Das war im dreißiger Jahr. Nein, es war später, einunddreißig ist es gewesen. Er war ein blutjunger Bursch und kam da aus seinen Wäldern und seinen Bergen. So ein wilder, schwarzhaariger Bub, braun im Gesicht, dunkel die Augen, hübsch und unverdorben war er, schroff und ungebärdig wie der Karst und das Gebirgswasser in seinem Tal. Er hatte bis dahin nichts anderes getan als die Fische in den Flüssen und Seen zu fangen, Wild zu schießen, die Vögel aus der Luft zu holen und den Adler mit seiner Sehnsucht zu verfolgen. Aber das Messer – das Messer mit dem Adlerkopf, das hatte er damals schon. Er brachte es mit. Es war sein einziger Besitz.«

Irina zog die Schultern hoch. »Das Messer mit dem Adlerkopf«, wiederholte sie flüsternd.

»Er ist damit getötet worden, und er hat damit zuvor auch getötet. Tiere. – Vielleicht auch Menschen. Da, wo er herkam, nahmen sie es nicht so genau. Und vielleicht hat er es im Krieg auch benutzt, das Messer. Er trennte sich nie davon. Ich hab' mich manchmal gewundert, daß er es hierließ im Tal. Aber er führte ja jetzt ein zivilisiertes Leben, da brauchte er es nicht. Ein Unternehmer! Ein Millionär!« Burger kicherte wieder. »Wer hätte das gedacht, damals, als er aus den Bergen kam. Ein junger Wilder, der nicht lesen und schreiben konnte. Und dann einer der reichsten Männer Wiens. Einer, der auf dem Opernball tanzt, in einem Frack. Wer konnte das ahnen?«

»Und wo war das also, wo er herkam?« fragte Molina. »Was waren das für Berge, was für ein Tal?«

»Haben Sie mal Karl May gelesen?« fragte Burger, und dann kam wieder das hohe betrunkene Kichern. »Im Land der Skipetaren? – Da aus der Gegend kam er. Da unten, wo Albanien und Montenegro zusammenstoßen. Berge, Schluchten, Karst, Wildnis. Ein Leben in der Urzeit, auch noch in unserem Jahrhundert. Vielleicht ist es heute noch so. Albanien hat sich ganz und gar gegen die andere Welt abgeschirmt. Und in Montenegro hat Tito Städte gebaut. Sicher auch Fabriken und moderne Betriebe. Touristen kommen da nicht hin, auch heute noch nicht. Vielleicht sieht es in seinem Tal genau noch so aus wie damals. Und wenn man hoch genug hinaufsteigt, begegnet man nur dem Adler. Und die Männer tragen das Messer mit dem Adlerkopf noch immer locker in der Tasche und wissen damit umzugehen. Söhne des Adlers – so nannten sie sich. Vielleicht hat Tito sie gezähmt inzwischen, was weiß ich.

Wo genau dem Stanko sein Tal war, das habe ich nie begriffen. Das konnte er selbst nicht richtig beschreiben. Aber vergessen hat er es nie. Und wenn er hier bei uns im Tal war, dann träumte er von dem Tal seiner Kindheit, das habe ich ihm angesehen. Auch wenn wir hier nicht sehr wild sind. Aber er war ja inzwischen auch ruhiger geworden. Und älter. So ein Tal wie das hier hätte ihm genügt ...«

Der Alte wirkte erschreckend. Nicht nur auf mich. Ich blickte von der Seite in Irinas Gesicht und sah, daß es voll kindlichem Entsetzen war. Unwillkürlich legte ich meine Hand auf die ihre, und sie entzog mir die Hand nicht, im Gegenteil, sie hielt meine fest.

»Und wo war das, wo Sie mit ihm zusammengetroffen sind«, fragte Molina. »In Wien?«

»Ah wo, das war in Triest. Anfang der dreißiger Jahre. Ich sag's Ihnen doch. Siebzehn muß er gewesen sein. Warten Sie, ich kann's genau ausrechnen. Er war geboren im Jahre als der Krieg begann – im vierzehner Jahr. Damals war Triest noch eine österreichische Stadt. Österreichs größte und schönste Hafenstadt. Was für eine Stadt, Signora! Eine wunderbare Stadt. Und war für ein Hafen! Groß und modern und all die großen, weißen Schiffe. Wir haben die schönsten Schiffe der Welt gebaut. Die Triestiner Werften hatten Weltruf.

Ich weiß das. Ich habe im Hafen gearbeitet, in einer Werft. Nur im Büro, ich war immer nur ein Büromensch. Aber wenn man im Hafen arbeitet, ist das ein ganz anderes Gefühl. Man gehört dazu. Zu den Schiffen, zu dem Meer, zu der Welt. Auch wenn man nur im Büro sitzt.«

»Und da kam er also hin, dieser junge Mann, den Sie Stanko nennen«, versuchte Molina den Alten zurück zur Sache zu bringen.

»Ganz recht, da kam er hin. Als er kam, waren wir schon lange italienisch! Österreich hatte den Krieg verloren, wir hatten keinen Kaiser mehr, Triest war eine italienische Stadt geworden. Ja. Schad' um die Stadt. Und da kam er an, der Stanko kam aus seinen Bergen und wollte Seemann werden. Stellen Sie sich so was vor!«

Irina hatte ihre Hand fest um meine gekrampft, ich sah ihr an, daß sie sich fürchtete.

»Stanko!« wiederholte sie den fremden Namen. »Hieß er denn so?«

»Seine Mutter hat ihn wohl so genannt. Nein, er trug keinen falschen Namen, wenn Sie das meinen. Otto Kaiser war sein echter Name. Aber er hat ihn erst viel später wieder angenommen.«

»Geht denn so etwas?« fragte Irina naiv-erstaunt.

»Bei ihm ging alles. Er hat sich das Leben so zurechtgebogen, wie er es brauchen konnte. Ich weiß nicht, was er in den Jahren dazwischen getan hat, ich meine zwischen damals und heute. Was für Namen er noch gehabt hat, wie er gelebt hat. Aber ich trau' ihm alles zu.«

Ich merkte, daß auch für Dr. Molina hier ganz neue Dinge zur Sprache kamen. Und ich bemerkte gleichzeitig, daß er sich bemühte, diese irre Situation auf den Boden der Tatsachen zurückzuführen. – Diesmal stand *er* auf, schenkte uns allen ein, bis der Krug leer war, dann sagte er: »Erzählen Sie doch einmal der Reihe nach, Herr Burger. Erzählen Sie uns alles, was Sie wissen.«

»Ich weiß gar nicht viel. Ich hab' in der Werft gearbeitet, im Büro – in der Lohnbuchhaltung. Ich bin in Görz geboren. Aber als Bub kam ich schon nach Triest, mein Vater hat schon in der Werft gearbeitet, als wir noch österreichisch waren.«

»Und aus was für einer Familie stammte Stanko?«

Burger kicherte. Seine Pfeife war ausgegangen, er zündete sie umständlich wieder an, nahm dann einen großen Schluck, ein Tropfen Wein rann über sein Kinn.

»Das war es ja gerade. Man hat über die Geschichte viel geredet. Mein Vater hat mir davon erzählt. Und manche Leute erinnerten sich noch daran zu meiner Zeit.«

»Was für eine Geschichte?« fragte Molina ungeduldig.

»Die Geschichte vom Franz Kaiser und seiner Mesalliance. Die Kaisers waren reiche Leute in Wien, angesehene Leute. Die Mutter vom Franz war eine Komteß aus dem Salzburgischen. Sein Vater war Hofrat. Hofrat Kaiser, er arbeitete im Staatsdienst. Ich weiß nicht mehr genau, was er gemacht hat, aber er war schon was Hohes. Und sicher wäre die Familie von Franz Joseph geadelt worden, damit haben sie bestimmt gerechnet.«

»Das wären also die Großeltern von Stanko gewesen.«

»Ganz recht. Der Franz – sein Vater, der war der jüngste Sohn. Ein bildschöner Bursch soll er gewesen sein. Er muß schon in Wien allerhand Affären gehabt haben. In Triest erzählten sie dann, er habe ein Duell mit einem Erzherzog gehabt.

Der Franz war Offizier, und er wurde strafversetzt, ganz weit weg in eine weltferne Garnison in der Herzegowina. Na ja, und da kam das dann so. Da ist er wohl dort durch das Land gestreift und durch die Wälder und Berge geritten und ist hierhin und dorthin gekommen, und da muß er das Mädchen getroffen haben.«

»Was für ein Mädchen?«

»Die aus Montenegro halt. Wissen Sie, ich war ja bloß ein

Büromensch. Aber ich hörte solche Geschichten für mein Leben gern. Es gibt so viele merkwürdige Dinge auf der Welt. Ich habe so etwas nie erlebt, ich habe nur davon gelesen. Aber der Stanko – der war wie eine Figur aus einem Roman.«

»Dieser junge Offizier aus Wien, den man strafversetzt hatte, da hinunter in den Balkan – der war also der Vater von Otto Kaiser alias Stanko. Das wollen Sie doch sagen?«

Es war irgendwie rührend, wie Molina sich immer wieder bemühte, zu einem klaren Tatsachenbericht zu kommen. Und ebenso rührend war es, wie Burger, dessen Gedanken kreuz und quer durch seinen Kopf flatterten, sich immer wieder Mühe gab, diesen Bericht zustande zu bringen. »Ganz recht. Das war sein Vater. Irgendwo muß er ein Bauernmädchen aus Montenegro kennengelernt haben, eine, die mitten aus den Bergen kam, ein schönes, wildes, schwarzes Mädchen. Ich hab' sie nicht gesehen, aber so stell' ich sie mir vor. – Sie waren sehr streng da unten und paßten höllisch gut auf ihre Töchter auf. Es war eine Welt für sich, sie hatten ihr eigenes Recht, ihre eigene Moral. Die Sippe stand über allem. Es gab noch die Blutrache bei ihnen. Sie hatten lange unter türkischer Herrschaft gelebt, aber dann wurden sie ein autonomes Reich. Eine Zeitlang – kurz vor dem Kriege – waren sie sogar ein Königreich. Ja, da hatten sie einen König. Ein stolzes und freies Volk. Stolz und frei wie – na ja, wie die Adler, so müssen sie gewesen sein. Und so war der Stanko auch.«

»Also gehen wir noch mal zurück«, sagte Molina. »Dieser Offizier aus Wien, Franz Kaiser mit Namen, hatte also ein Bauernmädchen aus Montenegro kennengelernt. Und was passierte dann?«

»No, was soll passiert sein! Er hat sich in sie verliebt. Er hat sich so sehr in sie verliebt, daß er sie geheiratet hat. – Er mußte den Dienst quittieren, und die Familie hat ihn verstoßen. Und dann lebte er mit ihr und den Kindern in Triest.

Was er eigentlich da gemacht hat, habe ich nie rausgekriegt. Jedenfalls gut ist es ihnen nicht gegangen, das wußte mein Vater noch. Er wird sich halt immer wieder hier und da was gepumpt haben. Arbeiten war er ja nicht gewohnt.«

»Sie sprechen von mehreren Kindern?«

»Dranitza gebar ihm drei Söhne. Otto, oder Stanko, wie sie ihn nannte, war der Jüngste. Er war im vierzehner Jahr geboren – ich sagte es schon. Dann begann der Krieg. Franz meldete sich sofort und er fiel schon im Jahr fünfzehn. Dranitza kehrte mit ihren Söhnen nach Montenegro zurück.«

»Dann ist er also dort aufgewachsen«, sagte Molina. »Im südlichen Montenegro, nahe bei Albanien, vielleicht sogar in Albanien selbst. Dranitza ist zurückgekehrt zu ihrer Sippe. Daß die Familie ihres Mannes von ihr nichts wissen wollte, wußte sie ja.«

»Da kam er her«, murmelte Irina, es klang kindlich erstaunt.

»Sie wäre auch nicht zu ihnen gegangen«, meinte Burger. »Dazu war sie viel zu stolz. Da unten sind sie unbändig stolz. Sie wird es in ihrer Heimat auch nicht leicht gehabt haben. Denn die Montenegriner hatten von ihrer Heirat auch nichts wissen wollen. Für die war das genauso eine Mesalliance wie für die Wiener.

Ein armer Mann muß Stankos Großvater nicht gewesen sein. Das merkte man ihm an. Jedenfalls für montenegrinische Begriffe nicht. Stanko war von einem unbändigen Stolz und einem umwerfenden Selbstbewußtsein. Dabei war er total ungebildet, konnte nicht lesen und schreiben. Das sagte ich ja schon.«

»Und was hat er dann gemacht, in Triest?«

»Zunächst hat er in der Werft gearbeitet. Erst hatte er den Wunsch, zur See zu fahren, aber das gab er schnell auf. Es geschah nämlich etwas Komisches mit ihm: Er was fasziniert von Triest. Er hatte nie eine große Stadt gesehen. Und jetzt war er einfach überwältigt.«

Burger paffte an seiner Pfeife, die Augen halb geschlossen. Und wir glaubten zu sehen, was er wirklich sah: die Stadt am Meer. – Er selbst noch jung und dazu der junge Bursche aus den fernen Bergen.

»Triest war eine wunderbare Stadt, all die herrlichen Paläste und die Kirchen, das Gebirge im Hintergrund und zu Füßen der Königin die blaue Adria. ›Die Königin der Adria‹, so nannten wir unsere Stadt. Und wenn es die Venezianer noch so sehr ärgerte, die mit ihren Sümpfen und den trüben Kanälen und ihren schmutzigen Gassen – was waren sie gegen Triest, la Regina di mare adriatico.«

Wir schwiegen geduldig und warteten, bis er wieder zur Sache kam. Es hatte wenig Zweck, ihn zu unterbrechen. Er redete und redete, er war zurückgekehrt in die Zeit seiner Jugend, er schilderte uns die Stadt, ihre Plätze und Straßen, ihre Paläste und Kirchen, und jeder Name, den er nannte, schien neue Erinnerungen in ihm zu wecken. Und immer wieder tauchte der junge Montenegriner in seiner Erzählung auf.

»Ich war selber jung damals, so Anfang der Dreißig, aber dem Stanko gegenüber war ich ein erwachsener Mann, nicht? Es machte mir Spaß, ihm alles zu zeigen und zu erklären. Wir durchstreiften zusammen die ganze Stadt, an den Abenden oder am Sonntag. Ich kann mich noch genau daran erinnern, als wir das erste Mal zusammen oben auf dem Kastell waren. Ich erzählte ihm, daß hier einst ein römischer Tempel gestanden hatte und daß die Überreste, die man noch sah, aus dem 1. Jahrhundert stammten. Kannst du dir das vorstellen, Stanko, sagte ich, das erste Jahrhundert christlicher Zeitrechnung, da hat man diese Säulen gebaut, auf dem gleichen Boden, auf dem du jetzt stehst. No, ich glaube, so richtig vorstellen konnte er sich das nicht, er war ein Mensch der Gegenwart, und die alten Römer bedeuteten ihm nichts. Ich führte ihn durch die San-Giusto-Kathedrale, erklärte ihm alles, und er hörte mir bereitwillig zu, aber am meisten Eindruck machte ihm der Blick über die Stadt und auf das Meer hinaus von da oben. Ich weiß noch genau, es war ein schöner, heller Abend, die Sonne stand noch hoch über dem Horizont, und plötzlich hatte sich eine schmale lange Wolke vor sie gelegt, wir sahen die Sonne selbst nicht mehr, doch unten auf dem Meer erschien ein großer roter Kreis, es sah aus, als brenne das Meer.

Und dann tauchte die Sonne wieder unter der Wolke hervor, und wir blieben schweigend da stehen und warteten, bis sie tiefer und tiefer sank und schließlich im Meer untertauchte. Sein Gesicht war ganz andächtig, als ich ihn ansah. Schön, nicht, sagte ich. Er schwieg und nickte nur. Aber er hat diesen Abend so wenig vergessen wie ich. Voriges Jahr war es, im Sommer, da standen wir mal draußen am Fluß, und der Himmel war rot über den Bergen, die Sonne war schon verschwunden, hier kann man ihr ja nicht zusehen, bis das Meer sie verschluckt, hier sinkt sie sehr plötzlich hinter die Berge, da sagte er auf einmal zu mir: Erinnerst du dich, Burger, damals in Triest, als wir oben auf dem Hügel waren und die Sonne unterging? Ich dachte wirklich, sie sei ins Meer gefallen. Und du hast mir dann stundenlang erklärt, als wir hinuntergingen, daß wir es seien, daß die Erde es ist, die sich bewegt, unter der Sonne wegbewegt. Ich hab' dir's nicht geglaubt, Burger. Und weißt du was? Ich glaub's heut' noch nicht. Tja, Signora, Signori, so war das damals in Triest.«

Wir blickten uns an und schwiegen, warteten, daß der Alte weiterredete.

»Natürlich war er immer gern am Kai, da war Betrieb, da war was los. Aber oft, am Sonntag, machten wir einen Ausflug in den Karst, in irgendeinen der kleinen Orte, dann kehrten wir in einer Trattoria ein und tranken Pinot, das ist der beste Wein, den es in Italien gibt, Sie können es mir glauben. Pinot blanco, Pinot grigio, man trinkt ihn zum Fleisch, zum Fisch. Und was für herrliche Fische gab es zu essen, man konnte sie sich selbst aussuchen, und sie brieten sie einem vor den eigenen Augen. Und natürlich zeigte ich ihm auch Schloß Miramare, wo der unglückliche Maximilian gelebt hatte, ehe er Kaiser von Mexiko wurde und wo sie ihn dann erschossen haben. Das alles zeigte ich ihm, erklärte es ihm, erzählte ihm alles, was ich selbst wußte. Er wollte immer alles ganz genau wissen, er fragte und fragte, wie ein kleines Kind. Ja, und dann sagte ich ihm, er solle doch hingehen und etwas lernen. Wir hatten ja damals die Faschisten, und die taten viel für die jungen Leute. Ich sagte dem Stanko, er solle doch ein paar Kurse besuchen, Abendschulen und so was, damit er ordentlich italienisch lernte und lesen und schreiben. Und was soll ich Ihnen sagen, er machte das! Erst sträubte er sich ein bissel, aber er hatte schon begriffen, daß ein dummer, ungebildeter Mensch eine Plage für die Umwelt und noch mehr für sich selber ist. Da ging er in die Schule. Er war sehr sprachenbegabt. Erst lernte er Italienisch, und von mir lernte er so nebenbei noch Deutsch. Vielleicht weil es die Sprache seines Vaters war. Von Wien redete er viel. Er wollte von mir immer wissen, wie es in Wien aussehe, ob es auch so eine große Stadt sei wie Triest.

Größer, sagte ich, viel größer. Eine schöne Stadt. Nur ein Meer haben sie dort nicht, sie haben nur die Donau. – Ich war selber nur ein einziges Mal in Wien gewesen. Ich hatte wenig Geld. Und damals verreiste man ja auch noch nicht so viel. Ja, so war das mit dem Stanko.«

»Er lernte also Italienisch und Deutsch. Er arbeitete in der Werft. Als was?«

»Na, als Werftarbeiter. Beim Schiffsbau. Was sonst sollte er tun? Er hatte ja nichts gelernt, man mußte ihn ja erst anlernen. Am besten lernte er rechnen. Darin war er geradezu ein Genie. Na ja, das hat er ja später dann bewiesen. Und er kam mit allen Leuten gut aus, obwohl er manchmal grob und abweisend sein konnte, aber es war sehr komisch, man respektierte ihn – so jung er war.

Nun muß man wissen, daß die Beziehungen zwischen den Italienern und den Jugoslawen nicht die besten waren. Politisch gesehen. Nicht soweit es Triest betraf, denn Triest hatte immer eine gemischte Bevölkerung gehabt, dort lebten immer die Deutschen, also die Österreicher, die Italiener und die Slowenen zusammen, und es gab nicht mehr als die üblichen Streitereien, die es in solchen Grenzgebieten immer gibt. Aber zwischen Italien und Jugoslawien stand es nie zum besten. Italien erhob immer Ansprüche auf Dalmatien, auf die Hafenstädte. Und Jugoslawien war ja nur so ein lockeres Staatengebilde damals, fix zusammengeschustert nach dem Krieg, und sie vertrugen sich untereinander keineswegs. Serben und Kroaten und Slowenen, die Bosnier und die Montenegriner – das war ein ewiges Feilschen und Streiten, am liebsten hätte jeder seinen eigenen Staat gehabt. Die Sprachen und die Religionen waren verschieden, große Teile des Landes hatten jahrhundertelang unter türkischer Herrschaft gelebt. Na ja, es war immer wild zugegangen auf dem Balkan, das wußte schließlich jeder, kein Wunder, daß man Anno 1914 unseren Thronfolger dort ermordet hatte. Es war ein Land voller Anarchisten und heißblütiger Köpfe. So manche Kreise, besonders die bessere Gesellschaft, die träumten auch in den dreißiger Jahren noch von den Zeiten der Monarchie und hätten sich am liebsten wieder Österreich angeschlossen. Aber es gab zu der Zeit schon allerhand Kommunisten dort unten, das waren die Jungen, die alles verändern wollten, und als der nächste Krieg dann losging und Mussolini endlich tun konnte, was er schon immer gern getan hätte, nämlich in Jugoslawien einmarschieren, um die Küste und möglichst noch mehr zu erobern und Italien anzuschließen, und als der Hitler ihm zu Hilfe kommen mußte, weil die Italiener das natürlich nicht schafften, da hatte es der Tito nicht schwer, seine berühmten Partisanen zusammenzukriegen. Dagewesen waren sie schon vorher, jetzt hatten sie allen guten Grund, zu kämpfen und ihre neue Zukunft zu schaffen.«

In Burgers Erzählungen ging es immer wilder durcheinander, und immer mehr verloren wir Stanko aus den Augen, um den es ja ging.

»Damals in den dreißiger Jahren, da hatten sie in Jugoslawien einen König. Den haben sie erschossen in Paris. Wann war das denn?«

Das wußte Molina. »Das Attentat auf König Alexander fand 1934 statt, und zwar in Marseille, nicht in Paris. Das war überhaupt ein wildes Jahr. Ein Mörderjahr; Hitler ließ seine alten Kampfgefährten umbringen. In Österreich wurde Dollfuß ermordet. Übrigens der Balkanpakt war damals auch geschlossen worden. Ganz fremd ist mir die Ecke da unten auch nicht. Es gibt einen Zweig meiner Familie, der lebte in der Julischen Krain. Ich war als Bub dort oft in den Ferien. Ich erinnere mich noch, wie sie über den Balkanpakt sprachen.«

Der Krug war schon wieder leer. Doch keiner von uns hatte Lust, schlafen zu gehen. Wir blickten fragend auf Irina, sie saß zurückgelehnt, eine blonde Strähne fiel ihr in die Stirn. Sie wirkte gar nicht mehr kühl, nicht mehr fern, sie sagte: »Ja. Holt noch Wein. Wir wollen weiter trinken. Und ihr sollt mir noch erzählen. Alles will ich wissen.«

Ich mußte daran denken, daß die Balten wohl auch so ein Gemisch waren, ein Grenzvolk, das aus vielen Quellen kam, in dem viele Einflüsse zusammenkamen, deutsche, russische, skandinavische und nicht zuletzt das starke eigene baltische Wesen, das ja in der Geschichte lange eine Rolle gespielt hatte. Es war eine ganz andere Ecke als die, von der wir sprachen, und doch mußte es manche Parallele geben: das gemischte Blut, die gespaltene Tradition, die ewige Unruhe.

Ich begleitete Burger in den Keller, um Wein zu holen,

weil ich dachte, er würde es nicht mehr allein schaffen. Aber er ging noch gerade und sicher, nur schweigen konnte er nicht mehr, er redete und redete ununterbrochen. Politik, Zeitgeschehen, Mord und Krieg, alles wirr durcheinander. Und immer wieder kam er auf die Stadt Triest zurück.

»Sie müssen einmal da am Canale Grande stehen«, sagte er unten im Keller und machte eine weite Bewegung mit dem Weinkrug, »o ja – wir haben auch einen Canale Grande, nicht nur die Venezianer haben so was – da reicht das Meer bis in die Stadt hinein, und da müssen Sie einmal stehen und hinaufblicken zu San Antonio. Und rechts und links die gelben Häuser und darüber der blaue Himmel, in der Mitte der Canale mit den vielen Booten darauf. O ja, Signore, das müssen Sie sehen! Das vergessen Sie nie wieder in Ihrem Leben. Aber im Winter – da konnte es kalt sein bei uns, wenn die Bora von den Bergen herunterpfiff, oh, Amico, es war da bitterkalt.« Auf dem Weg hinauf war er wieder bei den Schiffen angelangt, die sie gebaut hatten, die schönsten, prächtigsten Schiffe der Welt. Und oben dann kam er von den Schiffen auf die Frauen zu sprechen.

»Die schönsten Frauen ganz Italiens finden Sie in Triest. Ach – was sage ich, die schönsten Frauen Europas. Die Mischung macht es. Frauen sind immer da am schönsten, wo die Völker sich vermischen, und da war romanisches, germanisches und slawisches Blut in einem. Das waren Frauen!«

Er leerte in einem großen Schluck sein ganzes Glas, blickte dann versunken hinein in das leere Glas und sagte: »Meine Frau war eine echte Triestinerin. Ihr Haar war goldblond. Und ihre Augen ganz schwarz.«

Wir blickten uns an, und keiner wagte es, ihn nach dieser Frau zu fragen, was aus ihr geworden sei.

Immerhin brachten ihn die Frauen endlich zu Stanko zurück. »Er dachte nicht mehr daran, zur See zu fahren, nachdem er unsere Mädchen gesehen hatte. Und dann kam er sehr schnell auf die Idee, Geld zu verdienen, weil er das für die Mädchen brauchte. Und er wollte auch nicht als dumm gelten, darum lernte er so eifrig. Deutsch lernte er bei mir, Italienisch in der Abendschule und bei den Mädchen. Um Politik kümmerte er sich nicht. Ob Italien oder Jugoslawien – das war ihm eins.

Sein Vater war Österreicher gewesen. Ich glaube, das begriff er jetzt erst richtig und begann es in seinem Gebirglerhirn zu verarbeiten. Und Montenegro war das Land seiner Kindheit, das Land seiner Mutter. Aber er löste sich sehr schnell davon, mir schien es jedenfalls so. Er schrieb niemals nach Hause, und er sprach nach einem Jahr nicht mehr davon. Das Wichtigste waren die Mädchen und das Geld. Und weil ihm das Geld nicht reichte, fing er an zu schmuggeln. In einem Grenzland blüht der Schmuggel ja immer und an einer Küste erst recht. Er sprach zu mir ganz ungeniert darüber, ich warnte ihn, denn die italienische Polizei war damals recht tüchtig. Aber er lachte nur. Ihn würde keiner erwischen, das Hinterland kannte er bald wie seine Hosentasche. Und er war gewohnt, sich in Karst und Bergen zu bewegen mit nachtwandlerischer Sicherheit.

Eines Tages hörte er auf, in der Werft zu arbeiten. Ich verlor ihn aus den Augen. Es kam auch daher, ich heiratete und hatte anderes im Kopf.«

»Aber er hat doch auch geheiratet«, warf Irina ein. »Neununddreißig, soviel ich weiß.«

»Ja, das stimmt. Er ist nach Deutschland gegangen und hat dort geheiratet. Das erzählte mir ein Arbeiter aus der Werft, der ihn noch manchmal später getroffen hat. Aber warum er nach Deutschland ging, das weiß ich nicht.«

»Wegen des Mädchens«, sagte Irina. »Das ist eines von den wenigen Dingen, die ich von ihm weiß. Ich kenne seine Frau nicht, aber ich habe ihn danach gefragt. Sie war die Tochter eines Schiffsingenieurs aus Bremen. Der arbeitete damals im Triester Hafen. Es war die Zeit der großen

Freundschaft zwischen Deutschland und Italien. Er muß irgendeine Kapazität gewesen sein auf dem Gebiet des Schiffbaus, und ein Nazi war er auch. Seine Tochter hat ihn mal besucht in Triest, sie war blutjung, gerade achtzehn geworden. Sie sei damals ganz hübsch gewesen, hat er mir gesagt. Und eben etwas ganz anderes. Er wollte sie unbedingt haben. Und offenbar bekam er ja immer, was er haben wollte.«

»Ja«, sagte Molina, »er reiste ihr nach Deutschland nach. Anfang 39 haben sie geheiratet. Sie war bereits schwanger, sonst hätten ihre Eltern wohl nicht die Einwilligung zu dieser Ehe gegeben.«

»Ob sie zur Beisetzung kommt?« fragt Irina.

»Keine Ahnung. Wir haben sie jedenfalls vom Ableben ihres früheren Mannes verständigt.«

»Gott, wie mir graut vor diesem Auftrieb. Wir hätten ihn hier begraben sollen, hier im Tal.«

»Ich nehme an, daß wenigstens seine Tochter kommen wird.«

»Eva-Maria. Die kenne ich. Wir haben sie mal eingeladen zum Opernball. Und auch sonst war sie gelegentlich in Wien. Na ja!«

»Sehr richtig«, bestätigte Molina, »kein sehr liebenswertes Mädchen. Zur Zeit studiert sie wieder. Sie studiert praktisch seit zehn Jahren. Ich glaube, jetzt ist sie bei Psychologie angelangt. Dazwischen war sie verheiratet, ist geschieden. Ihr Vater hat sie sehr großzügig unterstützt, sie besitzt ein schönes Haus in München-Grünwald. Das hat ihr Vater ihr zum einundzwanzigsten Geburtstag geschenkt. Dort lebt sie mit ihrer Mutter. Soweit mir bekannt ist, vertragen sich die beiden Damen nicht besonders. Herr Kaiser war immer etwas ungehalten, wenn er von einem Besuch in München zurückkehrte.«

»Ja«, bestätigte Irina ernsthaft, »das ist mir auch aufgefallen.«

Plötzlich lachte sie laut auf und hob gleich danach erschrocken die Hand an den Mund. »Ich muß schlafen gehen. Ich habe zuviel getrunken.« Und dann mit unglücklichem Gesicht zu Molina: »Muß ich die beiden nun wirklich treffen?«

»Es wird sich nicht umgehen lassen, gnädige Frau. Spätestens bei der Testamentseröffnung.«

»Ich werde froh sein, wenn ich das alles hinter mir habe. Die Beisetzung, die Testamentseröffnung, ach – das ist schrecklich. Wie gut, daß ich Sie habe, Doktor. Sie dürfen mich nicht allein lassen.«

Molina gab irgendeinen Schmus zum besten, und ich haßte ihn geradezu. Ich war eifersüchtig. – War irgend etwas zwischen den beiden? Sie schienen recht vertraut miteinander zu sein.

Burger war eingeschlafen. Den Kopf nach vorn geneigt, schnarchte er leise vor sich hin.

Wir weckten ihn behutsam, und Molina meinte, er würde ihn hinaufbringen in sein Zimmer.

»Die zweite Tür links von der Treppe«, sagte ich. »Warten Sie, ich helfe Ihnen.«

Das erwies sich als nicht notwendig. Burger, wieder wach und auf den Füßen, kam ganz gut allein die Treppe hinauf, Molina begleitete ihn nur vorsichtshalber.

Ich machte ein Fenster auf, um den Rauch hinauszulassen. Irina war mit hinausgegangen in den Flur, kam aber zurück und stellte sich neben mich.

»Es ist ganz still dahinten«, sagte sie. »Ob sie schläft? Frau Jarisch, meinte ich.«

»Hoffen wir es.«

»Wir müssen ganz leise sein.«

»Aber das sind wir ja.«

»Wo ist Ihr Stern?«

»Von hier aus kann man ihn nicht sehen.«

Wir standen eine Weile schweigend nebeneinander an dem offenen Fenster.

»Es ist alles so seltsam«, sagte sie flüsternd, »mir ist, als ob ich träume. Finden Sie nicht, daß das alles wie ein Traum ist?«

»Ja.«

»Ein ganz verrückter, unwirklicher Traum. Er ist tot. Ich habe es noch gar nicht richtig begriffen. Und auf einmal ist er wieder da. Stanko. Montenegro. Haben Sie so etwas schon einmal gehört? Das ist doch unwirklich. Warum hat er mir das nie erzählt?«

»Ich weiß es nicht.«

»Doch, ich weiß es. Es ist meine Schuld. Ich habe mich zu wenig für ihn interessiert. Aber da waren immer seine Geschäfte. Wir waren sehr wenig zusammen. Er hat sein Leben für sich gelebt. Vielleicht dachte er ... Ob er nie wieder dort gewesen ist? In seinem Tal, in seinen Bergen?«

»Anscheinend nicht. Vergessen Sie nicht, nach dem Krieg war es ein kommunistisches Land. Vielleicht wollte er deswegen nicht wieder hin.«

»Ach, heute kann man doch ohne weiteres dahin reisen. Ob er seine Mutter nie wiedergesehen hat? Und seine Brüder? Eigentlich – eigentlich müßten sie doch auch etwas erben.«

Sie sah mich aus weiten offenen Augen an, sie sah jung und unschuldig aus, das alles war so erschreckend für sie gewesen, irgendwie unheimlich. Aber mir war das alles egal. Und Stanko war mir egal, auch Stankos Brüder und ob sie erbten, das alles ging mich nichts an, ich sah nur sie, und ehe ich überlegen konnte, was ich tat, griff ich mit beiden Händen nach ihr und zog sie an mich.

Sie schrie auf, und mir fiel ein, daß ich ihren verletzten Arm umfaßt hielt. Ich ließ ihren rechten Arm los und hielt sie desto fester um den linken, zog sie eng an mich und küßte sie.

Wirklich – ich wußte nicht, was ich tat, es war ein Überfall, aber ich hielt sie, und ich küßte sie – und sie wehrte sich nicht. Sie hielt ganz still, lag reglos in meinem Arm, und nun konnte ich sie ganz umarmen, ich fühlte ihren schlanken Körper an meinem, und sie küßte mich auch.

Frauen können bekanntlich auch in einer solchen Situation sehen und hören, also war sie es, die den leisen Schritt des Anwalts vor der Tür hörte, sie bog den Kopf zurück und stemmte sich von mir weg – und da kam auch schon Molina zur Tür herein.

»Was ist?« fragte er. »Geht ihr nicht schlafen?«

Ich hätte keine Antwort herausgebracht, aber sie sagte ganz gelassen, mit ruhiger Stimme: »Doch, gleich. Wir haben nur noch ein wenig gelüftet. Wie spät ist es denn eigentlich?«

»Viertel nach zwei. Höchste Zeit ins Bett, gnädige Frau. Nach all der Aufregung.«

»Ja. Sie haben recht. Ich bin auch todmüde. Haben Sie Herrn Burger gut in seinem Zimmer abgeliefert?«

»Ja. Der verträgt was. Er wollte noch mal anfangen zu erzählen.«

Ich schloß behutsam das Fenster und wandte mich dann um. Ich wagte kaum, sie anzusehen. Aber sie sagte in ganz gleichmütigem Ton zu mir: »Armer Herr Lanz! Und Sie sollen morgen arbeiten. Schlafen Sie nur ordentlich aus und stehen Sie nicht so früh auf.«

Und dann wandte sie sich ohne Übergang an Molly und fragte: »Willst du noch einmal hinaus?«

Aber Molly wollte nicht. Sie begab sich zu ihrem Lager am Ende des Ganges, vor Frau Jarischs Tür, und rollte sich dort mit einem zufriedenen Seufzer zusammen.

Ich löschte das Licht und folgte den beiden die Treppe hinauf.

Sie bewohnte die Zimmer ihres Mannes. Der Anwalt schlief im Gästezimmer, das neben Burgers Zimmer lag. Und meine beiden Zimmer lagen am Ende des Ganges – am anderen Ende wohlgemerkt.

Ich sagte: »Gute Nacht, gnädige Frau«, und machte einen artigen Diener. Sie reichte mir die Hand, die ich küßte. »Gute Nacht!« sagte sie und zu Molina gewandt: »Wann fahren wir morgen?«

»So gegen Mittag, denke ich. Hier haben wir im Augenblick wohl nichts mehr zu tun. Vielleicht hören wir noch etwas Neues aus Hallau.«

Nun wußte ich, daß sie morgen verschwinden würde, und ich fühlte mich ganz elend.

Es ist alles wie ein Traum, hatte sie gesagt, und damit hatte sie vollkommen recht. Alles, alles war ein Traum. Ein wirrer, verrückter und herrlicher Traum. Wahrscheinlich war ich überhaupt noch in meiner Zelle in Stein an der Donau. Im Gefängnis träumt man manchmal so wirr.

Ich sah ihr Gesicht, sah ihren Mund, den ich geküßt hatte, und dann wandte sie sich um, und die Tür schloß sich hinter ihr.

»Na, dann schlafen Sie mal gut, mein Lieber«, sagte Molina und gab mir einen Klaps auf die Schulter. Es klang ein wenig spöttisch, und vermutlich wußte er genau über meinen Zustand Bescheid.

»Gute Nacht«, sagte ich und wandelte steifbeinig den Gang entlang zu meiner Zimmertür.

In meinen Armen spürte ich noch ihren Körper. Und an meinen Lippen ihren Mund. Das würde ich nie mehr vergessen. Auch wenn es das einzige Mal gewesen war, daß ich sie im Arm gehalten hatte.

Am nächsten Morgen war so viel los, daß keine Zeit blieb zum Nachdenken.

Zunächst traf ich sowohl Burger als auch Ludwig beim Frühstück, und wir vermieden es, auf die Gespräche des gestrigen Abends zurückzukommen und sprachen nur über das Tagesprogramm. Ludwig Jarisch machte noch immer einen verstörten Eindruck, er war fahrig und nervös, zweifellos plagte ihn das alles sehr, was er erfahren hatte, und es würde noch lange dauern, bis er sich mit dem veränderten Lebensbild zurechtfinden würde.

Olga servierte uns einen besonders starken Kaffee. Auch sie war still, und man sah ihr an, daß sie wenig geschlafen hatte in der vergangenen Nacht.

»Es ist wohl sehr spät geworden?« fragte sie mich, in dem deutlichen Bemühen, ein normales Dasein herzustellen.

»Ziemlich«, sagte ich. »Hoffentlich haben wir Sie nicht gestört.«

»Hab' das große Reden gekriegt, Olga«, erzählte Burger. »Sie kennen das ja schon von mir. Wenn ich mal anfange, kann ich nicht mehr aufhören.«

An diesem Tag sollte ein größerer Auftrag ausgeliefert werden. Um neun schon waren die Lastwagen da und wurden beladen. Ich stand eine Weile dabei, sah aber dann, daß Grunski das allein schaffte. So begann ich einen Rundgang durch die Hallen.

Ich war kaum im Büro gelandet, da brachte Grunski Ludwig herein, der mit schmerzverzerrtem Gesicht humpelte. Er hatte beim Verladen helfen wollen, und dabei war ihm ein schwerer Balken auf den Fuß gefallen.

»Das kommt davon, wenn sich Leute über Sachen meistern, von denen sie nischt verstehn«, ließ uns Grunski wissen. Es klang nicht schadenfroh oder bösartig, sondern er mußte nur wieder mal loswerden, wie wenig er von Ludwigs Tätigkeit auf diesem Gelände hielt.

Er verzog sich gleich wieder, um weiter die Verladung und den Abtransport zu überwachen. Und ich kümmerte mich um Ludwigs Bein, zog ihm den Schuh aus, was gar nicht einfach war, denn der Fuß war bereits dick geschwollen. Ich ließ ihn den Fuß bewegen, was ihm große Schmerzen bereitete.

»Es muß auf alle Fälle geröntgt werden. Vielleicht ist es

nur eine Prellung, es kann aber auch etwas gebrochen sein. Gibt es in Glainz einen Arzt, der ihn röntgen kann?«

Gab es nicht. Man mußte nach Hallau fahren. Da war ein Spital.

Ich ging vor die Tür und blickte hinüber zum Haus, wo inzwischen der Cadillac aufgefahren war, also mußte der Chauffeur, der im Gasthaus in Glainz übernachtet hatte, auch dasein.

»Nachdem Sie ja nun so eine Art Chef hier in der Firma sind«, sagte ich und legte dem Jungen die Hand auf die Schulter, »sehe ich es nicht ein, warum Sie nicht mit dem Chefwagen und dem Chauffeur fahren sollen.«

Es war das erste Wort, das auf die Ereignisse des gestrigen Abends anspielte.

Ludwig blickte zu mir auf und verzog den Mund zu einem Grinsen.

»Ich werde Ihnen mal was sagen, Herr Lanz, ich bin direkt froh, daß mir das passiert ist. In der Nacht habe ich kaum geschlafen, und immerzu ist es mir, als ob mich einer anstoßen und aufwecken müßte. So als ob man träumt. Aber es ist mehr ein Alptraum.«

Schon wieder einer, der träumte. Nachgerade wurde das alles hier eine Traumwelt. Und man begrüßte einen schmerzenden Fuß als erfrischende Realität.

»Ich bin einfach durchgedreht. Restlos. So ungeschickt wie Grunski tut, bin ich nun auch nicht. Ich habe schon oft beim Verladen geholfen. Aber ich habe meine Gedanken heute einfach woanders gehabt. – Jetzt habe ich einen kaputten Haxen und kann wenigstens mal an was anderes denken. Danke, Herr Burger!«

Das galt dem Slibowitz, den Burger als schmerzstillendes Mittel inzwischen eingeschenkt hatte. Er fragte mich, ob ich auch einen wolle, aber ich lehnte entschieden ab.

»Nein, danke, ich habe keine Schmerzen am Fuß, und

darum fehlt mir die Ausrede, schon am frühen Morgen wieder mit dem Saufen zu beginnen.«

Burger begann mit Hallau zu telefonieren, und es dauerte eine geraume Weile, bis er Anschluß und Auskunft bekam.

»Sollen wir Sie inzwischen hinüberbringen zum Haus?« fragte ich Ludwig.

»Nein. Bloß nicht. Ich wünschte, wir brauchten Mutter das gar nicht zu sagen, sie hat Aufregungen genug gehabt. Heute nacht habe ich mir wirklich Srgen um sie gemacht. Sie war ganz am Ende. Zum Teufel! Konnte sie mir das nicht früher sagen? Mußte ich mich so ruppig zu ihm benehmen? Jetzt macht sie sich pausenlos Vorwürfe. Na, und ich – ich denke mir auch so manches, was ich lieber nicht denken möchte.«

»Es ist nun mal, wie es ist«, gab ich einen alten Gemeinplatz von mir. »Es hat wenig Zweck, nun darüber nachzugrübeln, was gewesen wäre, wenn ...«

»Laßt mich hier bei euch sitzen, bis mich einer hinüberfährt. Wenn ich still sitze, ist es auszuhalten.«

Wir schoben ihm einen Stuhl unters Bein, er bekam einen zweiten Slibowitz und eine Zigarette.

Ich machte mich daran, die Post zu öffnen. Dunja war übrigens noch nicht erschienen.

Aber ich kam nicht zum Arbeiten, denn Ludwig konnte den Mund nicht halten. Nun, da der Bann gebrochen war, der Bann des morgendlichen Schweigens, mußte er über seinen Fall reden.

»Stellen Sie sich das mal vor, Sie kriegen plötzlich einen Vater serviert. Das ganze Leben lang habe ich keinen gehabt. Es hat geheißen, er sei tot. In Gefangenschaft gestorben, und seinen Sohn hat er gar nicht mehr zu sehen bekommen. Das hat sie mir einfach so vorgeschwindelt. Dabei hat sie ihn schon ein Jahr lang nicht mehr gesehen, ich meine, er war schon seit Anfang 44 weg, er konnte gar nicht mein Vater sein. Und sie hat immer gesagt, er sei kurz auf

Urlaub dagewesen. Es ist mir unbegreiflich, wie Frauen lügen können. Einfach so – in allem Ernst einem so etwas vorzumachen. Ein Leben lang.«

Es war mehr ein Monolog, wir brauchten nicht viel dazu zu sagen. Offensichtlich hatte er sich die ganze Nacht damit herumgeschlagen, und nun mußte er es einfach loswerden. Der wehe Fuß und der Schnaps taten das übrige.

»Ein Leben lang hat sie mich belogen!«

»Aber Ludwig«, meinte Burger begütigend, »das müssen Sie doch verstehen. Sie kennen doch Ihre Mutter. – Ihrem eigenen Sohn zu beichten, ihr Mann sei an der Front gewesen und sie habe mit irgendeinem Fremden ein Verhältnis gehabt, und der sei sein Vater. Und dann sei er verschwunden, also das hätte sie nie über die Lippen gebracht. Sie kennen sie doch.«

»Na gut. Na schön. Vielleicht solange ich klein war. Aber als ich erwachsen war, konnte sie es mir doch sagen? Oder zumindest, nachdem er aufgetaucht war. Mein Vater? Mein Vater! Das müßt ihr euch mal vorstellen. Und jetzt ist er auch tot. So was ist doch nicht zu fassen.«

Er stützte den Ellenbogen auf die Schreibtischkante, legte den Kopf in die Hand, und einen Moment befürchtete ich, er würde anfangen zu weinen.

Es war wirklich viel, was da über ihn hereinbrach.

»Komm, trink noch einen Schnaps, Ludwig, und reg dich nicht so auf«, sagte Burger. Vor lauter väterlicher Besorgnis duzte er den Jungen jetzt, und es war verständlich. »Tut der Fuß noch sehr weh?«

»Ach, der Fuß! Der Fuß ist mir Wurscht. – Ich hätt' so gern mal einen Vater gehabt. Auch wenn ich mich mit ihm gestritten hätte. Das macht doch nichts, oder?«

Und nun legte er wirklich den Kopf auf die Schreibtischkante und weinte. Der Junge war total am Ende. Ich dachte mir, am besten würde es sein, sie behielten ihn gleich in Hallau im Spital. Er brauchte einfach Ruhe und Abstand.

Aber er hob gleich wieder den Kopf, in seinen Augen standen noch Tränen, und ich dachte, daß es die dunklen, fast schwarzen Augen Otto Kaisers waren. Allerdings waren auch Olgas Augen dunkelbraun, es war schwer zu sagen, von wem er sie hatte. Der Junge sah jetzt aus wie ein Achtzehnjähriger.

»Es sei so eine dubiose Sache gewesen mit ihm, hat sie mir heut nacht erzählt. Sie sagt, sie weiß bis heute noch nicht, was er eigentlich wirklich in Prag gemacht hat. Er war nicht etwa Soldat oder bei der Besatzung oder irgend so was. Er hat Geschäfte gemacht – mitten im Krieg. Irgendwelche Zwischenhandelsgeschäfte. In Rumänien und in Ungarn hatte er Waren aufgekauft, alles mögliche, was es damals offiziell ja nicht gab, aber doch immer noch vorhanden war. Stoffe und Leder und auch Lebensmittel. Aber auch Ersatzteile und sogar Waffen hat er gehabt. – Zuletzt hat er bei ihr gewohnt, und sie sagt, ihr war manchmal angst und bange, daß sie ihn verhaften würden und sie mit. Aber er hat die besten Verbindungen gehabt, auch zur deutschen Wehrmacht und zur Partei, die waren alle seine Kunden. Er hat ein Auto gehabt. Stellt euch das vor, 1944 in Prag ist er mit einem eigenen Wagen herumgefahren, und er war in Zivil und immer prima angezogen. Sie hat alles von ihm gekriegt, zu essen, zu trinken und anzuziehen, was sie nur wollte. Aber sie sagt, das war nicht der Grund – sie hat ihn geliebt. Er wäre in seiner Art einmalig gewesen. Wie ein Vulkan. Das hat sie wörtlich gesagt, heute nacht: wie ein Vulkan. Das hat meine Mutter gesagt.«

Es klang so kindlich und so bestürzt, daß wir unwillkürlich lachen mußten, Burger und ich.

Und wir ersahen daraus, wie auch das große Reden, das große Mitteilungsbedürfnis heute nacht über Olga Jarisch gekommen war. Eine verzauberte Hexennacht war das gewesen für uns alle, eine Traumnacht.

Ich hatte mit meiner früheren Freundin Rosmarie mal den

›Sommernachtstraum‹ gesehen – und natürlich war es albern, in diesem Zusammenhang daran zu denken. Was hatte unser Erlebnis hier im Tal mit Shakespeares ›Sommernachtstraum‹ zu tun? Ich weiß nicht, wie ich auf diesen blöden Gedanken kam. Es war eben nur, weil ich mir dachte, daß es solche Nächte gab, die außerhalb jeder Ordnung waren, fern aller normalen Zustände. Nächte, wo man nicht ganz bei sich war, wo man Dinge tat, dachte und erlebte, die es sonst nicht gab. Irgend so etwas dachte ich, nur am Rande, ohne es zu Ende zu denken. – Denn nun kam der zweite Unglücksfall dieses Tages auf mich zu.

Grunski brachte einen Verletzten, einen jungen Burschen, der Toni hieß und der Doppelbesäumsäge zu nahe gekommen war. Sie hatte ihm den halben Finger fast abgetrennt. Er blutete furchtbar und war käseweiß im Gesicht.

»Blöder Hund, du blöder«, schimpfte Grunski, während er ihn hereinschleppte, »sag ich euch nich immer, ihr sollt uffpassen und eure dämlichen Köppe zusammennehmen, aber nee, da wird gelabert und gelabert, und die Oogen habt ihr überall, nur nich da, wo se hingehören.« – Und so ging es weiter, während Burger den Verbandskasten anschleppte und ich – so gut ich konnte – einen Verband anlegte. Burger trat wieder mit der Slibowitzflasche in Aktion.

»Der kann dann gleich mit runterfahren, zum Doktor«, bestimmte ich. In diesem Moment kamen Irina und Dr. Molina zur Tür herein.

Ein turbulenter Vormittag – das konnte man sagen.

»Um Gottes willen«, rief Irina, als sie das Blut sah. Ich hatte gar keine Zeit, sie anzusehen, denn ich bemühte mich, den Finger möglichst kunstgerecht hinzukriegen, damit der Arzt ihn dann auch wirklich annähen konnte.

»Was ist denn hier passiert?«

Burger berichtete in ordentlicher Reihenfolge von den Unglücksfällen dieses Morgens, und der Toni stöhnte, und sein Kopf kippte nach hinten.

Irina stellte sich hinter ihn und hielt seinen Kopf, während ich meinen Verband anlegte. Und Molina betastete Ludwigs Fuß, Grunski trank auch einen Schnaps, wir waren alle voll beschäftigt, und damit auch keiner fehlte, kam nun – es war mittlerweile etwa halb elf – Dunja angetanzt. Sie war sehr fein angezogen und trug die neue Pelzjacke, blieb an der Tür stehen und betrachtete erst mal das Bild, das sich ihr bot.

»Ivo ist da«, sagte Irina, »er kann gleich fahren. Das ist ja furchtbar. Ja, ist ja gut, ist ja gut, der Finger wächst bestimmt wieder an«, und sie streichelte Tonis Kopf, der nur noch stöhnte. Und dann fragte sie, ob Ludwigs Fuß sehr weh tue. Ich richtete mich auf, der Verband war fertig, doch ehe ich etwas sagen konnte, kam einer herein und meldete, sie seien fertig mit dem Verladen und ob sie die Verladepapiere haben könnten, sie müßten nun fahren.

Burger hatte die Papiere fertig, Grunski nahm sie und sagte: »Ich muß mir das erst ansehn, was ihr da für Mist gemacht habt. Heut ist der Deibel los, und ihr fahrt mir nich, ehe ich nich alles genau geprüft habe. Sonst kippt ihr mir unterwegs noch die ganze Ladung um.«

Grunski und der Arbeiter verschwanden, und Molina sagte: »Bei euch ist was los – das kann man sagen.«

Dunja, die nicht mehr weinte, aber auch nicht lachte, sah keinen an, blickte starr in eine Ecke und ließ uns wissen: »Ich kündige. Ich möchte weg.«

Wir sahen sie alle an. Bisher hatte keiner von ihr Notiz genommen.

»So«, meinte Burger, »du willst weg. Wo willst du denn hin?«

»Ich will weg. Ich möchte bitte haben Papiere. Ich nicht bleiben hier.«

»Das kommt aber plötzlich«, sagte ich.

Sie vermied es immer noch, einen von uns anzusehen. Ihr hübsches kleines Gesicht war ganz hart vor Entschlossenheit, sie hatte sich offenbar auf diesen Auftritt gut vorbereitet. Die Turbulenz der Szene kam ihr dabei zu Hilfe. Keiner von uns hatte jetzt Zeit oder Lust, sich weiter mit ihr zu befassen.

»Was mich betrifft«, sagte ich schließlich, nachdem niemand sich äußerte, »so kann ich dazu nicht viel sagen. Herr Burger, können Sie so ohne weiteres auf die Hilfe von Fräulein Dunja verzichten?«

»Kann ich, kann ich«, meinte Burger. »So groß war die Hilfe auch wieder nicht. Warum hast du's denn so eilig, Dunja?«

»Ich will weg. Ich kündige«, wiederholte sie wie ein Papagei.

»Ja – das haben wir schon gehört. Muß denn das gleich heute sein?«

»Ja. Gleich. Ich habe schon Koffer gepackt.«

Ich blickte Ludwig an. »Herr Jarisch?«

Der zuckte nur mit den Schultern. Sein Interesse an Dunja schien vollkommen erloschen. Es gab jetzt wichtigere Dinge für ihn.

»Gnädige Frau?«

Das erste Mal, das Irinas Blick mich voll traf.

»Warum fragen Sie mich, Herr Lanz? Ich habe hier doch nichts zu bestimmen.«

Ich blickte auf ihren Arm, aber es war jetzt nicht der Moment, davon zu sprechen. Und sie hatte ja auch zuvor nicht davon sprechen wollen. Die Messergeschichte war, soweit es sie betraf, vom Tisch.

»Wo willst du denn hin?« fragte Burger.

»Ich nehme Mittagszug in Glainz. Ich fahre nach Graz. Ich kann wieder in Hotel arbeiten. Kann ich immer kommen zurück, hat Chef gesagt zu mir.«

»Na schön«, meinte Burger, »wenn's so eilt, dann suche ich dir deinen Kram heraus, und du kriegst dein Geld und dann fährst halt nach Graz, dummes Luder.«

»Vielleicht sollte man noch rückfragen bei der Polizei in Hallau«, ließ sich Dr. Molina vernehmen, »ob die junge Dame nicht mehr benötigt wird.«

Aber das hätte er nicht sagen sollen. Das brachte Dunja wieder an den Rand der Hysterie. »Ich kein Mörder. Mörder ist gefangen. Polizei mich schicken nach Hause gestern. Polizei sagen, alles gut.« Sie rief das mit schriller, hoher Stimme, und in ihren Augen begann es verräterisch zu glitzern.

»Sei doch still, kein Mensch sagt, daß du ein Mörder bist. Der Herr Doktor meint nur wegen der Vernehmung. Ob man dich vielleicht noch als Zeuge braucht.«

»Ich weiß nichts. Ich weiß gar nichts«, und damit war sie wieder bei der Verkündigung angelangt, mit der ich sie kennengelernt hatte. Was mich betraf, so konnte ich nicht recht verstehen, was Otto Kaiser an diesem Mädchen gefunden hatte. Oder Ludwig. Aber ich hatte ja die lachende, kokette Dunja nicht erlebt. Also konnte ich wohl nicht mitreden.

»Ich denke, Doktor«, sagte Irina, »das Wichtigste ist jetzt, daß Ivo mit dem Wagen kommt und die beiden Opfer abholt. Damit sie zum Arzt kommen. Würden Sie ihm bitte Bescheid sagen?«

»Gut«, sagte Molina. »Und wenn Sie mir das Telefon durchstellen würden, Herr Burger, dann kann ich vom Haus aus gleich mit Hallau telefonieren.« Er warf Dunja einen scharfen Blick zu, der sie den Kopf einziehen ließ.

Eine halbe Stunde später war die gesamte Fuhre verladen. Olga, die von dem Unfall ihres Sohnes nun gehört hatte, war herübergekommen und mußte auch noch beruhigt werden. »Ich glaub' nicht, daß es gebrochen ist, Mutter«, sagte Ludwig. »Es tut ziemlich weh, aber so schlimm ist es auch nicht. Reg dich bloß nicht auf. Das hier ist ganz unwichtig.«

Da der Inspektor in Hallau nichts dagegen hatte, daß sich Dunja Milevic nach Graz begab, unter der Voraussetzung, sie würde sich dort bei der Polizei melden und bei Bedarf zur Verfügung stehen, konnte Dunja gleich mitfahren. Er würde sie nach Hallau mitnehmen, meinte Ivo, der ein ziemlich mürrischer, einsilbiger Mann war, und sie am Bahnhof absetzen.

»Ob das was mit ihm zu tun hat?« fragte Irina nachdenklich, als wir alle vor der Tür standen und dem Cadillac nachsahen.

»Mit ihm? Mit wem?« fragte Molina. »Was meinen Sie, gnädige Frau?«

»Ich kenne Ivo nicht sehr gut«, sagte sie. »Er war nicht lange bei uns, und ich habe ihn so gut wie nie in Anspruch genommen. Ich fahre meinen Wagen selbst. Er hat eigentlich immer nur meinen Mann gefahren. Oder mich höchstens mal am Abend in die Oper oder so was. Er war nie besonders freundlich oder zugänglich. Ich weiß gar nicht, wo Otto ihn her hatte. Unser letzter Fahrer war drei Jahre da. Er hat dann in eine Tankstelle eingeheiratet. – Nein, ich weiß nicht, wo Ivo herkam. Aber heute hat er sich ganz besonders merkwürdig benommen. Er hat doch gestern mit der Kleinen zu Abend gegessen, ich sagte es doch. Vielleicht hat er ihr das eingeredet, daß sie hier weggehen soll?«

»Kann schon sein. Vielleicht hat sie sich bei ihm ausgeweint, sie sind ja wohl Landsleute, nicht? Und er hat gesagt, mach, daß du wegkommst. Wußte er, daß Kaiser sie hergebracht hat?«

Irina hob die Schultern. »Woher soll ich das wissen? Wenn sie es ihm erzählt hat, dann wußte er es.«

»Nun, Sie sagten gestern, Ivo wäre schon öfter mit Ihrem Mann hier draußen gewesen. Und er hätte die Kleine gekannt. Vielleicht hat er das eine oder andere mitgekriegt.«

Sie hatte plötzlich wieder ihr hochmütiges Gesicht. »Ach, es ist mir egal. Ich will nichts mehr davon hören. Gut, daß sie weg ist. Und Ivo hat ja sowieso gekündigt, der geht auch. Vielleicht treffen sie sich dann in Graz. Mir ist es wirklich egal.«

Dr. Molina meinte: »Ludwig schien es auch egal zu sein, daß sie ging.«

»Ja. Gott sei Dank. Es ist ganz gut, daß sie fort ist und daß er sie nicht mehr sieht.«

Wir waren mittlerweile wieder hineingegangen ins Büro, sie stand mitten im Raum, sah uns der Reihe nach an und sagte etwas Überraschendes:

»Ihr werdet vielleicht über mich lachen. Aber ich habe das Gefühl, ich muß mich darum kümmern, daß aus dem Jungen etwas Ordentliches wird. Er ist Ottos einziger Sohn. Ich habe keine Kinder. Und dann hat er nur noch diese unliebenswürdige Tochter. Aus Ludwig soll etwas werden. Und ich glaube, Olga wird es verstehen, daß ich mich irgendwie dafür verantwortlich fühle. Ich glaube, daß ich gut mit ihm auskommen werde. Ich hoffe es jedenfalls.«

Sie blickte uns geradezu herausfordernd an und fragte dann mißtrauisch: »Lachen Sie, Herr Dr. Molina?«

»Nein, meine Gnädigste, wie könnte ich! Sie werden sich um den Jungen kümmern, werden dafür sorgen, daß er endlich einen richtigen Beruf erlernt und daß er dumme kleine Mädchen in Zukunft stehen läßt und ...«

»Ach! Ich wußte ja, daß Sie mich nicht ernst nehmen.«

»Sie irren sich, gnädige Frau. Es wird nicht Ihre einzige Aufgabe sein. Es kommen eine ganze Menge Entscheidungen in der nächsten Zeit auf Sie zu. Sie werden sich nicht nur um Herrn Kaisers Sohn, Sie werden sich auch um Herrn Kaisers Firma kümmern müssen. Es war sein Betrieb, sein Kopf, seine Arbeit, sein Einsatz. Die Firma war er selbst.«

»Sie wollen doch damit nicht sagen, daß ich jetzt tun soll, was er getan hat?« Es klang ehrlich entsetzt.

»Nein, gnädige Frau, damit wären Sie wirklich überfordert. Aber man muß eine Lösung gut überlegen. Ob die Firma weitergeführt werden soll, ob man eine GmbH daraus macht oder sonst eine Gesellschaft. Ob man überhaupt verkauft, falls man keinen guten Kopf dafür findet. Es ist schade, daß Ludwig wirklich nicht der richtige Mann dafür ist. Oder jedenfalls noch nicht. Zunächst wäre ich dafür, einen Treuhänder einzusetzen, und dann ...«

Sie schnitt ihm mit einer heftigen Bewegung das Wort ab. »Nicht heute, lieber Doktor. Ich kann beim besten Willen jetzt kein vernünftiges Gespräch darüber führen. Nächste Woche, übernächste Woche. So lange wird es ja noch Zeit haben. Ach, es ist einfach zuviel. Ich habe sehr viel Angst vor dem allen. Einen Prozeß wird es schließlich auch noch geben. Wegen diesem Benno.«

»Ja. Aber damit werden Sie kaum etwas zu tun haben. Sie kannten ihn ja nicht.«

»Nein. Gott sei Dank nicht.«

Burger angelte nach seiner Slibowitzflasche und betrachtete sie betrübt. Er hätte uns jetzt sicher gern ein Stamperl angeboten, aber die Flasche war leer.

»Sie entschuldigen mich«, sagte ich. »Ich hab' draußen zu tun.« Ich mußte einfach weg aus ihrer Nähe. Für sie war alles so schwer, ich sah es ein. Aber ich konnte ihr nicht helfen. Und dieser tüchtige Anwalt, der nebenbei so ein charmanter Mann war, würde sich schon um sie kümmern. Das tat er gern, und das würde er mit Ausdauer tun. Ich zweifelte nicht mehr daran, daß er in sie verliebt war.

Die Lastwagen waren fort, in den Hallen wurde gearbeitet, Grunski hatte die Arbeit bestens eingeteilt, alle Sägen liefen. Heute war Freitag. Die nächsten zwei Tage würde Ruhe sein auf dem Gelände. Dann kam ich endlich einmal zur Besinnung. Und nächste Woche begann die Anlandung der neuen Stämme.

Ludwig hatte mit mir einmal hinaufsteigen wollen zu den Holzfällern, fiel mir ein. Damit war es nun auch nichts. Nun, ich konnte mir einen anderen Führer besorgen.

Als ich mit meinem Rundgang fertig war und zum Büro zurückkam, standen Irina und Molina vor der Tür. »Wir wollten gerade einmal da hinunter gehen zu der Bucht«, sagte sie. »Kommen Sie mit?«

»Ich habe noch zu tun, gnädige Frau. Und Sie kennen den Weg.«

Sie zog die Brauen zusammen, und ihre Augen blickten kühl. »Ich möchte aber, daß Sie mitkommen.«

Ich verbeugte mich leicht. »Bitte. Sie sind jetzt hier der Chef.«

Sie hob ein wenig das Kinn, und ihre Lippen kräuselten sich amüsiert. »Ah ja, das stimmt. Ihrer auch, Herr Lanz. Nicht wahr, Doktor, bis wir den Treuhänder haben, bin ich der Chef.«

»So ist es, gnädige Frau.«

Wir setzten uns in Bewegung quer durch das Gelände, bis zu dem Weg, der hinab zur Bucht führte. Ich ging links von ihr, Molina rechts. Wir sprachen nicht. Die Sonne schien, und es war fast schon warm. Irina trug wieder das graue Kostüm und den schwarzen Pullover, ihr Haar war unbedeckt. An den Füßen trug sie feste Halbschuhe, das war auch wichtig, denn der Weg und noch mehr die Wiese waren immer noch feucht.

Ob sie sich erinnerte, daß ich sie geküßt hatte? – Und vor allem, daß *sie* mich geküßt hatte? Und was mußte ich jetzt tun, um nicht wie ein vollendeter Idiot zu wirken?

In der kleinen Bucht standen wir eine Weile. Der Doktor sah sich das alles nun auch noch an, er hatte es ja bis jetzt nicht gesehen, und er fing noch mal an von dem Schlitten, und wo die Tat wohl geschehen sein mochte, und wieso Kaiser außerhalb des Hauses war, und wo der Benno ihm aufgelauert haben mochte. Und ob die kleine Jugoslawin nicht doch etwas beobachtet hatte und es darum so eilig hatte, zu verschwinden.

Es war das übliche Thema, das wir nun seit Tagen vor- und rückwärts durchgekaut hatten, aber ich dachte mir, darüber solle sich nun die Polizei den Kopf zerbrechen. Es war ja auch gar nicht so wichtig, wie und wo und warum es geschehen war. Es *war* geschehen, und das war das Schlimme. Sie würden den Benno in die Zange nehmen, so lange, bis er gestand.

Und dann kam der Prozeß, und dann würde er eingesperrt. Das kannte ich ja alles. Man würde ihn länger einsperren als mich, aber eines Tages würde man ihn begnadigen. Otto Kaiser aber war tot.

Mochte er gewesen sein, wie er wollte. Ich fand, daß es schade um ihn war. Ich hätte gern für ihn und mit ihm gearbeitet.

Und plötzlich sagte ich das. Nur diesen einen Satz: »Ich hätte gern für ihn und mit ihm gearbeitet.«

Irina, die unverwandt in den sonnenglitzernden Fluß gestarrt und sich nicht gerührt hatte und kein Wort zu dem gesagt hatte, was der Doktor da auseinandersetzte, sah mich an. Sie sagte nichts. Sah mich nur an. Ernst und nachdenklich. Dann legte sie den Kopf in den Nacken und blickte hinauf zum Himmel.

»Ob es hier auch Adler gibt?«

»Sicher. Warum nicht?« antwortete Molina. »Ich bin nicht sehr bewandert in solchen Dingen, Sie wissen ja, ich bin ein Stadtmensch. Aber ich glaube, wo es Berge gibt, da gibt es auch Adler.«

Wir wandten uns zum Gehen, und als wir wieder auf dem Weg waren, blieb Irina stehen und deutete auf den Weg, aber in der anderen Richtung.

»Wo geht es da hin?«

»Weiter ins Tal hinein«, sagte ich. »Sie sehen ja, das Tal wird bald wieder sehr eng, und ich nehme an, der Weg steigt dann an und führt in die Berge. Vielleicht sind auch noch ein paar einzelne Höfe dahinten. Ich bin bis jetzt noch nicht dazu gekommen, mich in der Gegend umzusehen.«

»Ich möchte da noch ein Stück weitergehen.«

»Aber liebe gnädige Frau!« rief Molina entsetzt. »Es ist

bald Mittagszeit. Und es sieht doch sehr unwegsam aus da hinein. Und naß ist es auch.«

»Lieber Doktor, Sie brauchen ja nicht mitzugehen«, sagte sie gelassen und blickte auf seine Füße. »Sind das die einzigen Schuhe, die Sie mithaben?«

»Die einzigen, gnädige Frau. Und schauen Sie bloß, wie sie ausschauen.«

Es waren elegante schwarze Schuhe aus dünnem Leder, und sie hatten schon vom Weg in die Bucht nasse und schmutzige Ränder bekommen.

»Ja, ich seh' es. Es sind keine Schuhe für das Land. Aber sehen Sie, Doktor, *ich* möchte gern noch ein kleines Stück da hineingehen, ein ganz kleines Stück. Wir haben gestern so viel getrunken und geraucht, ich brauche einfach ein wenig Luft. Und viel schöner als heute kann das Wetter gar nicht sein. Und wer weiß, was mich in Wien alles erwartet. Die nächste Woche wird bestimmt furchtbar. – Also, ich geh' auf alle Fälle eine halbe Stunde spazieren. Ich kann allein gehen.«

Und bei diesen letzten Worten sah sie mich an.

»Herr Lanz wird Sie sicher gern begleiten«, meinte Molina in dem mir schon bekannten süffisanten Ton.

»Herr Lanz hat zu arbeiten, das haben Sie doch gehört«, sagte sie sanft. »Ich habe ihn schon zu dem Gang hier herunter an den Fluß veranlaßt, ich würde es nie wagen, ihn zu bitten, daß er noch weiter mitkommt.«

Ein Biest war sie also auch! Aber welche Frau war das nicht.

»Vermutlich wird sich die Bilanz des Sägewerks nicht grundlegend verändern, wenn er jetzt die halbe Stunde bis zum Mittagessen noch spazierengeht«, meinte Molina. »Zumal heute sowieso die halbe Belegschaft schon ausgefallen ist. Also los, geht spazieren! Ich kümmere mich inzwischen um die Aperitifs. Und werde mal fragen, was es zu essen gibt. Hunger habe ich jetzt schon. Das muß wohl die Gebirgsluft machen.«

Und damit wandte er sich einfach um, ließ uns stehen und spazierte in Richtung Dorf.

Irina legte den Kopf schief und blickte mich an.

»Böse?«

»Nein. Warum sollte ich?«

»Sie machen so ein finsteres Gesicht.«

»Das sieht nur so aus. Es war wirklich ein bißchen viel los heute morgen.«

»Nicht nur heute morgen, es war immerzu viel los. Aber sagen Sie nicht, daß Sie das aus der Ruhe bringt.«

»Um Himmels willen, kommt es Ihnen so vor, als ob mich das alles nicht erschüttern könnte?«

»Sie machen auf mich den Eindruck des berühmten Felsens in der Brandung.«

»Ich meinerseits habe den Eindruck, Sie machen sich über mich lustig. Und das geschieht mir recht. Ich habe mich schon viel zu sehr aus der Ruhe bringen lassen. Und Sie wissen genau, von wem.«

»Von wem?« fragte sie unschuldig.

»Kommen Sie«, sagte ich und berührte ihren Ellenbogen. »Wenn Sie schon spazierengehen wollen, dann gehen wir. Allzuviel Zeit haben wir nicht, sonst läßt Ihr Beschützer Sie suchen.«

Wir setzten uns in Bewegung, nebeneinander auf dem Weg, der tiefer ins Tal hineinführte und bald nach dieser Stelle auf beiden Seiten von Büschen eingerahmt wurde.

»Er ist der Meinung, daß ich von Ihnen ausreichend beschützt werde.«

»Das hat er bestimmt nicht gesagt.«

»Gesagt nicht. Aber ich weiß, daß es so ist. Er weiß ja schließlich, daß Sie mich neulich abends auch schon beschützt haben.«

»Wider Ihren Willen.«

»Oh, eigentlich war ich doch ganz folgsam.«

»Es blieb Ihnen ja auch gar nichts anderes übrig.«

»Das Gefühl hatte ich auch. Vermutlich hätten Sie mich mit Gewalt festgehalten, wenn ich nicht geblieben wäre.«

»Halten Sie mich für einen gewalttätigen Menschen?«

»Na, ein bißchen vielleicht. Auf jeden Fall sehr energisch.«

Das erstaunte mich so, daß ich eine Weile schweigend neben ihr herging. Jahrelang war ich nichts als ein Häufchen Elend und Verzweiflung gewesen. Und auch in den letzten Monaten war es nicht viel anders, obwohl ich mir Mühe genug gegeben hatte, wie ein normaler Mensch zu agieren. Ich war mir dennoch vorgekommen wie ein Mensch ohne Mark in den Knochen und ohne Blut in den Adern. – Hatte das Zusammentreffen mit dieser Frau genügt, alles zu verändern? – In jenem Augenblick, als sie dort in die Gaststube trat, hatte mein neues Leben begonnen. Das war mir jetzt klar.

Der Weg wurde schmal, zeitweise ging sie vor mir her, mit ausgreifenden Schritten, gerade im Rücken, den Kopf erhoben. Sie war wunderbar. Sie konnte tun, was sie wollte, bei ihr gefiel mir alles.

Nur ich wußte nicht, was ich tun sollte. Was ich jetzt und hier tun sollte, was sie von mir erwartete. Daß ich mich wie ein Gentleman benahm und den Abschluß des gestrigen Abends nicht erwähnte? Daß ich darauf zurückkam, und wenn ja – auf welche Weise?

Sie forderte mich heraus, mit allem, was sie sagte und tat, das merkte ich wohl. Ich wußte nur nicht, zu welchem Zweck. Der Weg senkte sich abwärts, führte einmal ganz nahe an die Glainz heran, die hier wieder schmaler war und ziemlich wild, dann stieg er wieder sacht an, und wir kamen an einem kleinen einsamen Gehöft vorbei. Ein Hund bellte, eine Frau stand im Hof und blickte neugierig zu uns her.

Dann kamen wir plötzlich in den Wald, der Weg führte

leicht nach rechts, wurde steiler, es ging bergan. Ich dachte, sie würde umkehren, aber sie ging immer weiter mit ihren langen Schritten; ich ging jetzt hinter ihr. An einer Stelle verbreiterte sich der Weg, hier stand eine hohe kerzengerade gewachsene Fichte, und von hier hatte man einen Blick in das Tal und auf den Fluß.

»Sie sind hier noch nicht gewesen?«

»Nein. Ich weiß auch nicht, wohin der Weg führt, das möchte ich nur zu bedenken geben. Ich bin bis jetzt nur einmal durch das Dorf gegangen. Und ein Stück den Weg hinauf, der zum Schloß führt.«

»Ah ja! Die Gräfin haben Sie ja auch bereits kennengelernt. Eine sehr attraktive Frau, nicht wahr?«

»Ja, sehr.«

»Dann wird es Ihnen hier wenigstens nicht zu langweilig werden.«

»Sicher nicht. Gräfin Esther hat mich schon eingeladen, sie und ihren Bruder zu besuchen.«

Wenn sie mich herausforderte, konnte ich sie auch herausfordern.

»Wie nett für Sie!« sagte sie gleichgültig und ging weiter.

Ich blickte verstohlen auf meine Uhr. Wir waren schon mehr als eine halbe Stunde unterwegs. Und zurück mußten wir schließlich auch noch. Nicht, daß es mir etwas ausgemacht hätte, mit ihr weiter den Berg hinaufzulaufen. – Von mir aus – stundenlang.

Wir waren jetzt mitten im Wald, es war still, und es roch gut, durch die Bäume sickerte das helle Frühlingssonnenlicht. Dann kamen wir auf eine größere Lichtung, und hier teilte sich der Weg, auf der einen Seite führte er weiter nordwärts, also tiefer ins Tal hinein, und man konnte sehen, daß er von hier aus wieder abwärts ging. Rechts bog der Weg sehr scharf ab in den Wald hinein. Wir blieben stehen.

»Gehen wir da weiter«, rief sie und wies in die linke Richtung.

»Darf ich Sie darauf aufmerksam machen, gnädige Frau, daß es bereits nach zwölf ist und daß dieser Weg weiter fort führt?«

»Na und?«

»Es ist nicht meinetwegen. Soviel ich weiß, wollten Sie heut mittag nach Wien fahren. Und Sie müssen doch erst noch etwas essen.«

Aber nun hatte ich es ganz falsch gemacht. »Sie können es wohl gar nicht erwarten, bis ich wieder weg bin?« Es war ihr warm geworden beim Steigen, sie hatte die Kostümjacke geöffnet, ihr Haar war verwirrt, ihre Wangen frisch von der Gebirgsluft, sie sah aus wie ein junges Mädchen. So stand sie vor mir, und es wäre alles wunderbar gewesen, wenn sie wirklich nur ein junges Mädchen gewesen wäre.

Ich sah sie an, ziemlich ernst, und vermutlich machte ich wieder das, was sie ein finsteres Gesicht nannte. »Ja«, sagte ich.

Sie öffnete den Mund, um etwas zu sagen, dann schloß sie ihn wieder und senkte den Blick.

»Also gut! Kehren wir um.«

Aber ich stand ihr im Weg in meiner ganzen Größe. Ich hatte das Gefühl, alles falsch gemacht zu haben, aber ich wußte nicht, was ich sagen und tun sollte, ich wußte nur das eine, daß ich sie so gerne in die Arme genommen hätte. Aber – gerade das, das ging einfach nicht.

»Verstehen Sie mich doch«, sagte ich verzweifelt. »Ich gebe mir doch alle Mühe, mich wie ein vernünftiger Mensch zu benehmen.«

»Aber es gelingt Ihnen ja sehr gut. Sie sind ein vorbildlich vernünftiger Mensch. Gehen wir also!«

Ich ließ sie den einen Schritt tun, der uns trennte, jetzt war sie dicht vor mir, und ich sagte unsinnigerweise: »Darf ich dich noch einmal küssen?«

»Aber das – das ist gar nicht vernünftig. Einmal ist nicht

so schlimm. Aber wenn man es wieder tut ...« Sie schloß die Augen und bog den Kopf zurück.

Ich nahm sie behutsam in die Arme und küßte sie. Wie lange, weiß ich nicht. Endlos. Dieser Kuß dauerte endlos.

Und als sie schließlich den Kopf zur Seite bog und ihre Wange an meine legte, wußte ich, daß sie recht gehabt hatte. Der Kuß in der Nacht, in der Irrealität und Trunkenheit dieser Nacht, hatte nichts bedeutet. Dieser zweite Kuß hier in der Mittagsstunde, unter dem frühlingshellen Himmel, wissend und bewußt erlebt, der bedeutete viel.

Denn alles, was ich mir bis jetzt noch hatte ein- und ausreden können, das galt nun nicht mehr. Ich liebte sie. Ich legte meinen Mund in ihr Haar.

»Du!« sagte ich. »Du!«

Wir küßten uns wieder. Und ich weiß nicht, wie lange wir dort gestanden hätten, da hörte ich es rascheln.

Sie hatte es auch gehört und fuhr zurück. Und dann sah ich – genau wie vor zwei Tagen – zuerst den Hund, der aus dem Gebüsch sprang, und dahinter kam der Jäger.

Ich raffte mein bißchen Verstand zusammen, das mir noch geblieben war, und sagte: »Ah – der Anton! Grüß Gott!«

Der Jäger blickte uns mit seiner gewohnt unbewegten Miene an.

Ich sagte: »Das ist Anton, der Jäger. – Anton, das ist Frau Kaiser.«

Es war albern, aber was sollte ich sonst wohl sagen. Ich fragte mich, was er gesehen hatte. Wir standen mitten auf der Lichtung, und so dicht war der Wald hier nicht. Er mußte uns gesehen haben. Er machte ein Bewegung mit der Hand nach oben, als wolle er zu seinem Hut greifen, auf halbem Wege aber überlegte er es sich und knurrte bloß etwas vor sich hin.

Irina, rasch wieder beherrscht, wie es Frauen immer gelingt, lächelte und streckte ihm die Hand hin. »Anton! Mein Mann hat mir viel von Ihnen erzählt.«

Es blieb ihm nichts anderes übrig, als ihre Hand zu nehmen und zu schütteln, und dabei brummte er wieder etwas, was kein Mensch verstehen konnte. Sie beugte sich zu dem Hund hinunter, der neben uns stand, und sagte: »Und das ist bestimmt Moritz?«

»Sicher ein Bruder von Molly«, sagte ich.

»Der Sohn«, ließ uns Anton wissen.

Sie versuchte so etwas wie ein Gespräch. Wie gern ihr Mann hier immer zur Jagd gegangen sei, und es solle ja sehr viel Wild in dieser Gegend geben; Anton nickte ein paarmal gnädig mit dem Kopf.

Und ehe wir noch die Konversation weiterführen konnten, kam plötzlich mit großen Sprüngen ein zweiter Hund auf die Lichtung, der genauso aussah wie der Moritz und die Molly. Offenbar gehörte er auch zur Familie. Und auf dem Weg, der von rechts her kam, näherte sich eine Gestalt im grünen Trachtenanzug, den Hut fesch aufs rechte Ohr gerückt: Graf Poldi!

Das belebte die Szene.

»Küß die Hand, gnä' Frau! Daß ich Sie hier treff'! Grad vorhin hab' ich zu meiner Schwester gesagt, ich möcht' die gnädige Frau so gern begrüßen. Aber es ist ja alles so schrecklich. Ich bin noch ganz durcheinand'. Es ist doch schrecklich, ausgerechnet hier bei uns, hier in der Einsamkeit muß so was passieren. Liebe gnädige Frau, ich kann Ihnen ja gar net sagen ...«

Und so ging es eine Weile weiter. Nun ging das Ganze noch einmal von vorn los, der ganze Fall wurde aufgerollt, und Irina stand dabei und nickte, manchmal sagte sie etwas, aber viel brauchte sie nicht zu sagen, Graf Poldi bestritt mühelos die Unterhaltung für uns alle.

Bloß als wir beim Benno angelangt waren, sagte plötzlich der Anton etwas dazu. »I glaub's net«, sagte er.

»Was, mein Lieber?« fragte der Graf. »Was glauben S' net?«

»Daß es der Benno war. Dös glaub' i net.«

»Ah naa? Und warum net?«

»Der Benno ist ein Feigling gewesen. Der hätt' so was nie getan.«

»Na, ob's grad so eine Heldentat ist, einen Menschen hinterrücks derstechen, i weiß ja net ...«

Eine Weile unterhielten sich der Graf und der Anton über die Frage, ob zu so einer Tat Mut gehöre oder nicht. Für seine Verhältnisse wurde der Anton sogar recht gesprächig.

»Haben Sie denn einen bestimmten Verdacht?« wollte der Graf wissen. Und der Anton machte eine düstere Miene und zuckte die Schultern, und ich bekam einen mißtrauischen Blick ab. Und auch Irina blickte er nicht gerade freundlich an, ich dachte mir, wenn er uns vorhin beobachtet hat, dann dachte er vielleicht, wir hätten seinen Herrn gemeinsam umgebracht.

Diesmal blickte Irina auf die Uhr. »Um Himmels willen, wir müssen ja hinunter. Frau Jarisch wartet bestimmt schon mit dem Essen. Und wir wollen ja fahren.«

»Ja«, sagte ich, »es ist höchste Zeit. Vermutlich ist der Weg, auf dem wir gekommen sind, der kürzeste. Ich kenn' mich hier noch nicht so aus.«

»Kommen S' mit mir«, sagte der Graf, »ich zeig' Ihnen den kürzesten Weg. Da, wo ich gerade hergekommen bin, und dann geht's direkt abwärts ins Tal, Sie kommen dann grad' überm Sägewerk raus. Bisserl steil ist der Abstieg. Was haben S' denn für Schuh an?« Er blickte auf Irinas Schuhe und meinte, damit könne sie den Abstieg wagen.

Wir nahmen Abschied von Anton, der diesmal wirklich an seinem Hütchen rückte, und dann gingen wir auf dem Weg, den der Graf gekommen war, zurück.

Irina und der Graf voran, ich hinterdrein.

Wann denn die Beisetzung sei, wollte der Graf wissen, er

und seine Schwester würden selbstverständlich nach Wien kommen. Irina sagte, sie wisse es noch nicht. In einem Fall wie diesem müsse die Kriminalpolizei erst die ... das ... also, es müsse erst freigegeben werden. Sie vermied das Wort Leiche, und sie tat mir leid, daß sie nun wieder mitten in all dem Grauen war.

Sie sagte, daß Dr. Molina meine, die Beisetzung werde sicher Mitte nächster Woche sein, und sie werde den Grafen rechtzeitig verständigen. Dann sprachen sie noch mal über den Benno, und der Graf meinte, im Gegensatz zu Anton traue er dem so etwas eigentlich schon zu, aber besser würde es natürlich sein, wenn man ein Geständnis von ihm hätte. Schließlich kamen wir zu der Stelle, wo ein schmaler Weg wirklich ziemlich steil abwärts führte; wir konnten von hier aus die Hallen des Werkgeländes sehen.

Wir blieben stehen, und der Graf fragte, ob er recht gehört hätte, die gnädige Frau fahre heute bereits nach Wien zurück.

»Ja«, sagte Irina. »Das haben wir vor.«

»Das ist aber schad', wirklich. Wir haben gedacht, die Esther und ich, ob Sie nicht heut abend zu uns heraufkommen wollen. Wir kriegen nämlich einen interessanten Besuch.«

»So?« machte Irina gleichgültig.

»Interessant auch für Sie, gnädige Frau. Es ist ein alter Freund von mir, ein Schriftsteller. Ein sehr gescheiter Mann, weitgereist. Und er kannte Ihren Gatten recht gut.«

»Ja?« fragte Irina, schon weniger gleichgültig.

»Einmal san s' hier bei mir zusammengetroffen, ganz zufällig. Und sind zusammen zur Jagd gegangen. Das war, na warten S'? Ist schon lange her, damals hatte der Kaiser grad das Sägewerk gekauft. Aber sie kannten sich von früher. Das heißt der Bernhard kannte den Kaiser. Er hat nicht weiter darüber geredet, aber ich hab's gemerkt. Und hinterher hat er gesagt zu mir: Der Kaiser, das wär' einer der interessantesten Männer, die er kenne. Der hätt' ein Leben geführt, so bunt und phantastisch, das könnt' sich kein Schriftsteller ausdenken. Er ist einer, net wahr, das hab' ich eh gesagt. Und jetzt, Sie werden's kaum glauben, heut in der Früh kam ein Telegramm von dem Bernhard, er hätt' das gelesen von Kaisers Tod, und er käm' heut zu uns heraus, er müsse das genau wissen. An Ort und Stelle müsse er das hören.

Sind neugierige Leute, die Schriftsteller. Und jetzt denke ich mir, ob Sie nicht heraufkommen wollen heute abend zu uns, gnädige Frau? Reisen S' halt erst morgen. Was wollen S' in Wien? Das wird eh eine Strapaz' in den nächsten Tagen.«

»Ja«, sagte Irina und seufzte, »das glaube ich auch.«

Höflicherweise sagte der Graf noch zu mir, daß es ihn freuen würde, wenn ich mitkäme. Und natürlich gelte die Einladung auch für Dr. Molina, den er ja kenne damals von den Verkaufsverhandlungen her.

Dann nahmen wir endgültig Abschied für diesmal und machten uns an den Abstieg.

Er war wirklich steil, aber Irina war geschickt und gewandt, sie hätte meine Hilfe nicht gebraucht, aber ich blieb trotzdem immer wieder stehen und reichte ihr die Hand, und sie nahm sie, und wenn sie von einem Stein heruntersprang oder über eine Bodenschwelle, landete sie dicht bei mir. Und einmal zog ich sie hinter einen dicken Baumstamm, und wir küßten uns.

»Ich bin verrückt«, sagte ich, »total verrückt.«

»Aber nein, du bist vernünftig. Ganz schrecklich vernünftig. Und du wirst es wieder ungestört sein, wenn ich fort bin.«

»Mußt du wirklich fahren heute?«

»Ich kann doch nicht bleiben. Muß *ich* halt vernünftig sein. Und was soll denn Molina denken?«

Das war das richtige Stichwort für mich. »Ja, natürlich.

Der wird dich mir schon wegnehmen. Das sieht ja ein Blinder, wie verliebt er in dich ist.«

Sie lachte. »Ach – wie heißt du? Severin? Das ist ein hübscher Name.«

»Tut mir leid. Ein sehr altmodischer Name.«

»Mir gefällt er. Ist sicher ein Heiliger, nicht? Severin, der Molina und in mich verliebt! Er ist mein Anwalt. Oder er war der Anwalt meines Mannes, jetzt ist er meiner, es ist seine Pflicht, mir zur Seite zu stehen. Mein Gott, du redest wirklich wie ein Verliebter!«

Ich hielt sie ganz fest an mich gepreßt, ich war wie von Sinnen, ich hatte wirklich alle Vernunft vergessen. »Was glaubst du, was ich bin?«

»Ach, laß mich los, ich – ich kann jetzt nicht ... Es ist alles so ... Ich bin ganz durcheinander, wirklich.«

Es war sicher nicht fair von mir, die ganze Verwirrung, in der sie sich befand, so auszunützen. Ihr Mann war seit zwei Tagen tot, und er war noch nicht einmal begraben, und ich – ich war ein Totschläger und Mörder, ein vor kurzem entlassener Sträfling, und sie war meine Chefin und eine reiche Frau. Aber das hatte ich einfach alles vergessen. Hier und heute hatte ich es vergessen. Morgen würde die Welt wieder zurechtgerückt sein, ich würde meine Stellung kündigen und mir eine andere suchen, ich würde ... Es war egal, was ich tun würde.

»Komm«, sagte sie und nahm mich an der Hand und zog mich hinter dem Baum hervor. »Wir müssen jetzt wirklich hinunter. Der Molina schickt sonst einen Suchtrupp los.« Diesmal lief sie voran, leichtfüßig sprang sie über Wurzeln und Steine, ich kam ihr kaum nach.

»Nicht so schnell«, rief ich, »du wirst dir den Fuß verknacksen.«

»Ist doch egal«, rief sie zurück, »dann kann ich hierbleiben. Leg' mich zum Ludwig ins Spital nach Hallau und brauch' das in Wien nicht alles mitzumachen. Ach, der arme

Ludwig! Wir wissen noch gar nicht, wie's ihm geht. Und der Finger vom Toni. Komm, wir müssen jetzt schnell hinunter.«

Sie war wie ein junges Mädchen, lebhaft, temperamentvoll, nichts war übriggeblieben von der blassen hoheitsvollen Fremden der ersten Nacht.

Auf dem letzten Stück, unten schon im Tal, während wir aufs Haus zugingen, sagte sie noch: »Dr. Molina, damit du es weißt, hat eine bildhübsche junge Frau. Sie ist Schauspielerin am Josefstädter Theater. Aber das ist schließlich kein Grund, unhöflich oder ungalant zu mir zu sein. Oder?«

»Nein – ich bin ein Depp.«

»Ja.«

Molina stand vor dem Haus und schüttelte pausenlos den Kopf, während wir auf ihn zugingen.

»Wir haben uns verlaufen«, rief Irina, schon von weitem, wie ein Kind, das Angst vor Strafe hat. »Und dann haben wir den Grafen getroffen, und er hat uns einen Weg herunter gezeigt. Einen ganz steilen. Da hinten, sehen Sie, da sind wir heruntergekommen. Schimpft die Frau Jarisch? Ist das Essen kalt geworden?«

»Sie hat Gulasch gemacht. Das läßt sich ja leicht aufwärmen.«

»Habt ihr von Ludwig etwas gehört?«

»Ein Fußknochen ist angebrochen.«

»O je! Das ist schlimm.«

»Na, das heilt schnell. Sie haben ihn erst mal drüben behalten, weil sie den Gips erst anlegen können, wenn die Schwellung weg ist. So in zwei, drei Tagen etwa kriegt er den Gips, und dann kann er nach Hause. Und dem Toni sein Finger ist angenäht und wird auch in Ordnung gehen. Den haben sie auch erst mal behalten.

Mit dem Inspektor habe ich auch gesprochen, das Geständnis von Benno haben sie noch nicht, er leugnet hartnäckig, er sagt, er hätte die Grippe gehabt und bei seiner

Freundin im Bett gelegen. Und sie bestätigt das, sie habe ihn gepflegt, er habe Fieber gehabt und Halsschmerzen, deswegen sei er nicht aus dem Haus gekommen, und deswegen habe auch keiner ihn zu sehen gekriegt. Er huste auch jetzt noch, sagt der Inspektor.

So, das wären die letzten Neuigkeiten vom Tage. Haben Sie noch welche zu bieten, gnädige Frau?«

Sie schüttelte stumm den Kopf.

Molina sah mich an. »Sie, Herr Lanz?«

In seinen Augen funkelte es geradezu, und ich dachte, so ein Mann wie er, der mußte uns alles anmerken, und zumindest hatte er gesehen, daß sich auf Irinas Lippen keine Spur von Rouge mehr befand.

»Sie sind wirklich außerordentlich tüchtig, Doktor«, sagte Irina kleinlaut.

»Vielen Dank, gnädige Frau. Und nun kommen Sie herein und essen erst mal. So eine Bergtour macht doch Appetit, nicht? Ach – ehe ich es vergesse, Ivo ist noch nicht zurück. Wir können sowieso noch nicht fahren.«

Ivo war auch zwei Stunden später noch nicht zurück, und da kam uns das schon sehr komisch vor.

Wir hatten gegessen, einen Kaffee getrunken, dann war ich wieder an die Arbeit gegangen, hatte versucht, mich auf die Arbeit zu konzentrieren, was verständlicherweise nicht so einfach war.

Molina kam gegen halb fünf zu mir ins Büro und erzählte mir das von Ivo.

»In Hallau ist er offenbar auch nicht mehr. Ich habe gerade noch mal den Inspektor angerufen und gebeten, nach dem Wagen suchen zu lassen. Der fällt schließlich dort auf.«

»Aber wo soll er denn sein?«

»Na, wir vermuten, daß er das Pupperl nach Graz hineingefahren hat. Das ist ja anscheinend doch ein ganz g'hauter Fratz, die versteht's. Auch wenn's uns hier die Unschuld vom Lande vorgespielt hat. Und da er sowieso gekündigt hat, ist's ihm eh' Wurscht, sagt er sich halt, machst die Fahrt noch mit dem Pupperl. So wird's sein.«

»Und was machen Sie nun?«

»Ja, ich muß unbedingt heut' noch nach Wien. Ich hab' morgen früh eine Besprechung. Ist zwar Samstag, aber ich hab's extra von heut' auf morgen verschoben.«

»Wenn Sie meinen Wagen nehmen wollen – bitte!«

»Sie brauchen Ihren Wagen hier heraußen. Nein, wir haben das schon besprochen, wir nehmen dem Ludwig seinen, der kann jetzt ohnedies nicht fahren mit einem Gipsbein. Na, jetzt warten wir noch eine halbe Stunde, vielleicht kommt der Fallot.«

Ich zwang mich am Schreibtisch sitzen zu bleiben. Aber immer wieder spähte ich aus dem Fenster hinüber zum Haus. Der Cadillac tauchte nicht auf. Schließlich sah ich den Volkswagen vom Ludwig wegfahren.

Sie war nicht mehr gekommen, um mir adieu zu sagen. Gut! Gegen halb sieben Uhr ging ich langsam hinüber zum Haus. Es war sehr still auf dem Gelände, still und leer. Die ganze Welt war leer für mich. Ich fühlte mich müde und alt. Auch im Haus war es still. Totenstill.

Burger und Frau Jarisch waren mit Grunski nach Hallau gefahren, um die beiden Kranken im Spital zu besuchen und ihnen zu bringen, was sie noch brauchten.

Nachher würden sie wiederkommen, wir würden still zusammensitzen und dann zeitig schlafen gehen. – Die Welt war leer. Und ich hatte Zeit und Gelegenheit über das lange Wochenende, die letzten Reste meiner Vernunft zusammenzusuchen.

Ich wollte die Treppe hinaufgehen, da hörte ich Molly im Bauernzimmer leise Laut geben. Hatte man sie dort allein eingeschlossen? – Ich öffnete die Tür und blickte hinein. Molly war da. Aber sie war nicht allein.

»Irina!«

Sie saß in einem der geblümten Sessel am Fenster und hatte ein Buch in der Hand.

»Warum machen Sie so ein entsetztes Gesicht, Herr Lanz?«

»Herr Gott!«

Ich stand unter der Tür wie vom Donner gerührt.

»Ist was?« fragte sie.

»Ich hab' gedacht, du bist weggefahren.«

»Sind Sie sehr enttäuscht, daß ich noch da bin?«

»Ich hab' gedacht, du bist weggefahren und hast mir nicht einmal adieu gesagt.«

»Ich weiß gar nicht, was ich getan habe, daß Sie mir so schlechte Manieren zutrauen.«

Ich ging schnell zu ihr, stützte die Hände rechts und links auf die Sessellehne und beugte mich über sie.

»Du bist da?«

»Ich bin da.«

»Warum?«

»Ach, ich hatte keine Lust, noch so spät zu fahren. Molina hat auch gesagt, ich soll hierbleiben und warten. Vielleicht kommt der Herr Chauffeur doch noch zurück. Und dann war der Max da – der Diener oben vom Schloß – und hat uns noch einmal eingeladen für heute abend. Ich habe gesagt, wir kommen hinauf zu einem Glas Wein.«

»Wer?«

»Du und ich.«

Ich nahm ihr Gesicht in die Hände. »Weißt du, wie mir zumut ist?«

»Nein. Sag's!«

»Ich kann's nicht sagen. Es gibt einfach keine Worte dafür.«

»Dann sag's ohne Worte.«

Das konnte ich.

Ivo und der Wagen tauchten auch im weiteren Verlauf des Abends nicht auf. Der Inspektor aus Hallau rief noch einmal an. Dr. Molina hatte auf der Rückfahrt nach Wien kurz bei ihm vorgesprochen, und man hatte den Fall beredet. In Graz hatte man inzwischen ermittelt, dort hatte man weder den Cadillac gesehen, noch war Dunja in dem Hotel eingetroffen, in dem sie früher gearbeitet hatte.

»Es sieht so aus, als hätte Ihr Fahrer mit dem Wagen und dem Mädchen das Weite gesucht«, meinte der Inspektor. »Wir veranlassen natürlich noch eine Fahndung in Wien und an den Grenzen.«

»Das ist mir aber unangenehm«, sagte Irina. »Vielleicht hat er einen Unfall gehabt.«

»Das wüßten wir bestimmt.«

Wir besprachen den Fall auch noch mit Frau Jarisch und Burger, nachdem sie aus Hallau zurückgekehrt waren.

»So ein Flitscherl«, sagte Burger erbost. »Ich hab' ihr immer die Stange gehalten, ich hab' immer gesagt, sie ist im Grunde ein braves Mädl, halt ein bisserl lebenslustig. Aber mir scheint, sie hat's faustdick hinter den Ohren.«

»Meine Beurteilung war da wohl etwas zutreffender«, konnte Olga sich nicht verkneifen zu sagen. »Aber ihr Männer seid's alle gleich, ihr fallt immer auf dieselbe Tour herein, ob alt oder jung spielt keine Rolle.«

Erstmals machte ich mir richtig klar, nun nachdem wir soviel mehr wußten, daß die Situation für Olga hier auch nicht gerade sehr erheiternd gewesen war. Kaiser, der Mann, den sie einmal geliebt hatte und der der Vater ihres Sohnes war, hatte vor ihren Augen ganz ungeniert ein Verhältnis mit einem jungen Mädchen gehabt. – Schön, so etwas hatte mit Liebe nichts zu tun, er hatte die Kleine hierhergebracht, um ihr eine Arbeitsmöglichkeit zu geben, und wenn er hier war, ging er halt grad mal mit ihr ins Bett. Das tat er vor den Augen seines Sohnes und den Augen der Frau, die er einst geliebt hatte. Doch – rücksichtslos war dieser Mann schon gewesen. Rücksichtslos und bedenkenlos. Er lebte nur sich selbst. Es war ein natürlicher, geradezu tierhafter Egoismus, ohne Bosheit, aber auch ohne ein Gefühl für das Verletzende, das sein Verhalten für andere Menschen haben mußte. So war es gewesen, in allem. In gewisser Weise, trotz Geld, Erfolg und einem Mindestmaß an Manieren, war er der Wilde aus den Bergen geblieben, der kein anderes Gesetz kannte, nur das, welches er sich selbst gab.

Es war verständlich, daß eine Frau wie Irina, kultiviert und sensibel und, wie ich nun wußte, auch warmherzig und liebebedürftig, mit so einem Mann nicht glücklich sein konnte. Daß diese Ehe wirklich nur der Form nach bestanden hatte. Und es war wirklich nicht nötig, daß sie sich heute Vorwürfe machte, es habe ihr an Verständnis gemangelt und sie sei ihm vieles schuldig geblieben. Keine Frau mit empfindsamem Wesen hätte das alles ertragen können, ohne entweder zu gehen oder sich zumindest in ihre eigene Welt zurückzuziehen.

Ich machte eine Bemerkung dieser Art, als wir mit meinem Wagen zum Schloß hinauffuhren.

Sie erwiderte: »Ich habe die Absicht gehabt, mich scheiden zu lassen. Schon seit langem. Und wenn du mich fragst, warum ich es nicht getan habe, so weiß ich keine rechte Antwort darauf. Es war nicht das Geld und die Stellung, die mir die Ehe mit ihm bot. Es war eigentlich Feigheit oder, besser gesagt, Lebensangst. Ich bin keine sehr tüchtige, selbständige Frau. Immer habe ich ein wenig Angst vor dem Leben gehabt. Ich habe es an meiner Mutter gesehen, wie schwer es ist für eine Frau, wenn sie sich allein durchs Leben schlagen muß. Meine Mutter war wie ich. Nein – das stimmt nicht, sie war viel zarter, viel schutzbedürftiger. Und sie hat es so schwer gehabt. Sie war nicht zuletzt der Grund, daß ich ihn geheiratet habe. Das war vor fünf Jahren. Ich war fünfundzwanzig, und ich wußte schon, daß ich keine Karriere als Geigerin machen würde. Und da war auch der Unfall.«

»Was war es für ein Unfall?«

»Ach, etwas ganz Dummes. Ein Kran stürzte um bei einem Neubau. Ich wurde zu Boden geschleudert, und es war ein Wunder, daß ich nicht tot war. Ich hatte eine Gehirnerschütterung und diesen komplizierten Armbruch. Der Arm war mehrmals gebrochen, und es dauerte sehr lange, bis er wieder heil war. Eine gewisse Schwäche blieb zurück – jedenfalls in der ersten Zeit. Es war keine Rede davon, daß ich wieder richtig arbeiten konnte. Ich war damals sehr verzweifelt. Und es ging uns schlecht. – Dann lernte ich ihn kennen. – Ach, es ist unnötig, davon zu sprechen.«

»Doch. Erzähl es mir. Wo hast du ihn kennengelernt?«

Wir waren an der Stelle angelangt, wo die Zufahrt zum Schloß abbog, ich hielt den Wagen an, wandte mich zu ihr und legte den Arm auf ihre Sitzlehne.

»Es war so, ich bemühte mich, etwas zu verdienen, und damals war eine Ausstellung in Berlin – die Funkausstellung. Ich hatte einen Job bekommen an einem Stand, so als eine Art Hostess, da nehmen sie ja gern Mädchen dafür, die Sprachen und ein bißchen repräsentieren können. Ich kann Englisch und Französisch, und ich spreche sogar ein wenig Russisch, das hatte ich von meiner Mutter gelernt. Otto war gerade in Berlin, er besuchte mit ein paar Geschäftsfreunden die Ausstellung, und sie kamen auch zu unserem Stand. Es waren Franzosen dabei, und ich mußte das Gespräch übersetzen. Er sagte gar nichts weiter dazu, aber er sah mich immerzu an mit seinen dunklen Augen. Am nächsten Tag kam er wieder und wollte mich zum Abendessen einladen. Ich lehnte ab.«

»Und dann?«

»Am Tage darauf kam ein riesiger Blumenstrauß. Und dazu eine schriftliche Einladung, er erwarte mich am Abend im Hilton. Der Aussteller, bei dem ich arbeitete, sagte: Mädchen, sei nicht doof. Weißt du, wer das ist? Einer der reichsten Männer Wiens. Sei bloß nicht so etepetete, geh doch hin und iß mit ihm zu Abend, damit vergibst du dir nichts. Na ja, und da ging ich eben. Du mußt das verstehen, ich war über ein Jahr krank gewesen, und ich war sehr allein. Die Freunde, die ich früher gehabt hatte, das waren meist junge Leute aus der Musikhochschule. Ich kannte wenig Männer. Ich war ein bißchen zurückgeblieben in der Beziehung.«

Ich küßte sie auf die Schläfe und sagte: »Das finde ich wunderbar.«

Sie lachte. »Typisch Mann.«

»Und dann eroberte er dich also im Sturm.«

»So war es auch nicht. Er war sehr nett. Gar nicht zudringlich oder so. Irgendwie faszinierte er mich. So einen Mann hatte ich noch nie gesehen. Seine Kraft, seine Sicherheit, dieses – ja, wie soll ich das erklären? –, dieses unwahrscheinliche Selbstbewußtsein, das keinerlei Zweifel kannte. Das hatte ich noch bei keinem Menschen erlebt. – Und dann war er weg. Aber er schickte mir Blumen, alle vier – fünf Tage kamen Blumen. Und dann kam er selber wieder. Er führte mich groß aus, wollte mir Geschenke machen, das wollte ich aber nicht. Er versuchte gar nicht, mich zu seiner Geliebten zu machen. Er sagte mir ganz einfach und ohne Umschweife, schon bei seinem dritten Besuch: Ich möchte Sie heiraten! So etwas hatte ich noch nie erlebt, und das ist für eine Frau irgendwie überwältigend.«

»Seltsam – seine Einstellung zu Frauen. Er suchte sich zum Heiraten offenbar immer Frauen aus, die nicht zu ihm paßten.«

»Ja, das habe ich später auch begriffen. Für die Liebe hier und da Mädchen, die ihm gefielen und mit denen er, glaube ich, ziemlich rücksichtslos umging. Aber mich wollte er zur Repräsentation. Zur Dekoration gewissermaßen. Das habe ich natürlich später erst verstanden. Es war nicht Liebe, es war für mich irgendwie so ... na ja.«

»Faszination. Und eben doch sein Geld.«

»Ja, ich gebe es zu. Es war verlockend, aus allen Schwierigkeiten herauszukommen. Und ich dachte auch an meine Mutter. Und dann – es war so –, in gewisser Weise war er unwiderstehlich.«

»Dann habt ihr also geheiratet?«

»Ja. Es ging mir gut. Ich hatte alles, was eine Frau sich wünschen kann. Und er ließ mir sehr viel Freiheit und war sehr großzügig. Daß ich ihn nicht betrügen würde, wußte er. Ich bin nicht der Typ Frau. Und daß er mich betrog – das nahm er als sein natürliches Recht in Anspruch.«

»Und dein Herz? Oder wie man das nennen soll.«

Sie legte den Kopf auf meinen Arm. »Ich hatte keines mehr. Ich war immer noch allein, und ich war manchmal unglücklich. So in menschlicher Beziehung eben. Du verstehst, was ich meine. Aber sonst ging es mir blendend. Ich war viel auf Reisen, oft mit meiner Mutter zusammen. Sie lebt jetzt in Bad Reichenhall. Sie hatte immer mit den Bronchien zu tun. Vor vier Jahren brachte ich sie dahin zur Kur, und dort traf sie ganz überraschend eine alte Freundin, mit der sie in Riga in die Schule gegangen war. Ja, und dann sagte ich, warum ziehst du nicht hin, das Klima bekommt dir gut, du hast Gesellschaft, und für mich ist es nicht so weit, wenn ich dich besuche. Und nun lebt sie dort, sie hat eine sehr schöne Wohnung – ich bin oft bei ihr. Und sie hat ihre beiden Katzen und endlich mal ein friedliches Leben.«

»Und in all den Jahren hast du keinen Mann geliebt?«

Sie blickte mir ins Gesicht, die Augen weit offen, den Kopf immer noch auf meinen Arm gelegt. »Wenn du meinst, ob ich hier und da geflirtet habe – das habe ich. Und Verehrer hatte ich immer sehr viel. O ja.«

»Das meinte ich nicht.«

»Eine Frau, die reich ist und viel herumkommt und nicht

gerade furchtbar häßlich ist, die hat immer Männer, die ihr den Hof machen.«

»Das meinte ich nicht.«

»Geliebt habe ich überhaupt noch nie in meinem Leben. So richtig geliebt. So, was ich mir darunter vorstelle. Aber ich habe vielleicht sehr weltfremde Vorstellungen von der Liebe. Sehr altmodische.«

Ich wußte nicht, ob sie mir Theater vorspielte. Der Teufel kenne sich mit den Frauen aus. War ich nicht ein gebranntes Kind? Vielleicht war es ganz gut, wieder einmal daran zu denken. Denn alles, was sie sagte, war nicht dazu geeignet, mich wieder zur Besinnung zu bringen.

»Das kann ja noch kommen«, sagte ich betont sachlich. »Du bist nun erst recht eine reiche Frau. Und frei und ledig dazu, und direkt furchtbar häßlich bist du auch nicht.«

»Danke!« sagte sie kühl. »Und ich meine, nun sollten wir fahren. Wir sind sowieso schon spät dran.«

Sie richtete sich auf und setzte sich gerade hin.

»Irina!«

»Hm?«

»Ich wünschte ...«

»Was?«

»Nichts. Ich bin ein Idiot. Fahren wir.«

Ich startete den Wagen und fuhr mit ziemlichem Tempo den Berg hinauf zum Schloß. Wir sprachen kein Wort mehr, bis wir oben waren.

Ich wußte nun einiges von ihr, und es ärgerte mich, daß sie Otto Kaiser geheiratet hatte, was natürlich völlig unsinnig war. Er hatte sie fasziniert kraft seiner Persönlichkeit, und viel Geld hatte er auch gehabt. So etwas wirkt immer auf Frauen, auf alle und jede. Und ob sie ihn nun geliebt hatte oder nicht, sie war jedenfalls bei ihm geblieben. Und konnte mir vielleicht einer sagen, was das war: Liebe?

Ich hatte meine Lektion gelernt. Oder nicht?

Doch. Man durfte das nicht vergessen.

Und ernsthaft stand ich ja hier sowieso nicht zur Debatte. Ich nicht.

Der Abend auf dem Schloß verlief sehr kurzweilig. Wir wurden von Max feierlich empfangen und dann in einen riesengroßen Raum geleitet, wo gewölbte Balken auf dicken Säulen ruhten, wo ein Kaminfeuer brannte, wo dunkle alte Möbel in der Gegend herumstanden, und wo es trotz aller Weite und Düsternis gemütlich war.

Der Graf kam uns entgegen, küßte Irina beide Hände, klopfte mir auf die Schulter, Esther küßte Irina auf die Wange und hätte beinahe auch mich umarmt, und sie taten beide, als freuten sie sich aus tiefstem Herzensgrunde, uns zu sehen. Und vielleicht war es sogar wahr.

Der Gast, den man uns angekündigt hatte, war eingetroffen und erwies sich als Überraschung. Es war ein zierlicher schmaler Herr mit einem mageren scharfgeschnittenen Gesicht unter weißem Haar, und es war Bernhard Blumenthal. Nicht irgendein Schreiberling, wie die Äußerungen des Grafen hätten vermuten lassen, sondern ein sehr bekannter, man durfte sagen weltberühmter, Autor, dessen Namen ich sogar kannte, so wenig Literaturkenner ich auch war.

Unlängst erst – in den vergangenen Monaten, als ich bei Josy meine große Leseperiode hatte, hatte ich drei Bücher von ihm gelesen, zwei Romane und ein politisch-zeitgeschichtliches Buch. Zwei davon in der Emigration geschrieben, das dritte vor fünf Jahren entstanden. Irina kannte den Namen des berühmten Schriftstellers und seine Bücher natürlich auch. Sie hatte auch sein neuestes Buch, das erst im letzten Herbst erschienen war, gelesen, es spielte im Vorderen Orient, im Libanon und Israel, und ich erfuhr bei der Gelegenheit, daß die von mir geliebte Millionärin diese Länder aus eigener Anschauung kannte.

Darum drehte sich das Gespräch zunächst um die Länder

und um das Buch, und Irina hatte allerhand Gescheites dazu zu sagen, was den großen Mann sehr erfreute.

Er sagte: »Solche Leser wünscht man sich. Die nicht nur lesen, sondern auch begreifen und eine Meinung dazu haben.«

»Es ist eine Schand«, ließ sich der Graf vernehmen, »aber ich hab's noch nicht gelesen, ich geb's zu.«

»Du bist und bleibst ein ungebildeter Mensch, Poldi, das ist ja das Kreuz mit dir. Dabei hast so viel Zeit und Muße. Aber naa, in der Gegend herumwurlen und den Madeln nachsteigen, das ist das einzige, was du kannst.«

»Hast es du am End' gelesen?«

»Freilich hab' ich's gelesen. Denkst, ich hätt' mich getraut, dem Berni vor die Augen zu kommen heut', wann ich's net gelesen hätt'? Ich les' alle seine Bücher noch druckfrisch. Außerdem hat er mir's geschenkt. Es steht drüben in der Bibliothek, und gleich morgen setzt dich nieder und liest es.«

Blumenthal lachte und meinte, das ließe er sich gefallen, so einen energischen Lesebefehl, das sollte viel öfter passieren, das würde den Umsatz erheblich steigern. Und dann würde er ja noch miterleben, wie der Poldi sich durch die ersten Seiten durchquäle, und nachher sei er ja wieder abgereist, und der Poldi würde erlöst sein.

»Ist's denn so kompliziert?« fragte der Graf eingeschüchtert. »Ich bin halt ein Banause, und wann's schwierig wird, dann passe ich. Dann geht's mir wie mit der Musik. Ich hör immer noch am liebsten Puccini, ich bin halt ein primitiver Mensch.«

»Ah geh, Puccini, übernimm dich nur net. Sag, du hörst am liebsten die Fledermaus und die lustige Witwe, da stimmt's eher.«

So blödelten sie noch eine Weile herum, und ich, um nicht ganz deppert dazustehen, nannte die drei Titel, die ich gelesen hatte, und erwähnte noch, daß meine Schwester Josy, die Mittelschulprofessorin sei und eine sehr kluge

Frau, den Schriftsteller Blumenthal zu ihren Lieblingsautoren zähle und seine Bücher sogar in der Schule von den Schülerinnen lesen lasse.

»So, jetzt langt's«, sagte Blumenthal. »Ich bin eingebildet genug, wie jeder Autor, es ist gar nicht nötig, das noch zu unterstützen.«

»Ich hab's gern, wenn jemand eingebildet ist«, meinte Esther. »Das gräßlichste, was es gibt, san bescheidene Leut'. Also die machen mich ganz krank. Bescheidenheit ist keine Zier. Bescheidenheit ist eine greisliche Untugend. Weil nämlich alle bescheidenen Leut' Heuchler san.«

Das brachte uns auf Goethe, der auch nicht bescheiden gewesen sei, wie Blumenthal wußte. Und von ihm kamen wir über Beethoven, Napoleon, Metternich, Bismarck, Wagner, Thomas Mann, Max Reinhardt bis zu de Gaulle, die alle nicht bescheiden gewesen wären, vielleicht waren es auch noch ein paar mehr Namen – zu der Erkenntnis, daß Bescheidenheit weder eine Tugend noch eine Untugend sei, nur eben niemals da zu finden, wo etwas geboten würde.

»Vielleicht hast du recht, Esther«, sagte der Schriftsteller abschließend, »Bescheidenheit ist wirklich keine Tugend. Eine Persönlichkeit, ob im positiven oder im negativen Sinn, so zu bezeichnen, ist niemals bescheiden. Was sie aber haben kann und haben sollte und meist auch hat, ist Demut. Demut vor dem Größeren und noch mehr vor dem Unnennbaren, Unerkennbaren, Unerreichbaren. Und das haben sie gehabt, alle, die wirklich groß waren. Sei es Demut vor Gott, sei es Demut vor der Natur, sei es Demut vor dem Tod. Und auch vor dem, was in ihnen war und was sie selbst nicht geschaffen hatten, nicht verhindern und fördern konnten. Demut vor der unbekannten Kraft, die sie auszeichnete.

Aber diese Demut bekennen sie nur im Gespräch mit sich selbst. Die Bescheidenheit jedoch geht vor die Türen. Sie ist auf den Gassen zu treffen.«

Es war wirklich ein gescheites Gespräch. Ich hatte mich noch nie in solcher Gesellschaft befunden, es beeindruckte mich sehr.

Und es beeindruckte mich auch, wie klug und gewandt sich Irina in diesem Gespräch ausdrücken konnte.

Am Rande machte es mir Spaß, Max zu beobachten. Er war die ganze Zeit zugegen, schenkte Wein ein, reichte eine Platte mit raffinierten Leckerbissen herum, und auch wenn er natürlich nichts dazu sagte, war seine Mimik so ausdrucksvoll, daß ich das Gefühl hatte, er verstand nicht nur, was gesprochen wurde, sondern es sei schade darum, daß er nicht mitreden konnte.

Offenbar war ich nicht der einzige, dem das aufgefallen war.

Blumenthal sagte auf einmal: »Max! Wenn ich mich nicht irre, haben Sie mein letztes Buch gelesen.«

Max machte einen Diener und sagte: »Selbstverständlich, Herr von Blumenthal. Ich habe jedes Ihrer Bücher gelesen.«

»No, wer sagt's denn!« ließ sich der Graf vernehmen. »Wir wissen das eh', der Max ist der gescheiteste von der ganzen Familie.«

Auf diese Weise verging die erste Stunde. Und dann kamen wir zu Otto Kaiser. Der Übergang war ganz leicht, das Thema Persönlichkeit war immer noch auf dem Tisch.

Bernhard Blumenthal war über den Verlauf der Ereignisse im Tal inzwischen genau unterrichtet worden, wir hatten nichts Neues hinzuzufügen. Außer dem Verschwinden von Ivo, Dunja und dem Cadillac, das ja mit dem Fall an sich nichts zu tun hatte.

»Psychologisch vielleicht so zu erklären«, meinte Blumenthal, »daß die außergewöhnliche Situation auch die am Rande Beteiligten zu außergewöhnlichen Reaktionen bringt. Oder hätten Sie Ihrem Fahrer zuvor schon ein ähnliches Verhalten zugetraut, gnädige Frau?«

»Das kann ich nicht sagen. Ich kenne ihn zu wenig. Ich

habe kaum mit ihm zu tun gehabt. Er wohnte nicht bei uns im Haus. Er hatte, soviel ich weiß, ein eigenes Zimmer irgendwo in Wien. Er war hauptsächlich für meinen Mann da, der nicht gern selbst fuhr.«

»Wie lange war er bei Ihnen angestellt?«

»Seit letztem Herbst, glaube ich. Nein, warten Sie, es war im November, daß mein Mann ihn einstellte. Ferry hatte im September geheiratet. Und er blieb noch so lange, bis mein Mann einen neuen Fahrer hatte.«

»Nun ja, es wäre zu ermitteln, woher Ihr Mann ihn hatte. Ob Referenzen vorlagen, ob er ihn auf ein Inserat gefunden hatte.«

»Er war sehr schweigsam und irgendwie unzugänglich und sprach auch nicht sehr gut Deutsch. Er machte keineswegs auf mich einen unehrlichen Eindruck. Wenn er wirklich den Wagen hätte stehlen wollen, das hätte er längst tun können. Ich frage mich nur, was hat er davon?«

»Nun, wenn es ein amerikanischer Wagen, neuestes Modell ist, kann er auf jeden Fall damit gutes Geld machen. Angenommen er bringt ihn über die Grenze. Nach Deutschland. Oder noch besser nach Italien. Er braucht bloß andere Papiere dazu. Den Wagen umspritzen lassen – dafür gibt es genügend Möglichkeiten.«

»Soll er glücklich damit werden«, sagte Irina. »Wenn es nach mir geht, braucht man nichts zu unternehmen. Es wäre mir nur lästig.«

»Dieser Ausspruch ist typisch für einen Menschen, der das Geld, das er ausgibt, nicht selbst verdient hat«, sagte Blumenthal, und als Irina ein wenig errötete, fügte er hinzu: »Verzeihung, gnädige Frau, das sollte keine Bosheit sein, nur eine ganz reale Feststellung. Ihr Mann hätte sicher nicht so reagiert, auch wenn er den Verlust eines teuren Wagens zweifellos leicht verschmerzen konnte.«

»Da haben Sie sicher recht«, gab sie zu. »Aber Sie müssen

begreifen, daß der Wagen für mich im Moment wirklich das unwichtigste Ding der Welt ist.«

»Männer werden immer mutig, wenn eine Frau im Spiel ist«, meinte Esther. »Die kleine Jugoslawin wird ihn zum Dieb gemacht haben. Sie soll ja ganz herzig gewesen sein. Nicht, Max? Das hast du doch sogar gesagt.«

Max verbeugte sich und bestätigte mit ernsthafter Miene: »Ein sehr reizendes junges Mädchen, Frau Gräfin. Ich würde sagen, kein Mann konnte sie übersehen.«

Ein kleines unbehagliches Schweigen entstand, denn zweifellos wußte jedermann in der Runde, daß das reizende junge Mädchen auch von Otto Kaiser nicht übersehen worden war.

Ich sagte: »Na, ich habe sie bloß heulend erlebt. Von ihren Reizen habe ich nichts bemerkt.«

Das brachte Esther dazu, sich sehr zu amüsieren: »Stellt's euch bloß vor, der Lanz hätt' sich nun auch noch in sie verknallt. Also das wär' doch dann ein herrlicher Palawatsch geworden.«

»Esther!« ließ sich der Graf Poldi ungewohnt streng vernehmen und warf einen strafenden Blick auf seine Schwester. »So komisch ist das ja alles wirklich net.«

Aber wozu gab es kluge Schriftsteller in dieser Welt. Blumenthal rettete die Situation. »Komik und Tragik liegen in unserem Leben immer dicht beieinander, ja – sie überlagern sich oft. Das ist ja das entwaffnend Natürliche an einem Kind: es lacht unter Tränen. Es gelangt vom Schmerz übergangslos in die Freude, und es ist keine Lüge dabei. Wir reagieren nicht mehr so natürlich. Oder besser gesagt: wir wagen es nicht. Wir sind den Konventionen verhaftet und glauben, wir müssen uns einer tragischen Situation mit allen Äußerungen anpassen. Und darin sind wir eben nicht natürlich und schon gar nicht ehrlich. Aber Sie haben ganz recht, gnädige Frau, lassen Sie ihn dahinfahren mit dem nagelneuen Cadillac. Es ist wirklich unwichtig. Interessiert es

Sie nun, zu hören, wann und wo ich Ihrem Mann zuerst begegnet bin?«

Irina blickte etwas ängstlich zu ihm hinüber und sagte: »Ja. Ja, natürlich.«

Aber ich hatte das Gefühl, sie hätte viel lieber nichts davon gehört. Sie war der Enthüllungen müde.

»Triest!« sagte der Schriftsteller nur. Weiter nichts.

Irina sah mich an. Die hier wußten nicht, wovon wir gestern abend gesprochen hatten. Aber wir wußten nun schon eine ganze Menge.

»Triest«, wiederholte Irina. »Ja, ich weiß, daß er dort gewesen ist. Als junger Mensch.«

»Von welcher Zeit sprechen Sie?«

»Die dreißiger Jahre. Er kam als Siebzehnjähriger dorthin und blieb etwa bis 1938.«

»Das ist mir bekannt. Er hat mir selbst davon erzählt. Aber er kam wieder da hin, Ende der vierziger Jahre. Wissen Sie das auch?«

Sie schüttelte den Kopf, und sie tat mir leid. Man sollte sie endlich in Ruhe lassen.

»Wir leben schnell in unserem Jahrhundert«, sagte Blumenthal. »Es passiert so viel, und wir erfahren zu viel. Die Neuigkeit von heute ist morgen vergessen. An das, wovon gestern die Zeitungen voll waren, erinnert sich übermorgen kein Mensch mehr. Was wißt Ihr noch von Triest?«

Die Frage war an Poldi gerichtet, dann sah Blumenthal Esther an.

Der Graf sagte: »No ja, da war was, nach dem Krieg. Ich weiß eh', alle Zeitungen waren voll davon. Jahrelang.«

»Esther?«

»Ich war mit einem Italiener verheiratet, das meinst doch, net? Ich müßt' es wissen. Aber – Berni, sei nicht so ungalant, so alt bin ich noch net.«

Der Schriftsteller lehnte sich zurück, legte die Fingerspit

zen zusammen, nickte Max zu, der sein Glas wieder gefüllt hatte.

»Der Freistaat Triest. Den gab es damals. Bis zum Ende des ersten Weltkrieges eine österreichische Stadt, dann eine italienische Stadt und nach dem zweiten Weltkrieg ein Zankapfel zwischen Italien und Jugoslawien.

Eine Hafenstadt ist immer interessant. Venedig spielt als Hafen heute keine Rolle mehr. Triest ist die Verbindung Europas über die Adria in die Welt. Das wußten sie alle. – Es ist jahrelang darum erbittert gerungen worden, wer die Stadt bekommen soll. Das faschistische Italien gehörte zu den Besiegten. Aber durch die Kehrtwendung am Schluß, durch die Befreiung vom Faschismus, die Abkehr von Deutschland auch wieder nicht so ganz.

Italien nahm so einen Fifty-fifty-Standpunkt ein nach dem Kriege, so etwas haben sie ja immer gut verstanden. Und die Siegermächte wußten nicht recht, wie sie sich verhalten sollten. Der Faschismus war rechtzeitig abgetreten, Italien hatte am Schluß auf der richtigen Seite gekämpft, Jugoslawien hingegen war ein kommunistischer Staat. Jedoch es hatte tapfer gegen Faschismus und Nationalsozialismus gekämpft. – Wenn es nur nicht kommunistisch geworden wäre. – Aber dann stellte sich heraus, es war ein verhältnismäßig umgänglicher Kommunismus, einer, der mit sich reden ließ. Ja, es war eine vertrackte Situation für die Siegermächte. Irgendwie hätte sich das alles ja wunderbar arrangieren lassen.

Wenn nicht Triest gewesen wäre!

Italien wollte es haben. Oder – behalten muß man sagen! Tito beanspruchte es für sein Land. Die Bevölkerung war von jeher gemischt. Die Stadt Triest vornehmlich von Italienern bewohnt, das Hinterland von Slowenen.

Die Stadt liegt, das muß man ehrlicherweise zugeben, genaugenommen auf jugoslawischem Gebiet. Ein schmaler

Küstenstreifen, nicht viel mehr als eine Straße und die Bahnlinie, verbindet sie mit Italien.«

»Ah ja, das weiß ich«, meinte Esther, »ich kenn' Triest. Wirklich eine schöne Stadt. Und man fahrt da direkt zwischen Meer und Bergen hinein. Das Stückl Land ist ganz schmal.«

»Der Streit um Triest dauerte bis in die Mitte der fünfziger Jahre. Von 1947 bis 1954 war es ein Freistaat, stand unter UN-Kontrolle und war von Engländern und Amerikanern besetzt. Das Gebiet um die Stadt war geteilt in Zone A und Zone B. A gehörte den Italienern, B den Jugoslawen, die nach dem Sieg und unter Tito sehr stark und selbstbewußt geworden waren.

Es war ein einziger Unruheherd. Ein Ort des Kampfes, der Ungerechtigkeit, der Unsicherheit. Es gab Vertreibungen, Flüchtlinge, Polizeiaktionen und Untergrundaktionen. Es gab Schmuggel, Mord und Totschlag, Waffenschiebungen. Wie immer und überall auf der Welt, wo es Unruhe und Unsicherheit gibt, kann man im trüben fischen. Um mich eines Sprichwortes zu bedienen.«

Eine Pause entstand. Irina hatte den Kopf gesenkt. Jetzt blickte sie auf, ihre Augen waren voller Abwehr, voller Qual. »Sie wollen sagen, mein Mann hatte mit dieser ... mit dem allem zu tun gehabt?«

»Ich habe ihn in jener Zeit kennengelernt. Ich lebte damals noch in England und war längere Zeit als Korrespondent einer Zeitung in Triest. Ich habe einiges über diese Zeit geschrieben, für meine Zeitung. Ich habe mehr als ich geschrieben habe, erlebt und begriffen. Vielleicht schreibe ich eines Tages ein Buch darüber. Obwohl – ich sagte es bereits –, es gehört heute der Vergangenheit an, unsere Zeit lebt zu schnell.

Otto Kaiser war damals einer der mächtigsten Untergrundherrscher in diesem Gebiet. Er hatte zweierlei Personalpapiere. Das eine Papier lautete auf den Namen Branko

Milevic, das andere auf den Namen Pietro Danello. Er war auf beiden Seiten zu Hause. Die Demarkationslinie war für ihn an jeder Stelle durchlässig.

Die Zone A und B, die Stadt Triest waren sein Operationsgebiet. Es ist unsinnig, heute von Legalität oder Illegalität zu sprechen, es ist vorbei. Er hatte weder nationale Gefühle, noch kämpfte er gegen die Menschen, weder für diese noch für jene. Er machte Geschäfte, illegale Geschäfte im Untergrund. Ich kann nicht einmal sagen, daß wir es nicht gewußt hätten. Sie sehen, wir wußten es. Er war nicht der einzige, der es tat. Er war nur der Erfolgreichste. – Es war der Grundstock seines Vermögens. Der Beginn, die erste Stufe auf der Leiter seiner Karriere.«

Eigentlich war keiner sehr überwältigt von den Eröffnungen Blumenthals.

Der Graf machte: »No ja!«

Esther sagte: »Also das trau' ich ihm zu. Es hat mancher so angefangen, net? Ist doch ganz üblich.«

Irina machte ein unglückliches Gesicht und sagte gar nichts. Keiner hatte bei dem Namen Milevic gestutzt. Nur ich. – Dunja Milevic. Konnte das ein Zufall sein? Aber ich hütete mich, etwas zu sagen. Am Ende wurde jetzt noch eine politische Affäre aus dem Ganzen. Im Grunde war es doch lächerlich. Das war mehr als fünfzehn Jahre her. Und irgendwie hatte ich das Gefühl: es war genug. Genug der Enthüllungen und Offenbarungen, genug von Otto Kaisers Vergangenheit; Stanko, Branko, Pietro, wer weiß, welche Namen noch auftauchten. Schön – er war eine zwielichtige Persönlichkeit gewesen, er hatte in der Wirrnis europäischer Zustände, an der Not des Krieges sein Geld gemacht, so viele Länder waren jetzt genannt worden, Deutschland, Italien, Jugoslawien, die Tschechoslowakei, Ungarn, Rumänien und am Ende Österreich, von mir aus konnte er mit Stalin oder Hitler oder sonst wem auch immer Schwarzgeschäfte gemacht haben, es war genug. – Er war tot. Und sollte endlich tot sein. Der Wildling aus den Bergen Montenegros mußte nun begraben werden. Er hatte sein Leben gehabt. Und es schien, es war mehr als ein Leben gewesen. Sein Schatten sollte *ihr* Leben nicht mehr verdunkeln.

Ich sah zu ihr hin. Sie sah blaß und zerquält aus. Sie war nicht mehr das fröhliche, unbeschwerte Mädchen, das heute mit mir durch den Wald gelaufen war. Zum Teufel, sie sollten sie in Ruhe lassen.

Ich blickte zu dem Schriftsteller hinüber und sagte im ruhigsten Ton, den ich aufbringen konnte: »Das ist wirklich sehr interessant. Wir hatten gestern schon ein Gespräch mit einem Mann, der Herrn Kaiser aus Triest kannte. Wir wissen über seine Herkunft Bescheid, über seine Jugend, auch über vieles, was er im Krieg gemacht hat. Er war ein Mann ohne Vaterland – das hat er selbst gesagt. Er lebte, arbeitete und kämpfte nur für sich selbst. So nach und nach schält sich das heraus aus dem ganzen Wust. So eine Art moderner Absolutismus. L'Etat c'est moi, das könnte man auch über sein Leben schreiben. Möglicherweise hat es Leute seiner Art immer gegeben, und es wird sie immer geben.«

Ich war selber ganz erstaunt über mich, wie gescheit ich auf einmal daherreden konnte. Auch Blumenthal sah mich überrascht an.

»Das ist sehr gut, was Sie eben gesagt haben. Ja, das trifft es. Das trifft es erstaunlich gut. Und das ist auch der Punkt, wo die Kritik des Betrachters aufhört.«

»Und das bringt mich auf etwas, was Gräfin Esther gestern sagte«, fuhr ich fort, kühn geworden. »Sie sagten, Gräfin, er habe einen Tod gefunden, der zu ihm paßt. Als Sie es sagten, habe ich es nicht verstanden. Und Sie sagten es, glaube ich, auch instinktiv. – Aber Sie hatten recht. Es ist so.«

Esther sah mich ganz verblüfft an. »Hab' ich das gesagt?

Wirklich? Na, was sagst, Poldi? Manchmal kann ich auch gescheit sein.«

Blumenthal blickte von mir zu Irina, und ich glaube, er begriff. Er begriff, daß ich sie schützen wollte, vor weiteren Enthüllungen, ja – selbst vor einem weiteren Gespräch über den Tod ihres Mannes, über das Leben ihres Mannes, und daß sie nun an einem Punkt angelangt war, wo sie es nicht mehr ertragen konnte, mehr zu hören und mehr zu erfahren. Er mußte es ihr ansehen. Sie saß da wie erloschen. Er wechselte sehr rasch und geschickt das Thema. Er machte das wirklich gut.

Erst redete er noch ein bißchen über Italien und Jugoslawien, erzählte eine gute Geschichte über Tito, dann war er in der Gegenwart angekommen, Weltpolitik überhaupt von heute, und dann landete er bei Vietnam. Und so wenig erfreulich dieses Thema auch sein mochte, mit Vietnam hatte Otto Kaiser jedenfalls nichts zu tun gehabt.

Irina sagte nicht mehr viel dazu. Eine knappe Stunde später entschuldigte sie sich damit, daß sie müde und wirklich etwas mit den Nerven am Ende sei. Und jeder sagte, das verstehe er gut und wie man sie bedauere.

Und dann konnten wir gehen.

Sie brachten uns hinaus in den Schloßhof, es war eine dunkle Nacht, Wind war aufgekommen, über den Himmel zogen Wolken. Der Stern war nicht zu sehen.

Ich ließ den Wagen langsam im zweiten Gang hinabrollen. Ich schwieg, und auch sie sagte nichts. Und dann merkte ich, daß sie weinte. Das erste Mal, seit ich sie kannte.

Ich war versucht, unten am Berg wieder anzuhalten, aber ich fuhr weiter durch das schweigende Dorf, überall war es schon dunkel. Am liebsten hätte ich den Wagen gewendet und wäre mit ihr fortgefahren. Ganz, ganz weit weg, wo sie nichts mehr von all dem hören und sehen würde.

Vor dem Haus wollte ich sie aussteigen lassen, aber sie

schüttelte den Kopf, also fuhr ich den Wagen in den Schuppen, wir stiegen aus, und ich nahm sie in die Arme. Sie zitterte.

»Es ist gut, ist ja alles gut, denk nicht mehr daran. Wir hätten nicht da hinaufgehen sollen. – Denk nicht mehr daran, hörst du! Ich bin ja da.«

Ja, das sagte ich, und es kam mir gar nicht zu Bewußtsein, wie anmaßend das war. Ich hielt sie fest und wartete, bis sie aufgehört hatte zu zittern. – Während wir zum Hause gingen, fing es an zu regnen.

Auch im Haus war Gott sei Dank schon alles still und dunkel. Molly kam uns entgegen und begrüßte uns, wir streichelten sie und gingen die Treppe hinauf. Oben standen wir vor ihrer Tür, ich wußte nicht, was ich tun sollte, aber sie faßte mich am Arm und sagte: »Nein, laß mich noch nicht allein.«

So kam ich zum erstenmal in die Zimmer Otto Kaisers. Es waren zwei Räume, beide sehr einfach eingerichtet.

Im ersten Zimmer waren ein Tisch und ein paar Sessel, ein großer dunkler Schrank und auf der anderen Seite noch ein Schrank, in dem hingen die Gewehre. Daneben war das Schlafzimmer, ein altmodisches Bauernbett, und ich dachte, ob er darin mit Dunja gelegen hatte, und nun sollte sie darin schlafen. –

Dann kam mir ein verrückter Gedanke. Vielleicht war Dunja gar nicht seine Geliebte gewesen? Dunja Milevic! Am Ende war sie auch eine Tochter von ihm? Konnte man wissen? Bei ihm war alles möglich, vielleicht hatte er noch mehr Kinder. Und es konnte passieren, daß die verschwundene Dunja bei der Testamentseröffnung auftauchte. Aber nein – das hätte Molina ja gewußt.

Im Moment war das alles nicht wichtig. Ich sah Irina an, wie sie da vor mir stand, mit diesem unglücklichen, ganz erloschenen Gesicht, und ich nahm sie bei der Hand und sagte: »Komm mit! Wir wollen über das alles nicht mehr reden. Sieh dir mal meine Zimmer an. Die sind viel hübscher.«

Sie gab keine Antwort, aber sie kam bereitwillig mit. Wir schlichen leise über den Gang, ich wies auf Burgers Zimmertür und legte den Finger auf die Lippen und tat übertrieben geheimnisvoll, ich versuchte sie aufzuheitern, dabei war es mir im Grunde ganz egal, ob Burger uns hörte oder nicht.

Meine Zimmer waren wirklich hübscher. Sie hatten helle buntbemalte Möbel, auf dem Tisch stand ein Blumenstrauß, und rundherum gab es grüne Pflanzen. Eine Flasche Wein stand da, eine Flasche Mineralwasser und ein Teller mit Äpfeln, das machte Olga so. Ich zeigte ihr das alles und sagte: »Sieh mal, die Olga ist doch wirklich ein Schatz. Die sorgt für mich wie eine Mutter für ihren Sohn.«

»Ja, sie ist lieb«, sagte Irina bereitwillig, und dann füllten sich ihre Augen wieder mit Tränen.

Ich nahm sie in die Arme. »Warum weinst du? Sag mir, warum du weinst. Das alles ich doch nicht so wichtig. Ist doch egal, was er da in Triest gemacht hat. Wären wir doch bloß heute abend nicht hinaufgegangen zu denen.«

»Es sind bloß die Nerven. Weißt du – ich kann jetzt wirklich nicht mehr. Ich will alles gar nicht mehr wissen. Muß ich das jetzt immer und immer anhören? Wo ich hinkomme?«

»Nein. Das ist bald vorbei. Du hast doch gehört, was Blumenthal gesagt hat. Unsere Zeit lebt so schnell. Was gestern war, ist morgen vergessen. In ein paar Tagen ist alles vorüber. Dann kannst du eine schöne Reise machen, ganz weit weg. Und keiner wird mehr zu dir davon reden.«

»Nein«, rief sie, »nein, ich will nicht, ich will das alles nicht mehr.« Sie schlang die Arme um mich und legte ihren Kopf auf meine Schulter. Ich stand da und hielt sie fest, ganz fest.

Ich merkte, wie sie ruhiger wurde, wie sie sich entspannte, ich hörte ihr Herz klopfen, und dann war Otto Kaiser endlich verschwunden, und wir waren allein, sie und ich.

»Du bist so groß«, sagte sie.

»Ja, es ist schrecklich, ich weiß. Ein Meter sechsundachtzig. Ohne Schuhe.«

»Ich finde es nicht schrecklich. Es tut mir gut.«

Ich schluckte.

»Möchtest du ein Glas Wein?«

Sie schüttelte den Kopf.

»Einen Apfel?«

Wieder Kopfschütteln.

»Was möchtest du?«

»Ich weiß nicht. Nichts.«

Und nach einer kleinen Pause, sehr leise: »Nicht allein sein.«

Ich hob meinen Mund aus ihrem Haar, blickte starr in die Luft und fragte: »Weißt du, was du da sagst?«

Sie schüttelte wieder den Kopf und sagte: »Ich will gar nichts wissen. Du sollst es wissen.«

Ich schob sie sacht ein Stück von mir weg und blickte in ihr Gesicht.

»Schau mich nicht so an«, sagte sie. »Und frag mich nichts mehr. Ich will nicht gefragt sein. Und ich will nicht antworten.«

Sie legte die Arme um meinen Hals und küßte mich. So wie sie mich bisher nicht geküßt hatte. Es war Antwort genug. Als sie mich losließ, sagte ich: »Tut dir dein Arm noch weh?«

Das war mein letzter Versuch, sie und mich zur Besinnung zu bringen.

»Ein bißchen – nicht sehr. Eigentlich hätte der Verband heute gewechselt werden müssen.«

War das wirklich erst drei Tage her, daß sie da in der Gaststube gestanden hatte? Eine Fremde in der Nacht. Und heute mir so vertraut, mir so nah, wie kein Mensch je zuvor.

»Du bleibst bei mir? Jetzt?«

Sie nickte.

Ich sagte: »Du kennst mich nicht. Du weißt nicht, wer ich bin. Was mit mir war. Wo ich – herkomme.«

Sie warf den Kopf zurück und rief laut und heftig: »Doch, ich weiß. Ich weiß es. Es ist mir egal. Ganz egal. Hör auf mit Geschichten, die früher waren. Ich bin hier, was willst du denn noch?«

»Pst«, machte ich. »Du weckst das ganze Haus.«

»Das ist mir auch egal. Und wenn du noch ein Wort sagst, dann gehe ich.«

»Nein. Jetzt bleibst du.«

Ich ließ meine Hände an ihren Armen entlanggleiten. »Einen Pullover habe ich dir unlängst schon ausgezogen, da habe ich mich doch gar nicht so dumm angestellt oder?«

»Das geht viel leichter heute, das Kleid hat einen Reißverschluß im Rücken.«

Sie hatte recht. Das Kleid ging viel leichter auf und ließ sich mühelos abstreifen. Ich betrachtete den Verband an ihrem Arm, ein schöner, breiter Verband, er saß noch gut, aber ich würde vorsichtig sein mit ihrem rechten Arm. Daran mußte ich denken. – Falls ich noch imstande sein würde, etwas zu denken.

Dann hob ich sie auf, trug sie in das andere Zimmer und legte sie in mein Bett.

Bisher war es irgendein Bett gewesen. Aber nun, da sie darin lag, war es *mein* Bett!

Es regnete in dieser Nacht. Und es regnete auch noch am nächsten Morgen, ein warmer sachter Frühlingsregen, der den Winter endgültig vertrieb, die Erde weich und bereit machte. Ein stiller, sanfter Regenmorgen, man sah direkt, wie das Grün erwachte, wie die Knospen sich dehnten. Ich stand vor der Tür und blickte hinaus in die graue Stille, die schützend wie eine sichere Hülle war. Die Berge waren kaum zu sehen, nur zu ahnen. – Und ich war glücklich! Ich war so unbeschreiblich glücklich, wie ich es nie in meinem Leben gewesen war.

Nie.

Sie hatte wie ein Kind geschlafen in meinem Arm in dieser Nacht, und nachdem sie erwacht war, sagte sie mir, das sei die erste Nacht gewesen, in der sie wieder geschlafen hätte seit vier Tagen.

Und sie sagte noch etwas anderes. Sie sagte: »Es war die erste Nacht meines Lebens, in der ich glücklich war.«

Das war auch ein Grund, ein Grund dazu, daß *ich* so glücklich war.

Dann war ich hinausgegangen auf den Gang, hatte nach unten gelauscht, und als ich Burgers Stimme hörte, der mit Olga unten sprach, ging sie hinüber in die anderen Zimmer. Ich rasierte und duschte mich, und ich pfiff dabei, ich zog mich an und ging hinunter und bemühte mich um ein harmlos-sachliches Gesicht.

»Na? Ausgeschlafen?« fragte Olga, und ich bildete mir ein, es klinge anzüglich. Aber das mußte ich mir ja einbilden, vermutlich hatte sie nichts bemerkt.

Sie waren in der Küche, so eine richtig schöne große Bauernküche, Burger hatte schon gefrühstückt. Olga stellte Wasser für meinen Kaffee auf und erzählte dabei, daß Ludwig bereits angerufen habe, es gehe ihm den Umständen entsprechend gut, sie seien alle schrecklich nett zu ihm, er hätte eine Krankenschwester mit Namen Walburga, sie verwöhnte ihn, wie er noch nie im Leben verwöhnt worden sei. Für den Fuß bekomme er Umschläge, und die Schwellung sei schon zurückgegangen, morgen, spätestens übermorgen bekomme er den Gips, und dann dürfe er heim. Schmerzen hätte er kaum. Auch der Toni sei schon wieder ganz munter, und wir sollten ungestört das Wochenende genießen.

Ich hörte mir das alles befriedigt an und meinte, ein paar ruhige Tage hätten wir uns alle verdient.

Dann ging ich vor die Tür und sah mir den Regen an. Molly kam mit, sie stand eine Weile neben mir, und dann trabte sie davon, ihr schien der Regen auch zu gefallen.

Es war wunderbar ruhig. Die Hallen und die Schuppen lagen still. Irgendwann, vermutlich am Montag, ging das Leben weiter.

Ob sie bleiben würde bis zum Montag? Ich spürte sie in meinen Armen, an meinem Körper, ich spürte mich in ihr, war erfüllt von ihr. Und auch von mir. Denn man darf ja nicht vergessen, wie ich gelebt hatte in den vergangenen Jahren, ich war tot und leer gewesen, kein Mensch mehr, aber auch kein Mann.

Ich war wie neugeboren. Nicht wiedergeboren. Nein – ganz neu geboren. Denn das, was ich in dieser Nacht erlebt hatte, das hatte ich noch nie erlebt.

Nachher würde ich Josy anrufen. Natürlich konnte ich ihr nicht erzählen, was mit mir passiert war, nicht am Telefon, aber ich konnte ihr sagen, daß es mir gut ginge und alles wunderbar sei. Nein, das konnte ich auch nicht sagen, sonst dachte sie am Ende, ich sei übergeschnappt.

Ich ging wieder hinein. Olga servierte mir mein Frühstück. Sie kam mir heute auch entspannter und erleichtert vor, und ich dachte, das müsse der Regen ausmachen. Er wirkte einfach nervenberuhigend.

Olga und Burger sahen mir mit einem gewissen Erstaunen zu, während ich frühstückte. Olga sagte: »Heute haben Sie aber einen guten Appetit.«

»Ihr Kaffee, Olga, ist der beste, den ich in meinem Leben getrunken habe«, sagte ich, und es war ein Glück, daß Josy das nicht hörte, »und noch nie hat mir ein Frühstück so gut geschmeckt wie das heute.«

Olga lächelte, und Burger meinte: »Sag' ich auch immer, bei der Olga ist man bestens versorgt. Wenn ich so denk' –

seit vielen Jahren ist es mir nicht so gut gegangen wie hier bei der Olga.«

Mittag würden wir Ente mit böhmischen Knödeln bekommen, teilte er mir noch mit, justament und gerade, wir hätten uns das verdient, und ewig könnte der Mensch ja nicht in Sack und Asche gehen. Das sei wider die Natur.

Ob Frau Kaiser noch hierbleibe, wollte Olga wissen, und ich sagte, ich wisse es nicht. Offenbar schlafe sie ja noch, und das sei ja nur gut, und gut würde es auch sein, wenn sie hierbliebe, ein bißchen Ruhe wäre genau das, was sie brauche. Burger wollte wissen, wie es auf dem Schloß gewesen sei, und so erzählte ich ihnen, was wir noch erfahren hatten. Warum sollte ich es ihnen verschweigen? Auch war es besser, davon zu sprechen, solange Irina noch nicht da war.

Burger fand das alles sehr interessant, und es stellte sich heraus, daß er über den Streit um Triest gut informiert war, er hatte sich als Triestiner damals sehr dafür interessiert.

»Ich hab' den Anfang noch miterlebt, aber dann bin ich fortgegangen. Meine Frau ist gegen Ende des Krieges gestorben, und ich wollte nicht mehr italienisch sein und auch nicht jugoslawisch werden, und da bin ich fortgegangen.«

Wir erfuhren nun noch einiges aus seinem Leben. Einige Jahre hatte er am Wörther See gelebt, in Velden, das war damals englisch besetztes Gebiet, und er hatte erst bei den Engländern gearbeitet, auf einer militärischen Dienststelle, und dann in einem Hotel.

»Erst kamen hauptsächlich Engländer und Amerikaner hin, so Urlauber halt, und es ging uns ganz gut. Ich bin gut mit ihnen ausgekommen. – Als wir dann den Staatsvertrag hatten, bin ich nach Wien gegangen, da war es wesentlich schwieriger. So jung war ich nimmer, und die wirtschaftlichen Verhältnisse waren nicht die besten.«

Er hatte dann öfter die Stellung gewechselt und manchmal gar keine gehabt. Er überging das sehr rasch, offenbar sprach er nicht gern davon, es mußte ihm schlecht gegangen sein. Von Otto Kaiser hätte er gehört und gelesen, und eines Tages faßte er sich ein Herz und ging zu ihm.

»Ich wußt' ja nicht, wie er sich benehmen würde. Es war lange her. Und vielleicht wollte er an damals nicht erinnert werden. Ich war darauf gefaßt, daß er mich hinauswerfen würde. Beziehungsweise gar nicht empfangen.«

Aber so war es nicht. Bei seinem dritten Besuch am Opernring traf er den Holzkaiser an, der ließ ihn hereinkommen in sein prächtiges Büro und begrüßte ihn wie einen alten guten Freund. »Ja, ihr könnt sagen über ihn, was ihr wollt, und was er auch getrieben hat – er hat trotzdem ein Herz gehabt. Ja, ein Herz.«

Zuerst hatte Burger am Opernring gearbeitet, eine sehr bescheidene untergeordnete Stellung war es. Denn: »Er hat ja dort sehr tüchtige Leute. Alles Experten. Also das hat er verstanden, sich die richtigen Leute auszusuchen, da war keiner ein Versager. Wer nicht nach seinem Sinn war, den schmiß er hinaus, da kannte er kein Pardon.«

Danach kam Burger in eine der Papierfabriken. Und dann, nachdem Kaiser das Sägewerk im Glainzer Tal gekauft hatte, kam er hierher.

»Er hat mir vertraut, er wußte, daß er sich auf mich verlassen kann. Auch wenn ich schon so alt bin.«

Irina kam in die Küche. Sie sah jung aus, jung und zart und wunderschön, und sie war ein wenig verlegen, redete alles mögliche, es tue ihr leid, daß sie so lange geschlafen habe, aber es sei so still gewesen, und sie hätte es einfach mal nötig gehabt, richtig auszuschlafen. Und Frühstück brauche sie wirklich nicht mehr.

»Natürlich brauchen Sie das«, sagte Olga mütterlich und setzte wieder Kaffeewasser auf.

Burger und ich waren aufgestanden und hatten unseren Diener gemacht, und ich bemühte mich um ein Gespräch und vor allen Dingen um irgendwelche Blickpunkte, um sie nicht immerzu anzusehen. Ich hatte sie geliebt in dieser

Nacht, und sie hatte bei mir geschlafen, und wenn jetzt umgehend die Welt untergehen würde, wäre mir das auch gleich. Was morgen oder übermorgen oder irgendwann sein würde, daran wollte ich nicht denken.

Sie trug den grauen Kostümrock und den schwarzen Pullover, sie sagte: »Es ist schrecklich, ich habe gar nichts anzuziehen mit. Ich dachte ja nicht, daß ich so lange hierbleibe.«

Daraufhin mußte ich lachen, sie blickte mich strafend an und fragte: »Warum lachen Sie, Herr Lanz? Das ist doch gar nicht komisch.«

Ich konnte gar nicht aufhören zu lachen. Alle drei blickten mich verwundert an, und Irina sagte zu Olga: »So albern kann sich auch nur ein Mann benehmen.«

Ich beherrschte mich mühsam und sagte: »Verzeihen Sie, gnädige Frau, Sie haben ganz recht. Was täten wir auf dieser Welt ohne Frauen? Wenn eine Frau erst einmal feststellt, daß sie nichts anzuziehen hat, da kommt die Welt langsam wieder in Ordnung.«

»Aber es ist doch wahr, ich habe ja fast kein Gepäck. Außer diesem Kostüm und dem schwarzen Kleid habe ich nichts dabei. Das ist doch langweilig. Ob man in Hallau etwas kaufen kann?«

Damit hatten Olga und sie für einige Zeit Gesprächsstoff. Doch – wußte Olga, in Hallau gebe es schon einige ganz nette Geschäfte, und die seien auch heute vormittag noch geöffnet.

»Aber ob Sie natürlich dort das finden, was Sie für geeignet halten, bezweifle ich.«

»Warum?« fragte Irina und begann zu frühstücken. »Mir steht alles. Ich will ja keine Haute-Couture-Modelle kaufen. Bloß vielleicht noch ein Kleid und ein Paar Hosen und zwei Pullis oder so. Das wird es doch geben.«

Meine geliebte kleine Millionärin, dachte ich, wie selbstverständlich dir das geworden ist, einfach hingehen und kaufen, und Hallau ist nur eine steiermärkische Bezirkshauptstadt, aber wir werden dort für dich die schönsten Sachen finden, denn dir steht wirklich alles. Genaugenommen aber brauchst du nichts; du ziehst den Rock und den Pullover wieder aus, und wir gehen ins Bett. Und damit wäre das Problem gelöst.

Daß das nicht ging, wußte ich, also bemühte ich mich, seriös zu sein. Und wir kamen zu dem Entschluß, nach Hallau zu fahren, Olga würde mitkommen, wir konnten alle Ludwig besuchen, ihm etwas zu lesen bringen und Zigaretten und eine Flasche Wein und außerdem für Madame in Hallau ein paar schicke Sachen kaufen.

Vielleicht auch mal den Inspektor besuchen, schlug ich vor, und fragen, ob er von dem Wagen und Ivo etwas gehört hatte. Falls der Inspektor heute im Dienst war.

»Ach, wozu denn«, meinte Irina. »Ich will gar nichts mehr davon hören. Soll er doch zu des Teufels Großmutter fahren mit dem Wagen.«

Es dauerte genau noch zehn Minuten, da rief der Inspektor aus Hallau an. Sie hätten den Wagen gefunden. In Klagenfurt. Er sei bei einer Tankstelle am Stadtrand am gestrigen Nachmittag abgestellt worden mit dem Auftrag, ihn zu waschen, aufzutanken und Öl zu wechseln. Da man ihn bis jetzt nicht abgeholt hatte, war der Tankstellenbesitzer beunruhigt gewesen und hatte einem Polizisten, der vorbei kam, davon erzählt.

Da die Fahndung nach dem Wagen lief, war das also nun in Hallau gelandet. Und in Klagenfurt und Umgebung ermittelte man inzwischen, ob Ivo und Dunja dort zu finden seien.

Ob sie sich darauf einen Vers machen könne, wollte der Inspektor von Irina wissen.

»Nein«, sagte sie. »Können Sie?«

»Auch nicht.«

»Wir wollen nachher sowieso nach Hallau fahren und

Herrn Jarisch besuchen«, sagte Irina. »Wir kommen dann bei Ihnen vorbei.«

Als die Damen reisebereit waren, ging ich hinüber in den Schuppen, wo wir die Wagen unterstellten, um meinen zu holen. Ich parkte direkt vor der Haustür und wartete. Es regnete nur noch ganz sacht, man konnte es kaum noch Regen nennen. Es war ein wunderbares Wetter.

Vom Dorf her sah ich Anton, den Jäger, kommen. Moritz war natürlich bei ihm, auch Molly, die die beiden offenbar auf dem Morgenspaziergang getroffen hatte.

Olga und Irina traten aus dem Haus, und Olga sagte: »Ich hoffe, die Einkäufe werden nicht allzu lange dauern. Ich muß schließlich kochen.«

Und Irina darauf mit ernster Miene: »Allgemein bin ich eine schnelle entschlossene Käuferin. Ich weiß immer genau, was ich will oder nicht. Aber möglicherweise ist es in Hallau etwas schwieriger als in Wien oder in Paris.«

Ich grinste, hielt den Damen den Wagenschlag auf und sagte: »Also los, fahren wir! Darf ich bei den Einkäufen dabeisein?«

»Ich lege großen Wert darauf, daß Sie dabei sind, Herr Lanz.«

»Eigentlich hätte lieber ich mitfahren sollen«, meinte Burger. »Ich verstehe bestimmt mehr von Mode als der Lanz.«

»Wie kommen Sie denn darauf?« fragte ich beleidigt. Ich hatte den Wagen angelassen, da sah ich, daß der Jäger auf uns zukam, er winkte, er hatte irgend etwas in der Hand und kam jetzt geradezu angerannt.

»Der will noch was«, meinte Olga.

Molly war als erste da. Ich kurbelte das Fenster herunter, und dann sah ich schon, was Anton in der Hand hielt. Ich stieg aus.

»Das kann nicht wahr sein!«

Auch Burger starrte entgeistert auf das, was der Jäger uns auf offener Hand darbot.

»Ja«, sagte Burger, »das ist es.«

Das Messer mit dem Adlerkopf!

Auf seinem Gang durchs Dorf, das an diesem Regenmorgen still und verlassen war, hatte der Jäger Molly gesehen, die im Garten des Reiter-Bauern wie eine Verrückte in den Beeten scharrte, so daß die Erdbrocken nur so flogen. Anton hatte sie angerufen, sie hatte sich nicht stören lassen. Während er hineinging in das Anwesen, kam schon der Reiter-Bauer selbst, der bei seinen Kühen im Stall gewesen war, angelaufen und schimpfte auf die Hündin. Und dann sahen sie, was Molly ausgegraben hatte, was vor ihr lag und was sie mit triumphierendem Bellen präsentierte. Das Messer mit dem Adlerkopf.

»Es muß tief in der Erde gesteckt haben«, sagte Anton. »Es ist ein großes Loch, das sie gegraben hat.«

Wir blickten uns alle ratlos an.

»Beim Reiter-Bauern hat Dunja gewohnt«, sagte Burger.

»Ja«, sagte der Jäger. »Da ist es. Im Garten vor ihrem Fenster.«

Mir fiel ein, was Ludwig gesagt hatte damals am ersten Abend. »Ich bin runtergegangen zum Reiter-Bauern, wo sie wohnt. Der Vorhang war zugezogen, aber es brannte Licht in ihrem Zimmer.«

Lieber Gott, fing nun alles noch einmal von vorn an? Also hatte Dunja doch mehr gewußt, als sie zugab. Ihr desperater Zustand wurde nun erklärlicher. Es war möglich, daß sie den Mörder gesehen hatte. Darum ihr ewiges: Ich weiß nichts. Gar nichts weiß ich.

Ich sagte es und fügte hinzu: »Und darum ist sie auch so plötzlich verschwunden. Sie hat Ivo dazu überredet, sie wegzubringen. Sie kannte den Mörder. Vielleicht hatte sie Angst.«

»Ich hab's gleich gesagt, daß es der Benno net war«, sagte der Jäger. »Der net.«

»Was für Liebhaber hatte denn Dunja noch?« fragte ich. »Wer kann es denn dann gewesen sein?«

An Ludwig wollte ich nicht wieder denken. Nein, ich war sicher, daß er es nicht getan hatte. – Wir standen alle um den Jäger und das Messer herum, und ich wagte kaum, Olga anzusehen. Sie war schon wieder ganz grau im Gesicht. Ich wußte, was sie dachte. Aber ich wußte auch, wer sie von ihrer Angst befreien konnte. Sie mußte erfahren, daß das Messer nicht im Hause gewesen war. Daß es der Mörder, wer immer es gewesen war, auf der Straße gefunden hatte. Daß er vielleicht sogar beobachtet hatte, wie es aus dem Wagen geworfen wurde.

Irina mußte nun die Geschichte des Messers erzählen – soweit es sie betraf. Sie brauchte es nicht hier zu tun. Aber dem Inspektor mußte sie davon berichten. Denn solange man davon ausging, daß das Messer im Haus gewesen war, mußte man Ludwig verdächtigen.

»Steigen Sie ein«, sagte ich zu Anton. »Wir sind sowieso dabei, eben nach Hallau zu fahren. Es hat wenig Zweck, den Inspektor herauskommen zu lassen. Wenn Fingerabdrücke auf dem Messer waren, hat der Regen sie abgewaschen. Und Molly hat das übrige besorgt. Er kann sich die Fundstelle später noch ansehen. Wir werden das jetzt auf der Hinfahrt auch gleich tun.«

Moritz blieb bei Burger und Molly, und wir fuhren los. Beim Reiter-Bauern hielten wir an und gingen in seinen Garten. Er war da und außerdem seine Frau, seine beiden Söhne, seine Schwiegertöchter, der Knecht, die Magd und das halbe Dorf. Auf dieser Seite des Hauses, wo Dunjas Zimmer gewesen war, befand sich ein kleiner Garten. Die Reiter-Bäuerin zog hier Gemüse und auch Blumen. Jetzt standen nur ein paar kahle Büsche da, ein bißchen Rasen, alles grau und zerweicht vom Regen. Das Messer hatte mitten in einem Beet gesteckt. Und es mußte tief im Boden gewesen sein, weil es wirklich ein tiefes Loch war, das Molly gegraben hatte.

Wir standen alle da herum, es war eine ansehnliche Versammlung, und jeder sagte etwas dazu, aber keiner wußte, was man davon halten sollte.

Bis einer kam, der wußte es.

»Hallo! Was tut ihr denn da?« rief eine Stimme über den Zaun. »Is am End' schon wieder was passiert?«

Es war der Graf in einem Lodenmantel und neben ihm sein Gast, Bernhard Blumenthal. Sie machten offenbar einen Spaziergang. Sie betrachteten ebenfalls das Loch im Boden. Und Anton, der vermutlich in seinem ganzen Leben noch nie so viel geredet hatte wie an diesem Morgen, erzählte das Ganze noch einmal von vorn. Dann redeten wieder alle durcheinander. Der Graf rief immer wieder: »Jetzt so was aa! Dös gibt's ja gar net. Ein Messer im Boden. Kann mir einer sagen, was das bedeuten soll?«

Endlich kam der Schriftsteller zu Wort.

»Das kann ich. Ein ganz klarer Fall. An dieser Stelle ist Otto Kaiser getötet worden. Und ich kann euch auch das Motiv sagen. Blutrache!«

Wir starrten ihn alle sprachlos an. Eine Weile blieb es totenstill. Ich faßte nach Irinas Hand, sie stand neben mir.

»Geh, Berni«, brachte der Graf schließlich hervor, »was redst da! Blutrache! So ein Schmarrn. Wo gibt's denn so was noch?«

»Das gibt es noch. Das Messer im Boden an der Stelle, wo die Erde das Blut des Getöteten trank, meldet den Vollzug der Blutrache. Ein alter Brauch. – Ich würde sagen, die Polizei hat den Falschen eingesperrt.«

Am Nachmittag waren wir in Klagenfurt. Wir, das hieß: der Inspektor Brauer mit seinem Assistenten, Blumenthal, Irina und ich. Blumenthal hatte es sich nicht nehmen lassen, mitzufahren. Der Fall interessierte ihn, hatte er mitgeteilt. Und der Inspektor, ein belesener Mann, der den berühmten Schriftsteller kannte und der These von der Blutrache zwar etwas mißtrauisch, aber doch beeindruckt gegenüberstand, hatte nichts dagegen gehabt, daß Blumenthal mitkam. Brauer saß bei uns im Wagen, und unterwegs erzählten wir ihm alles, was er noch nicht wußte.

Die Geschichte von Irinas Verletzung hatte er schon in Hallau erfahren, und er machte Irina große Vorwürfe, daß sie es ihm nicht berichtet hatte. Ich bekam auch mein Fett ab.

»Mein Gott«, sagte Irina, »ich wollte das Mädchen nicht in Ungelegenheiten bringen.«

»Aber das Messer, gnädige Frau! Sie mußten uns doch sagen, was mit ihm geschehen war.«

Er wollte wissen, wo sie es weggeworfen hatte. Wir waren extra noch mal ins Glainzer Tal gefahren. Erstens wollte Brauer die Fundstelle des Messers sehen – das Loch im Garten vom Reiter-Bauern. Zweitens wollte er die Stelle wissen, wo Irina das Messer aus dem Wagen geworfen hatte. Sie wisse es nicht mehr genau, sagte sie, irgendwo mitten im Dorf. Ja, es könne sein, daß es in der Nähe des Reiterhofes gewesen sei. Es hatte geschneit, und sie kannte ja die Gegend nicht.

»Das würde erklären, daß der Schlitten so ohne weiteres bei dem Blader aus dem Schuppen geholt werden konnte«, meinte Brauer, »der Hund vom Blader kannte Dunja sicher, wenn sie im Nebenhaus wohnte.«

Der Blader-Bauer bestätigte das. Ja, Fräulein Dunja sei manchmal ins Haus gekommen, und mit dem Hund, der noch jung war, hatte sie manchmal gespielt.

»Sie war also beteiligt an der Sache«, faßte Brauer zusammen, als wir wieder abfuhren. »Sie kennt den Mörder, sie hat geholfen bei dem Transport der Leiche. Allein kann sie es nicht getan haben. Entweder hat sie den Mörder angestiftet zu der Tat. Oder sie war von vornherein als Lockvogel gedacht. Und wenn da was dran ist an der Sache mit der

Blutrache – zu verrückt, so eine Vorstellung, so was gibt's doch gar nicht mehr. Bei uns hier in der Steiermark haben wir jedenfalls keine Blutrache – das steht fest.«

»Das läßt nur eine Schlußfolgerung zu«, sagte Blumenthal, »der Mörder stammt nicht von hier. Es besteht eine Verbindung von ihm zu Kaisers früherem Leben. Der verschwundene Chauffeur.«

»Ivo?« sagte Irina. »Aber warum ...«

»Das Warum könnte er nur selbst beantworten. Und bedenken Sie eins, Herr Inspektor, er betrachtet sich nicht als Mörder. Das sind andere Gesetze.«

»Es sind die gleichen Gesetze«, knurrte der Inspektor. »Wir leben nicht mehr im Mittelalter. Ich glaube kaum, daß der Marschall Tito ein Anhänger der Blutrache ist. Er hat einen sehr modernen Staat da drüben aufgebaut, ich war dort schon auf Urlaub. Gnädige Frau! Erzählen Sie mir bitte alles von diesem Ivo. Wie heißt er denn eigentlich noch?«

Es stellte sich heraus, daß Irina das gar nicht wußte, sie kannte den Fahrer ihres Mannes nur als Ivo. Im November hatte er seine Stellung angetreten. Sie sei damals gar nicht dagewesen, und sie hatte ihn eigentlich immer nur zu sehen gekriegt, wenn man abends einmal ausgegangen sei. Einige Male habe er sie abends ins Theater gefahren, auch wieder abgeholt.

»Auf der Fahrt vorgestern hier heraus war ich das erste Mal längere Zeit mit ihm zusammen. Ich sprach mit ihm über das Tal und ob er oft dagewesen sei. Er erzählte mir, daß er meinen Mann etwa jeden Monat einmal hinausgefahren hätte, im ganzen also vier- oder fünfmal. Und ich fragte ihn noch, ob er Dunja kenne, und er sagte ganz gleichgültig: Ja, ich kenne sie. Das war alles.«

»Er hatte gekündigt?«

»Ja. Das war am Dienstag. Nein – Montag abend. Da rief Fräulein Mellinger an, das ist die Sekretärin meines Mannes in Wien. Sie sagte, der Chauffeur wäre ganz überraschend ins Büro gekommen und habe seine Papiere verlangt. Er hätte keine Begründung angegeben, nur gesagt, daß er sofort die Stellung aufgebe, auf die restliche Bezahlung verzichte er. Und sie sagte noch: Ihr Gatte landet morgen gegen elf Uhr in Graz, ich kann ihn in Mailand nicht mehr erreichen, er wollte den Abend bei Bekannten auf dem Land verbringen. Und sie würde versuchen, telefonisch in Graz einen Wagen zu beordern, der ihn abholte. Und da sagte ich – eigentlich weiß ich nicht, warum –, ich würde fahren und ihn in Graz abholen.«

»Haben Sie das schon einmal getan?«

»Doch. In Wien habe ich ihn manchmal abgeholt. In Graz noch nie.«

»Und warum sind Sie nach Graz gefahren, gnädige Frau?«

»Warum? Aus Gefälligkeit. Nein, das stimmt nicht ganz. Ich wollte ganz gern einmal mit hinausfahren ins Glainzer Tal. Ich war ein wenig neugierig, so könnten Sie es nennen.«

»Neugierig? Auf was? Auf das Glainzer Tal?«

Ich sah ihr Gesicht im Rückspiegel, sie biß sich auf die Lippen. Es gab noch so vieles, was der Inspektor nicht wußte. Er saß neben mir und hatte sich umgewandt, ließ sie nicht aus den Augen. Blumenthal saß hinten neben ihr.

»Ich denke, gnädige Frau«, sagte ich, »wir müßten nun dem Herrn Inspektor so nach und nach alles erzählen, was er noch nicht weiß.«

»So gibt es also noch mehr, was ich nicht weiß. Was wissen Sie denn, Herr Lanz?«

»Alles das, was ich in den letzten drei Tagen gehört habe. Ich glaube, Herr Blumenthal wird bestätigen, wenn er erst alles kennt: Es ist ein Roman.«

»Na, dann mal los!« knurrte Brauer.

Da war also zunächst die Geschichte von Olga und Ludwig Jarisch. Dann die etwas verworrenen Erzählungen von Burger. Und schließlich die letzten Ergänzungen, die Bernhard Blumenthal am Abend zuvor geliefert hatte und die er nun etwas genauer wiederholte.

Der Inspektor saß reglos, den Blick auf die nasse Fahrbahn gerichtet, es regnete wieder stärker; er paffte wütend an seiner Zigarre, und ich kurbelte immer wieder das Fenster auf, damit wir nicht ganz erstickten.

»Weiß Gott, ein Roman«, sagte er, das war schon kurz vor Klagenfurt. »Und mehr ein Fall für Interpol. Nicht für mich. Ich kann schließlich nicht in all diesen Ländern ermitteln. Die meisten liegen heute hinter dem Eisernen Vorhang. Und wenn das wirklich ein Fall von Blutrache ist, dann kann er seinen Ausgangspunkt ebensogut in Rumänien oder Honolulu oder was weiß ich sonst haben.«

»Montenegro ist ein sehr passender Ausgangspunkt«, meinte Blumenthal.

»Montenegro!« stieß Brauer hinter einer dicken Rauchwolke hervor. »Soll ich vielleicht in Montenegro ermitteln, was dort vor fünfzig Jahren passiert ist. Ich geb' den Fall nach Wien ab. Sollen die sich den Kopf zerbrechen. Und wenn dieser Ivo wirklich etwas damit zu tun hat, ist er längst auf und davon. Wir sind hier sehr nahe der Grenze. Zweier Grenzen.«

»Haben Sie keine Fahndungsmeldung an die Grenzen gegeben?« fragte Blumenthal sanft.

»Natürlich habe ich, heut mittag. Und wann ist dieser Herr Ivo verschwunden? Gestern mittag. Also! Sogar mit einem Fahrrad wäre er auf und davon.«

»Sie nannten gestern den Namen Milevic«, sagte ich zu Blumenthal, »erinnern Sie sich?«

»Ja, natürlich. Ich sagte, daß Kaiser seinerzeit in Triest unter anderem den Namen Branko Milevic führte.«

»Ist das ein häufiger Name in Jugoslawien?«

»Dunja Milevic«, sagte Brauer. »Und wann waren Sie in Triest, Herr Blumenthal?«

»Der Freistaat existierte von 1947 bis 1954. Im Oktober 54 wurde das Londoner Abkommen verkündet, das die Sache endgültig regelte. Triest zu Italien. Die Zone A zu Italien, die Zone B zu Jugoslawien. Ich war dort von 50 bis 52 etwa, mit Unterbrechungen. Ich schrieb für eine Londone Zeitung. Dann hatte ich diesen Job aufgegeben und kehrt 53 nach Triest zurück. Als Privatmann. Weil mich die Stad und ihr Schicksal interessierte.«

»War Kaiser oder Branko oder wer auch immer danr noch dort?«

»Nein. Oder genauer gesagt, ich weiß es nicht. Aber ich kannte einen Mann in Triest, einen Journalisten, der müßte Bescheid wissen. Er war ein Irredentist. Ein Anhänger der Irredenta. Falls Ihnen das etwas sagt.«

»Nicht unbedingt«, meinte Brauer. »Obwohl mir so ist, als hätte ich das Wort schon gehört.«

»Die Irredenta war eine Bewegung, eine politische Bewegung versteht sich, die noch auf die Zeit vor dem ersten Weltkrieg zurückgeht. Wie Sie wissen, gehörte ein großer Teil Oberitaliens im vorigen Jahrhundert noch zu Österreich. Die Los-von-Österreich-Bewegung war eine der Quellen des Irredentismus.«

»Was heißt denn das, zum Teufel noch mal, Irre- Irredingsda?«

»Irredenta«, belehrte ihn Blumenthal, »übersetzt man am besten ins Deutsche, oder sagen wir mal, es wurde übersetzt in sehr poetischer Form mit dem Ausdruck ›unerlöste Gebiete‹. Das richtete sich im vergangenen Jahrhundert vornehmlich gegen Österreich. Italien führte drei Freiheitskriege gegen Österreich, den ersten 1848, den es verlor, den zweiten 1859, den es mehr oder weniger gewann. Die Schlacht von Solferino, Herr Inspektor, ist Ihnen sicher ein Begriff. Sie müssen das in der Schule gelernt haben.«

Brauer brummte etwas Unverständliches und warf seinen Stummel zum Fenster hinaus. Wir fuhren gerade ins regengraue Klagenfurt ein.

»So nach und nach holte sich Italien seine nördlichen Landesteile zusammen. Nach 1859 gab Habsburg die Lombardei auf. Und nach dem dritten Krieg 1866 bekam Italien Venetien.«

»1866 hatten wir Krieg mit den verfluchten Preußen«, gab der Inspektor seine Geschichtskenntnisse zum besten.

»Auch«, sagte Blumenthal. »Italien hatte sich übrigens damals mit Preußen verbündet. Wohlüberlegt.«

»Sieht ihnen ähnlich.«

»Von ihrem Standpunkt aus war es ganz verständlich. Sie wollten nun endlich mal ihr Land zusammenhaben. Vergessen Sie nicht, Herr Inspektor, wenn es jemals eine Weltmacht auf dieser Erde gab, eine wirkliche Weltmacht, dann war es das antike Römische Reich. Letzten Endes sind wir alle heute noch die Erben dieses Reiches, seiner Gesetze, seiner Macht, seiner Tradition. Alle Großmächte, die wir heute kennen – die im Osten und die im Westen –, haben niemals den Einfluß und die Macht des Römischen Reiches besessen und werden sie auch nie besitzen.

Natürlich war die Welt damals viel kleiner. Aber sie kannte nur einen Herrscher: das Römische Reich. Als das weströmische Reich im 5. Jahrhundert zugrunde ging, zerbrach die Einheit der Welt. Und ein Reich Italien hatte es seitdem nie gegeben. Im vorigen Jahrhundert gab es einen Mann, der es schaffen wollte und schaffen konnte.«

»Cavour!« ließ sich der Inspektor triumphierend vernehmen. »Also das habe ich nun wirklich in der Schule gelernt.«

»Sehr gut. Zu Ende des vorigen Jahrhunderts war Italien geeint. Es schloß sogar dann den berühmten Dreierbund mit Deutschland und Österreich. Aber es war nur mit halbem Herzen dabei. Die Feindschaft zu Österreich war zu tief verwurzelt. Und die Irredenta kämpfte weiter. Da blieb noch manches zu bereinigen. Zum Beispiel: Triest.«

»Da wären wir«, seufzte der Inspektor, der mich mit Handbewegungen durch Klagenfurt gelotst hatte bis zum Domizil seiner hiesigen Kollegen.

»Und was geht mich diese verdammte Irredenta heute noch an?«

»Eigentlich nichts mehr. Nur damals zu jener Zeit, die uns hier beschäftigt, da wurde sie noch einmal sehr wirksam. Damals richtete sich ihr Kampf gegen Jugoslawien. Es ging wieder um Triest. Und um Dalmatien.«

»Sie entschuldigen mich«, sagte Brauer und kletterte aus dem Wagen. Sein Assistent, der allein mit dem Polizeiwagen gefolgt war, hielt hinter uns. Der Arme! Er hatte das alles nicht mitgekriegt. Und was immer Brauer ihm erzählen würde, es würde nur ein matter Aufguß sein.

Ich kurbelte beide Fenster herunter und wandte mich um.

»Vielen Dank!« sagte ich. »Für den Geschichtsunterricht. War wirklich interessant. Zigarette?«

»Danke, nein«, sagte Irina. »Ich bin schon ganz vergiftet. Eine Tasse Kaffee hätte ich gern.«

»Schön. Ich werde mal ganz vorsichtig nachforschen, ob Brauer da drin länger zu tun hat. Ich nehme an, daß wir dann zu der Tankstelle fahren, wo Ihr Wagen steht, gnädige Frau. Und das wär's dann ja wohl. Ivo, was immer er nun getan hat: bloß einen Wagen geklaut, ein Mädchen entführt oder Blutrache ausgeübt – Blutrache ausgeübt? sagt man das so? –, ist bestimmt schon über alle Berge. Im tiefsten Montenegro oder wo auch immer. Bei Tito, Breschnew, Mao oder ... Wie heißt eigentlich der Chef von Albanien?«

Und wir erlebten den ganz großen Triumph, daß Blumenthal auch einmal etwas *nicht* wußte.

»Irgendwas mit Ho –«, meinte er. »Damned, es fällt mir nicht ein.«

»Ho kenn' ich nur Ho-Tschi-Minh«, sagte ich. »Und den brauchen wir hier wohl nicht. Gott sei Dank. Aber mir scheint dieser Boß von Albanien ein sehr tüchtiger Mann zu sein. Staatschefs, die man nicht kennt, sind die besten. Über die muß man sich nicht ärgern.«

Ohne Zweifel – ich benahm mich ein wenig albern. Aber ich hatte auch bloß Nerven. Und nachgerade war mir das alles ziemlich egal. Und wichtig war nur eins: *sie,* die da hinter mir saß. Alles, was zwischen ihr und mir geschehen war, das war wichtig. Und sie sollte nicht blaß und traurig hinter mir sitzen. Sie sollte es sowenig vergessen haben wie ich.

Ich sah sie an, froh, daß sie über meinen Ausspruch ein wenig gelächelt hatte, ich sah sie lange und ausführlich an, und es war mir total gleichgültig, was Blumenthal sich dabei dachte.

»Na?« sagte ich.

Sie nickte. »Ja«, sagte sie.

Blumenthal blickte von ihr zu mir und dann wieder zu ihr, und er sagte auch nur ein Wort.

»Gut«, sagte er.

Wie ich erwartet hatte, fuhren wir zu der Tankstelle am Stadtrand, diesmal schon ein Konvoi von drei Wagen, besichtigten den Cadillac, der blitzblank und saubergewaschen da stand, hörten uns an, was der Tankmann zu sagen hatte. Dann fuhren wir zur Stadt zurück, der Assistent Brauers aus Hallau durfte zu seinem großen Entzücken den Cadillac steuern. – Eigentlich hätte es zurückgehen sollen ins Polizeibüro, aber mein Vorschlag, ob man nicht das weitere bei einem Kaffee und einem Gugelhupf besprechen könne, fand allgemeine Zustimmung.

Der Klagenfurter Kollege kam auch mit, und nun erfuhren wir, was der Inspektor bereits wußte. An den nahe liegenden Grenzübergängen nach Jugoslawien und Italien hatte man bereits nachgeforscht. Dort waren die beiden Verschwundenen niemand aufgefallen. Aber etwas anderes hatten die Klagenfurter ermittelt, was ganz interessant war. Ermittelt war zuviel gesagt – sie hatten eine Meldung bekommen, die vielleicht mit unserem Fall in Zusammenhang zu bringen war.

Ein Bauer hatte ein Stück vor der Stadt einen Wagen im Wald gesehen, der dort einsam und verlassen stand. Ein grauer Fiat 850. Das war am Donnerstag nachmittag gewesen. Freitag nachmittag ging er noch einmal zu der Stelle, da war der Wagen noch da. Er erzählte mittags dem Gendarm davon, und der ging am Nachmittag nachschauen. Da war der Wagen weg. Der Fiat hatte ein italienisches Kennzeichen gehabt. Die Nummer hatte sich der Bauer leider nicht gemerkt.

Diese Meldung war vor einer Stunde eingelaufen. Und Brauer begann nach Kriminalistenweise zu kombinieren.

»Nehmen wir also an, Ivo wäre unser Mann. Dann ist er Dienstag von Wien ins Glainzer Tal gefahren. Mit diesem Fiat. Den Wagen hat er dort auch irgendwo in einem Seitenweg gelassen, nachts war er im Dorf, hat Kaiser getötet, ist herübergefahren nach Klagenfurt, noch in der Nacht, hat den Wagen hier versteckt und ist mit dem Zug nach Wien gefahren. Gestern ist er mit Dunja im Cadillac hergekommen, Cadillac hiergelassen, Fiat geholt, ab die Post. Heim zu seinen Bluträchern. Geht! Geht wunderbar. Hat sich gemeldet bei seinem Häuptling, Auftrag ausgeführt. Irredingsda erledigt. No?«

»Die Irredenta sitzt auf der anderen Seite«, klärte ihn Blumenthal auf.

»Ich werd' Ihnen mal was sagen, das ist mir ganz Wurscht. Ich soll einen Mörder fangen, und der ist weg. Ob ich den bei den Italienern oder bei den Jugoslawen suchen soll, ist mir auch Wurscht. Ich find' ihn da nicht, und ich find' ihn dort nicht.«

»So ist es«, stimmte Blumenthal zu, »genauso gut kann er nämlich nach Wien zurückgefahren sein und ist dort untergetaucht. Oder nach Deutschland oder in die Schweiz oder sonstwohin. Man hat ihn gestern mittag gegen halb zwölf das letzte Mal gesehen. In Hallau. Als er die beiden Verletzten im Spital ablieferte. So war es doch? Er hat jetzt genau« – Blumenthal blickte auf die Uhr – »neunundzwanzig Stunden Vorsprung. In der Zeit kommt er bei den heutigen Verkehrsmitteln bis nach Amerika, sogar von Hallau aus.«

»Is Wurscht, ich sag's eh"', meinte der Inspektor, »den Benno muß ich laufenlassen. Er hustet wirklich gottserbärmlich, ich hab' ihn untersuchen lassen, er hat noch einen roten Hals und einen Schnupfen dazu. Vielleicht ist er wirklich nur bei der Rappauerin im Bett gelegen. Ich hab' genug.

Ich geb' den Fall ab nach Wien, soll'n die sich den Kopf zerbrechen, die wissen eh' alles besser.«

Er trank seinen Kaffee aus, und ich hatte den Eindruck, am liebsten hätte er die Tasse voll Wut an die Wand geschmissen.

»Nur noch eine Frage, gnädige Frau, dann frag' ich nix mehr. Wie war das mit dem Ivo in Wien? Die Sekretärin hat Sie angerufen, er hat gekündigt, per sofort. Hat sie sonst noch etwas dazu gesagt?«

»Nein. Nur daß es eine Unverschämtheit sei und daß sie ihn sowieso nie habe leiden können, den Ivo. Er sei so unfreundlich gewesen. – Fräulein Mellinger wird auch seinen vollen Namen wissen und sicher auch, wo er in Wien gewohnt hat.«

»Schön. Sie sind dann nach Graz gefahren und haben Ihren Mann abgeholt. Hat Ihr Mann irgend etwas dazu gesagt, ich meine, daß Ivo so plötzlich gekündigt hatte?«

»Nein. Kein Wort.«

»Und wo kam der Ivo dann auf einmal wieder her?«

»Mittwoch war ich bei meinen Bekannten in Baden, das wissen Sie ja. Abends erfuhr ich dann, was geschehen war und rief Sie in Hallau an. Dann fuhr ich nach Wien hinein in unser Haus. Molina kam am Abend noch. Ein paar Reporter waren da und so. Am nächsten Morgen war Ivo plötzlich da. Er sagte, er hätte in der Zeitung gelesen, was passiert sei, und wenn ich ihn benötige, stehe er zur Verfügung. Wie Sie jetzt wissen, hatte ich die Verletzung am Arm und war ganz froh, daß ich nicht selber fahren mußte. Daß Molina mitkam, entschied sich erst in letzter Minute.«

»Er fuhr also mit Ihnen ins Glainzer Tal, der Ivo. Und das ist es, was ich nicht begreife. Kein Mensch hat ihn verdächtigt. Er hätte schon am Mittwoch über alle Berge sein können. Warum ist er noch einmal hineingefahren?«

»Dunja«, sagte ich.

»Na gut, na schön. Die konnte schlimmstenfalls auch allein verschwinden.«

»Er mußte damit rechnen, daß man das Mädchen verdächtigt. Vielleicht auch, daß sie sich ungeschickt benahm, die Nerven verlor, inhaftiert werden würde.«

»Da war ich auch nahe dran«, sagte Brauer.

»Und er konnte nicht damit rechnen, daß man so schnell einen Täter fand, der Dunja von diesem Verdacht befreite und ihr es möglich machte, zu verschwinden. Er hat sie zweifellos dabei beraten, wie sie es am besten anstellt.«

»Wenn er wirklich der Bluträcher ist, hat er gute Nerven. Aber das gehört wohl zu dem Geschäft. Nein, meine Herren, mit mir net. Ich mach' einen Bericht nach Graz und nach Wien, und damit gebe ich auf.«

»Bericht nach Graz ist nicht mehr nötig«, sagte eine Stimme hinter uns. »Ich bin schon da.«

Das Café, in dem wir saßen, war an diesem Samstagnachmittag ganz gut besucht, und wir waren so in unser Gespräch vertieft gewesen, daß wir gar nicht auf die Leute achteten, die kamen und gingen.

Nun stand er auf einmal bei uns am Tisch: der schlanke elegante Herr aus Graz. Der, der so gern am Bauernschrank lehnte.

»Lechner!« rief Brauer überrascht. »Wie kommen Sie daher?«

»Ich bin Ihrer Spur gefolgt. Ich brauche eine Tasse Kaffee und einen genauen Bericht.«

»O nein«, stöhnte ich, »nicht noch einmal.«

»Machen Sie einen Spaziergang durch Klagenfurt«, schlug Herr Lechner höflich vor. »Es hat aufgehört zu regnen, und die Luft ist wunderbar.«

»Können wir nicht einfach nach Hause fahren?« sagte Irina, und ich fragte mich, was sie mit zu Hause meinte. Mein Zimmer im Glainzer Tal?

»Bitte, gnädige Frau, küß die Hand übrigens«, und er tat es, der fesche Herr aus Graz, »tun Sie ganz nach Belieben. Ich denke, daß ich von Herrn Brauer alles erfahren werde, was ich wissen muß. Und notfalls finde ich Sie ja in Wien.«

»Wir müssen ohnedies jetzt in Wien ermitteln«, meinte Brauer. »Hier und im Glainzer Tal erfahren wir nichts Neues mehr.«

»Ich«, sagte Blumenthal, und er sprach allein zu Irina, »hätte einen anderen Vorschlag, gnädige Frau. Da wir jetzt einmal hier sind und Ihren schönen Wagen zur Verfügung haben, machen wir doch noch einen kleinen Rutsch nach Triest.«

Wir blickten ihn alle recht verblüfft an, und ich sagte: »Kleiner Rutsch ist gut!«

»Von hier nach Villach, dann über die Grenze, über Tarvis, Venzone hinab in die Ebene, bei Udine treffen wir die Autobahn, also ich würde sagen, mit dem Caddy und zur jetzigen Jahreszeit, ohne großen Touristenverkehr, sind wir in drei Stunden dort. Wir kämen gerade zum Abendessen zurecht.«

»Aber warum denn, um Himmels willen?« fragte Irina.

»Waren Sie schon einmal in Triest, gnädige Frau?«

»Nein«, sagte sie, und es klang abwehrend, »ich bin auch nicht neugierig darauf.«

»Es ist eine sehenswerte Stadt. Und in gewisser Weise gehört sie zum Leben Ihres Mannes. Sehr entscheidend sogar, würde ich sagen.« – Der Schriftsteller lehnte sich zurück. »Ich bin nun einmal ein neugieriger Mensch, das gehört zu meinem Beruf. Wir wissen nun einiges, das andere vermuten wir nur. Ich möchte den Rest auch noch genau wissen.«

»Und Sie sind der Meinung, daß Sie den Rest in Triest erfahren werden?« fragte der Grazer gespannt.

»Ich habe vorerst noch keine Meinung, nur ein Gefühl. Instinkt – wenn Sie so wollen. Intuition, sollte man vielleicht besser sagen. Auch das gehört zu meinem Beruf. Zumindest hoffe ich in Triest einen alten Bekannten zu treffen, der vielleicht noch mehr weiß von jener Zeit damals als ich. Ich war ja nur vorübergehend und auch nicht die ganze Zeit da.«

»Von was für einer Zeit sprechen Sie, und wovon ist

überhaupt die Rede? Und wieso Triest?« fragte der Grazer, und man sah ihm an, wie wenig es ihm behagte, daß es Dinge gab, die er noch nicht wußte.

»Das ist eine lange Geschichte«, meinte Brauer. »Streit um Triest, Irre ... Irredenta und so, Kaisers Untergrundtätigkeit in jener Zeit. Kann sowieso kein Mensch begreifen. Ich erzähl's Ihnen dann.«

»Interessant«, meinte Herr Lechner, und man merkte, wie ungern er uns scheiden sah.

Aber Blumenthal hatte einen Entschluß gefaßt. Er rief die Serviererin, bezahlte die gesamte Rechnung, und nun stand er auf.

»Gnädige Frau?«

»Nein«, rief Irina impulsiv, »nein, ich will nicht. Ich will nicht mehr. Ich habe genug von allem.«

Blumenthal blickte von ihr zu mir. »Und wenn er mitfährt?«

Ich blickte ein wenig erbost zu dem berühmten Mann auf. »Ich hätte sie ohnedies nicht allein fahren lassen«, sagte ich.

»Sie wäre nicht allein gefahren«, sagte Blumenthal, »sondern mit mir. Glauben Sie nicht, daß ich imstande bin, Madame zu beschützen?«

Irina sah mich mit unglücklichem Gesicht an. Ich wußte nicht, was ich sagen sollte. Mir war auch nicht nach Triest zumute. Viel lieber wäre ich mit ihr zurück ins Glainzer Tal gefahren, zurück in das Haus, zu Olgas Abendessen, zurück in meine Zimmer. Alles mit ihr, versteht sich.

»Ich habe ja gar kein Gepäck«, sagte sie verzweifelt.

»Ich verspreche Ihnen ein erstklassiges Hotel«, sagte Blumenthal, und er sah unerhört jugendlich und unternehmend aus. »Und wenn ich ein erstklassiges Hotel habe, habe ich auch einen erstklassigen Portier. Ein erstklassiger Portier aber kann alles besorgen, was der Mensch braucht. Ein Nachthemd oder einen Pyjama, ein Döschen Creme,

Wimperntusche und einen Lippenstift und alles, was sonst noch benötigt wird.«

»Einen Lippenstift habe ich«, sagte sie kläglich.

»Zahnbürsten«, sagte ich.

»Zahnbürsten und Rasierapparate«, wurde ich belehrt, »hat ein erstklassiges Hotel sowieso vorrätig.«

»Triest«, sagte Herr Lechner aus Graz, und man merkte ihm an, daß er uns am liebsten festgehalten hätte, »also ich möchte doch verflixt gern wissen ...«

»Herr Brauer wird es Ihnen erzählen«, meinte Blumenthal ungerührt, »er ist ein genauer Kenner der Triester Geschichte mittlerweile.«

Brauer seufzte und kramte eine neue Zigarre aus seiner Brusttasche. »Sie können das viel besser erzählen als ich, Herr Blumenthal.«

Aber Blumenthal war nicht mehr zu bremsen. »Kommen Sie«, sagte er zu Irina und streckte ihr seine schöne schmale Hand entgegen, »kommen Sie, gnädige Frau. Wir steigen draußen in Ihren feudalen Wagen und suchen uns das feudalste Hotel. Wenn Sie wollen, wird man Ihnen auch ein Kleid für den Abend besorgen.«

Irina mußte unwillkürlich lachen.

»Darf ich also mitkommen?« fragte ich, fest entschlossen, mich nicht abhängen zu lassen.

»Ungern, mein Lieber, höchst ungern«, sagte Blumenthal. »Mit dem Caddy und dieser Frau in einem teuren Hotel einzutreffen, das wäre noch einmal ein Höhepunkt in meinem Leben geworden.«

»Die Reihenfolge«, erwiderte ich freundlich, »die Reihenfolge ist falsch. Mit dieser Frau und dem Cadillac – so herum geht es.«

»Ich sehe schon, mein Freund, Sie sind ein Idealist. Das freut mich. Darum dürfen Sie auch mitkommen.«

So gingen wir also und ließen die Kriminalisten mit allen halb, viertel und gar nicht gelösten Problemen allein.

Blumenthal hatte es sich nicht nehmen lassen, sich selbst ans Steuer zu setzen, er meinte, ich sei ja bisher gefahren, jetzt komme er dran.

Ich saß hinten und konnte nur still vor mich hin staunen. Er fuhr einen rasanten Stil. Er fegte nur so am Wörther See entlang, nach Villach hinaus, und wir waren über der Grenze und in Tarvis in Null Komma nichts. Die Straßen waren kaum befahren, ein verregneter Samstagnachmittag und keine Reisezeit – da kam man gut voran.

Auf der Fahrt durch das Gebirgstal hinab nach Venzone gab er dazu noch geologische, ethnische und historische Beschreibungen über Land und Leute. Als wir endlich bei Udine auf die Autobahn kamen, war ich versucht, die Augen zuzumachen. Ich bildete mir ein, auch kein schlechter Autofahrer zu sein, aber immerhin war ich ja einige Zeit aus dem Verkehr gezogen gewesen. Und mit so einem Wagen war ich ja schließlich noch nie gefahren.

»Sie sollten auf Raketen umsatteln«, sagte ich, und er lachte. Sein scharfgeschnittenes Profil hatte etwas Kühnes, Vorwärtsdrängendes, und ich dachte, daß ich mir einen Dichter eigentlich immer ganz anders vorgestellt hatte.

Irina sprach wenig. Sie gab nur höfliche kleine Bemerkungen und Antworten von sich. Ihr Arm machte mir Kummer. Es war alles so anstrengend für sie, und der Verband hätte längst gewechselt werden müssen.

Es war dunkel, bis wir nach Triest kamen. Die Straße führte zuletzt oben am Karst entlang, dann schien es, als kämen wir durch eine Art Mauerlücke, und dann sahen wir unter uns Triest liegen, die Lichter der Stadt, die Lichter des Hafens und davor – ein geheimnisvoll schimmerndes Dunkel – das Meer. Hellerleuchtet zog ein Dampfer gerade aus der Bucht hinaus.

»Wie schön!« sagte Irina.

»Nicht wahr?« machte Blumenthal befriedigt. »Es geht nichts über eine Hafenstadt. Hafenstädte, ganz egal, an welchem Platz der Welt, haben mich immer fasziniert. Sie haben ihre eigene Geschichte und ihre ganz besondere Atmosphäre.«

Sonst verlief alles ungefähr so, wie er es versprochen hatte. Wir fanden das erstklassige Hotel, und wir wurden mit allem versorgt, was wir brauchten. Nicht zuletzt mit einem ausgezeichneten Abendessen und einem herrlichen Wein. Jedoch danach war Blumenthals Tatendrang noch immer nicht gestillt.

»Jetzt machen wir noch einen Besuch«, kündigte er uns an, nachdem er telefonieren war.

»Einen Besuch?« fragte Irina mit mäßiger Begeisterung.

»Bei meinem Bekannten, diesem italienischen Journalisten, von dem ich bereits sprach.«

»Aber dazu brauchen Sie mich doch nicht.«

»Ich habe ihm schon angekündigt, daß ich eine schöne blonde Frau mitbringe. Wollen Sie ihn so enttäuschen?«

»Sie sind einmalig«, sagte Irina und lächelte ihm zu.

»Faszinierend«, sagte ich pointiert. »Ein faszinierender Mann. Passen Sie auf, Herr Blumenthal, die gnädige Frau hat eine Schwäche für faszinierende Männer mit einer gewissen autoritären Ausstrahlung.«

Ja, ich war ein wenig boshaft. Denn ich war direkt eifersüchtig auf diesen unwahrscheinlichen Mann, obwohl er doch – na ja, also doch schon bald sechzig sein mußte.

Blumenthal sah mich mit hochgezogenen Brauen an. »Es wäre mir ja auch lieber gewesen, Sie wären nicht mitgekommen«, sagte er.

Der Mann, den wir besuchen wollten, hieß Giacomo, wie Casanova weiland. Er hatte in seinem Leben offenbar alles getan, was mit Reden und Schreiben zu tun hatte: Er war Politiker gewesen, Journalist, Schriftsteller, Rundfunkreporter, Kriegsberichterstatter, er stammte aus sehr guter alter Familie – so Blumenthal – und war zunächst Offizier gewesen wie sein Vater, ein Beruf, der ihm nicht zugesagt hatte, er hatte bald damit aufgehört.

»Er ist etwas ganz Originelles«, sagte Blumenthal, »er ist so eine Art konservativer Revolutionär. Man kann genausogut sagen, ein revolutionärer Konservativer. Es gibt nämlich nichts auf dieser Welt, was es nicht gibt. – Er ist allerdings auch, das darf man nicht unterschlagen, eine Strecke seines Lebens Faschist gewesen. Aber nur bis zu einem gewissen Punkt und dann nicht mehr. Als der Faschismus nämlich nicht mehr revolutionär war, aber auch niemals zu einem gediegenen Konservatismus gelangte, da fand Giacomo ihn nicht mehr goutable.«

Ich muß zugeben, mein Interesse, diesen Giacomo kennenzulernen, war äußerst gering. Lieber hätte ich den Abend ruhig bei einem Glas Wein beschlossen, Irina an meiner Seite, und wäre dann bald zu Bett gegangen. Und ich hatte das Gefühl, daß auch sie müde war und etwas belästigt von dem ständigen Anspruch, etwas zu tun.

Giacomo wohnte in einer engen Straße der Altstadt, und seine Wohnung war so, daß wirklich nur ein Italiener sich darin wohl fühlen konnte. Die Begrüßung war überschwenglich, aber da ich nicht Italienisch verstehe, konnte ich sie nur als Zuschauer genießen. Er und Blumenthal hatten sich offenbar seit vielen Jahren nicht gesehen, und es dauerte ziemlich lange, bis Giacomo seinem Glück darüber, den so lange vermißten Freund endlich wieder in die Arme schließen zu können, genügend Ausdruck verliehen hatte. Dazwischen bekam Irina immer wieder ein Kompliment ab, was sie, die offenbar etwas Italienisch verstand, jedesmal mit einem Lächeln quittierte. Ein etwas kühles und hochmütiges Lächeln. Sie glich auf einmal wieder der Fremden unserer ersten Begegnung.

Schließlich waren wir auf altersschwachen, zerschlissenen Sesseln etabliert, alle vorhandenen Getränke wurden vor uns aufgebaut; Wein, Grappa, Campari und sogar eine Flasche Whisky. Ich entschied mich für Whisky, den ich nicht mag. Ich trinke ihn eigentlich nur, wenn ich schlechter Laune bin. Giacomo wurde ermahnt, deutsch zu sprechen, was er ausgezeichnet konnte. Und dann kam Blumenthal ziemlich schnell zur Sache.

»Amico, erinnerst du dich an deinen Freund Pietro Danello?«

»Naturalmente, naturalmente«, rief Giacono. »Du meinst Branko?«

»Ich meine Branko.«

Und nun kam die Überraschung. »Er ist tot«, rief Giacomo und schlug die Augen schmerzerfüllt zur Decke auf. »Povero Pietro!«

»Woher weißt du das?« fragte Blumenthal verblüfft.

»Aber Bernardo, ich bitte dich. Ich lese jedenTag zehn Zeitungen. Ich weiß alles.«

Blumenthal hatte Irinas Namen nicht genannt, er hatte sie als eine offenbar von ihm zärtlich geliebte Freundin vorgestellt, so wußte Giacomo nicht, daß er die Witwe des verblichenen Pietro-Branko vor sich hatte, und konnte ungestört sprechen.

Soviel ich begriffen hatte, war Giacomo der Irredentist, von dem Blumenthal gesprochen hatte, und er hatte wohl nur mäßige Sympathien für Österreicher und schon gar keine für Jugoslawen. Seinerzeit mußte er mit großem Einsatz dafür gekämpft haben, daß Triest italienisch blieb, die Zone B ebenfalls italienisch wurde und am besten noch Dalmatien und ganz Jugoslawien dazu. Er schien so eine Art Mittelsmann zur britisch-amerikanischen Besatzung der Freistaatjahre gewesen zu sein. Für den Kommunismus hatte er ebenfalls nichts übrig, und das war es, was den ehemaligen Pietro-Branko in seinen Augen auszeichnete, daß dieser niemals ein Kommunist gewesen war, wenn er schon das Pech gehabt hatte, als halber Jugoslawe auf die Welt zu kommen.

»Was ist das, Jugoslawien?« rief Giacomo emphatisch aus. »Das ist etwas, das es gar nicht gibt. Schaut, liebe Freunde, es ist ein großer Unterschied zwischen einem Triestiner, einem Römer und einem Sizilianer. Doch sie sind alle Italiener. Sie haben eine gemeinsame Muttersprache, eine gemeinsame Tradition, ihre große Geschichte. Und sie haben eine gemeinsame Religion. Sie sind eine Einheit. Und was ist Jugoslawien? – Ein Völkergemisch. Volksstämme, die einander nicht lieben und verstehen, die verschiedene Sprachen haben und verschiedene Religionen. Auch der Kommunismus wird es nicht fertigbringen, sie in ein Volk zu verwandeln.«

Blumenthals Einwand, daß dies doch heute weitgehend gelungen sei, wischte er mit einer Handbewegung vom Tisch. Und zwar wörtlich zu verstehen: ein Glas ging dabei zu Bruch.

Er erging sich noch in weitschweifigen Ausführungen zu diesem Thema, geriet im Eifer wieder ins Italienische, und ich merkte, daß es in dieser Ecke Europas immer noch alte, offenbar nicht ausrottbare Ressentiments gab, von denen ich bisher nichts gewußt hatte. – Vielleicht auch nur bei Menschen von Giacomos Generation – das wußte ich nicht. Es interessierte mich auch nicht sonderlich, und auch Blumenthal war nicht geneigt, sich in die Diskussion über lange zurückliegende Zeiten zu verlieren.

»Gut, gut«, sagte er, »doch das soll jetzt nicht unser Problem sein. Woher wußtest du, daß Otte Kaiser, Pietro und Branko identisch sind?«

»Wie sollte ich es nicht wissen? Hältst du uns für Toren? Für Anfänger? Wir kannten damals bereits seine drei Namen.«

»Ich kannte nur zwei.«

»Bene, Amico, du warst ein Fremder in diesem Land. Du wußtest dennoch mehr, als die meisten Fremden je begriffen haben.«

»Es war auch nicht zu begreifen. Die Rolle, meine ich, die er spielte. Eine Zeitlang glaubte ich, es sei eine politische Rolle. Bis ich merkte, daß ihm eins so gleichgültig war wie das andere, der italienische und der jugoslawische Standpunkt. Er spielte drüben den jugoslawischen Patrioten und hier den italienischen, er versorgte beide Seiten mit Material und Neuigkeiten, die er hier wie dort verkaufte. Und nebenbei schmuggelte er, was sich nur schmuggeln ließ, und nicht zuletzt waren es Waffen. Von hier nach drüben. So war es doch. Und du willst behaupten, ihr hättet das gewußt?«

»Wir wußten es. Er war ein Verbindungsmann. Das allein zählte. Daß er dabei sein Geld verdiente – warum sollte er nicht?«

»Und als er meinte, er hätte genug davon verdient, verschwand er von hier. Rechtzeitig, ehe der Boden ihm zu heiß werden konnte.«

»Ein kluger Mann, der so handelt.«

Nun ja. Das war wohl echter romanischer Pragmatismus. Der Mann ohne Vaterland, der nur für sich kämpfte.

»Warum nannte er sich Milevic? Hieß seine Mutter so?«

»Ah no, no. Wenn er drüben war, wohnte er in Capodistria. Bei einem Fischer, der Milevic hier. Er galt dort als sein Bruder.«

»Und wenn er hier war?«

»War er in Trieste. Er hatte eine Freundin hier, Lucia, sie wohnte dicht am Hafen. Bei ihr lebte er.«

»Der Fischer Milevic – kennst du ihn?«

»Er ist tot. Ertrunken bei einem Schirokko.«

»Hatte er eine Frau, Kinder?«

»Naturalmente. Eine Frau, viele Kinder.«

»Hatte er einen Sohn, der Ivo hieß? Eine Tochter Dunja?«

Das wußte Giacomo nicht. Aber es würde sich feststellen lassen, meinte er. Seines Wissens allerdings sei die Familie ins Innere des Landes verzogen, die Kinder längst verheiratet.

»Wie kam es, daß du Pietro so gut kanntest?«

Nun wurde die Geschichte interessanter. Giacomo hatte die Bekanntschaft Pietros während des Krieges gemacht. Im Jahre 43, das wußte er noch genau. Damals war Giacomo als Kriegsberichterstatter in Albanien und Montenegro, das ja von deutschen und italienischen Truppen besetzt war. Zu jener Zeit waren Titos Partisanen schon sehr stark. Verborgen in den Bergen und Wäldern des unwegsamen Landes, waren sie einfach nicht zu bekämpfen und schon gar nicht zu besiegen von den verhältnismäßig schwachen Kräften der deutschen Wehrmacht, die dort eingesetzt waren.

Und nun fügte sich ein anderer Mosaikstein in das buntbewegte Leben Otto Kaisers. – Anscheinend war der ganze Balkan für ihn ein ertragreiches Handelsgebiet gewesen. Er fand überall Dinge, mit denen man handeln konnte, er fand Verkäufer und Käufer. Als Käufer brauchte er keinen privaten Schwarzmarktkunden, dafür waren ihm die militärischen Dienststellen des italienischen und deutschen Militärs gerade recht.

Da war die Sache mit den Schaffellen. Schafe waren in diesem Land, wie auf dem ganzen Balkan, immer in großen Mengen gezüchtet worden. Schaffelle aber wurden dringend gebraucht für die Wintermäntel der Offiziere, der Flieger vornehmlich.

»In Bulgarien, in Rumänien, in Serbien, überall hat er die Felle aufgekauft. Das hat er mir selbst erzählt. An sich konnte er in Bulgarien, das ja mit Deutschland verbündet war, auch mit Rumänien, solange es die Russen nicht besetzt hatten, viel einfacher arbeiten als in Jugoslawien, das durch die Partisanen *immer* Kriegsgebiet war. Er war auch nur nach Montenegro gekommen, um seine Mutter und seine Brüder zu sehen. Das sagte er mir jedenfalls.«

»Er hatte zwei Brüder, nicht wahr?« warf ich ein.

»Er hatte einen leiblichen Bruder und einen Blutsbruder. Blutsbrüderschaft galt damals viel bei diesen Völkern. Einer seiner leiblichen Brüder war noch als Kind gestorben. Sein zweiter Bruder war ein fanatischer Kommunist geworden und kämpfte damals bei den Partisanen. Er ist später gefallen. Aber am nächsten stand ihm wohl sein Blutsbruder. Ein Mann seines Alters, der im gleichen Ort, wie er aufgewachsen war. Er ist mein Freund, sagte er damals zu mir, ich bin zurückgekommen in das Tal meiner Kindheit, um meinen Freund wiederzutreffen.«

»Und er hat ihn getroffen?«

»Er hat ihn getroffen. Er blieb eine Zeitlang dort, vergaß wohl auch seine Geschäfte für kurze Zeit, aber dann wurde ihm die fanatisierte Kriegsstimmung wohl zu unbequem. Er tauchte in Dubrovnik auf, wo wir zu der Zeit ein recht vergnügtes Leben führten. Und er kam als Pietro Danello. Und frage mich nicht, wie er zu diesem Namen kam, ich weiß es nämlich nicht.

Wir haben eine sehr lustige Zeit zusammen verbracht.

Er erzählte mir von seinem Blutsbruder. Milovan, so hieß er. Und ob ich dem nicht helfen könne. Ich? habe ich gesagt, warum, wieso? – Milovan war kein Kommunist, er wollte auch keiner werden. Er ging nicht zu den Partisanen und war deshalb vielen Anfeindungen ausgesetzt. Nicht, daß er mit den Deutschen sympathisiert hätte, das auch nicht. Er fühlte sich als freier Montenegriner und hätte am liebsten gesehen, wenn Montenegro wieder autonom geworden wäre.«

»Und womit solltest du Blutsbruder Milovan helfen?«

»Herauszukommen aus dem Partisanengebiet, ihm eine Arbeit zu verschaffen, ohne daß er als Feind und Verräter angesehen würde. – Nun, das war schwer. Das ging über meine Kräfte. War auch nicht meine Aufgabe.«

»Und was geschah dann?«

»Pietro verschwand aus Dubrovnik, so plötzlich wie er gekommen war. Und dann habe ich ihn erst im Jahre 47 wiedergesehen, hier in Trieste. Nun, was er hier tat, weißt du selbst. Milovan, der Blutsbruder war übrigens dann auch drüben in Capodistria, er lebte mit seiner Familie bei Milevic, dem Fischer. Er hatte sich mit dem Kommunismus nicht abfinden können.

Pietro brachte ihn dann herüber in die Zone A, es kamen ja viele Flüchtlinge damals von drüben, die dem Kommunismus entgehen wollten. Doch dann kam er um.«

»Er kam um?«

»Ja. Bei irgendeiner nächtlichen Streiterei. Ich glaube, Pietro ist es sehr nahe gegangen. Das hat ihm wohl auch die Lust an der weiteren Untergrundtätigkeit verdorben. Er verschwand kurz darauf von hier. Und seitdem habe ich ihn nie wiedergesehen. Ich glaube, er ist auch nie wieder in Trieste gewesen.«

Das war zweifellos alles ganz interessant, aber es nützte uns nicht viel. So nach und nach konnte man nun das ganze Leben Otto Kaisers zusammensetzen, von einigen Lücken abgesehen.

Gemessen an früher, hatte er ja in den vergangenen fünfzehn Jahren geradezu das Leben eines Spießers geführt. Das Leben eines gutsituierten fleißigen Geschäftsmannes. Aber das war ja das wirklich Bewundernswerte an ihm: wie er sich stets dem Gesetz der Zeit und seiner Umgebung angepaßt hatte. – War er in den Jahren seiner Kindheit in Montenegros Bergen ein junger Wilder gewesen, so mußte man seine erste Triestiner Zeit als Lehrjahre betrachten. Folgte die Zeit in Europa während des Krieges, die er mit irgendwann erwachtem Geschäftssinn für seine Zwecke nützte, in der er seinen eigenen Feldzug führte, der nur seinem Nutzen diente, was er dann mit einer offensichtlich ganz einträglichen Ernte während der Triester Krisenjahre abschloß, um dann, erwachsen und klug geworden, in den Jahren des wirtschaftlichen Aufschwungs ein erfolgreicher Unternehmer zu werden.

Eine halbe Stunde später, als wir nach Hause gingen durch die schon südlich warme Luft dieses Abends, faßte ich alles noch einmal zusammen und endete mit der Frage an Blumenthal: »Reizt Sie die Geschichte nicht als Schriftsteller? Der Roman eines einzigen großen Abenteuers – das ist dieses Leben doch?«

»Ja, Sie haben recht«, sagte Blumenthal, »es ist ein Thema, das wirklich reizvoll wäre. Und was das Erstaunlichste dabei ist: sein Glück. – Dieser Mann hat mit allem, was er tat, legal oder illegal, ein unverschämtes Glück gehabt. Er ist einfach immer durchgekommen.«

»Bis auf sein Ende. Da hat ihn sein Glück verlassen.«

»Wie man's nimmt. Sein Ende paßt zu seinem Leben. Da muß ich Esther recht geben. Es wäre einfach ein Stilbruch, wenn er an Lungenkrebs oder einem Herzinfarkt gestorben wäre.«

Irina hatte in den letzten Stunden fast kein Wort gesprochen. Jetzt sagte sie: »Man müßte Ingeborg fragen, ob sie sein Leben als so wohlgelungen betrachtet.«

»Wer ist Ingeborg?«

»Seine erste Frau. – Oder fragen Sie mich. Ihn selbst können Sie nicht mehr fragen. – Es war ein Leben ohne Liebe, ohne Wärme. Seine Brüder sind tot. Sein Freund. Von seiner Mutter haben wir nichts mehr gehört, und er hat von ihr auch nie gesprochen. Fragen Sie Olga, fragen Sie seinen Sohn, seine Tochter. Es gibt keinen Menschen, der wirklich zu ihm gehört hat.«

»Vielleicht hat er das nicht gebraucht.«

»Möglich.«

»Er hat für die Menschen, die sein Leben begleiteten, gut gesorgt.«

»Mit Geld.«

»Sie sollten über Wohlstand nicht gar so abfällig urteilen, Irina«, sagte Blumenthal. »Manchem bedeutet es mehr als Liebe.«

»Möglich«, sagte sie wieder.

»Übrigens – seine erste Frau. Sie kennen sie?«

»Nein.«

»Sie hat nicht wieder geheiratet?«

»Nein.«

»Er kann nicht lange mit ihr zsuammengelebt haben«, sann Blumenthal nach. »Eigentlich gar nicht. Und ich kann auch verstehen, warum. Als der Krieg begann, wird er sich gedacht haben, daß es besser sein würde, von der Bildfläche zu verschwinden. Er war letzten Endes Österreicher, jung genug, man hätte ihn einziehen können. Aber irgendwie war er wohl gar nicht richtig erfaßt. Selbst den gründlichen Deutschen ist er durch die Maschen geschlüpft. Auch dazu gehört Talent. Und das, was Sie Liebe nennen, das hat er wohl wirklich nicht gebraucht.«

»Nein«, sagte sie, und ihre Stimme klang hart. »Das hat er nicht gebraucht. Und er hat auch keine Liebe bekommen. Keine wirkliche Liebe.«

Ich sah sie von der Seite an. Ihr Gesicht war verschlossen. Sie hatte genug von allem, mehr als genug.

Als wir ins Hotel kamen, schlug Blumenthal vor, noch einen Drink in der Bar zu nehmen. Irina lehnte ab. Sie sei todmüde und habe weder Lust auf einen Drink noch auf ein Gespräch, man möge sie entschuldigen. Das klang sehr entschieden, und ich hatte das Gefühl, es galt auch mir. Sie wollte allein sein. Ich blickte sie fragend an, aber sie wich meinem Blick aus und sagte auch mir sehr bestimmt: »Gute Nacht!«

Wir nahmen unseren Drink allein, wieder Whisky, ich war auch müde und mißgestimmt, und selbst Blumenthal verfiel in Schweigen und schien zu weiteren Gesprächen nicht aufgelegt.

Schließlich war ich in meinem Zimmer, im ungewissen, was ich tun sollte. An ihre Tür klopfen? Aber vielleicht schlief sie schon. Sie anrufen? Das war erst recht rücksichtslos. Ihr Arm machte mir Sorgen. Vielleicht hatte sie Schmerzen. – Morgen würde ich als erstes einen Arzt besorgen. Die Wunde mußte angesehen und der Verband erneuert werden.

Meine Laune wurde immer schlechter. Ich hätte gegen diese Fahrt nach Triest energisch protestieren müssen. Es war einfach zuviel für sie gewesen in den letzten Tagen. War es nötig, die Geschichten von Giacomo auch noch anzuhören?

Otto Kaiser war ein toter Mann. Er hatte sein Leben

gelebt. Viele Leben waren es gewesen genaugenommen, und sie mußten wohl nach seinem Geschmack gewesen sein, sonst hätte er sich sein Dasein anders eingerichtet. – Und nun sollte er wirklich tot sein.

In einer Woche, dachte ich, wird sie alles überstanden haben. Dann kann sie verreisen. Kann zu ihrer Mutter fahren. Oder sonstwohin. Weit weg.

Ich? – Was für eine Rolle sollte ich in ihrem Leben spielen? Es kam mir in dieser einsamen Nachtstunde geradezu lächerlich vor, daß ich mir jemals eingebildet hatte, überhaupt eine Rolle in ihrem Leben spielen zu können. Aber ich hatte es ja auch nicht getan. Was eigentlich wollte ich von ihr? Je länger ich darüber nachdachte, um so unruhiger und unglücklicher wurde ich. Ich zog mein Jackett wieder an und ging hinunter. Ich würde noch einen Whisky trinken. Ich hatte gerade die richtige Stimmung für Whisky.

Jedoch die Bar war bereits geschlossen.

Aber ich wollte nicht hinaufgehen in mein Zimmer, schlafen konnte ich doch nicht.

Langsam schlenderte ich am Kai entlang. Am Hafen würde es sicher irgendwo noch etwas zu trinken geben.

Ich fand eine Bar, die sogar ziemlich voll war, ein Mädchen setzte sich zu mir an den Tisch, eine üppige Dunkle, und es störte sie nicht, daß ich sie nicht beachtete. Jetzt trank ich Grappa, den ich verabscheue. Ich saß da, starrte vor mich hin und geriet immer tiefer in ein abgrundtiefes Loch der Verzweiflung. Warum, wußte ich selber nicht genau. Vielleicht war ich ein wenig betrunken. Ich hatte das Gefühl, an diesem Abend alles falsch gemacht zu haben; natürlich hätte ich noch zu ihr gehen müssen. Ich hätte sie nicht allein lassen dürfen.

Die Signorina an meinem Tisch redete auf mich ein, streichelte meinen Arm, offenbar erschien ich ihr trostbedürftig. Eine Weile saß ein kleiner betrunkener Italiener mir gegenüber und erzählte eine lange Geschichte.

Und langsam begann ich mich darüber zu wundern, wo ich eigentlich war und was ich hier tat. Und ob es mir wohl je gelingen würde, aus dieser Ecke aufzustehen und den Weg zurück ins Hotel zu suchen. Es war immer leerer geworden in dem Beisel, ein wenig stiller. Ich starrte schon seit einiger Zeit auf die Tür und nahm mir vor zu gehen.

Plötzlich sah ich einen unter der Tür stehen. Ich war also doch betrunken.

Ich sah Ivo unter der Tür. Sehr oft hatte ich ihn ja nicht gesehen. Und genaugenommen ja auch nicht genau angesehen. Und noch genauer genommen, sahen die sich hier sowieso alle irgendwie ähnlich. – Ich starrte also weiterhin ziemlich gleichgültig auf die Figur unter der Tür und rührte mich nicht.

Der Mann schien jemanden zu suchen, er rief dem Wirt etwas zu, ich verstand nicht, was er sagte, nur den Namen Tino glaubte ich zu hören. Falls das ein Name war. Der Wirt rief etwas zurück, schüttelte mehrmals lebhaft den Kopf, und der unter der Tür sah sich nun im Raum um. Es war nicht sehr hell drin, das muß man auch bedenken, er kam zwei, drei Schritte ins Lokal, musterte die schrägen Gestalten, die noch da saßen, und dann fiel sein Blick auf mich. Irgendwie fiel ich ja wohl aus dem Rahmen hier.

Einen ewig währenden Moment starrten wir uns gegenseitig ins Gesicht. Dann machte er kurz kehrt und verschwand. Und nun wurde ich endlich wach. Ich sprang auf, schob die Signorina unsanft beiseite, sauste zur Tür hinaus.

Der Wirt schrie mir etwas nach, schließlich hatte ich diese gräßlichen Grappas nicht bezahlt – aber ich war schon weg.

Draußen sah ich ihn laufen. Er zog ein Mädchen hinter sich her, lange dunkle Haare flatterten, konnte das Dunja sein? Der Kai war ziemlich leer zu dieser nächtlichen Stunde, und während ich lief und Tempo zulegte, dachte ich, daß ich doch wohl sehr betrunken sein mußte. Die Umgebung verschwamm vor meinen Blicken, und einmal stolperte ich über eine Unebenheit und wäre beinahe gestürzt.

Allein wäre er mir entkommen. Aber Dunja, auf hohen Absätzen, konnte nicht so schnell laufen. Sie blieb einmal in den Schienen der Hafenbahn hängen, er riß sie hoch, zerrte sie weiter, sie schrie etwas, eine Gestalt stellte sich mir in den Weg, ich stieß sie zur Seite, und nun war ich ihm schon sehr nahe, da machte er eine scharfe Wendung und verschwand im Schatten eines langen, niedrigen Gebäudes. Es schien so eine Art Lagerhalle zu sein.

Ich bog um die Ecke – noch um eine Ecke – verhielt kurz und lauschte, hörte Keuchen ganz in meiner Nähe, stürzte in das Dunkel hinein, und dann sah ich das Messer über mir blitzen.

»Ne!« schrie das Mädchen hoch und hell und schrill. »Ne!« Mit ihrem ganzen Körper warf sie sich gegen seinen erhobenen Arm, der Arm rutschte ab, das Mädchen schrie wieder, diesmal vor Entsetzen, und dann stürzte es zu Boden. Es war dunkel hier hinten, wir sahen uns nur als Schemen. Ich stürzte mich auf ihn, wir rangen, fielen zu Boden, er faßte nach meiner Kehle, er war stark, aber ich war stärker, ich kam los aus seiner Umklammerung, und dann lag er unter mir, ich hob die Faust und ... nein!!

Nein!!

Nie wieder! Nie wieder würde ich mit meiner Faust einen Menschen niederschlagen. Die Trunkenheit riß. Ich war ganz nüchtern. – Nie wieder!

Ich ließ mich zur Seite gleiten, er war sofort wieder auf den Beinen, holte mit dem Fuß aus, um nach mir zu treten, das war für mich eine günstige Chance, ich riß ihm das Standbein weg, und er stürzte mit einem dumpfen Krach zu Boden. Der Boden war aus Zement, ich hielt entsetzt den Atem an. Auch auf diese Weise konnte man einen Menschen umbringen.

Aber dann stöhnte er, begann sich aufzurappeln, ich drückte ihn mit beiden Armen auf den Boden und sagte: »Hör doch auf, Mensch! Hör doch bloß auf!«

Einen Moment lagen wir beide da, ich war ganz kalt

jetzt ganz klar, und das merkte er wohl, plötzlich gab er nach.

»Was ist mit Dunja?« sagte ich.

Bei unserem Kampf hatten wir uns ein Stück von der Stelle entfernt, wo sie zu Boden gestürzt war. Jetzt waren wir nahe an der Kaimauer gelandet, ein kleines Stück noch, und wir wären beide in das Hafenbecken gestürzt. Auch ganz gut zur Ernüchterung.

Wir standen beide auf. Ich behielt ihn im Auge, denn ich wußte ja nicht, ob es eine Finte war und ob er wieder anfangen würde.

Aber – er war auch zur Besinnung gekommen. Wir fanden Dunja an einer Mauer, sie lag da, stöhnte leise, es war zu dunkel, um zu erkennen, was mit ihr los war.

Dann hörten wir trappelnde Schritte den Kai entlangkommen.

»Carabinieri!« stieß er hervor und bückte sich nach dem Messer, das er selbst bei der Dunkelheit entdeckt hatte.

»Laß das!« sagte ich und gab ihm einen harten Schlag auf das Handgelenk. »Sei still!«

Unsere Gesichter waren nur fahle Flecken in der Dunkelheit, aber ich merkte, daß er mich ansah. Und so standen wir beide reglos an der Wand, bis die laufenden Schritte vorbei waren.

Dann bückte ich mich zu Dunja. »Hast du sie verletzt?« Er stieß ein paar unverständliche Worte hervor, dann fielen ihm endlich ein paar deutsche Vokabeln ein. »Das Messer! Messer sie treffen.«

»Sie wollte offensichtlich nicht, daß du noch einen umlegst, du Idiot. Komm, faß an!«

Wir hoben sie hoch und trugen sie um das Gebäude herum, sehr leise, denn auf dem Kai waren Schritte und Stimmen zu vernehmen.

Wir fanden eine Stelle, wo eine Laterne ein wenig Licht gab, und legten Dunja vorsichtig hin. Sie war bei Bewußtsein und sagte: »Ist nicht schlimm. Gar nicht schlimm.« Sie blutete ziemlich heftig an der Schulter, wo das Messer sie getroffen hatte, und ich dachte, so ähnlich mußte es bei Irinas Verletzung vor sich gegangen sein. Nur daß Dunja wohl mehr verletzt war, weil das Messer zum Stoß geführt worden war.

»Wir müssen sie verbinden«, sagte ich.

Er kannte sich aus im Hafen. Wir trugen Dunja ein Stück weiter, immer im Schatten der Lagerhallen, bis wir zu einer Halle kamen, die er aufstieß und in der ein mattes Licht brannte. Es roch nach Bananen. Hier mußte erst kürzlich eine Ladung Bananen gelöscht worden sein. Wir zogen Dunja die Bluse aus, sie blickte mit großen dunklen Augen zu uns auf, ihre Lippen zitterten, aber sonst war sie ruhig. Es war nur eine Fleischwunde, ein tiefer Riß von der Schulter herab über den Oberarm, fast die gleiche Stelle wie bei Irina.

»Zieh dein Hemd aus!« sagte ich zu ihm.

Er war jetzt ganz friedlich. Streichelte immer wieder Dunjas Wangen, das Blut, das aus ihrer Schulter floß, machte ihn endlich fertig. – Er zog sein Hemd aus und begann es in Streifen zu reißen, und wir verbanden die Wunde, so gut es uns gelang.

»Aber sie muß zum Arzt«, sagte ich. »Verstehst du! Arzt. Du bringen sie zum Doktor.«

Er nickte. »Natürlich. Ich bringe sie zu Doktor.«

Jetzt konnte er auch wieder einigermaßen deutsch reden.

»Ist nicht schlimm«, sagte Dunja und lächelte.

Ich glaube, es war das erste Mal, daß ich sie lächeln sah. Sie hob den gesunden Arm und legte ihre Hand an seine Wange. »Nicht schlimm. Und ich so froh, daß du ihn nicht hast totgemacht.«

Ich grinste. »Vielen Dank für die Lebensrettung, Dunja.«

»Wie Sie kommen hier?« fragte sie.

»Kleiner Besuch in Triest.«

»Sie mich suchen?« fragte er.

»Ich bin nicht von der Polizei«, sagte ich. »Ich wußte nicht, daß Sie hier sind, Ivo. Niemand weiß es. Bis jetzt. Aber sagen Sie mir eins: Warum haben Sie Kaiser getötet?«

Er schwieg, starrte verbissen vor sich hin. Dunja begann zu weinen, ohne einen Laut. Die Tränen liefen über ihr Gesicht, eben hatte sie noch gelächelt.

»Warum haben Sie ihn getötet?«

»Er hat meinen Vater getötet.«

»Ihren Vater? Und wer ist Ihr Vater?«

Es war nicht so einfach, die Geschichte zusammenzubekommen. Dunja, die besser deutsch sprach als er, half so gut sie konnte, mir alles zu erklären, auch wenn sie immer blasser und matter wurde.

Milovan, Stankos Blutsbruder aus Montenegro, war Ivos Vater gewesen.

Ivo hatt als zwölfjähriger Junge miterlebt, wie Stanko seinen Freund und Blutsbruder im Streit getötet hatte. Das war im Jahre 1952 auf dem Höhepunkt des Streites um Triest. Er erstach eben diesen Milovan, den er kurz zuvor aus der Zone B samt seiner Familie herausgebracht hatte auf italienisches Gebiet. Soweit ich begriff, hatte Milovan erst zu diesem Zeitpunkt erfaßt, welche zwielichtige Rolle sein Freund Stanko spielte. Darüber hatte er ihm Vorwürfe gemacht, es war zum Zerwürfnis gekommen, und Milovan wollte zurück auf jugoslawisches Gebiet. Für ihn war Stanko ein Verräter, von dem er sich lossagte. Das war der Streit, der tödlich endete.

Ivo hatte es nicht vergessen. Unter dem Gesetz der Blutrache war er aufgewachsen, und offenbar hatte seine Mutter ihn früher daran gemahnt, den Tod des Vaters zu rächen. Doch Stanko war verschwunden.

Dunja war damals ein Kind von einem Jahr. Milovans Frau lebte mit den Kindern dann bei dem Fischer Milevic in Capodistria, bis sie später zurückkehrte in ihre Heimat.

Ivo kam als junger Mann zur Marine. Sein Heimathafen war Rijeka, später fuhr er bei der Handelsmarine und war oft im Triester Freihafen. Dort kam er mit Dunjas Bruder zusammen und lernte auch die herangewachsene Dunja kennen. Vor drei Jahren hatte er abgemustert und war seitdem Lastwagenfahrer gewesen.

Dunja war schuld, daß er Stankos Spur fand. Er wollte sie heiraten, aber sie wollte nicht. Sie wollte hinaus in die Welt. Von einer Freundin, die in Graz arbeitete, erfuhr sie, wie angenehm das Leben dort sei, also ging sie auch nach Graz. Dort im Hotel lernte Otto Kaiser sie kennen, und sie, leichtsinnig und lebenshungrig, ging mit ihm. Für Ivo war es nicht schwer gewesen, sie zu finden, denn sie hatte sehr vergnügt nach Hause geschrieben, wie gut es ihr gehe und wie lustig es sich in Österreich leben lasse. Ivo kam nach Graz, um sie zu besuchen, besser gleich abzuholen, dort erfuhr er von ihrer Freundin die neue Adresse im Glainzer Tal. Mehr erfuhr er noch nicht. Er rief sie an, und sie trafen sich in Hallau. Das war ein ganz normales Rendezvous; bei dieser Gelegenheit machte sie ihm allerhand Zauber vor, die neue Stellung sei außerordentlich günstig, sie könne viel Geld verdienen, und das wolle sie noch eine Weile tun und dann zurückkommen und ihn heiraten.

Dann verlor sie ein wenig den Überblick; sie war eben doch ein dummes, unbedachtes Kind. Als sie hörte, daß Kaiser einen Chauffeur suchte, schickte sie ihm Ivo. Vielleicht war es auch die Gier nach Kaisers Geld, die sie so unüberlegt handeln ließ.

Ivo entdeckte beides zugleich: daß Otto Kaiser Stanko war, der seinen Vater getötet hatte, und daß Dunja Kaisers Geliebte war. – Bis dahin war er ein harmloser junger Mann gewesen, verliebt in ein Mädchen, das ihn schon geraume Zeit an der Nase herumführte. Die Blutrache hatte er vergessen, er war schließlich ein moderner junger Mann.

Aber nun sammelten sich Haß und Groll in ihm, und die richteten sich gegen Kaiser. Aber er dachte nicht an Mord. Zuerst einmal wollte er Dunja zurückhaben. Er kündigte seine Stellung, er fuhr ins Glainzer Tal, um sie zu holen.

Und – das war nun das Erstaunliche – er war an jenem Dienstag, der der Mordnacht vorausging, schon gegen Mittag im Tal gewesen, also vor Kaiser dort eingetroffen.

Es war wirklich ein merkwürdiger Zufall, daß niemand ihn gesehen hatte. Er traf Dunja in der Mittagspause, aber die schickte ihn erst mal nach Hallau zurück. Sie werde ihn dort anrufen; wenn sie ihren Koffer gepackt haben würde, könne er sie abholen.

Als Kaiser dann kam, wagte sie es jedoch nicht, ihm sofort zu sagen, daß sie beabsichtige abzureisen. Mir kam es vor, daß sie zu diesem Zeitpunkt keineswegs dazu entschlossen war. Da war schließlich noch der Flirt mit Ludwig. Und Kaisers Geschenke waren auch nicht zu verachten. Vielleicht hätte sie Ivo wieder vertröstet und fortgeschickt.

Ivo vermutete das wohl auch. Er kam am Abend ins Tal, ließ seinen Wagen in einem abgelegenen Waldweg stehen, gelangte im Dunkel bis zu ihrem Haus und wartete, bis sie kam. Heulend nach dem Auftritt mit Kaiser und Irina. – Ihr Fenster lag zu ebener Erde, sie ließ ihn herein, und dort verbrachte er den Abend mit ihr, sie wurden sich wohl mehr oder weniger einig.

Otto Kaiser kam gegen elf Uhr. Er wollte ihr gutmütig die Pelzjacke bringen, die sie in der Aufregung der abendlichen Szene hatte liegenlassen. Vielleicht wollte er sie auch anschließend mit in sein Bett nehmen, sicher sogar. Doch statt Dunja kam Ivo aus dem Fenster, und es kam zu einem Handgemenge im Garten des Reiter-Bauern.

Wenn man Ivo glauben konnte, hatte Kaiser als erster ein Messer in der Hand.

Sein Messer – das Irina weggeworfen hatte.

Er muß es auf dem Weg durch das nächtliche Dorf gefunden haben. Im Schnee war es sicher leicht zu sehen gewesen. Ivo besaß genau das gleiche Messer, Milovans Messer. Und dieses Messer traf Kaiser schließlich tödlich.

So ungefähr reimte ich mir die Geschichte aus den oft schwer verständlichen Sätzen der beiden zusammen. Es war kein Mordplan vorhanden gewesen, die Tat war im Affekt geschehen. Sogar Notwehr konnte man geltend machen.

In der Nacht noch flüchtete Ivo bis zur Grenze. Dunja hatte ihm zwar geholfen, die Leiche Kaisers aus dem Garten wegzuschaffen, weigerte sich aber verzweifelt, mit ihm zu gehen. Sie sagte, sie wolle ihn nie wiedersehen. An der jugoslawischen Grenze kehrte Ivo wieder um, fuhr bis in die Gegend von Klagenfurt, versteckte den Wagen dort im Wald und nahm dann einen Frühzug nach Wien. Hier stimmte sein Verhalten mit den Mutmaßungen des Inspektors überein. Warum er das getan hatte, konnte er nicht genau sagen. Der Grund dafür war wohl Dunja. Er liebte sie, er wollte sie immer noch nicht aufgeben. Und darum kam er auch wieder ins Tal, auf die Gefahr hin, daß sie inzwischen alles gestanden haben würde. Er war bereit, zu seiner Tat zu stehen. Sicher hätte Dunja auf die Dauer den Verhören nicht standgehalten. Daß man Benno Tallinger verhaftete und die Ermittlungen zunächst eingestellt wurden, kam ihnen zu Hilfe. Jetzt war Dunja endlich bereit, ihm zu folgen. Als er sie abholte, steckte er das Messer in den Boden. Man sollte es finden und wissen, daß Benno es nicht getan hatte.

Es war, wie gesagt, eine sehr verworrene und oft schwer verständliche Geschichte, manches mußte ich mehr erraten, als daß ich es verstand.

»Sie muß sofort zu einem Arzt«, sagte ich, auf Dunja weisend, die mit geschlossenen Augen an seiner Schulter lehnte. Unser notdürftig angelegter Verband war durchgeblutet. Ich saß auf einer leeren Kiste, er auf dem Boden, Dunja, die halb ohnmächtig schien, neben ihm.

»Werden Sie nicht die Polizei rufen?« fragte er.

»Was hätten Sie getan, Ivo, wenn ich Sie nicht heute nacht dort in der Trattoria erkannt hätte?«

»Ich habe angeheuert auf ein Schiff, es fährt morgen aus.«

Ich nickte. Das war naheliegend.

Etwas war mir absolut nicht klar.

»Hat Kaiser gewußt, daß Sie der Sohn Milovans sind?«

Ivo schüttelte den Kopf. »Nein.«

»Aber er muß doch Ihren vollen Namen gekannt haben.«

Seine Mutter hatte wieder geheiratet, drei Jahre nach Milovans Tod. Einen Bauern aus ihren heimischen Bergen. Der adoptierte den Jungen, weil er selbst keinen Sohn hatte. Vielleicht auch führte Ivo von da an nur den Namen des Stiefvaters, ganz deutlich wurde mir seine Erklärung nicht. Als er älter wurde, verstand er sich mit dem neuen Vater nicht sonderlich gut, er kam erst fort auf eine Schule, und später ging er zur Marine.

»Ich werde Ihnen etwas sagen, Ivo. Tun Sie, was Sie wollen. Gehen Sie auf das Schiff. Lassen Sie Dunja hier zurück. Ich werde heute nacht nicht zur Polizei gehen. Aber wenn ich Ihnen einen Rat geben darf, dann gehen Sie selbst zur Polizei. Stellen Sie sich. – Es wird Ihnen sehr nützen bei der Verhandlung. Und ich kann Ihnen einen erstklassigen Rechtsanwalt empfehlen.«

Er sah mich schweigend an. Im Halbdunkel der Lagerhalle sah ich ihn nur undeutlich, aber ich sah dennoch, daß seine dunklen Augen voller Schwermut und Trauer waren.

»Sie sind sehr gut zu mir«, sagte er dann stockend.

»Und du hättest ihn beinahe auch noch getötet«, flüsterte Dunja mit geschlossenen Augen.

Er sah mich an. »Warum – warum tun Sie das?«

»Ich habe auch einmal einen Menschen getötet, ohne daß ich es wollte, und ich hatte nicht mehr und nicht weniger Grund dazu als Sie.«

Ich stand auf. »Eins allerdings muß ich Ihnen auch noch sagen. Morgen werde ich der Polizei melden, daß ich Sie im Hafen gesehen habe. Das verstehen Sie?«

Er nickte.

»Gut. Soll ich Ihnen jetzt helfen, Dunja irgendwohin zu bringen?«

Er schüttelte den Kopf. »Ich kann allein.«

Er nahm sie auf die Arme und trug sie aus dem Lagerschuppen.

Ich fragte mich, wo er denn jetzt – es war mittlerweile drei Uhr geworden – mit ihr hinwollte. Er konnte sie doch unmöglich den ganzen Kai entlang bis zur Stadt schleppen. Sie war zwar leicht und zierlich, aber immerhin, es war ein ganzes Stück Weg.

Aber er brachte sie zu einem Boot, das in der Nähe angebunden lag, legte sie vorsichtig hinein. Sie hob grüßend die Hand zu mir hinauf. »Es tut gar nicht weh«, sagte sie, »gar nicht. Es ist nicht schlimm.«

Dann ruderte er mit ihr durch den Hafen davon. Ich sah dem Boot nach, bis das Dunkel es verschluckte. – Ob er sie zum Arzt brachte? Ob er morgen zur Polizei ging?

Ich kann nicht sagen, daß ich mir sehr gescheit vorkam. Hatte ich mich nicht unverantwortlich verhalten? – Er konnte sie draußen über Bord werfen und flüchten. – Nein. Richtig hatte ich das sicher nicht gemacht.

Was Inspektor Brauer und der Herr aus Graz zu meinem Verhalten sagen würden – daran wagte ich gar nicht zu denken.

Eine Weile suchte ich zwischen den Lagerschuppen nach dem weggeworfenen Messer mit dem Adlerkopf. Milovans Messer oder Stankos Messer, eins von beiden mußte es wohl sein. Aber ich fand es nicht. Die Hallen sahen alle gleich aus. Ich wußte nicht mehr, an welcher Stelle ich ihm das Messer aus der Hand geschlagen hatte.

Langsam ging ich schließlich den Kai entlang in mein Hotel zurück.

Die Carabinieri sah ich nicht mehr.

Na ja, es mochte wohl öfter mal nachts einen Streit im Hafen geben.

Es mochte öfter vorkommen, daß einer weglief und ein anderer hinterdrein. Und daß ein Mädchen schrie.

Keinesfalls durfte ich vergessen, morgen meine Grappas zu bezahlen.

Vorausgesetzt ich fand die miese kleine Bar wieder. Es gab viele von der Sorte hier.

»Nein«, sagte ich. »Ich denke, daß ich besser nein sagen muß. Ich weiß nicht, wie ich zu diesem ehrenvollen Auftrag komme. Ich meine, womit ich dieses Vertrauen verdiene. Aber ich denke, es sind wohl Leute da, die weit besser als ich dafür geeignet sind.«

»Mein Lieber, Sie sind vielleicht ein sturer Hund!« sagte Saß. Es klang ehrlich erbost.

Molina lächelte auf seine charmante, verbindliche Weise und meinte: »Ich denke, Sie werden sich das Ganze noch einmal in Ruhe überlegen, Herr Lanz. Man kann in einem so schwerwiegenden Fall nicht sofort ja oder nein sagen. Sagen wir eine Woche? – Eine Woche Bedenkzeit. Das ist ein faires Angebot.«

Irina, die an uns allen vorbeisah und in den Garten blickte, auf den gepflegten tiefgrünen Rasen, auf die vielen leuchtenden Blumen, sah mich jetzt voll an.

»Das Vertrauen bringe *ich* Ihnen entgegen, Herr Lanz. Es war mein Vorschlag. Ich habe mit Herrn Dr. Molina und Herrn Dr. Saß darüber gesprochen, und sie meinten beide, es sei ein guter Vorschlag. Ich verstehe nichts von Geschäften. Und ich habe mich in diesem Fall von meinem Gefühl leiten lassen. – Aber die Entscheidung müssen Sie selbst treffen.«

Sie legte ihre Hand auf den Kopf des grauen Pudels, der artig neben ihr saß, dann kehrte ihr Blick gelangweilt in ihren vornehmen Millionärsgarten zurück.

Ich war mir bewußt, daß ich ein bockiges Gesicht machte. Und daß ich mich saudumm benahm. Und überhaupt ein unmöglicher renitenter Mensch war. Ich hätte niemandem auf der Welt, nicht einmal mir selbst, erklären können, warum ich mich so benahm.

Weil ich ein enttäuschter und verlassener Liebhaber war? Lieber Himmel, man durfte so etwas nicht einmal denken.

Eine Frau hatte in der Verwirrung dramatischer Tage, die außerhalb jeder Normalität standen, einmal mit mir geschlafen. Ein feiner Mann vergaß so etwas.

Und ein Realist bildete sich nicht ein, das hätte etwas mit Liebe zu tun.

War es so? So war es.

Molina stand auf. »Ja. Leider. So schön es sich hier sitzt, ich habe noch zu tun.«

Und da auch Saß sich erhob, hampelte ich meine fast zwei Meter auch in die Höhe.

Ich dachte, sie würde vielleicht sagen, ich solle noch bleiben – aber sie sagte es nicht.

Wir küßten ihr alle drei die Hand, und dann kam noch ihre Mutter aus dem Garten herauf, eine schlanke, noch gar nicht alte Dame, die fast noch genauso hübsch war wie die Tochter, wir küßten auch ihr die Hand und gingen dann nicht durch das Haus, sondern die Stufen von der Terrasse herab und seitwärts um das Haus herum auf die Straße. An der Hausecke wandte ich mich noch einmal um, aber sie sah mir nicht einmal nach, sie sprach mit ihrer Mutter, sie lächelte, sie sah braungebrannt und hübsch und sehr zufrieden aus. Sie trug ein dunkelblaues ärmelloses Kleid mit einem weißen Kragen, es war sehr warm an diesem Maitag in Wien, und ich dachte noch einmal: Nein. Ich habe nein gesagt, und dabei bleibt es. Und die Stellung im Sägewerk werde ich auch demnächst kündigen.

»Können Sie mir vielleicht sagen, Sie dreimal vernagelter Depp«, begann Saß, als wir auf der Straße standen, aber Molina unterbrach ihn gleich. »Lassen Sie ihn, Herr Kollege. Er hat eine Woche Zeit zum Überlegen, und dann wird er ja sagen.«

»Da haben Sie sich ganz gewaltig getäuscht«, sagte ich. »Da sage ich erst recht nein. Habe die Ehre.«

Und damit stieg ich in meinen Wagen und fuhr ihnen davon. Ich benahm mich nicht nur blöd, sondern auch unhöflich. Aber das war mir im Moment ganz egal.

Ich hatte sie endlich wiedergesehen, und ich hatte sechs Wochen lang nichts anderes getan, als von dieser Stunde geträumt. Alles mögliche hatte ich mir vorgestellt. Manchmal viel, manchmal wenig, manchmal gar nichts.

Aber das hier war weniger als gar nichts. Eine kühle hochmütige Fremde hatte ich getroffen. Es verbot sich ganz von selbst, sich dieser Frau gegenüber an etwas zu erinnern, das vielleicht einmal vorgefallen war. Vielleicht. Möglicherweise hatte ich das auch nur geträumt.

Ich besuchte nicht einmal Josy. Ich wollte nichts und niemand sehen.

Ich fuhr stracks aus Wien hinaus die mir nun schon wohlbekannte Strecke. – Genau sieben Wochen war es her, daß ich zum erstenmal hier gefahren war. Jetzt war es Mitte Mai. Ein grüner, warmer, herrlicher Mai. Die Sonne begleitete mich auf dem ganzen Weg, und erst, als ich durch Hallau kam, fing es an zu dämmern.

Ich war froh, als ich wieder im Tal war. So oder so – ich würde es bald verlassen müssen. Kündigen würde ich, ja, das war es.

Sie hatten schon gegessen, aber Olga servierte mir mein Abendessen nach. Sie saßen alle drei um mich herum und warteten, daß ich etwas erzählte.

»Was war denn los?« fragte Ludwig. »Was wollte denn die hohe Direktion von Ihnen?«

»Nichts Besonderes.«

»Möcht' wissen, warum Sie dann partout heut hineinkommen sollten«, meinte Burger.

Ich schwieg.

»Übrigens hat das Fräulein aus Hallau heut angerufen, Sie wissen schon, die neulich sich hier vorgestellt hat. Sie wird nächste Woche anfangen.«

»Na, ist das nicht ein Glück? Bin ich endlich von diesem Posten erlöst«, sagte Ludwig.

Wir hatten ihn nämlich in den letzten Wochen als Sekretärin mißbraucht. Solange er das Gipsbein hatte, war er ganz bereitwillig tätig gewesen. Er tippte zwar nur mit zwei Fingern, und Fehler machte er auch reichlich, aber er war ganz froh, etwas zu tun. Seit er wieder laufen konnte, war er zunehmend ungeduldig geworden.

»Heute bin ich eine ganze Stunde spazierengegangen«, erzählte er mir, »bergauf und bergab. Ich spüre überhaupt nichts mehr.«

»Das ist ja fein«, sagte ich.

»Und daß Sie's wissen, bald schlägt die Stunde des Abschieds. Glainzer Tal, ade. Ich fahre Ende der Woche nach Wien. Und dann lebe ich wieder mein Leben.«

»Viel Erfolg«, sagte ich. »Ich hoffe, Sie werden ein zweiter Karajan.«

»Ich hab's vor«, sagte er bescheiden.

»Sie haben aber wenig gegessen«, stellte Olga tadelnd fest. »Hat's Ihnen nicht geschmeckt?«

»Doch, sehr gut. Danke.«

»Sicher hat er zu Mittag in Wien gut gespeist«, meinte Burger. »Wo denn?«

»Ich weiß nicht«, sagte ich. »Ich hab's vergessen, wie das Lokal heißt.«

»Warum sind S' denn so grantig?« fragte Burger. »Haben Sie sich geärgert in Wien?«

»Nein. Gar nicht.«

Sie blickten mich alle drei besorgt an, und zum erstenmal, seit ich sie kannte, gingen sie mir auf die Nerven. Ich zündete mir eine Zigarette an, Olga schenkte mir noch einmal Wein ein, und schließlich sagte ich es ihnen. »Sie haben sich jetzt entschlossen, eine GmbH aus Kaisers Firma zu machen. Und sie haben mir angeboten, als geschäftsführender Teilhaber einzutreten.«

»Na, großartig!« sagte Ludwig, »Gratuliere! Das ist die beste Idee, die sie haben konnten. Hat sicher der Molina ausgekocht.«

»Ich hab' abgelehnt.«

Tiefes Schweigen.

»Und warum?« fragte Olga endlich.

Ich hob die Schultern. »Ich will nicht.«

»Und warum nicht?«

Es war schwer, darauf zu antworten. »Ich bin der Meinung, daß sie drin Leute haben, die besser dafür geeignet sind. Ich bin neu in der Firma. Ich bin hier auf einem verhältnismäßig unwichtigen Außenposten, und das seit knapp zwei Monaten. Ich finde, diese Position kommt mir nicht zu.«

»Und ich finde, Sie haben Holz statt einem Gehirn im Kopf«, sagte Ludwig respektlos.

»Kann sein«, sagte ich. Dann stand ich auf. »Ich geh' noch ein Stück spazieren. Guten Abend.«

Molly, die neben der Tür lag, sprang auf und bewegte erwartungsvoll die Rute. »Du kannst mitkommen.«

Ich hatte nicht nur Holz im Kopf, ich hatte auch da Holz, wo man normalerweise ein Herz hat. Oder ein Gefühl. Oder sonst irgend so was Ähnliches.

Langsam schlenderte ich über das Sägewerksgelände, roch den vertrauten Geruch, ging dann hinaus, den Weg zum Fluß hinab, durch die Büsche, tiefer in das Tal hinein. Die Büsche waren jetzt voll jungem Laub, und es duftete nach Frühling. Ein halber Mond stand silbern am hellen Nachthimmel. Wie auch immer, es würde mir schwerfallen, von hier wegzugehen. Aber je eher, um so besser. Es gab schließlich noch mehr Sägewerke in Österreich, und ich hatte keine Bedenken, ich würde schon eine neue Stellung finden.

Eine Weile saß ich unten an der Glainz auf einem Baumstumpf und wurde ein wenig friedlicher. Vielleicht benahm ich mich wirklich albern. Wann wurde einem schon so eine Chance geboten? Einmal und nicht wieder. Konnte ich nicht vergessen, was zwischen ihr und mir gewesen war? Konnte ich nicht dieses generöse Angebot annehmen, viel Geld verdienen und mich des Vertrauens würdig erweisen, das man mir entgegenbrachte?

Wenn sie es vergessen hatte, konnte ich es auch vergessen. Also.

Eine Woche Bedenkzeit. Gut. Ich würde bedenken.

Nein. Ich würde nicht bedenken. Ich hatte abgelehnt, und dabei blieb es.

Ich sei ein sturer Hund, hatte Saß gesagt. In gewisser Weise stimmte das. War ich schon immer gewesen. Man verändert sich eben nicht.

Die Glainz schimmerte silbern im Mondlicht und murmelte leise und fröhlich vor sich hin, sie war ruhiger geworden, nicht mehr so ungebärdig wie nach der Schneeschmelze. Ich schlenderte langsam zurück, aber ich konnte mich nicht entschließen, ins Haus zu gehen. Ich wollte kein Gespräch mehr heute abend. Keine Fragen.

Ludwig ging also zurück nach Wien. Er würde sich eine Wohnung mieten, Geld hatte er ja jetzt, und seine Studien wiederaufnehmen. Olga war hin- und hergerissen, sie ließe ihren Sohn ungern allein, aber wir, Burger und ich, hatten ihr in der letzten Zeit klargemacht, daß ihr Sohn erwachsen sei und daß sie ihn nun endlich einmal sich selbst überlassen mußte. »Na, schön«, hatte sie schließlich widerwillig zugestimmt, »dann bleibe ich eben hier.« Sie blieb ganz gern im Tal. Sie fühlte sich wohl hier. Und jede Mutterrolle war einmal ausgespielt. Das sah sie wohl ein.

Eine neue Sekretärin bekamen wir also auch. Gut. – Das Sägewerk lief problemlos. Wir hatten viele Aufträge, die Arbeit klappte. Wir beschäftigten zur Zeit 51 Arbeiter.

Oben auf dem Schloß war Licht. Esther würde auch wieder dasein. Sie war vierzehn Tage fort gewesen, in England bei Bekannten. Ich überlegte kurz, ob ich noch hinaufgehen sollte zu einem Besuch. – Zu spät, zehn Uhr. Keine Zeit, um noch einen Besuch zu machen.

In der letzten Zeit war ich viel oben auf dem Schloß gewesen. Mit beiden, mit Graf Poldi und mit Esther, hatte ich mich gut angefreundet. Besonders viel waren wir zusammen, als in den Osterferien Esthers Sohn dagewesen war, er hielt sich oft im Sägewerk auf, ich war mit ihm zum Fischen gegangen. Ein netter Bub, wir hatten uns gut vertragen. Jetzt war er wieder in seinem Internat. Aber in den großen Ferien würde er wiederkommen.

»Er braucht einen Vater«, hatte Esther gesagt. »Dann kann noch ein ganz normaler Mensch aus ihm werden.«

Auch Josy hatte mich besucht. Es beruhigte sie, daß ich mich wohl fühlte hier draußen und daß alles einigermaßen glimpflich abgegangen war. Natürlich mußte ich ihr die ganze Tragödie noch einmal genau erzählen. Irgendwie war sie stolz auf mich, sie sagte: »Du hast das großartig gemacht.«

»Möchte bloß wissen, wieso. Was hätte ich denn sonst tun sollen!«

Denn meine Rolle, die ich bei der Aufklärung des Mordes gespielt hatte, war natürlich in den Zeitungen ausführlich gewürdigt worden. Das Ganze war überhaupt ein fetter Braten für die Reporter gewesen. Ehemaliger Totschläger stellt Totschläger und überredet ihn, sich selbst zu stellen. So ungefähr, mal auf den primitiven Nenner gewisser Blätter gebracht, stand in den Zeitungen zu lesen.

Ja. Ivo hatte sich gestellt. Er war jetzt in Untersuchungshaft. Im Prozeß würde Saß ihn verteidigen. Er war damit in besten Händen – wer wußte das besser als ich.

Auch für Dunja hatte Saß gesorgt, er hatte sie nach Österreich zurückgeholt; sie arbeitete in einem Kaffeehaus in Wien als Serviererin. Sie war so eine Art Wiener Berühmtheit geworden. Sechs Heiratsanträge hatte sie schon bekommen, hatte Saß mir heute vormittag erzählt. Bis jetzt spielte sie noch die Rolle einer treuen Liebenden. Sie wollte auf ihren Ivo warten. Wie lange sie das durchhielt, war eine andere Frage.

Aber ich wollte ihr nicht unrecht tun. Vielleicht würde sie wirklich auf ihn warten.

Die Zeitungen und Illustrierten hatten den Fall groß ausgeschlachtet. Eine Zeitlang hatten sie uns hier im Tal auch aufgesucht. Bis aus Deutschland waren sie gekommen. Und natürlich war ich das interessanteste Objekt für sie. Ich war ziemlich unzugänglich, aber immerhin wußte nun jedermann hierzulande, was es mit mir auf sich hatte. Zum zweitenmal gewissermaßen war ich berühmt geworden.

Zum Teufel, begriffen die denn das nicht in Wien, daß ich wirklich nicht der richtige Mann war, in Zukunft Otto Kaisers Firma zu repräsentieren?

Das, zum Beispiel, hatte ich gesagt heute nachmittag beim Gespräch in der vornehmen Villa von Madame Kaiser. Und Saß hatte kühl erwidert: »Wieso denn das? Menschenskind, haben Sie nicht begriffen, in welcher Zeit wir leben? Publicity ist heute alles. Auch im Geschäftsleben. Sie sind ein interessanter Mann, Lanz, für alle und für jeden. Es wird der Firma nicht schaden. Es wird ihr nützen.« Molina hatte dazu genickt. Komische Anwälte waren das. Früher sah man auf guten Ruf und weiße Westen. Heute war eben alles anders.

Irina hatte dazu nichts gesagt. Sie hatte überhaupt wenig gesagt. Eigentlich kaum etwas. Es war alles so unpersönlich zwischen uns – unpersönlicher konnte es kaum sein. Aber so mußte es natürlich sein zwischen einem Geschäftsführer und der Hauptaktionärin. Logisch.

Ich saß auf einem Holzstapel, rauchte und starrte böse den Mond an. Molly saß neben mir und wunderte sich, warum wir nicht nach Hause gingen.

Warum war ich eigentlich böse auf Irina? Was – um alles in der Welt – hatte ich denn erwartet?

Auch sie hatte schlimme Zeiten hinter sich. Auch über sie waren die Reporter hergefallen, auch sie hatte viel ertragen müssen. Mehr als ich.

Es hatte eine ganze Weile gedauert, bis sich die Gemüter um den Fall des Holzkaisers beruhigt hatten. Zu vielfältig, zu interessant und schließlich auch zu zwielichtig war die Gestalt des Mannes, den es betraf. Artikel, Berichte, Reportagen, die Zeitungen hatten einen wunderbaren Stoff, und dann folgten die Illustrierten. Wir waren alle darin vorgekommen.

War es denn ein Wunder, daß Irina davor geflohen war? Gleich nach der Beisetzung war sie verreist. Verschwunden. Einfach weg. Auch für mich.

Und das war es, was mich so kränkte.

Das?

Nein. Nicht nur.

Von Molina erfuhr ich schließlich, wo sie war. Er kam noch einmal heraus, er war sehr nett. Und er erzählte ganz beiläufig, daß sie mit Bernhard Blumenthal nach Mexiko geflogen sei.

»Das ist gut«, sagte er. »Das ist schön weit weg. Eine ganz andere Welt. Da wird sie auf andere Gedanken kommen.« Er blickte mich dabei mit schiefgelegtem Kopf an.

Ich sagte kühl: »Sie haben recht. Das ist sehr schön weit weg. Und Blumenthal ist eine erstklassige Gesellschaft für sie. Sehr unterhaltend.«

»Genau. Es ist nicht einzusehen, daß sie mit einem Nervenzusammenbruch in einem Sanatorium die Sache beschließt.«

Die Sache.

Die Sache war der Tod ihres Mannes.

Ich war überhaupt keine Sache.

Und heute hatte sie mich nach Wien bestellt. Madame war wieder da, braungebrannt und mit den Nerven bestens in Ordnung, und sie hatte mir angeboten, die Firma Kaiser in Zukunft zu leiten.

Danke.

Es blieb nicht viel übrig für mich.

Es blieb immerhin: Nein!

Am Samstag morgen fuhren sie alle nach Wien.

Ludwig, um sich dort häuslich einzurichten. Olga, um ihm wenigstens für einige Tage dabei zu helfen. Und im letzten Moment hatte sich Burger überraschend dazu entschlossen, sie zu begleiten.

»Ich möcht' auch wieder mal in die Stadt hinein. Wien ist im Mai am schönsten. Montag bin ich wieder da.«

»Von mir aus können Sie ruhig ein paar Tage länger bleiben«, sagte ich.

Und er, ganz gelassen: »Gut, dann bleibe ich bis Mittwoch. Geh' ich mal wieder in die Oper.«

Olga hatte für mich vorgekocht und mir genau erklärt, wie ich mich ernähren sollte.

»Ich werde schon nicht verhungern«, sagte ich.

»Nein«, sagte sie und lachte ganz fröhlich, »das denke ich auch nicht. Aber hoffentlich langweilen Sie sich nicht.«

»Bestimmt nicht.«

Gräfin Esther schien ähnliche Besorgnisse zu haben. Sie kam am Nachmittag, um zu schauen, ob mir auch nichts abgehe. »Mon Dieu, Severin, Sie sind hier so allein. Haben Sie auch ordentlich zu Mittag gegessen?«

»Gräfin«, sagte ich, »mir geht es bestens. Ich habe gegessen, bin gut ausgeruht und bin sehr froh, daß ich mal für mich allein bin.«

»Schon gut, schon gut, Sie sind wirklich zur Zeit unausstehlich. Ich geh' gleich wieder. Sollte Ihnen dennoch der Sinn nach ein bisserl Unterhaltung stehen, freuen wir uns, wenn Sie heraufkommen.« Sie seufzte. »*Ich* jedenfalls bin froh um ein bisserl Unterhaltung. Ich werde eh' jetzt oft hier sein. Wir müssen sparen, der Poldi und ich. Solange wir denken konnten, der Kaiser kauft uns das Schloß ab, haben wir immer gedacht, wir kommen noch mal zu Geld. Damit ist's jetzt nix. Alt und grau und verschimmelt werd' ich auf dem verflixten Kasten da oben werden.«

Wir tranken einen Kaffee zusammen, und dann brachte ich sie vors Haus. Wir standen da noch eine Weile und redeten. Der Himmel war blau, die Sonne schien, und sie sagte: »Also, da hat der Poldi schon recht, net? Der Frühling im Tal ist wunderbar.«

»Ja«, sagte ich. »Da hat er recht.«

Vom Dorf her kam ein weißes Mercedes-Cabrio hergerollt, und sie sagte: »Ui! Sie bekommen Besuch, Severin.«

»Nicht, daß ich wüßte.«

Ich bekam Besuch.

Der Wagen hielt direkt vor uns, und Irina stieg aus. Sie trug dunkelblaue Hosen und einen blau-weiß-gestreiften Blazer, ihr blondes Haar war wundervoll frisiert, sie war zu schön, um wahr zu sein. Und ich machte ein dummes Gesicht.

Zunächst begrüßten sich die beiden Damen auf das liebevollste, und Esther rief: »Das ist aber nett, daß Sie kommen. Der arme Severin ist ganz allein. Ich bin grad gekommen, um ihn ein bisserl zu trösten. Alle haben sie ihn allein gelassen.«

»Der Arme!« sagte Irina und schenkte mir ein kühles Lächeln.

»Es ist wirklich lieb, daß Sie sich um ihn kümmern, Gräfin.«

»Ja, das hab' ich die ganzen Wochen lang getan.«

Daß sie davon vierzehn Tage in England gewesen war, verschwieg sie.

»Wieso ist er denn allein?« fragte Irina. »Wo sind denn die anderen?«

»Alle san s' nach Wien gefahren«, klärte Esther sie auf. »Die Olga, der Ludwig, sogar der Burger.«

»Ach nein!« rief Irina überrascht. »Da komme ich wohl recht ungelegen.«

Sie blickte mich fragend an, und ich machte notgedrungen einen Diener und sagte: »Keineswegs, gnädige Frau.«

»Ach, ich denk', er freut sich, daß Sie ihn besuchen«, meinte Esther.

So redeten sie eine Weile hin und her, ich stand dabei wie ein Depp. Dann gingen wir ins Haus, auch Esther kam noch einmal mit, ich servierte einen Slibowitz, wir rauchten eine

Zigarette, dann blickte die Gräfin auf die Uhr und rief: »Um Gottes willen, ich muß ja hinauf. Wir kriegen Besuch zum Tee.«

»Aber bleiben Sie doch noch«, sagte ich leicht verzweifelt. Aber sie hatte es auf einmal sehr eilig. Ich brachte sie hinaus und sah ihr nach, wie sie flott aufs Dorf zu marschierte, und dann stand ich immer noch da und immer noch – und dann ging ich schließlich hinein.

»Na, Ihnen war es aber sehr wichtig, daß sie noch hierbleibt«, sagte Madame Kaiser spitz, als ich wieder ins Bauernzimmer kam.

Ich sagte erst mal nichts und wartete ab.

»Mir scheint, ich komme wirklich ungelegen.«

Und als ich immer noch nichts sagte, fügte sie hinzu: »Sie haben sich wohl gut angefreundet mit der Gräfin?«

»Ja. Sehr gut.«

»Das ist nett für Sie, nicht? Dann war es Ihnen nicht so langweilig.«

»Langweilig war es mir gewiß nicht. Ich habe genügend Arbeit.«

»Wo sind denn die anderen?«

»Nach Wien gefahren, Sie haben's ja gehört. Ludwig für ganz. Er will ja nun wieder studieren.«

»Ja, ich weiß. Er soll doch recht begabt sein, wie ich hörte. Also soll er es halt versuchen.«

»Ja.«

Sie hatte am Tisch gesessen, und nun stand sie auf, ging zum Fenster, blickte hinaus, wandte sich dann um.

»Seltsam.«

Ich schwieg.

»Wieder hier zu sein, meine ich.«

Ich schwieg.

»Ist es Ihnen sehr lästig, daß ich hier bin?«

»Warum sollte es mir lästig sein, gnädige Frau. Es ist nur, Sie haben ja gehört, Frau Jarisch ist nicht da. Aber Sie werden ohnedies nicht lange bleiben wollen.«

»Das kommt darauf an«, sagte sie langsam. »Eigentlich hatte ich gedacht, ich könnte das Wochenende hier verbringen.« Und als ich nichts darauf sagte, »... das Wetter ist so schön, nicht? Ich dachte, wir könnten wieder einmal spazierengehen und ... ich wollte hören, ob Sie schon zu einer Entscheidung gekommen sind.«

»Sie haben meine Antwort gehört. Nein!«

»Ich akzeptiere dieses Nein nicht. Ich möchte, daß Sie nach Wien kommen und die Leitung der Firma übernehmen.«

»Das kann ich nicht.«

»Warum nicht?«

»Weil ich nicht will.«

»Und warum wollen Sie nicht?«

»Weil ich halt nicht will.«

Wir starrten uns an über die Länge des Raumes hinweg, sie immer noch am Fenster, ich an der Tür.

Eine Weile blieb es totenstill.

Dann senkte sie den Kopf und sagte leise: »Es ist ja wirklich sehr schön hier. Es gefällt Ihnen, nicht wahr?«

»Ja, aber ich werde trotzdem ...«

»Aber ich«, unterbrach sie mich, »ich weiß nicht ... doch, ich könnte mich sicher daran gewöhnen, hier zu leben.«

»Wie soll ich das verstehen?« fragte ich steif.

»Oh, verdammt!« rief sie laut und gar nicht mehr damenhaft, »steh doch nicht wie ein Holzklotz da an der Tür, Severin!«

Sie ging zum Tisch und setzte sich auf die Kante.

»Würdest du die Güte haben, mir ein Stück näher zu kommen?«

Es gab zwei Möglichkeiten. Ich konnte aus dem Zimmer gehen und sie da sitzenlassen. – Ich konnte auch ...

»Bitte, komm her!« sagte sie.

Also ging ich hin.

Sie saß auf der Tischkante, und ich stand vor ihr.

»Warum bist du so böse auf mich?«

»Böse, gnädige Frau? Warum sollte ich böse auf Sie sein?«

»Doch, du bist böse auf mich. Und ich weiß auch, warum. Aber was sollte ich denn machen? Ich konnte es einfach nicht mehr ertragen, die Reporter und die Fragen und die Neugier, ich hatte es satt. Ich stand so im Mittelpunkt. Und wenn ich zu dir gesagt hätte, bitte, komm zu mir und bleib bei mir, wirf sie alle hinaus, was hätten sie dann alle gedacht und gesagt? Ich konnte doch nicht gleich, am Tage nach der Beerdigung gewissermaßen, mit einem neuen Mann zusammenleben. Was hätte das für einen Eindruck gemacht? Bitte, überleg doch mal. Wo sie sich sowieso die Finger wundgeschrieben haben über das alles.

Und ich habe ja schon gleich daran gedacht, daß du die Firma leiten sollst. Und da mußte ich doch jedes Gerede vermeiden. Begreifst du das denn nicht? Ich habe mit Blumenthal darüber gesprochen, das war ein ganz Außenstehender, aber er wußte doch genau Bescheid, nicht? – Ich habe ihm gesagt, ich liebe diesen Mann, aber in der jetzigen Situation kann ich das nicht offen bekennen. Wie soll ich mich am klügsten verhalten?«

Sie blickte zu mir auf und legte eine Hand auf meine Brust. »Ob du das begreifst?«

Ich gab keine Antwort und blickte nur wie ein störrischer Maulesel in ihr geliebtes schönes Gesicht.

»Und Blumenthal hat gesagt: Sie müssen eine Weile fort aus Wien. Möglichst weit fort. Ich mache eine Studienreise durch Mexiko, mein nächstes Buch soll nämlich dort spielen. Begleiten Sie mich für eine Weile, Sie lernen ein interessantes Land kennen, werden abgelenkt, können sich auch noch mal in aller Ruhe alles überlegen – das mit der Liebe und so –, es vergeht ein bißchen Zeit. Bleiben Sie zwei, drei Monate fort, und dann werden Sie wissen, was Sie tun wollen. So war es, Severin!«

Sie nahm jetzt beide Hände und versuchte mich zu schütteln. »Genau so. Ich bin schon nach vier Wochen zurückgekommen, weil ich es nicht ausgehalten habe. Und dann habe ich gleich mit Molina gesprochen, und der hat den Saß dazugeholt. Und wir haben uns so gefreut, daß wir dir das sagen konnten mit der Firma. Ich dachte, du freust dich und du verstehst vor allem, wie es gemeint ist. Was *ich* damit meine. Und nun stehst du da und siehst mich an, als hättest du mich nie gesehen.«

»Verstehen? Ich verstehe kein Wort«, sagte ich stur.

Sie legte den Kopf an mein hellblaues Polohemd. »Doch, du verstehst mich ganz genau. Ich war doch wirklich nicht lange weg. Sieh mal, wenn ich getan hätte, was mir am liebsten gewesen wäre, dann wäre ich gleich zu dir gekommen. Es ging doch aber wirklich nicht. Ich habe mit Mutti auch darüber gesprochen, sie hat auch gesagt, es geht nicht. Du gefällst ihr übrigens gut, aber sie meint, du hast einen Dickschädel. Und da hat sie, verdammt noch mal, recht. Ach!«

Sie seufzte sehr gekonnt, und dann ging es weiter in einer neuen Tonart: »Vielleicht habe ich mir das auch nur alles eingebildet, daß du ... vielleicht war das für dich bloß so ... Und vielleicht liebst du überhaupt die Gräfin. Sie ist ja viel hübscher als ich.«

Das war zu dumm, um darauf zu antworten.

»Aber wenn es nicht so ist, und wenn du vielleicht ...«, sie seufzte wieder. »Du brauchst ja die Firma nicht zu leiten, wenn du nicht willst. Genaugenommen hätte ich viel lieber einen Mann, der nicht Tag und Nacht arbeitet. Und ich lebe auch mit dir hier im Tal, wenn du willst. Das macht mir gar nichts aus und ... Bitte, knirsch nicht mit den Zähnen! Du bist zwar einen Meter sechsundachtzig groß, aber ich kann es bis hier herunter hören. Ich kriege eine Gänsehaut davon.«

»Davon?«

»Im Moment davon, ja. Und bitte benimm dich nicht so abscheulich. Ich bin hier, und ich bin nur für dich hier. Aber, wenn du es partout kompliziert machen willst, dann bitte! Du kannst entscheiden, was du willst, ob du hierbleiben oder nach Wien kommen willst. Vielleicht willst du auch lieber nach Australien. Mir ist es egal. Ich will nur bei dir sein. Natürlich habe ich gewußt, daß du heute allein bist. Ich habe die ganze Woche lang mit Olga telefoniert. Ich weiß genau, was im Kühlschrank steht und was sie für dich gekocht hat und wann ich was auf welche Weise wärmen soll. Und ich hab' gesagt, sie muß Burger auf jeden Fall mit hineinnehmen nach Wien, damit er uns hier nicht stört. Alle wissen es, alle. – Nur du nicht!«

»Was wissen alle?«

Da biß sie in mein blaues Polohemd. Und in das, was darunter war.

»Vielleicht könntest du dich daran erinnern«, sagte sie, und jetzt war sie wütend, »daß du zwei Arme hast. Es ist sechs Wochen her, daß du mich umarmt hast.«

»Und Blumenthal?«

Sie hob den Kopf und blickte mit großen Unschuldsaugen zu mir auf. »Blumenthal?«

»Was hast du mit ihm gehabt?«

»Mit ihm? – Severin, bist du verrückt? Er ist zweiundsechzig. Er wußte von Anfang an, daß ich dich liebe. Ich habe meistens mit ihm über dich gesprochen. Er ist mein Freund, ein richtiger Freund. Und du gefällst ihm sehr gut. Und ... Ach! Du tust mir weh!«

»*Was* wußte er von Anfang an?«

»Ich sag's nicht nocheinmal. Jetzt bist du dran. Es geschieht mir ganz recht, ich hätte nicht herkommen sollen.«

»Und warum bist du hergekommen?«

»Ja, das frage ich mich auch. Ich fahre sofort zurück nach Wien. Und ich will dich nie wiedersehen. Nie. Oh – nein, laß mich los! Du bist ein liebloser, hartherziger Mensch. Du sollst mich loslassen! Ich will nichts mehr von dir wissen. Ach – nein – nein, ich – oh!«

Ich hob sie hoch von der Tischkante, trug sie zur Tür, machte die Tür mit dem Ellenbogen auf, stellte sie draußen so lange ab, ohne sie loszulassen, bis ich die Haustür abgeschlossen hatte, und dann nahm ich sie wieder auf die Arme und stieg mit ihr die Treppe hinauf.

Molly war uns nachgelaufen, bellte zweimal unsicher und fragend. Sie fand das neue Spiel einerseits ganz lustig, andererseits aber auch irgendwie bedrohlich.

»Du weißt«, sagte ich, während ich sie die Treppe hinauftrug, »daß du das ganze Wochenende über mit mir allein in diesem Haus bist.«

Sie hatte das Gesicht auf meine Schulter gelegt und murmelte: »Wirklich? Das habe ich mir gar nicht so richtig klargemacht. Aber vielleicht kommt deine Freundin, die Gräfin, einmal zu Besuch.«

»Die Tür ist abgeschlossen. Sie wird denken, ich bin weggefahren.«

»Das wird sie nicht denken. Mein Wagen steht vor der Tür. Du kompromittierst mich so furchtbar, daß es eigentlich nur zwei Möglichkeiten gibt. Entweder, ich muß mich in der Glainz ersäufen, oder du mußt mich heiraten.«

»Eins von beiden«, sagte ich. »Bis Montag werde ich es mir überlegt haben, was ich dir empfehle.«